हिंदू-पदपादशाही

स्वातंत्र्यवीर विनायक दामोदर सावरकर द्वारा लिखित पुस्तकें

(दस खंडों में)

हिंदू-पदपादशाही

विनायक दामोदर सावरकर

प्रकाशक • **प्रभात प्रकाशन प्रा. लि.**
4/19 आसफ अली रोड,
नई दिल्ली–110002

संस्करण • 2024
मूल्य • पाँच सौ रुपए
मुद्रक • नरुला प्रिंटर्स, दिल्ली

HINDU-PADPADSHAHI *by* Vinayak Damodar Savarkar ₹ 500.00
Published by Prabhat Prakashan Pvt. Ltd., 4/19 Asaf Ali Road, New Delhi-2
e-mail: prabhatbooks@gmail.com ISBN 978-93-89982-04-6

अनुक्रम

नवयुग का आगमन

शिवाजी महाराज द्वारा लिखे गए शहाजी महाराज के नाम पत्र में यह वाक्य मिलता है—

'स्वधर्म राज्य-वृद्धिकारणे तुम्ही सुपुत्र निर्माण आहां।'

(—स्वधर्म और राज्य-वृद्धि के कार्य हेतु तुम जैसे सुपुत्र का जन्म हुआ है।)

शालिवाहन संवत् १५५२ (ई.स. १६३०) में शिवाजी महाराज का जन्म हुआ। उनके जन्म के कारण इस दिन को नवयुग का प्रारंभ—दिन बनने का भाग्य प्राप्त हुआ। शिवाजी महाराज के जन्म से पहले भी सैकड़ों हिंदू-वीरों ने हिंदूजाति के सम्मान की रक्षा के लिए मुसलमान आक्रमणकारियों के अविरत आक्रमणों का डटकर सामना करते हुए रण-वेदी पर अपनी आहूति चढ़ाई थी। उनसे पहले विजयश्री से वंचित रहे इन शूरवीरों और हुतात्माओं जैसी ही शूरता से लड़ते हुए शिवाजी महाराज ने यश और कीर्ति प्राप्त की। उन्होंने विजय की एक लहर का निर्माण किया जो आगे चलकर अधिकाधिक प्रचंड होती गई। एक शताब्दी या उससे भी अधिक काल तक हिंदूधर्म की विजय पताका को अपने माथे पर धारण किए यह लहर वैभव से परम वैभव की ओर तथा उपलब्धि से और बड़ी उपलब्धि की ओर बढ़ती गई। गजनी के मोहम्मद के आक्रमण के साथ प्रारंभ हुए मुसलमानों के भारत-विजय के ज्वार में पूरा भारतवर्ष जैसे डूब गया था। उस ज्वार में से जिन्होंने अपना सिर उठाया और गर्वोन्नत स्वर में उसे आज्ञा दी कि 'खबरदार! इसके आगे एक कदम भी बढ़ाया तो याद रखना', ऐसे पहले राष्ट्रपुरुष थे शिवाजी महाराज।

सामान्यत: यह कहा जा सकता है कि शालिवाहन संवत् १५५१ के पूर्व जब भी हिंदू और मुसलमान सेनाओं का आमना-सामना हुआ, कभी हिंदुओं का नेता मृत या गुमशुदा होने के कारण, तो कभी किसी कर्मचारी या सेनापति की दगाबाजी के कारण हिंदुओं को पराजय का ही मुँह देखना पड़ा।

शिवाजी महाराज के उदय होने के पूर्व उत्तर में हिमालय से लेकर दक्षिण में समुद्र तक प्रत्येक युद्ध का परिणाम किसी-न-किसी कारणवश हिंदू-ध्वज के विरुद्ध होने का एक क्रम ही बन गया था। महाराज दाहिर का दुर्भाग्य, जयपाल का संघर्ष, पृथ्वीराज का पतन तथा कालिंजर-सीकरी-देवगिरी-तालिकोट के दुर्दिन उपर्युक्त कथन की पुष्टि के लिए काफी हैं। लेकिन शिवाजी महाराज के समर्थ हाथों ने अपने लोगों के इस दुर्भाग्य की रास खींचकर उसका मुँह एकदम उलटी दिशा में घुमा दिया और उसे उतनी ही तीव्रता से आक्रमणकारियों के पीछे लगा दिया। बाद में कभी भी हिंदू-ध्वज को मुसलमान आक्रांताओं के ध्वज के सामने झुकने की नौबत नहीं आई।

शालिवाहन संवत् १५५१ के बाद स्थिति में बदलाव आया। हिमालय से लेकर समुद्र तक इसके बाद जहाँ भी हिंदू और मुस्लमान सेनाओं का सामना हुआ, हिंदुओं की विजय और मुसलिमों की पराजय निश्चित रही। मुसलमान चाहे बहुसंख्य रहें, चाहे उन्होंने उच्च स्वर में 'अल्लाह हो अकबर' का नारा लगाया, ईश्वर हिंदुओं का ही विजयी हुआ! शालिवाहन संवत् १५५१ के बाद परमेश्वर हिंदुओं के पक्ष में था! वह मूर्तिपूजकों का साथ देता रहा और मूर्तिभंजकों को खदेड़ता रहा। सिंहगढ़ की विजय, पावन खंड की रक्षा तथा गुरु गोविंदसिंह, बंदा बहादुर, छत्रसाल, बाजीराव, नाना, भाऊ, मल्हारराव, परशराम पंत, रणजीतसिंह आदि शूरवीरों के पराक्रम पर दृष्टिपात करते ही इस बात की सत्यता का प्रमाण मिल जाता है। गुरु गोविंदसिंह तथा अन्य राजपूत, मराठे, सिख सेनानायकों ने—जहाँ-जहाँ और जितनी बार मुसलमानों से सामना हुआ, वहाँ-वहाँ और उतनी बार मुसलमानों के छक्के छुड़ाए। हिंदुओं के राजनीतिक सौभाग्य में जो एक महत्त्वपूर्ण और विजय प्रवर्तक मोड़ आया, उसका श्रेय शिवाजी महाराज और उनके पूज्य गुरुदेव श्री रामदास स्वामी द्वारा हिंदूजाति के सम्मुख रखे महान् आध्यात्मिक और राष्ट्रीय उद्‌देश्य को तो है ही, उनके द्वारा रणक्षेत्र में प्रवर्तित दाँव-पेचों वाली नई युद्ध-शैली और आजमाए गए साधनों एवं अस्त्र-शस्त्रों को भी है। जितना सच यह है कि महाराष्ट्र-धर्म हिंदूजाति के राष्ट्रीय जीवन की मृतप्राय आत्मा की ज्योति प्रज्वलित करनेवाली एक नई शक्ति थी, उतना ही सच यह भी है कि यह नई युद्ध-शैली उस समय हिंदुओं में प्रचलित युद्धशास्त्र में क्रांति लानेवाली अनोखी युद्ध-शैली थी।

जिस ध्येय ने इस स्वतंत्र हिंदू साम्राज्य के संग्राम में शामिल सेनानायकों में इतनी दृढ़ निष्ठा पैदा की और उनमें इतनी उत्तेजना जगाई, वह ध्येय था हिंदू-पदपादशाही अर्थात् स्वतंत्र हिंदू-साम्राज्य की स्थापना। जिस युद्ध-शैली ने मुसलिम सत्ता के लिए मराठों के सामने टिकना असंभव बना दिया और अंत में जिसने हिंदूजाति के माथे पर विजय का सेहरा बाँधा, वह शत्रु को चकमा देनेवाली छापामार युद्ध-पद्धति थी।

इसी उदात्त ध्येय की अनुभूति से मराठों के पीढ़ी-दर-पीढ़ी किए गए प्रयत्नों को

नई ऊर्जा मिली। विभिन्न कालखंडों और दूर-दूर तक फैले प्रांतों में उन्होंने जो कार्य किए, उनमें से समान हित संबंध और समरूपता निर्मित हुई। इसी लक्ष्य की अनुभूति ने उनमें यह दृढ़ निष्ठा उत्पन्न की कि अपने धर्म और देश का कार्य ही वह कार्य है जिसमें वीर पुरुषों तथा महापुरुषों को योगदान करना चाहिए। आगे चलकर देखेंगे कि यही अनुभूति मराठों को सीढ़ी-दर-सीढ़ी लेकिन विजयपूर्वक दिल्ली के महाद्वार तक, उत्तर में सिंधुतट तक और दक्षिण में समुद्र के किनारे तक कैसे ले गई और उसके कारण उनके कृत्यों की इस कथा को उदात्त राष्ट्रीय महाकाव्य का स्वरूप कैसे प्राप्त हुआ। इससे पहले प्रत्येक हिंदू माता हिंदुओं की पराजय की प्रचलित कहानियाँ, पराजय के कारणों पर प्रकाश डालते हुए अपने बच्चों को सुनाती थी। किंतु बाद में मराठों की विजय-मालिका ने इन्हीं कहानियों को विजय-गर्व के साथ तथा उदात्त सुरों में गाकर सुनाने योग्य महाकाव्य का दर्जा कैसे दिलवाया, इस पर भी हम क्रमश: विस्तार से चर्चा करेंगे।

शिवाजी महाराज का चरित्र लिखनेवाले उनके समकालीन इतिहासकार उल्लेख करते हैं कि जैसे-जैसे वे बड़े होते गए, वैसे-वैसे हिंदूजाति की राजनीतिक परतंत्रता की अवस्था से उनकी खिन्नता बढ़ती गई। मंदिरों को आक्रमणकारी अपने पैरों तले रौंद रहे हैं और अपने पुराने वैभव के अवशेषों को कलंकित तथा अपमानित कर रहे हैं—यह देखकर उनका हृदय विदीर्ण हो गया। उनकी शूरमाता जीजाबाई ने हिंदूजाति के गत वैभव का वर्णन कर तथा श्रीराम और श्रीकृष्ण, अर्जुन और भीम, अभिमन्यु और हरिश्चंद्र इत्यादि की शौर्यगाथाएँ सुनाकर उनकी वीरवृत्ति का पोषण किया। परिणामत: जिस परिवेश में वे साँस ले रहे थे, वह परिवेश ही नई आकांक्षा और उम्मीदों से भर गया था। जिनके पूर्वजों ने देवताओं और देवदूतों के साथ, आमने-सामने संभाषण किया था तथा भगवान् श्रीकृष्ण ने जिन्हें हमेशा साथ देने का वचन दिया था, ऐसे हिंदुओं के राष्ट्र को पराधीनता से मुक्त करनेवाला अवतार प्रकट होनेवाला है—ऐसी चर्चा लोगों में होने लगी। परिवार में परंपरागत रूप से प्रचलित जनश्रुतियों से शिवाजी महाराज को यह अटूट विश्वास था कि वह राष्ट्रीय अवतार उनके अपने ही घर में प्रकट होनेवाला है। इसी विश्वास के कारण उनके मन में ऐसे भाव उठने लगे कि इन जनश्रुतियों का केंद्र कहीं मैं स्वयं ही तो नहीं हूँ? यह महत्त्वपूर्ण कार्य पूर्ण करने के लिए ईश्वर का तय किया औजार—अपने धर्म का ईश्वर-नियुक्त मुक्तिदाता क्या मैं ही हूँ? इन कल्पनाओं में तथ्य हो या न हो, उस माहौल में उनका जो कर्तव्य बनता था, वह सुनिश्चित था। उन्होंने निश्चय कर लिया कि जैसी स्थिति है, उसी में संतुष्ट रहनेवाले दास के समान सुख भरे जीवन की मामूली आशाओं के भँवर में कदापि नहीं फँसना है और जिसने अपने राष्ट्र का सिंहासन ध्वस्त किया तथा अपने देवस्थान भ्रष्ट किए, ऐसे विदेशी शासक से अपनी पीठ थपथपानेवाला, उनकी जी-हुजूरी करनेवाला दास कदापि नहीं

बनना है। उन्होंने निश्चय किया कि किसी की मदद मिले या न मिले, स्वयं अपना सर्वस्व त्यागकर पुरखों की अस्थियों और देवस्थानों की रक्षा का प्रयत्न करना ही है, लड़ाइयाँ लड़नी हैं और मौका आने पर स्वयं से भी ताकतवर शत्रु से लड़ते-लड़ते अपने प्राणों की आहुति दे दनी है। उनका विचार था कि उन पर विजयलक्ष्मी की कृपादृष्टि हुई तो कभी-न-कभी विक्रमादित्य अथवा शालिवाहन के समान हिंदुओं के एक श्रेष्ठ और वैभवशाली साम्राज्य की नींव रखने का श्रेय उन्हें प्राप्त होगा, जिसके सपने कई पीढ़ियों ने देखे थे तथा जिसकी प्राप्ति के लिए हिंदूधर्म के साधु-संतों ने आशा भरे अंतःकरण से भगवान् से प्रार्थना की थी।

□

हिंदवी-स्वराज्य

शिवाजी महाराज ने एक पत्र में लिखा था—"स्वयं भगवान् के ही मन में है कि हिंदवी-स्वराज्य निर्मित हो।"

उस युवा वीर पुरुष ने क्रांतियुद्ध की पहल की। शिवाजी महाराज ने शालिवाहन संवत् १५६७ (ई.स. १६४५) में अपने एक साथी के पास भेजे हुए पत्र में—स्वयं पर लगे इस आरोप का निषेध किया कि बीजापुर के शाह का प्रतिरोध कर उन्होंने राजद्रोह का पाप किया है। उन्होंने इस बात का स्मरण कराते हुए उच्च आदर्शों की भावना भी जाग्रत् की कि अपना एकनिष्ठ बंधन यदि किसी से है तो वह भगवान् से है, न कि किसी शाह-बादशाह से। उन्होंने उस पत्र में लिखा है—"आचार्य दादाजी कोंडदेव और अपने साथियों के साथ सह्याद्रि पर्वत के शृंग पर ईश्वर को साक्षी मानकर लक्ष्य प्राप्ति तक लड़ाई जारी रखने और हिंदुस्थान में 'हिंदवी-स्वराज्य'—हिंदू-पदपादशाही—स्थापित करने की क्या आपने शपथ नहीं ली थी? स्वयं ईश्वर ने हमें यह यश प्रदान किया है और हिंदवी-स्वराज्य के निर्माण के रूप में वह हमारी मनीषा पूरी करनेवाला है। स्वयं भगवान् के ही मन में है कि यह राज्य प्रस्थापित हो।" शिवाजी महाराज की कलम से उतरे 'हिंदवी-स्वराज'—इस शब्द मात्र से एक शताब्दी से भी अधिक समय तक जिस बेचैनी से महाराष्ट्र का जीवन तथा कर्तव्य निर्देशित हुआ और उसका आत्मस्वरूप जिस तरह से प्रकट हुआ, वैसा किसी अन्य से संभव नहीं था। मराठों की लड़ाई आरंभ से ही वैयक्तिक या विशिष्ट वर्ग की सीमित लड़ाई नहीं थी। हिंदूधर्म की रक्षा हेतु, विदेशी मुसलिम सत्ता का नामोनिशान मिटाने के लिए तथा स्वतंत्र और समर्थ हिंदवी-स्वराज्य स्थापित करने के लिए लड़ी गई वह संपूर्ण लड़ाई हिंदू लड़ाई थी।

इस देशभक्ति के उत्साह से न केवल मराठा नेतृत्व प्रेरित हुआ था, बल्कि न्यूनाधिक रूप में उनके राज्य और सेना में शामिल सभी लोग उसी उत्साह से भर उठे थे। जिस देशभक्ति की भावना से शिवाजी महाराज के सभी प्रयत्न संचालित हुए थे, उसकी अनुभूति उन्हीं के समान सारी जनता को भी हुई थी। 'अखिल हिंदूजाति के

संरक्षक' के रूप में उन्हें हर जगह हाथोहाथ लिया जा रहा था।

इसके बावजूद जो लोग मुसलमानों के पक्षधर बने हुए थे, वे दो तरह के थे। सदियों की दासता के कारण कुछ दुर्बल-हृदय लोग कल्पना ही नहीं कर पाते थे कि मुसलमानों के विरुद्ध युद्ध छेड़कर हिंदू यशस्वी भी हो सकते हैं। दूसरी तरह के लोग वे थे जो बेशरमी की हद पार कर या लाभ-हानि का नाप-तौल करके ही कुछ करते थे अथवा जो मुसलिम साम्राज्य में ही अपना हित देखते थे। इन लोगों को शिवाजी एक नौसिखुआ और असंबद्ध विचारोंवाला युवक लगता था और इसी कारण उन्हें अपना नेता मानने के लिए वे मानसिक रूप से तैयार नहीं हो पा रहे थे।

लेकिन समस्त हिंदुओं—न केवल महाराष्ट्र, बल्कि समूचे दक्षिण के और संभवतः उत्तर भारतीय हिंदुओं को भी शिवाजी महाराज अपने सर्वश्रेष्ठ पक्षपोषक लगते थे। वे उन्हें अपने देश और जाति को राजनीतिक स्वतंत्रता दिलानेवाले ईश्वर नियुक्त वीर पुरुष मानते थे। शिवाजी महाराज, श्रीरामदास और उस समय की मराठा पीढ़ी ने जो कार्य किया, संदेश दिया और उसके प्रति सभी प्रांतों के हिंदुओं ने जैसा आदरभाव व्यक्ति किया, उसके उदात्त वर्णन से उस जमाने का इतिहास, आख्यायिका और वाङ्मय भरा पड़ा है। अनेक नगर और प्रांत अपनी मुक्ति के लिए शिवाजी महाराज के मराठों को जरूरी बुलावा भेजकर आशा से प्रतीक्षा करते थे और मराठों द्वारा मुसलमानों का हरा झंडा फाड़कर अपना केसरिया ध्वज लहराते देखकर खुशी से नाचने लगते थे। इस बात की पुष्टि के लिए केवल एक पत्र उद्धृत करना काफी है, जो सावनूर प्रांत के हिंदुओं ने शिवाजी महाराज के पास लिखा था—"यह यूसुफ बहुत अत्याचारी है। स्त्रियों पर और बाल-बच्चों पर अत्याचार करता है। गोवधादि निंद्य कार्य करता है। उसके अधीन हम परेशान हो गए हैं। आप हिंदूधर्म के संस्थापक और म्लेच्छों का संहार करनेवाले हैं। इसलिए हम आपके पास आए। आपसे गुहार लगाने के कारण हम बंधक बना लिये गए। हमारे द्वार पर पहरे लगाए गए हैं! अन्न-जल रोककर हमारे प्राण लेने के लिए यह यूसुफ उतावला है। इसलिए आप अविलंब आइए।"

कहने की जरूरत नहीं कि महाराष्ट्र के बाहरी प्रांतों के हिंदुओं के इस अनुनय की उपेक्षा शिवाजी महाराज ने नहीं की। प्रसिद्ध मराठा सेनापति हंबीरराव तुरंत वहाँ पहुँचे। उन्होंने बीजापुर के सैनिकों की कई स्थानों पर बुरी तरह पराजित करके मुसलमानों के पाश से हिंदुओं को मुक्त कराया और उस प्रांत से उनकी सत्ता उखाड़ फेंकी।

पुणे और सूपा की छोटे जागीरों की सुचारु ढंग से व्यवस्था करने के पश्चात् बारह जिलों को सुसंगठित करके शिवाजी महाराज ने सोलह साल की अल्पायु में अपने चुनिंदा साथियों की सहायता से शत्रु को अचंभे में डालते हुए जोरदार हमले कर तोरणा तथा अन्य महत्त्वपूर्ण किले काबिज कर लिये। अफजल खान के अधीनस्थ बीजापुर के

सैनिकों को पूरी तरह से पराजित करके उन्होंने सीधे मुगलों से युद्ध शुरू किया। कभी शरणागति का दिखावा करके, तो कभी अचानक हमला बोलकर और प्राय: झाँसा देकर जब शिवाजी महाराज ने अनेक मुसलिम सरदारों तथा सेनानायकों की धज्जियाँ उड़ाईं, तो उनके दुश्मनों के दिलों में ऐसी दहशत बैठ गई कि खुद औरंगजेब ने भी कुछ समय तक बैर भुलाकर उन (शिवाजी महाराज) को अपने जाल में फँसाने की कोशिश करने में ज्यादा समझदारी देखी। औरंगजेब की इस कपट रणनीति में भी शिवाजी महाराज उसके गुरु साबित हुए। औरंगजेब ने आगरा के किले में जो जाल बिछाया था, उसमें से भी वे सही-सलामत निकलने में कामयाब रहे और अपने रायगढ़ दुर्ग पर सुरक्षित जा पहुँचे। उन्होंने तुरंत मुगल सेना से युद्ध शुरू किया और सर्वप्रथम सिंहगढ़ नामक दुर्ग वापस छीन लिया। जहाँ भी मुसलमान सैनिकों से आमना-सामना हुआ, उनके सेनानायकों ने उन्हें पराजित कर यश अर्जित किया। इस प्रकार अपनी सामर्थ्य में वृद्धि करते हुए अंत में शिवाजी महाराज ने निर्णय लिया कि अब हिंदू छत्रपति—हिंदूधर्म और हिंदू संस्कृति के पक्षपोषक—के रूप में स्वयं का विधिपूर्वक अभिषेक करने का कार्य न केवल सुरक्षित, अपितु समझदारी भरा भी है। विजयनगर के पतन के बाद स्वतंत्र राजा—छत्रपति—के रूप में स्वयं का अभिषेक कराने की हिम्मत किसी भी हिंदू राजा की नहीं हुई थी। इस राज्याभिषेक से मुसलिम सेना की अजेयता का भ्रम दूर हुआ। इसके पश्चात् मुसलमान रणक्षेत्र में कभी भी हिंदुओं की बराबरी नहीं कर सके।

जिन्होंने यह परिवर्तन करवाया, उन्हें भी यह किसी चमत्कार जैसा प्रतीत हुआ। हिंदू मुक्ति युद्ध के साक्षी एवं इस युद्धयज्ञ के हवनकर्ता श्री रामदास स्वामीजी ने स्वयं के देखे सपने के बारे में गूढ़ार्थ भरा ऐसा काव्य रचा है, जिसमें सपने में देखी गई बातें सत्य प्रतीत होने पर उन्हें हुई हैरानी का वर्णन है। उसमें उन्होंने कहा है—"रात में सपने में जो-जो देखा, वे सब सच हो रहे हैं। इस आनंद भुवन में, हिंदुस्थान की इस पवित्र भूमि पर विचरण करते हुए (मैंने) देखा कि समस्त पापीजनों का नाश हुआ है, अभक्तों का क्षय हुआ है, म्लेच्छ रूपी दानव का संहार करने हेतु भगवान् इस पवित्र भूमि पर अवतरित हुए हैं, राजधर्म के साथ-साथ धर्म की वृद्धि होने से यहाँ हर तरफ संतोष है, दुष्ट औरंगजेब का संहार हुआ, म्लेच्छों के सिंहासन नष्ट हुए और हिंदू राज्य की स्थापना हुई है। बोलने से ज्यादा महत्त्व कृति का होता है। जप-तप, पूजा-अर्चना आदि के लिए अब विपुल मात्रा में पवित्र जल प्राप्त होगा। हर क्रिया करते हुए हरि का स्मरण किया है, क्योंकि राम ही कर्ता और भोक्ता हैं।"

स्वयं का छेड़ा हुआ यह धर्मयुद्ध ईश्वर-प्रेरित है—इसी दृढ़ भावना से शिवाजी महाराज ने स्वतंत्र हिंदू राज्य की स्थापना में सफल होते ही अपने आध्यात्मिक तथा राजनीतिक गुरु समर्थ स्वामी रामदासजी के चरणकमलों में इस राज्य को अर्पित किया।

किंतु श्रीरामदास स्वामी ने इस भावना से कि यह ईश्वरी कार्य है, प्रजा के कल्याण और ईश्वर की कीर्ति के लिए सृजित हुई धरोहर के रूप में वह राज्य यह कहते हुए अपने प्रख्यात शिष्य के ही हवाले कर दिया कि "यह शिवाजी का नहीं, अपितु धर्म का राज्य है।"

राजा छत्रसाल के पराक्रम की गाथा का बखान ऐतिहासिक 'छत्रप्रकाश' नामक काव्य में करनेवाले कवि ने स्वयं बुंदेला हिंदू होते हुए भी मराठों के इस यश की सराहना उन्मुक्त कंठ से की है। राजकवि भूषण ने भी मराठा वीरों का यशोगान गाया है। उन दोनों ने स्वयं मराठा न होते हुए भी श्री शिवाजी महाराज से लेकर बाजीराव तक सभी मराठा वीरों के विजय अभियानों पर बड़ा गर्व अनुभव किया है। भूषण कवि ने तो उत्तर से लेकर दक्षिण तक पूरा हिंदुस्थान घूमकर शिवाजी महाराज और उनके वीर साथियों के पराक्रम की गाथाएँ गाईं तथा समस्त हिंदुओं को हिंदू-स्वातंत्र्य के इस युद्ध में सम्मिलित होकर पराक्रम करने के लिए प्रेरित किया। स्थानाभाव के कारण उनके ओजस्वी काव्य की कुछ ही पंक्तियाँ यहाँ उद्धृत करना संभव है—

काशीजी की कला जाती, मथुरा मशीद होती
शिवाजी न होते सुनत होती सबकी
राखी हिंदुबानी हिंदुबान के तिलक राख्यो
स्मृति और पुराण राख्यो वेद विधि सुनि मै
राखी रजपुती, राजधानी राखी राजन की
धरा में धर्म राख्यो राख्यो गुण गुणि मै
भूषण सुकवि जीती हय मरहट्टन की
देस देस किरत बखानी तव सुनि मैं
साहि के सुपूत सिवराज समशेर तेरी
दिल्ली दल दाबी के दिवाल (देवालय) राखी दुनि मे।

इस प्रकार हिंदूधर्म और हिंदू-पदपादशाही के नाम सह्याद्रि के शिखर से गूँजी मराठी तुतारी (एक रणवाद्य) के प्रबोधक आह्वान ने और रणगीतों ने महाराष्ट्र की सीमाओं के पार दूर-दूर तक सभी हिंदुओं को आह्लादित और जाग्रत् कर दिया तथा उन्हें विश्वास दिलाया कि विदेशी दासता से मुक्ति दिलाना ही इस युद्ध का प्रमुख उद्देश्य है।

□

समग्र राष्ट्र ने शिवाजी महाराज का उत्तरदायित्व निभाया

शालिवाहन संवत् १६०२ (ई.स. १६८०) में शिवाजी महाराज का स्वर्गवास हो गया। उसके कुछ ही महीने पश्चात् श्रीरामदास स्वामीजी ने भी महाप्रयाण किया। उनके द्वारा किया गया कार्य तो महान् था ही, लेकिन उससे भी अधिक कार्य करना अभी शेष था। वे दोनों राष्ट्रपुरुष नहीं रहे, लेकिन उनकी मृत्यु भी उनके छेड़े महान् आंदोलन को खत्म नहीं कर सकी। उस आंदोलन की संरचना वैयक्तिक जीवन की संकुचित और अस्थिर नींव पर नहीं हुई थी। उसकी जड़ें राष्ट्र-जीवन में गहरे तक चली गई थीं। मराठों के इतिहास का यह महत्त्वपूर्ण तथ्य हम मराठेतर पाठकों के मन:पटल पर अंकित करना चाहते हैं। मराठेतर पाठकों को केवल शिवाजी महाराज और समर्थ रामदास स्वामी के जीवनचरित्र की थोड़ी-बहुत जानकारी है, बाकी मराठों का इतिहास उन्हें लगभग अज्ञात ही है अथवा हिंदू-इतिहास का सामान्य पाठक वर्ग यही मानता है कि हिंदूजाति के कार्य का श्रीगणेश और हिंदू-पदपादशाही की स्थापना का उद्यम करनेवाले प्रथम और अंतिम देशभक्त श्री रामदास स्वामी और शिवाजी महाराज ही थे। इतना ही नहीं, महाराष्ट्र के जनसामान्य की भी यही समझ है कि शिवाजी महाराज के साथ ही मराठी इतिहास का आदि और अंत हो गया। उन्हें यह भी लगता है कि इन दोनों महापुरुषों के पश्चात् महाराष्ट्र में पूर्णत: अव्यवस्था फैली हुई थी और लुटेरों या अन्य प्रकार के लड़ाकों की टोलियों के स्वार्थी व अधोगामी संघर्षों के कारण वातावरण और भी विकृत हो गया था। ये दोनों धारणाएँ गलत हैं।

वास्तव में इन दोनों महापुरुषों द्वारा प्रारंभ किया गया आंदोलन उनकी मृत्यु के उपरांत भी दीर्घकाल तक चलता रहा। इसी से उनकी महानता का पता चलता है। केवल इतना ही नहीं, उनके समान देशभक्त महानुभावों की, सैकड़ों कुशल संघटकों की, पराक्रमी वीरों की तथा शहीदों की अखंड परंपरा निर्मित हुई और उसने उसी पवित्र

कार्य के लिए घमासान लड़ाइयाँ लड़ीं। छत्रपति के उत्तराधिकारी इन्हीं वीरों ने पूरे राष्ट्र को हिंदू-पदपादशाही के अभीष्ट तक पहुँचाया।

शिवाजी महाराज ने जब स्वयं का राज्याभिषेक करवाया, तब एक पूरा प्रांत भी उनके कब्जे में नहीं था; किंतु उनका कार्य तत्कालीन स्थिति में महान् समझा गया। फिर जब उनके उत्तराधिकारियों ने राघोबा दादा के नेतृत्व में सीधे लाहौर में प्रवेश किया और जब मराठी अश्व सिंधु नदी के तट पर विजयोन्माद में मस्त होकर सैर करने लगा, और जब एक संपूर्ण भूखंड उनके अधिकार में आ गया, तब क्या यह उपलब्धि अधिक पूर्ण और अधिक महती नहीं थी?

शिवाजी महाराज के देहावसान के समय औरंगजेब जीवित ही था। औरंगजेब और उसकी अहिंदू महत्त्वाकांक्षाओं को अहमदनगर की एक सामान्य कब्र में दफनाने का काम शिवाजी महाराज ने नहीं, अपितु उनके द्वारा निर्मित महाराष्ट्र ने किया। मराठी साम्राज्य रूपी विशाल वृक्ष के फूलने-फलने से ही रायगढ़ की भूमि में बोए गए बीज को प्रसिद्धि मिली, वरना तब तक किसी भी बीज से जैसे फलदायी वृक्ष नहीं बन पाए, वैसे यह बीज भी निष्फल रहकर विस्मृति की धूल में नष्ट हो जाता। शिवाजी महाराज ने रायगढ़ पर शासन किया; लेकिन प्रत्यक्ष दिल्ली पर उनके उत्तराधिकारियों का शासन करने का समय आना अभी बाकी था! इतना ही नहीं, अगर धनाजी और संताजी, बालाजी और बाजी, नाना और बापू आदि वीर राजनीति में पहल नहीं करते तथा अपना पराक्रम नहीं दिखाते और शिवाजी महाराज द्वारा आरंभ किए गए कार्य को पूरा नहीं करते तो उनकी सफलताएँ साधारण ही मानी जातीं और हिंदूजाति के इतिहास में उसे अतुलनीय एवं सर्वजातीय महत्त्व नहीं मिल पाता। शिवाजी महाराज महान थे, क्योंकि उनके द्वारा खड़ा किया गया राष्ट्र उनकी महानता पर गौरवान्वित होता था और इस राष्ट्र के लिए उनके अवतारी कार्य का आकलन और उसका निर्वहन करना संभव हुआ था। उनकी कल्पनाओं को साकार करने का काम उनके उत्तराधिकारियों ने किया; जो होना चाहिए था और जैसा शिवाजी महाराज सोचते थे, वैसा ही उसे उन्होंने मूर्त रूप दिया।

शिवाजी महाराज का देहांत मराठी इतिहास का आरंभ है। उन्होंने हिंदू-प्रतिष्ठान की नींव डाली। उसका हिंदू साम्राज्य में परिवर्तन होना अभी शेष था। वह परिवर्तन उनके देहांत के उपरांत हुआ। जिस प्रकार नाटक का सूत्रधार सभी कलाकारों तथा उनके कार्य के बारे में सूचना देकर खुद परदे के पीछे चला जाता है और उसके बाद नाटक या महाकाव्य शुरू होता है, उसी प्रकार जिन व्यक्तियों के माध्यम से यह महान् कार्य संपन्न होना था, उनका मार्गदर्शन कर शिवाजी महाराज स्वयं तिरोधान हो गए।

□

शहीद छत्रपति

'धर्म के लिए प्राण त्यागना चाहिए।'

—रामदास स्वामी

महाराष्ट्र के धर्म रूपी वृक्ष की जड़ें कितनी गहरी हैं और हिंदू-पुनरुज्जीवन के आंदोलन में उसने कितना चैतन्य-निर्माण किया है, उसकी लेशमात्र भी कल्पना औरंगजेब ने नहीं की थी। शिवाजी महाराज के निधन और उनकी जगह राजगद्दी पर संभाजी जैसे पराक्रमी, लेकिन कर्तव्यविमुख पुत्र के आने से औरंगजेब ने सोचा कि समाज के दूसरे व्यक्ति-केंद्रित या विशिष्ट समुदायों के चलाए संकीर्ण आंदोलनों की तरह मराठों के स्वतंत्रता आंदोलन का भी अंत हो गया। उसने इसे अच्छा मौका समझा। काबुल से लेकर बंगाल तक फैले हुए विशाल साम्राज्य की सारी सुविधाएँ, असंख्य मनुष्य-बल और धन-दौलत उसके पास थी। कुल मिलाकर तीन लाख सेना लेकर वह दक्षिण में पहुँचा। एक साथ इतनी विशाल सेना का सामना करने की स्थिति शिवाजी महाराज के समक्ष भी कभी नहीं आई थी। औरंगजेब का अनुमान गलत नहीं था। इस प्रकार इकट्ठा की गई मुगल सेना के सामने नए और बिखरे हुए मराठा साम्राज्य से दस गुनी ताकतवाला साम्राज्य भी धराशायी हो जाता। ऐसी स्थिति में श्रेष्ठ साम्राज्य की अगुवाई अयोग्य व्यक्ति के हाथों में जाने से मुसलमानों का विरोध असंभव करना था। नेतृत्व क्षमता के अभाव के अतिरिक्त क्रोधी स्वभाव और जाम एवं साकी के लिए आसक्ति आदि दुर्गुण भी संभाजी महाराज में थे।

लेकिन इन सभी दोषों के रहते और चुनौतीपूर्ण स्थिति का सामना करने में नाकामयाब होने के बावजूद शिवाजी महाराज का यह पुत्र अंततः उक्त क्रांति के राष्ट्रीय आंदोलन का अगुआ बनने की जिम्मेदारी निभाने और अपने पिता की सम्मान-रक्षा के लिए भूषणीय बन गया तथा जीवन की अंतिम घड़ी में उसने मृत्यु पर विजय पा ली। राजकैदी बनाकर अपने जंगली शत्रुओं के सम्मुख लाए जाने के बाद भी वह गरदन

तानकर ही खड़ा रहा। उसंने अपने प्राणों की कीमत पर भी अपना धर्म त्यागने से इनकार कर दिया। मृत्यु टालने के लिए धर्मांतरण करने का प्रस्ताव उसने ठुकरा दिया और मुसलिम अत्याचारियों को, उनके धर्मशास्त्र को और उनकी विचार-प्रणाली को निंदनीय तथा तुच्छ बताया। मराठा सिंह को अपना पालतू कुत्ता बनाना असंभव देखकर औरंगजेब ने इस 'काफिर' की हत्या करने का हुक्म दिया। लेकिन शिवाजी महाराज के इस शूर पुत्र पर भला इस गीदड़भभकी का क्या असर होता! लोहे की तप्त सलाखों और चिमटों से उनकी आँखें निकाली गईं तथा जीभ के टुकड़े-टुकड़े कर दिए गए।

इन अमानवीय अत्याचारों के बावजूद इस राजहुतात्मा का धैर्य भंग नहीं हुआ। अंततः उनका सिर काट दिया गया। मुसलिम धर्मांधता के शिकार वे अवश्य हुए थे, लेकिन हिंदूजाति को उज्ज्वलता के शिखर पर पहुँचाने का काम उन्होंने किया। अपनी इस आत्माहुति से उन्होंने (संभाजी महाराज ने) महाराष्ट्र धर्म का, हिंदू पुनरुत्थान के पवित्र आंदोलन का स्वरूप जिस प्रकार सुस्पष्ट किया, वह और किसी कार्य से संभव नहीं था। ऐसी परिस्थिति में लुटेरों के किसी सरदार का बरताव एकदम भिन्न प्रकार का होता। शिवाजी महाराज द्वारा अर्जित सारी संपत्ति पूरी तरह नष्ट हो चुकी थी। उनका खजाना एकदम खाली हो गया था। उनके जीते हुए गढ़ नेस्तनाबूद हो चुके थे। उनकी राजधानी भी शत्रुओं के कब्जे में चली गई थी। इस तरह शिवाजी महाराज द्वारा अर्जित भौतिक संपत्ति की रक्षा करने में संभाजी अक्षम रहे; लेकिन अपने बेजोड़ बलिदान से उन्होंने उनकी नैतिक और आध्यात्मिक संपत्ति की न सिर्फ रक्षा की, बल्कि उसे और उज्ज्वल तथा संपन्न बनाया। हिंदूधर्म के लिए अपने प्राणों की आहुति देनेवाले बलिदानी के रक्त से सिंचित हिंदू स्वातंत्र्य का समर और भी अधिक दिव्य हो उठा तथा नैतिक सामर्थ्य की उसकी आधार-भूमि और भी मजबूत हो गई।

□

बलिदानी के बलिदान का प्रतिशोध

'धर्म के लिए प्राण देने चाहिए। शत्रुओं का संहार कर प्राण तजने चाहिए। संहार करते हुए अपना राज्य हासिल करना चाहिए।'

—रामदास स्वामी

अपने राजा के वध का प्रतिशोध लेने के लिए पूरा महाराष्ट्र शस्त्रों से सुसज्ज होकर खड़ा हो गया। संभाजी महाराज के बलिदान के इस महत्त्वपूर्ण कृत्य से लोगों ने उनकी सारी गलतियों, दुष्कृत्यों को भूलकर उन्हें क्षमा कर दिया। राजकोष पूरी तरह से खाली और साधनों का अभाव होते हुए भी उन्होंने स्वातंत्र्य की पुनः प्राप्ति का निश्चय किया। शिवाजी महाराज के द्वितीय पुत्र राजाराम महाराज के नेतृत्व में एकजुट होकर हिंदू राज्य और हिंदूधर्म की रक्षा के लिए लड़कर प्राण देने की शपथ ली।

"धर्म के लिए प्राण देने चाहिए। शत्रुओं का संहार कर प्राण तजने चाहिए। संहार करते हुए अपना राज्य हासिल करना चाहिए। सभी मराठों को संगठित करना चाहिए। महाराष्ट्र धर्म की श्रीवृद्धि करनी चाहिए। अगर तुम अपने कर्तव्य से विमुख हुए तो पूर्वजों के उपहास के पात्र बनोगे।" श्री रामदास स्वामी की ये सीखें उनके निधनोपरांत भी विस्मृत नहीं की गईं। इतना ही नहीं अपितु वे लोगों का धर्म बन गईं। राजाराम, निलो मोरेश्वर, प्रह्लाद निराजी, रामचंद्र पंत, संक्राजी मल्हार, परशुराम त्र्यंबक, संताजी घोरपडे, धनाजी जाधव, खंडेराव दाभाडे, निंबालकर, नेमाजी–परसोजी एवं ब्राह्मण, मराठे तथा सामंत और किसान—पूरा राष्ट्र ही मुसलिम सत्ता से युद्ध छेड़ने के लिए खड़ा हो गया।

उस समय तक दक्कन फिर से औरंगजेब के कब्जे में चला गया था। समस्त दुर्ग और प्रत्यक्ष राजधानी समेत पूरा महाराष्ट्र मुसलिम सेनापति के नियंत्रण में कराह रहा था। ऐसा प्रतीत होने लगा कि शिवाजी महाराज और उनकी पीढ़ी इतने संघर्ष के बावजूद मृत्युशय्या पर चली गई है; लेकिन राजधानियों और किलों की आखिर औकात ही कितनी होती है! अपनी स्वतंत्रता वापस लेने के लिए जो लोग दृढ़प्रतिज्ञ हुए, उन्होंने

अपनी दृढ़ इच्छाशक्ति से अपने हृदय को ही अभेद्य दुर्ग बना लिया। उनका ध्येय और आदर्श ही उस दुर्ग का राष्ट्रीय ध्वज बन गया। यह ध्वज जहाँ भी लहराता, वहाँ उनकी राजधानी बन जाती। ''पूरा महाराष्ट्र यदि खो गया तो हम मद्रास में यह जंग छेड़ेंगे। यदि शत्रुओं ने हमसे रायगढ़ छीन लिया है तो जिंजी पर हिंदू-पदपादशाही की पावन पताका फहरा देंगे, लेकिन यह जंग जारी रखेंगे।'' ऐसा दृढ़ संकल्प करके मराठों ने औरंगजेब की बलशाली सेना का सामना बीस वर्षों तक किया और अंत में खुद औरंगजेब को निराश तथा हतोत्साहित करके यातनाओं से तड़पकर मरने के लिए शा.सं. १६२८ (ई.स. १७०७) में अहमदनगर भेज दिया!

इस प्रदीर्घ युद्ध में मराठों को उनकी इतिहासप्रसिद्ध 'कूटयुद्ध नीति' (छापामार लड़ाई) का बहुत लाभ मिला। मराठा सेना ऐसी कल्पनातीत तेजी से इकट्ठा होती, अतुलनीय युद्ध-कौशल और ऐसे दुर्दम्य शौर्य से शत्रु पर धावा बोलती और गायब हो जाती, मोर्चा बाँधती, झाँसा देती, आमना-सामना करती और भाग जाती कि मुगल हर जगह मराठों के हाथों पिटने और जर्जर होने लगे। लेकिन उन्हें मराठी सेना का पता-ठिकाना मालूम ही नहीं पड़ता था। प्रत्येक अनुभवी मुगल सेनापति को उनके सामने हार माननी पड़ी। किसी की पराजय हुई तो किसी की फजीहत हुई, किसी को कारावास भुगतना पड़ा तो किसी को जान से हाथ धोना पड़ा। जुल्फिकार खान, अलीमर्दान खान, हिम्मत खान, कासम प्रत्येक को धनाजी, संताजी और अन्य मराठा वीरों ने पराजित किया। उन्होंने जिंजी, कावेरी-पाक, दुधारी आदि स्थानों पर आमने-सामने की बड़ी-बड़ी लड़ाइयाँ लड़कर मुसलिम सेना का दमन करते हुए दोबारा महाराष्ट्र पर विजय प्राप्त करने की औरंगजेब की महत्त्वाकांक्षा को नेस्तनाबूद कर दिया। मराठों ने सीधे उसकी छावनी पर धावा बोलकर, मानो सिंह की गुफा में घुसकर उसकी अयाल नोंचने की ही हिम्मत दिखाई। खुद बादशाह ही उन्हें वहाँ मिल जाता, लेकिन उसके भाग्य से वह उस समय अपने सुवर्ण कलशवाले वस्त्रागार में नहीं था। मराठा सिपाही उसकी छावनी का सुवर्ण कलश काटकर ले गए। उस काल के प्रमुख कार्यकर्ताओं के मन देशभक्ति की उत्कट भावनाओं से किस तरह परिपूर्ण थे—इसे समझने के लिए खंडो बल्लाल का उदाहरण ही काफी है।

अब भी जो मराठे मुसलमानों के पक्ष में थे और जिंजी का घेरा दृढ़ करने में शत्रु की सहायता कर रहे थे, उन्हें अपने पक्ष में लाने के हर संभव प्रयत्न उसने किए। नागोजी राजा को मराठों के पक्ष में लाने के लिए गुप्त मंत्रणाएँ शुरू हो गईं। वे राजाराम महाराज के पक्ष में आ गए। जिंजी की मुसलिम सेना को धूल चटाना किस तरह संभव है और अपने इस देश और धर्म की रक्षा हेतु चल रहे प्रयत्नों में मराठों की सहायता करना उनका कर्तव्य बनता है, नागोजी को यह समझाने का प्रयास किया गया। इन

प्रयासों से उनका मन बदल गया और मौका मिलते ही वे मुसलमानों का पक्ष छोड़कर अपने पाँच हजार साथियों की पलटन के साथ मराठों से आ मिले।

इसके बाद खंडो बल्लाल ने सरदार शिर्के को अपने पक्ष में लाने का संकल्प किया। वे अभी भी मुगलों की सेवा में मगन थे। राजाराम महाराज की परिस्थिति का उल्लेख करते ही शिर्के ने आगबबूला होकर कहा, ''राजाराम ही क्या, पूरे भोंसले खानदान का नामोनिशान भी इस पृथ्वी से मिट गया तो भी मुझे परवाह नहीं! जहाँ कहीं कोई शिर्के दिखा, संभाजी ने उसकी गरदन नहीं कटवाई क्या? क्या उस समय शिर्कों का शिरच्छेद मनुष्य वश का पर्याय नहीं हो गया था?'' इसपर खंडो बल्लाल ने बड़े मार्मिक शब्दों में उनसे कहा, ''आप जो भी कह रहे हैं, वह सच है, लेकिन संभाजी ने मेरे परिवार के भी तीन सदस्यों को हाथी के पैरों तले नहीं रौंदवाया था क्या? यह समय व्यक्तिगत झगड़ों को उछालने का नहीं है। अभी जो युद्ध चल रहा है, वह भोंसले या किसी और के खानदान को पदासीन करने हेतु नहीं बल्कि हिंदू-साम्राज्य की रक्षा के लिए लड़ा जा रहा है! हम हिंदू-साम्राज्य की खातिर लड़ रहे हैं।'' इस प्रकार सरदार शिर्के की राष्ट्रीय भावना को जाग्रत् करने में खंडो बल्लाल सफल रहे। शिर्के ने अपने व्यक्तिगत आक्रोश तथा पारिवारिक कलह को भुलाकर राजाराम महाराज को जिंजी के घेरे से सही-सलामत निकालने में सहायता करने का वचन दिया। सरदार शिर्के के अमूल्य सहयोग के कारण ही राजाराम महाराज मुसलिमों को झाँसा देकर उनकी घेराबंदी से निकल सके और पुन: महाराष्ट्र में प्रवेश कर सके।

इस प्रकार न केवल शिवाजी महाराज की पीढ़ी में, बल्कि उनकी आगामी पीढ़ियों में भी देशभक्ति की वही प्रखर ज्वाला धधक रही थी और उनका भी विश्वास था कि हम हिंदूजाति की राजनीतिक स्वतंत्रता पुनर्स्थापित करने तथा विदेशी शत्रु से हिंदूधर्म की सुरक्षा करने का ईश्वरीय कार्य ही आगे बढ़ा रहे हैं। ऐसे बलशाली शत्रु के विरुद्ध युद्ध कर यशस्वी होना किन्हीं लुटेरों और डकैतों के लिए संभव नहीं था। जिसका सामना करना हिंदुस्थान की अन्य किसी भी जाति के लिए संभव नहीं हुआ, ऐसे महासंकट से अपनी मातृभूमि को मुक्त करने के कार्य में उस पीढ़ी के देशभक्तों के मन में धैर्य और सामर्थ्य पैदा करनेवाला जबरदस्त कारण था उनकी प्रचंड नैतिक और राष्ट्रीय शक्ति।

□

महाराष्ट्र-मंडल

'जितना अर्जित किया है, उसे सँभालकर रखना चाहिए। आगे और प्राप्त करना चाहिए। इधर-उधर सब तरफ। महाराष्ट्र राज्य का विस्तार करना चाहिए।'

—रामदास स्वामी

हिंदू विरोधी अपनी महत्त्वाकांक्षा और आशा को फलित न होते देख निराश और उदास मन से औरंगजेब ने इधर कब्र का आश्रय लिया तो उधर मराठों ने अपना स्वतंत्रता युद्ध खानदेश, बरार, गोंडवाना और गुजरात के मुगल सत्ताधीन प्रदेशों तक फैला दिया। औरंगजेब के निधन के तुरंत बाद हुई शाहू की मुक्ति और महाराष्ट्र में स्वराज्य को तथा दक्षिण में मुगलों के छह प्रांतों समेत मैसूर और त्रावणकोर राज्यों में चौथ वसूलने और सरदेशमुखी के अधिकार को मुगल बादशाह द्वारा दी गई मान्यता आदि बातों के फलस्वरूप मराठों की इतनी शक्ति बढ़ी कि जितनी पहले कभी नहीं बढ़ी थी। परिणामत: उन्हें अपने राज्य की व्यवस्था सुचारु ढंग से करने, ऐसा करते समय उत्पन्न होनेवाली दलबदल तथा गुटबाजी की प्रवृत्ति का निदान करने और मराठों का संगठित राष्ट्र-निर्माण करने का सुअवसर प्राप्त हुआ। इस संगठित महाराष्ट्र-मंडल ने उसमें स्वाभाविक और शायद अपरिहार्य दोष होने के बावजूद अपना कार्य इतने अच्छे तरीके से संपन्न किया कि यह महाराष्ट्र-मंडल ही हिंदू-पदपादशाही बन गया। उसने नाममात्र को नहीं, अपितु वास्तविक अर्थ में समूचे भारतवर्ष पर शासन चलाया।

उपर्युक्त दोष तथा कमियाँ अन्य जातियों की तरह ही मराठों की समाज-रचना और स्वभाव में भी थी। इसीलिए महाराष्ट्र-मंडल में भी दीख पड़ती थी। इन दोषों की चर्चा हम आगे करेंगे, लेकिन किसी को गलतफहमी न हो, इसलिए हम अभी ही यह बता देते हैं कि हमारे जितना इन दोषों का एहसास शायद ही किसी और को होगा। जिन राष्ट्रीय और नैतिक श्रेष्ठ तत्त्वों ने मराठों को आगे बढ़ने की प्रेरणा दी और हिंदू-स्वातंत्र्य की लड़ाई को विजय तक पहुँचाने के उनके महती प्रयत्नों में उनकी हिम्मत बँधाई, उन

तत्त्वों को लोगों के सामने प्रस्तुत करते हुए कभी-कभी व्यक्तिगत उदाहरणों में मराठों में भी स्वार्थपरायणता, संकीर्णता, ईर्ष्या और लोभ की चरम सीमा आदि दुर्गुण राष्ट्रीय उद्देश्य और कर्तव्य-बुद्धि पर विजय प्राप्त करते दिखाई देते हैं—यह बात हम न तो भूलते हैं, न ही उसका महत्त्व कम करते हैं। ऐसा न होता तो मराठों की गिनती मनुष्यों में नहीं, देवताओं में होती। फिर भी व्यक्तिगत उदाहरणों का विचार करने की बजाय उस प्रचंड हिंदू आंदोलन की व्यापक सचाई को जानना हमारा कर्तव्य है। उनके महान् कार्य की श्रेष्ठता, उन्हें प्राप्त हुए अतुल यश का प्रमाण हमें देना है। उनके कुछ व्यक्तिगत दुष्कृत्यों को ध्यान में रखने के बावजूद प्रत्येक देशभक्त हिंदू उन मराठों के महान् उद्देश्यों के लिए न केवल उनकी प्रशंसा करेगा, अपितु कृतज्ञतापूर्वक उनका गौरवगान भी करेगा। इस संक्षिप्त विवरण में जितना संभव हो सका, उतने प्रमाण देकर और कभी तत्कालीन उद्गारों के उद्धरण देकर तथा कभी इस राष्ट्रीय आंदोलन को चलानेवाले प्रमुख नेताओं और कार्यकर्ताओं के कृत्यों का उल्लेख करके इस उद्देश्य को प्रस्तुत करने का प्रयास किया गया है।

इस प्रकार अपनी राज्य-व्यवस्था मजबूत करने के बाद बालाजी विश्वनाथ दिल्ली की शाही राजनीति में सक्रिय हुए। उन्हें एहसास हुआ कि उनमें इतनी सामर्थ्य आ गई है कि वे दिल्ली के भी तख्त को हिला सकते हैं। अब मराठों पर मुसलमानों द्वारा कोई बड़ा हमला कर सकने का अंदेशा खत्म हो गया था। इतना ही नहीं, अपने बागी सरदारों और वजीरों से सुरक्षा हेतु खुद मुगल बादशाह उन मराठों से सहायता की याचना करने लगा। मराठों के स्वातंत्र्य-समर ने मुसलिम सत्ता को हिलाकर रख दिया था। सभी दक्षिण प्रांतों से चौथ और सरदेशमुखी वसूलने का मराठों का अधिकार सैयद बंधुओं द्वारा मान्य करते ही उनके प्रतिद्वंद्वियों को भगाकर उनका आसन स्थिर करने के लिए शा.सं. १६४० (ई.सं. १७१८) में बालाजी विश्वनाथ और दाभाडे ने पचास हजार की सेना के साथ दिल्ली पर आक्रमण किया। अब तक जिन्हें तुच्छ समझा, वे मराठे पचास हजार की सेना के साथ राजधानी पर चढ़ाई कर रहे हैं—यह देखकर मुसलमान जल-भुन गए। उन्होंने मराठों के स्वराज्य और चौथ के अधिकार-पत्र पंत प्रधान (पेशवा को) को प्राप्त होते ही उन्हें रास्ते में ही खत्म करने का षड्यंत्र रचा, जिसकी खबर मराठों को लग गई। अपने स्वामी की प्राण-रक्षा हेतु भानूजी तुरंत तैयार हो गए। तय किया गया कि अधिकार-पत्र प्राप्त होते ही बालाजी विश्वनाथजी राजसभा से निकलकर अलग रास्ते से मराठों की छावनी में पहुँचेंगे और इधर भानूजी उनका भेष धारण कर उनकी पालकी में बैठकर गाजे-बाजे के साथ राजपथ से जाएँगे।

मजहबी जुनून से भरे मुसलिम जनसमूह ने देखा कि हमेशा की तरह पेशवा की पालकी जा रही है; वे उसपर टूट पड़े और भानूजी को बालाजी समझकर उन्हें तथा

उनके साथ चल रहे चंद मराठों को काट डाला। उधर बालाजी अधिकार-पत्र हासिल करके मराठी छावनी में पहुँच गए।

अपने राष्ट्र की खातिर किए गए आत्म-बलिदान से ही उस राष्ट्र के इतिहास को महाकाव्य का दर्जा मिल जाता है। इस संक्षिप्त पुस्तक में एक से अधिक उदाहरण देना संभव नहीं है; लेकिन हमें विश्वास है कि नीरस और विस्तृत आलोचनापूर्ण ग्रंथों की अपेक्षा ऐसे एकाध उदाहरण से ही किसी भी आंदोलन का राष्ट्रीय और नैतिक स्वरूप अधिक प्रभावी ढंग से स्पष्ट होगा।

□

कर्मभूमि पर बड़े बाजीराव का पदार्पण

'महाराष्ट्र की स्वतंत्रता की परिणति हिंदुस्थान की स्वतंत्रता में होनी ही चाहिए।'

दिल्ली से वापस लौटने के पश्चात् शा.सं. १६४२ में बालाजी विश्वनाथ का देहावसान हो गया। उनके बड़े सुपुत्र श्रीमंत बाजीराव, शाहू महाराज की अधीनता वाले समूचे महाराष्ट्र-मंडल के कर्ताधर्ता बन गए। शिवाजी महाराज के निधनोपरांत राजनीतिक रंगभूमि पर बाजीराव का पदार्पण महाराष्ट्र के इतिहास का अगला पड़ाव गाँठनेवाली व्यक्तिगत घटना थी। भावी कार्य-योजनाओं के बारे में जो प्रमुख समस्याएँ थीं, उनका समाधान नहीं हो रहा था। संघर्ष के बाद महाराष्ट्र में राजनीतिक स्वतंत्रता की पुनर्प्राप्ति हुई थी। मराठों ने अपनी सत्ता मजबूत और संगठित की थी। उसी वजह से वे अपने पैरों पर खड़े होकर धर्म और देश की सुरक्षा हेतु किसी का भी सामना करने में समर्थ बन गए थे। ऐसी स्थिति में अगर अपनी महत्त्वाकांक्षाएँ महाराष्ट्र की सीमा तक ही सीमित रखेंगे और दिल्ली की सार्वभौम राजनीति में शामिल हुए बिना यदि हम अलग रहेंगे, तभी हम पूर्वार्जित सत्ता का उपभोग निश्चिंतता से कर सकेंगे—ऐसे विचार स्वाभाविक रूप से कुछ मराठी नेताओं के मन में आए। उन्होंने शाहू महाराज को अपने इन विचारों से प्रभावित करना चाहा। अपने विचारों के अनुसार यदि वे संपूर्ण राष्ट्र को अपने विचारों से सहमत भी कर लेते और हिंदू-स्वातंत्र्य की लड़ाई महाराष्ट्र तक ही सीमित रखने पर लोगों को राजी भी कर लेते, तब भी हासिल की हुई सत्ता का स्थिरचित्त होकर उपभोग वे कर पाते या नहीं, इसमें संदेह ही है।

इसके अलावा यह भी सवाल उठ सकता था कि यद्यपि बाहर से आनेवाले दुश्मनों को वे परास्त कर सकते थे और अपनी स्वतंत्रता का उपभोग स्वयं तक ही सीमित रख सकते थे, फिर भी उनके लिए ऐसा करना क्या उचित था ? अपने पूर्वजों से लेकर वर्तमान पीढ़ी तक उन्होंने जो कठिन संघर्ष किया और इतना खून बहाया, वह किसलिए ? सिर्फ सत्ता का उपभोग करने के लिए नहीं। और महाराष्ट्र के बाहर गूँजनेवाला अन्य हिंदू बांधवों

का आर्तनाद सुनते हुए भी स्वार्थ-लोलुपता से सत्ता का उपभोग करने से क्या उनकी प्रतिष्ठा को आँच नहीं आती ? शिवाजी महाराज और उनके साथियों का उद्‌देश्य मराठी राज्य की स्थापना करना नहीं, अपितु हिंदवी-स्वराज्य की स्थापना करना था।

हालाँकि महाराष्ट्र के हिंदुओं की गरदनों पर से विदेशी जुआ उतारकर फेंक दिया गया था, लेकिन हिंदुस्थान के अन्य प्रदेशों में लाखों हिंदू बंधु अब भी उस भारी जुए तले कराह रहे थे। हिंदुओं के तीर्थस्थान भ्रष्ट होने से रामदास स्वामी खिन्न हुए थे और उन्होंने धर्म के रक्षार्थ प्राण त्यागने का आह्वान किया था; लेकिन जब तक काशी विश्वेश्वर के मंदिर पर मुसलिम चाँद मौजूद था, तब तक मराठों के लिए यह मान लेना कैसे संभव था कि धर्म की रक्षा हेतु युद्ध करने और प्राण त्यागने का उनका स्वयं अंगीकृत किया हुआ कार्य पूरा हो गया ? और वे यह कैसे कह सकते थे कि इंद्रप्रस्थ में धर्मराज के सिंहासन पर विदेशी के विराजमान होते हुए शिवाजी महाराज की 'हिंदू-पदपादशाही' की प्रतिज्ञा पूरी हो गई ?

मराठों ने पंढरपुर की पावन भूमि पर से मुसलिम चाँद का नामोनिशान मिटा दिया था और नासिक क्षेत्र भी धर्मांध मुसलमानों के आतंक से मुक्त कराया था, लेकिन काशी की स्थिति क्या थी ? कुरुक्षेत्र और हरिद्वार पर किसकी सत्ता थी ? रामेश्वरम् पर किसकी हुकूमत थी ? प्रत्येक मराठे के लिए ये तीर्थस्थान भी नासिक और पंढरपुर जितने ही पावन नहीं थे क्या ? उनके पूर्वजों की अस्थियाँ न सिर्फ गोदावरी में बल्कि भागीरथी में भी प्रवाहित हुई थीं। उनके देवताओं के मंदिर हिमगिरि से रामेश्वरम् तक, द्वारका से जगन्नाथ तक फैले हुए थे; लेकिन जैसाकि श्रीरामदास स्वामीजी कहते थे, मुसलिम जेताओं के विजयी अर्धचंद्र की परछाईं पड़ने के कारण गंगा-यमुना का पानी धर्मनिष्ठ लोगों की स्नान-संध्या आदि के योग्य नहीं रह गया था। इस स्थिति को देखते हुए श्रीरामदास स्वामीजी ने उद्विग्न होकर कहा था, "प्रस्तुत यवनांचे बंड। हिंदू उरला नाही चंड।" यानी इन मुसलमानों के राज्य में हिंदू दुर्बल हो गया है। यह कहते हुए उन्होंने मराठों को ललकारा कि 'धर्म की खातिर मरना चाहिए, मरते-मरते शत्रु को मारना चाहिए और शत्रु को मारते-मारते अपना राज्य हासिल करना चाहिए।' किंतु क्या अभी तक हिंदुओं पर अत्याचार करनेवाला मुसलिम शासन पूरे हिंदुस्थान से नष्ट हुआ था ? और क्या समूचा हिंदुस्तान राजनीतिक तथा धार्मिक दासता के चंगुल से मुक्त हो गया था ? जब तक सिर्फ महाराष्ट्र से ही नहीं, बल्कि अखिल भारतवर्ष से मुसलिम सत्ता उखाड़कर फेंकी नहीं जाती और उनका सामर्थ्य नष्ट नहीं कर दिया जाता, तब तक हिंदवी राज्य की वृद्धि, उसका चरमोत्कर्ष तथा हिंदूधर्म का गौरवमंडित होना असंभव था। हिंदुस्थान की अँगुल भर भूमि पर भी मुसलमानों का कब्जा शेष होने से शिवाजी महाराज और श्रीरामदासजी का स्वप्न साकार होना संभव नहीं था। पिछले पचास साल तक युद्ध लड़ते हुए शहीद होनेवाली सभी पीढ़ियों का स्वार्थ-त्याग निष्फल हो जाता। मराठों के संत और पथप्रदर्शक उन्हें यही संदेश दे रहे थे कि

हिंदुस्थान की भूमि और हिंदूजाति को दासता की जिन बेड़ियों ने जकड़ रखा है, उन्हें जब तक तोड़ा नहीं जाता; जब तक हर हिंदू को अपने-अपने पंथ का धर्मकृत्य बगैर किसी व्यवधान के करना संभव नहीं होता और सभी हिंदुओं का एक महान् तथा समर्थ हिंदू राष्ट्र के नहीं बना लिया जाता, तब तक हम अपनी तनी हुई तलवारें म्यान में नहीं रखेंगे—यह गर्जना करते जिन्होंने युद्ध-निनाद किया, ऐसे योद्धाओं के लिए जब तक काशी विश्वेश्वर के खंडित मंदिर की जगह मसजिद बनाई जा रही हो; सिंधु नदी का पवित्र जल विदेशियों द्वारा अपवित्र बनाया जा रहा हो; और हिंद महासागर की लहरों पर विदेशी नौकाएँ गर्व से विचर रही हों—तब तक अपने शस्त्रों को विश्राम देना और लांछनीय शांति का सुखोपभोग करना कैसे संभव है ? यही तो परीक्षा की घड़ी है। आपके कहने के अनुसार यदि यह महान् आंदोलन, व्यक्तिगत स्वार्थ की तो बात ही छोड़िए, किसी संकुचित या प्रांतीय स्वार्थ के लिए भी नहीं छिड़ा है, अपितु हिंदूधर्म के लिए, हिंदवी स्वराज और हिंदू-पदपादशाही की खातिर इसका सूत्रपात हुआ है, तो फिर मराठो ! सैकड़ों-हजारों की संख्या में तुम सब बाहर निकलो और नर्मदा, चंबल, यमुना, गंगा, ब्रह्मपुत्र—सबको पार करके समुद्र और पर्वतों की सीमाओं तक यह पवित्र भगवा ध्वज फहराओ। और श्रीरामदासजी ने तुम्हें जो यह आज्ञा दी है, उसका पालन करो। उनका संदेश है—

'धर्मस्थापना के लिए भगवान् को शिरोधार्य कर सब तरफ छा जाओ। पूरे देश में धर्म का पावन जयघोष गुंजा दो।' महाराष्ट्र के साधु-संतों, योद्धाओं और राजनीतिज्ञों की कल्पना तथा कृति को प्रेरणा देनेवाले नेताओं की विचारधारा थी यह। बड़े बाजीराव, चिमाजी अप्पा, ब्रम्हेंद्र स्वामी, दीक्षित, मथुराबाई आंग्रे तथा अन्य नेतागण इस भावना से ओत-प्रोत थे और उनकी आकांक्षा थी कि मराठे इस आंदोलन को बाहर भी फैलाएँ। सवाल सिर्फ यह नहीं था कि क्या करना मराठों के लिए उचित है, बल्कि यह भी था कि उनका कर्तव्य क्या है ? वैसे भी अन्य प्रांतों के साथ राजनीतिक संबंध बढ़ाए बगैर रहना उनके लिए संभव नही था, क्योंकि उत्तर में सिंधुतट और दक्षिण में समुद्र किनारे के हिंदू बंधुओं से उनके भाग्य की गाँठ पक्की बँधी थी। महाराष्ट्र के चतुर राजनेताओं की पैनी दृष्टि से यह तथ्य ओझल नहीं हुआ था कि अतीत में अपने संकीर्ण दृष्टिकोण के कारण ही हिंदूजाति का राजनीतिक, जातीय और धार्मिक विनाश हुआ था। अब यथासंभव अखिल भारतीय स्तर पर प्रतिरोध करने का विचार उन्होंने किया। नादिरशाह ने जब हिंदुस्थान पर आक्रमण किया, तब बाजीराव ने सभी हिंदू राजाओं के पास यही संदेश भेजा। उस परिस्थिति में उन सभी के लिए अपने राष्ट्रीय जीवन की आध्यात्मिक और मानसिक प्रगति के लिए ही नहीं, अपितु व्यक्तिगत और ऐहिक हित की खातिर भी राजनीतिक स्वातंत्र्य की अपनी महत्त्वाकांक्षाओं को साकार करना और अखिल हिंदूजाति को संगठित करना और एक सूत्र में बाँधने वाले महान् साम्राज्य की स्थापना करने तक विश्राम न लेना तथा रणभूमि से विमुख न होना आवश्यक था। समग्र हिंदूजाति के परवशता के पाश में बद्ध होते हुए

किसी भी हिंदूजाति के लिए लंबे समय तक शांति से सुख का उपभोग करना और अपना उद्‌देश्य प्राप्त करना असंभव ही था। इन्हीं कारणों से न केवल नेताओं को, अपितु मराठी सेना के सिपाहियों को भी यह बात अच्छी तरह समझ में आ गई थी कि दिल्ली के तख्त पर कब्जा किए बगैर वे सातारा का राज शांतिपूर्वक नहीं ले सकते। इसलिए जब शाहू महाराज के नेतृत्व में पूरे मराठा-मंडल के नेतागण इस महत्त्वपूर्ण सवाल पर निर्णय लेने के लिए एकत्र हुए, तब बाजीराव ने अपने लोगों में गहरे पैठी यह आकांक्षा ही अभिव्यक्त की। स्वयं स्वीकृत इस कार्य की महानता के आवेश और स्वयं के उत्साह में उन्होंने कहा, "हम सीधे दिल्ली पर आक्रमण करेंगे और मुसलिम सत्ता की जड़ पर ही सीधे प्रहार करेंगे। आगा-पीछा करते यहीं क्यों बैठे हो ? हिंदू वीरपुरुषो ! हिंदू-पदपादशाही की स्थापना का समय आ गया है, आक्रमण के लिए निकल पड़ो ! 'असंभव' शब्द का प्रयोग मत करो। मैंने अपनी तलवार से उनका सामना किया है और उनके बल का अंदाजा मुझे है। छत्रपति महाराज ! मुझे आपसे धन या जन की सहायता नहीं चाहिए। सिर्फ आज्ञा और आशीर्वाद दीजिए। महाराज, मैं अभी निकलता हूँ और मुसलिम सत्ता रूपी इस जहरीले और जर्जर वृक्ष को समूल नेस्तनाबूद कर देता हूँ।"

इस दुनिया में वीर पुरुष के वक्तव्य के समान और किसी का वक्तव्य नहीं हो सकता। बाजीराव के उत्साहवर्द्धक वक्तव्य से शाहू महाराज उत्साह से भर उठे। उनकी नशों में शिवाजी महाराज का खून सरसराने लगा। उन्होंने कहा, "जाइए ! मेरे लोगों के असली नेता आप ही हैं। चाहे जिस दिशा में जाइए, मेरे सैनिकों की मदद से जीत का सिलसिला शुरू कीजिए। दिल्ली किस खेत की मूली है ? यह अपना पवित्र भगवा ध्वज प्रत्यक्ष हिमालय की शैल मालाओं पर, और यदि हो सके तो उससे परे किन्नर खंड तक फहराइए।"

शाहू महाराज ने जिसका उल्लेख किया, वह भगवा ध्वज क्या है ? वह सोने या चाँदी से सजा हुआ झंडा नहीं था, अपितु आत्मत्याग, ईश्वरभक्ति, मानवसेवा का मूर्त चिह्न; संन्यासी के भगवे रंग में रंगा हुआ ध्वज था। विदेशी अत्याचार से त्रस्त हुई हिंदूजाति का उद्धार और हिंदूधर्म की सुरक्षा के उद्‌देश्य से स्वीकृत कार्य का निरंतर स्मरण करानेवाली जो दो चीजें मराठों के पास थीं, वे थीं उनकी भवानी तलवार और यह भगवा ध्वज। श्रीरामदास स्वामीजी ने यह ध्वज उन्हें दिया था। इसी ध्वज के सम्मान के लिए शिवाजी महाराज ने युद्ध किया और सह्याद्रि के शिखर पर इसे फहराया। शाहू महाराज तथा अन्य मराठों ने इसे किन्नर खंड की सीमा तक फहराने का संकल्प किया।

महाराष्ट्र-मंडल की वह बैठक इसी दृढ़ संकल्प के साथ संपन्न हुई और तब से महाराष्ट्र-मंडल का इतिहास समूचे भारतवर्ष का इतिहास बन गया। □

दिल्ली पर आक्रमण

'अरे, देख क्या रहे हो, हिंदू-पदपादशाही का सपना साकार होने में अब देर नहीं है। हम अब जोरदार आक्रमण करें।'

—बाजीराव

जिस समय बाजीराव की पीढ़ी के बाकी लोग सीधे उत्तर हिंदुस्थान को रणक्षेत्र बनाने के साहसी प्रयत्नों में हाथ न बँटाकर उस पर सिर्फ सोच-विचार कर रहे थे और शंका-कुशंकाएँ जता रहे थे, उस समय बाजीराव ने शाहू महाराज के सम्मुख राज्यसभा में सबको यह विश्वास दिलाते हुए कि शिवाजी महाराज ने प्रयत्नों की पराकाष्ठा कर जिस प्रतिकूल परिस्थिति में दक्षिण में हिंदू-स्वातंत्र्य का युद्ध चलाया था, उसकी तुलना में आज सभी दृष्टियों से वातावरण कितना अनुकूल है, मराठी नेताओं को इस महती कार्य में जुटने का ओजस्वी आह्वान किया। और फिर उस ओर चलकर निजाम, बंगष अन्य दूसरे मुगल सेनापतियों को पराजित किया। बाजीराव और उनके साथीगण शिवाजी महाराज प्रणीत परंपराओं में किस प्रकार पले-बढ़े थे और उन लोकनायकों की राष्ट्रीय नीतियों तथा विशिष्ट युद्ध-प्रणाली का कितना गहन अध्ययन उन्होंने किया था, इसका परिचय उनके कार्यों से मिलता है। उस समय के सभी मुसलमान सेनापतियों में और राजनीतिक धुरंधरों में निजाम सबसे अधिक कर्तृत्ववान था। इसलिए उसे झुकाकर प्रतिरोध नष्ट करना बाजीराव के सामने पहला कार्य था।

मंत्रिमंडल में अपने प्रभावी वक्तृत्व और क्षमता से बाजीराव ने स्वयं को जिस तरह शिवाजी महाराज का सच्चा शिष्य साबित किया, उसी प्रकार रणभूमि में भी सिद्ध कर दिया कि शिवाजी महाराज का शिष्यत्व उन्हें ही शोभा देता है।

शालिवाहन संवत् १६६४ को बाजीराव ने मूसलाधार बारिश में अपनी सेना को युद्ध के लिए सक्रिय किया। उन्होंने सीधे औरंगाबाद परगना में प्रवेश करके निजाम के कब्जेवाले जालना और आस-पास के संभागों से युद्ध-कर वसूल किया। इवाज खान के

नेतृत्व में लड़ने आई निजाम की सेना को बाजीराव ने उलझाए रखा। फिर एकाएक शत्रु को चकमा देकर माहूर मार्ग से वे औरंगाबाद पहुँचे और वहाँ यह खबर फैला दी कि उनकी सेना जबरदस्ती कर वसूलने वाली है।

इस संपन्न नगरी की सुरक्षा के लिए निजाम खुद इवाज खान की सहायता के लिए निकल पड़ा। अपनी चाल सफल हुई और निजाम शिकंजे में फँस गया। यह देखकर बाजीराव ने खान को छोड़ा और वे सीधे गुजरात जा पहुँचे तथा वहाँ के मुगल सूबेदार को संदेश भेजा कि निजाम के कहने पर उन्होंने इस प्रांत पर चढ़ाई की है। इधर निजाम को औरंगाबाद पहुँचते ही पता चला कि जिस शत्रु से इस नगरी की सुरक्षा करनी थी, वह तो पहले ही गुजरात पहुँच गया है। इस घटना से क्षुब्ध होकर निजाम ने बाजीराव का ही दाँव चलने का निश्चय किया। शत्रु के बेखबर रहते अचानक आक्रमण कर उसे हैरान कर देने की मराठी युद्ध-शैली अपनाते हुए बाजीराव की अनुपस्थिति में उनका ही प्रांत लूट लेने की योजना उसने बनाई; लेकिन मराठों की यह छापामार-पद्धति आत्मसात् करने में उसे थोड़ी देर हो गई। भावी घटनाओं का अनुमान पहले ही लगाकर बाजीराव ने गुजरात से निकलकर बिजली की-सी तेजी से निजाम के राज्य में पुनर्प्रवेश किया।

इस प्रकार इधर निजाम पुणे पर आक्रमण करने चल पड़ा था और शत्रु को अपने जाल में फँसाने का खयाली पुलाव पका रहा था। तभी उसे समाचार मिला कि बाजीराव ने उसका प्रांत कब का लूट लिया। तब पुणे पर चढ़ाई करने का विचार छोड़कर वह जल्दी-जल्दी वापस लौट गया। लौटते वक्त निजाम की थकी हुई सेना का सामना गोदावरी के किनारे बाजीराव से हो गया। ऐसी स्थिति में निजाम युद्ध टालने के पक्ष में था; लेकिन बाजीराव तो ऐसे ही अवसर की तलाश में थे। इसलिए पहले की तरह शत्रु का सामना न करते हुए खिसक लेने की बजाय उन्होंने बड़ी चतुराई से मुगलों को मालखेड़ के पास डेरा डालने के लिए विवश कर दिया। और जितनी कुशलता से वे (बाजीराव) अब तक युद्ध टालते आ रहे थे, उतनी ही कुशलता से उन्होंने आक्रामक युद्ध आरंभ कर दिया। लंबे पल्लेवाली बंदूकें और भारी तोपों के होते हुए भी उस समय निजाम की सेना पूरी तरह से घिर गई। स्थिति यह थी कि निजाम या तो अपनी सेना को ध्वस्त होते हुए देखे या बाजीराव की हर शर्त को माने। निजाम के पास इसके अलावा कोई और रास्ता नहीं बचा। उसने दूसरा विकल्प ही चुना : शाहू महाराज को महाराष्ट्र के स्वतंत्र राजा के रूप में मान्यता प्रदान की तथा चौथ-सरदेशमुखी का बकाया भुगतान कर देने का करार किया और अपने प्रांत में कर वसूलनेवाले मराठी अधिकारियों को पुनः नियुक्त करने का वचन दिया।

निजाम पर हुए इस आक्रमण का सविस्तार वर्णन यहाँ किया गया है; क्योंकि यह आक्रमण मराठों की युद्ध-शैली का एक आदर्श नमूना है। उससे यह स्पष्ट होता है कि

शिवाजी महाराज द्वारा सिखाई गई रणनीति उनके पश्चात् मराठी सिपहसालार भूले नहीं, बल्कि उन्होंने उसमें और सुधार करके रणभूमि पर उसका विस्तृत एवं उत्साहवर्धक इस्तेमाल किया तथा यश-प्राप्ति की। मालवा का मुगल सूबेदार भी दक्षिण के मुगल सूबेदार से अधिक सम्मानजनक तरीके से नहीं छूट सका। शालिवाहन संवत् १६२० (ई.सं. १६९८) में उदाजी पवार ने मालवा पर आक्रमण किया और मांडवा (मांडू) को घेर लिया। तब से वहाँ की मुगल सेना पर मराठों ने सभी दिशाओं से प्रहार करना शुरू किया था। मुसलमानों के जुल्मी शासन से और धार्मिक अत्याचारों से मालवा प्रांत के हिंदू त्रस्त और असंतुष्ट थे। इसलिए हिंदू स्वातंत्र्य-युद्ध के पूर्व हिंदू राष्ट्रीय पुनरुत्थान की और हिंदू-पदपादशाही की जो लहर फैली थी, उसके समर्थकों का अभाव वहाँ नहीं था। विदेशी दासता से अपने देश को मुक्त करने की सामर्थ्य उत्तरोत्तर बढ़ती हुई मराठी सत्ता में और हिंदू साम्राज्य की भव्य कल्पना में अंतर्निहित है—इस वस्तुस्थिति का एहसास मालवावासी आम हिंदुओं तथा भूमिपति, ठाकुर और पुरोहितादि नेताओं को हुआ था।

सौभाग्यवश उस समय मालवा के सबसे बड़े संस्थान जयपुर के नरेश सवाई जयसिंह महाराज हिंदू-स्वतंत्रता के अत्यंत उत्साही समर्थक थे। राजा छत्रसाल भी विदेशी शत्रु से अपने छोटे से राज्य की सुरक्षा करने में असमर्थ हुए। उनके सामने यह समस्या उत्पन्न हुई कि या तो किसी हिंदू सम्राट् के आश्रय में रहें या मुसलमान अथवा दूसरे किसी गैर-हिंदू शासक की पनाह लेकर समृद्धि बढ़ाएँ। तब उन्होंने विचारपूर्वक यह निर्णय लिया कि दिल्ली के तख्त की गुलामी करते हुए जिंदगी बिताने से अच्छा है कि अपने प्रांतीय स्वार्थ को तिलांजलि देकर हिंदू समाज के आंदोलन के प्रति समर्पित हो जाएँ, चाहे फिर उस आंदोलन का नेतृत्व मराठे कर रहे हों, सिख या राजपूत कर रहे हों या फिर हिंदुओं की कोई उपजाति ही क्यों न कर रही हो। राजा जयसिंह भी राजा छत्रसाल की तरह ही बहुत दूरदर्शी और विवेकी थे।

अत्यधिक कर-भार से पीड़ित किसान और भूमिपति, मुसलिम राजसत्ता का अस्तित्व रहते अपने धर्म और जाति का तेजोभंग, मानभंग और शक्तिभंग जिन्हें बरदाश्त से बाहर हो गया था—ऐसे ठाकुर, पुरोहित तथा मालवा की राजसत्ता के अत्याचारों से पीड़ित सभी हिंदुओं के राजा जयसिंह हितचिंतक थे। उन्होंने उनको अपनी मुक्ति के लिए मराठों की सहायता लेने का उपदेश किया। उस समय मुसलिमों का सामना कर उन्हें नेस्तनाबूद करने और सभी हिंदुओं को संगठित करने की सामर्थ्य केवल मराठा-मंडल के पास है—यह इस समझदार राजपूत राजा ने जान लिया था। खुद अगुआई करके मुगल राजसत्ता की दासता से हिंदुओं की मुक्ति का महान् कार्य नहीं कर सकते तो कम-से-कम अपनी व्यक्तिगत आकांक्षाओं का त्याग करके और देशहित में बाधक बननेवाली प्रादेशिक द्वेष-भावना तथा संकुचित मानसिकता को दूर भगाकर यह महान् कार्य करनेवालों का साथ

देना वह अपना कर्तव्य समझते थे।

उनके इन विचारों का समर्थन मालवा के प्रतिष्ठित ठाकुर नंदलाल मंडलोईजी ने बड़े उत्साह से किया। मालवा के हिंदुओं की ओर से उन दोनों ने मराठों से बातचीत शुरू की। हिंदूधर्म के सम्मानार्थ और म्लेच्छों को भगाने के लिए उन्होंने मराठों को मालवा आने का निमंत्रण दिया। मालवा स्थित अपने सहधर्मियों के इस आह्वान को मराठों ने तुरंत स्वीकार किया और थोड़े समय में ही बाजीराव के अनुज चिमाजी अप्पा के नेतृत्व में मराठी सिपहसालारों ने सब तरफ से उस प्रांत पर धावा बोल दिया। वहाँ के मुगल सूबेदार ने यथासंभव सेना एकत्र की; लेकिन वापस लौटने का मराठों का इरादा बिलकुल नहीं था। उचित मौका मिलते ही उन सबने मुसलमानों पर धावा बोल दिया और देवास के संग्राम में मुगल सूबेदार को ही मार डाला।

अपने समृद्ध प्रांत को इतनी सहजता से तिलांजलि देना बादशाह को गवारा नहीं था। मराठों से लोहा लेने के लिए उसने दूसरा सूबेदार नियुक्त किया और दूसरी तरफ हिंदुओं के प्रति सहानुभूति रखनेवाले मालवा के हिंदू मराठों के पक्ष में जा मिले। मुगल सूबेदार ने एक खतरनाक योजना बनाकर अपनी विशाल सेना की सहायता से मांडवगढ़ और दूसरी घाटी में मराठों का सर्वनाश करने की भरपूर कोशिश की; लेकिन मालवा स्थित हिंदुओं की मदद से मराठों ने उसके मंसूबों पर पानी फेर दिया। मल्हारराव, पिलाजी और चिमाजी अप्पा ने उसकी नाक में दम कर दिया। अंतत: मराठों ने लोमहर्षक युद्ध करके मुसलमानों का सर्वनाश किया और सूबेदार को मार डाला।

यह दूसरी विजय-वार्त्ता सुनते ही मालवा के हिंदुओं के हर्षोल्लास की सीमा न रही। मराठे जहाँ भी गए, उनका जोरदार स्वागत हुआ और सदियों तक पराजय तथा मानभंग की पीड़ा सहन करने के बाद दिखे विजयी हिंदू ध्वज के दर्शनमात्र से हिंदू मन गद्‌गद हो उठे। चारों ओर उत्कट देशभक्ति तथा जातीय विजय की भावना दिखने लगी।

जयपुर नरेश जयसिंह अपने एक पत्र में सबसे पहले इस पवित्र कार्य की सफलता के लिए लड़नेवाले वीरों के प्रति आभार प्रकट करते हुए और मराठों का अभिनंदन करते हुए लिखते हैं—"आपने बड़ा उपकार किया। सचमुच, आपकी विजय अद्वितीय है। आपने विदेशी शत्रु को भगा दिया, मालवा स्थित हिंदुओं को मुक्त कराकर और हिंदूधर्म तथा हिंदूजाति के सम्मान को पुन: प्रतिष्ठित किया।"

इस जीत के बाद मराठों ने वहाँ तुरंत सुव्यवस्था स्थापित की। सभी मुगल अधिकारियों को हटाकर तथा मराठी साम्राज्य का एक भाग होने के नाते उस प्रांत पर मराठे शासन करने लगे।

लेकिन इतनी निराशाजनक परिस्थितियों में भी दिल्ली के मुगल बादशाह ने आशा नहीं छोड़ी थी। उसने मोहम्मद खान बंगश नामक नए सूबेदार की नियुक्ति मालवा में की।

बंगश रोहिला पठान था और युद्धनीति में कुशलता के कारण वह मुसलमानों के बीच 'रणशार्दूल' नाम से प्रख्यात था। मुगल बादशाह की राजसभा से उसे आदेश मिला था कि पहले बुंदेलखंड में 'गड़बड़ मचाने वाले' तेजस्वी छत्रसाल महाराज की कमर तोड़ दे और उस विजय का लाभ लेते हुए मराठों को मालवा छोड़कर भागने के लिए मजबूर कर दे।

मोहम्मद खान बंगश ने बुंदेलखंड पर हमला किया। वहाँ के निवासियों ने राजा छत्रसाल के नेतृत्व में संगठित होकर मुसलिम सत्ता का वर्चस्व अनदेखा कर दिया था और वे अपने प्रांत में स्वतंत्रता का सुखोपभोग करते रहे थे। छत्रसाल को शिवाजी महाराज पर बड़ा गर्व था। वे ही उसके प्रेरणास्रोत थे और उसने उनको गुरु एवं मार्गप्रदर्शक मान लिया था। हिंदू-स्वतंत्रता के कार्य को ईश्वरी कार्य समझकर उसका प्रचार बुंदेलखंड में करने का अपने गुरु के उपदेश का पालन उसने बड़ी निष्ठा से किया। विदेशी दासता से अपने प्रांत को मुक्त करने के लिए एवं हिंदूधर्म तथा देश की रक्षा के लिए उसने ऐसे प्रचंड और यशस्वी प्रयत्न किए कि उसके देश बांधवों ने उसे 'हिंदूधर्म की ढाल' नामक उपाधि से सम्मानित किया।

लेकिन अब वह वृद्ध हो चुका था। ऐसी स्थिति में इस छोटे से हिंदू राज्य का नामोनिशान मिटाने के इरादे से उससे शतगुना सामर्थ्यवान रोहिले पठानों के दल का हमला उसपर हुआ था। शिवाजी महाराज, श्री समर्थ रामदास स्वामीजी और प्राणनाथ प्रभुजी के हिंदू संगठनों की सीख में पले वृद्ध वीर छत्रसाल की दृष्टि इस संकट काल में बाजीराव की ओर जाना स्वाभाविक ही था, क्योंकि तब मराठा-मंडल के सर्वेसर्वा होने के नाते शिवाजी महाराज की न केवल सामर्थ्य की, बल्कि उनके अवतारी कार्य की भी जिम्मेदारी उन्हीं पर थी। छत्रसाल ने बाजीराव को एक मार्मिक पत्र भेजा, जिसमें अपने हिंदुओं की कोमल भावनाओं को उत्तेजित करनेवाली पौराणिक कथा का उल्लेख किया। सभी हिंदू एक-दूसरे के बंधु हैं और पूरी हिंदूजाति एक राष्ट्र है—ऐसी उत्कट भावना हिंदुओं के अंत:करण में जाग्रत् करने की क्षमता इस दंतकथा जितनी किसी और कथा में नहीं थी। छत्रसाल बाजीराव को लिखते हैं—

'जो गति ग्राह गजेंद्र की सो गति भयि है आज।
बाजी जात बुंदलन की राखों बाजी लाज॥'

(—बाजीराव साहब, आइए और पुराण काल में जिस प्रकार भगवान् विष्णु ने गजेंद्र को मगरमच्छ के पाश से मुक्त किया था, उसी प्रकार दुष्ट शत्रुओं के पाश से मुझे छुड़ाइए।)

शिवाजी महाराज के पुराने मित्र और अनुयायी होने के नाते छत्रसाल मुसलिम जुल्म से त्रस्त होकर 'मैं आपका सहधर्मी हिंदू हूँ इसलिए मेरी सहायता कीजिए'—ऐसी याचना करते ही इस देशभक्ति के कार्य की खातिर दुस्साहस करने के लिए मराठे तत्पर

हो गए। तुरंत मल्हारराव और पिलाजी जाधव को साथ लेकर बाजीराव सत्तर हजार सैन्य के साथ विद्युत् वेग से निकल पड़े। वृद्ध हिंदू वीर छत्रसाल और उनकी भेंट धामोरा में हुई। अब तक के संग्राम से बची हुई बुंदेला सेना को उसने साथ लिया और बारिश के मौसम में भी अपना आक्रमण जारी रखा।

मोहम्मद खान बंगश इस उपलब्धि पर फूला नहीं समा रहा था कि छत्रसाल को अपनी राजधानी को छोड़कर भागना पड़ा और उसने उसके छोटे से हिंदू राज्य पर बड़ी आसानी से विजय प्राप्त कर ली। विजयोन्माद में चूर बंगश बारिश रुकने तक आराम करना चाहता था और उस सत्ता का उपभोग करने के खयाली पुलाव पका रहा था; लेकिन इधर हिंदू सेना घनघोर वर्षा, घने जंगल, दुर्लंघ्य पहाड़ आदि की परवाह किए बगैर अचानक मोहम्मद खान बंगश पर टूट पड़ी और जैतपुर नामक जगह पर उसे घेर लिया। मराठों ने घेरा डालकर, हमला बोलकर और अंततः परास्त कर इस मुसलिम रण शार्दूल की ऐसी गत बना डाली कि अपने प्राण बचाने के लिए उसे विजयी हिंदू वीरों के हाथों पूरा मालवा और बुंदेलखंड सौंपकर रणभूमि से मुँह चुराकर भागना पड़ा। विजयी मराठों की तोपों की गगनभेदी गड़गड़ाहट तथा स्वागत गर्जनाओं के साथ वृद्ध बुंदेला नरेश ने बड़े ठाट-बाट से राजधानी में प्रवेश किया।

यह वृद्ध वीर मराठों की इस सहायता के लिए ऐसी कृतज्ञता से भर उठा कि उसने बाजीराव को अपना मानस-पुत्र मान लिया। अंतकाल में भी इस रिश्ते को याद रखकर उसने राज्य का तीसरा हिस्सा बाजीराव के नाम कर दिया। बाजीराव की पीढ़ी के हिंदुओं ने जो कार्य किए, उनकी सिद्धि के पीछे कितने उदात्त उद्देश्य तथा प्रेरक भावनाएँ थीं और परिणामतः व्यक्तिगत एवं संकुचित दृष्टि से वे कितने ऊपर थे, जाति-धर्म-रक्त के बंधनों से हम अखिल हिंदूजाति से बँध गए हैं—यह भावना उनमें कितनी प्रबल थी और किसी भी हालत में स्वतंत्रता प्राप्त करके एक सामर्थ्यशाली हिंदू-साम्राज्य का निर्माण करने की प्रेरणा उनमें किस तरह जगी थी—यह प्रमाणित करने के लिए यह एक मार्मिक उदाहरण ही पर्याप्त है।

मालवा प्रांत से मुसलमानों के इस तीसरे सूबेदार के पलायन करते ही मराठे उस प्रांत के सत्ताधीश बन गए और हिंदू स्वतंत्रता-संग्राम को मुगल साम्राज्य के हृदय-स्थल तक पहुँचाने के लिए उन्हें सामरिक दृष्टि से सर्वथा योग्य जगह भी मिल गई।

इस तरह के संग्राम जब मालवा और बुंदेलखंड में चल रहे थे, तब गुजरात में भी मराठा वीरों के शस्त्रों को तथा कूटनीतिज्ञों के दाँव-पेचों को महत्त्वपूर्ण और चिरस्थायी उपलब्धि प्राप्त हो रही थी। पिलाजी गायकवाड, कंठाजी बांडे और अंत में स्वयं चिमाजी अप्पा ने गुजरात में मुगल सेना को इतना परेशान किया कि वहाँ के मुगल सूबेदार को उनका सामना करना पड़ा और मराठों को चौथ एवं सरदेशमुखी देने का वादा करना पड़ा।

इस अपमानजनक स्थिति के कारण मुगल बादशाह क्रुद्ध हो उठा। उसने गुजरात से मराठों को निष्कासित करने की जिम्मेदारी अभयसिंह को सौंपी। इस अभयसिंह की वृत्ति धर्माभिमानी जयसिंह के एकदम विपरीत थी। अपना उल्लू साधना और मान बढ़ाना ही उसका मुख्य लक्ष्य था। इस तरह की कूपमंडूक वृत्ति का ही यह परिणाम था कि राजनीतिक स्वतंत्रता हेतु चलाए जा रहे आंदोलन में हिंदुओं का नेतृत्व करने की अपनी अक्षमता पहचानने की दृष्टि उसके पास नहीं थी। हिंदू-साम्राज्य की स्थापना करने के उदात्त कार्य के लिए अगर किसी हिंदू राजसत्ता ने अपनी क्षमता प्रकट की तो सिर्फ मराठा-मंडल ने। लेकिन आत्म-प्रतिष्ठा के लालच में अंधे बने अभयसिंह को यह सीधी सी बात भी समझ में नहीं आई। इसलिए गुजरात में मराठों का विरोध करने की सनक में बातचीत के बहाने उसने पिलाजी गायकवाड को हिंदुओं के पूज्य तीर्थस्थान डाकोरजी, जहाँ दगा होने की हिंदुओं को यत्किंचित् भी आशंका नहीं रही होगी, में बुलवाया और धोखे से उनकी हत्या करवा दी। इस तरह राजपूतों का वचनभंग और उस स्थल की पवित्रता कलंकित करने का निंदनीय काम उसने किया; लेकिन जल्दी ही उसे एहसास हो गया कि मात्र एक घृणित कार्य ही उसके हाथों नहीं हुआ है, अपितु एक आत्मघाती गलती भी हो गई है।

कारण यह कि किसी स्थान पर धोखे से अपने नेता की हत्या कर दिए जाने से मराठे डरनेवाले या हतप्रभ होनेवाले नहीं थे। युद्ध, मारपीट और मृत्यु—ये सब उनके बचपन से ही साथी थे और पीढ़ी-दर-पीढ़ी उनका पालन-पोषण सब तरह की सुरक्षा वाले घरों में नहीं, बल्कि खुले रणमैदान में हुआ था।

बुंदेलखंड और मालवा की तरह गुजरात की हिंदू जनता ने भी मराठों को बार-बार बुलावा भेजा। यह बात ध्यान में रखने लायक है कि उन्हें मराठों के प्रति हमेशा सहानुभूति रहती थी। कभी-कभी तो उन्होंने प्रत्यक्ष में मराठों के झंडे तले युद्ध भी किया। गुजरात निवासी मछुआरे, भील, वाघरे आदि पराक्रमी हिंदूजातियाँ अपने आदरणीय पिलाजी की हत्या से अत्यंत क्षुब्ध हो उठे और उनके खून का प्रतिशोध लेने के लिए मुगल सेना पर आक्रमण की तैयारी करने लगे। सभी दिशाओं से मराठी सेना आने लगी। उन्होंने हमला करके ई.स. १७३४ में वडोदरा पर जीत हासिल की और अभयसिंह के लिए वहाँ ठहरना असंभव बना दिया। तब से वडोदरा ही मराठों की राजधानी बन गई। इसी बीच दमाजी गायकवाड ने सीधे जोधपुर पर हमला बोल दिया और अभयसिंह को अपना पुश्तैनी राज्य बचाने के लिए गुजरात से तुरंत निकल जाने पर मजबूर कर दिया। उधर अभयसिंह के जाते ही दमाजी ने अचानक अपना रुख बदलकर कर्णावती (अहमदाबाद) को जीत लिया। इस तरह शा.सं. १६५७ (ई.सं. १७३५) में मराठों ने किसी भी मुगल सूबेदार का गुजरात-आगमन असंभव ही नहीं, अपितु अवांछित भी बना दिया; क्योंकि उस प्रांत का कोई भी हिस्सा मुगल साम्राज्य का हिस्सा नहीं रह गया था।

□

हिंद महासागर की मुक्ति के लिए

अमात्य रामचंद्र पंत लिखते हैं—''नौ-दल स्वतंत्र राज्य का ही हिस्सा है। जिसके पास नौसेना है, उसका ही अधिकार उस समुद्र पर है। जल-दुर्गों पर जिनका स्वामित्व था, उनको नए जल-दुर्गों का निर्माण करके हराया गया।''

हिंदुओं की भूमि की स्वतंत्रता के लिए मराठे जिस प्रकार इस संग्राम की परिधि मुगल साम्राज्य के वक्षस्थल तक बढ़ा रहे थे, उसी प्रकार पश्चिम दिशा से आक्रमण करनेवाले दुश्मनों के आधिपत्य से हिंदुओं के समुद्र को मुक्त करने के लिए भी एड़ी-चोटी एक कर रहे थे। अपने राष्ट्रीय उत्पात के बाद थोड़े ही समय में मराठों को पता लग गया था कि हमारी भूमि जीतकर उस पर स्वामित्व जताने वाले मुसलमानों की ही भाँति हमारे समुद्रों को अतिथि भेंट देने वाले यूरोप के व्यापारी राष्ट्र भी उतने ही घातक हैं। 'आज्ञापत्र' में दर्ज नियम और सिद्धांत पढ़ने से पता लगता है कि शिवाजी महाराज और उनके अनुयायी (मराठे) पश्चिमी समुद्रतट स्थित प्रांत के विषय में यूरोपीय लोगों की लालच और महत्त्वाकांक्षाओं को निष्फल करने के लिए कितनी दृढ़ता से प्रयत्न कर रहे थे। यह आज्ञापत्र एक तरह से राजनीति पर लिखित निबंध ही है। इसे प्रसिद्ध मराठा नेता और राजनीतिज्ञ रामचंद्र पंत ने रचा है और मराठी प्रधान मंडल के प्रस्ताव के अनुसार राजाज्ञा-पत्र के नाते सबकी जानकारी के लिए इसे प्रचारित किया गया था। शिवाजी महाराज ने समुद्रतटों पर स्थित हर तरह की विदेशी सत्ता उखाड़ फेंकने का यथासंभव प्रयत्न उस परिस्थिति में किया। उन्होंने समृद्ध नौसेना की नींव रखी और उसकी सहायता के लिए सब तरह की युद्ध-सामग्री से परिपूर्ण जल-दुर्गों का निर्माण किया। इन्हीं जल-दुर्गों ने हिंदू महासागर की स्वतंत्रता पूरे सौ वर्षों तक सुरक्षित रखने का अमूल्य कार्य किया।

राजाराम महाराज के कार्यकाल में औरंगजेब ने अपने आक्रमणों से पूरा दक्षिण हिंदुस्थान कुचल डाला था। ऐसी परिस्थिति में संगठित और केंद्रीभूत राजसत्ता चलाना नामुमकिन था। अत: प्रत्येक मराठी सेनानायक जहाँ और जिस तरीके से संभव था,

स्वतंत्र रूप से शत्रु का मुकाबला करने लगा। उस समय समुद्रतट से मुगलों को भगाने की जिम्मेदारी कान्होजी आंग्रे, गुजर और अन्य प्रमुख मराठी समुद्र सेनानायकों पर आ पड़ी। यह जिम्मेदारी उन्होंने इतनी दक्षता से निभाई कि अंग्रेजों, पुर्तगालियों, डच, सिद्दियों या मुगलों को पृथक्-प्रथक् या कभी-कभार एकजुट होकर भी मराठी नौसेना को नियंत्रित करना एवं उसका नाश करना संभव नहीं हुआ। अंग्रेजों के कब्जे वाले बंबई बंदरगाह से मात्र सोलह मील दूर खांदेरी द्वीप मराठी नौसेना के सेनापति कान्होजी आंग्रे के कब्जे में था। इसलिए अंग्रेज डरे रहते थे। मराठी सत्ता के उदय के पहले काफी वर्षों से पश्चिम किनारे पर पुर्तगालियों ने अपना राज्य कायम कर रखा था। जंजीरा के सिद्दियों का मुसलिम राज्य भी बहुत सामर्थ्यशाली था। अंग्रेज जानते थे कि मराठा नौ-सेनानायक इन दो बाधाओं से जैसे ही पार पा लेगा, उनका तिया-पाँचा करने में जरा भी देरी नहीं करेगा।

इन सभी शत्रुओं से अपने प्रांत की रक्षा करने के लिए विपुल सेना रखना कान्होजी आंग्रे के लिए आवश्यक हो गया था। इन सैनिकों का वेतन देने के लिए उसे पश्चिमी समुद्रतट पर व्यापार करनेवाली सभी नौकाओं से चौथ वसूल करनी पड़ती थी। इन समुद्रों का स्वामी खुद को मानने का मराठों का तर्क युक्तिसंगत था। इसलिए उनकी सहमति से या सहमति के बगैर समुद्रतटों पर भ्रमण करनेवाले विदेशियों से अपनी सीमा में चौथ वसूल करना बिलकुल उचित था। लेकिन दूसरे यूरोपीय देश और अंग्रेज उनका यह अधिकार मानने के लिए कदापि तैयार नहीं थे। ऐसे में उन्हें सबक सिखाने के लिए कान्होजी आंग्रे ने माल और व्यक्तियों सहित उनके जहाज जब्त कर लिये और चौथ वसूल किए बगैर उन्हें मुक्त करने से इनकार कर दिया।

शालिवाहन संवत् १६३० में बंबई के गर्वनर पद पर चार्ल्स बून की नियुक्ति होने के बाद उसने कान्होजी आंग्रे के समुद्री दुर्ग नष्ट करने का निश्चय किया। इसके लिए उसने मेहनत तो बहुत की, लेकिन उससे कई गुना ज्यादा शेखी भी बघारी। उसने एक सशक्त नौसेना का गठन किया और तुरंत मराठों के विजय दुर्ग पर हमला किया। अंग्रेज गुस्से से उबल रहे थे। मराठों के लिए कुत्सित भावना प्रदर्शित करनेवाले नाम उनकी रणनौकाओं को दिए गए थे। एक का नाम हंटर (शिकारी), दूसरी का हॉक (बाज़), तीसरी का रिवेंज (प्रतिशोध) और चौथी का विक्टरी (विजय) था। इस सशक्त नौसेना के संरक्षणार्थ अंग्रेजी सैनिकों से बनी एक पलटन तैयार थी और उसके जरिए दुर्गों पर भूमि-मार्ग से आक्रमण करने की योजना थी। शा.सं. १६३९ में इन रणनौकाओं ने विजय दुर्ग के परकोटे पर तोप के गोलों की बौछार शुरू की; लेकिन मराठी परकोटे कोई मोम से बने हुए नहीं होते—यह अंदाजा उन्हें हो गया। उन बौछारों का थोड़ा भी असर उन परकोटों पर या उनके रक्षकों पर नहीं हुआ। परकोटे की दीवारें पहले जैसी ही पायेदार

(बनी) रहीं। अंग्रेजों की कोशिश बेकार होती देखकर परकोटे के सहारे सुरक्षित रहे मराठों के चेहरे पर उनके लिए परिहास की भावना झलकने लगी। झल्लाए हुए अंग्रेजों ने सीढ़ियाँ लगाकर परकोटे पर चढ़ना शुरू किया; लेकिन उनकी यह कोशिश भी काम नहीं आई। यहाँ भी अपनी दाल नहीं गलते देखकर अंग्रेज हतोत्साहित होते हुए वापस लौटने लगे। यह देखते ही मराठों ने अपनी तोपों से ऐसी मार शुरू की कि जिस तत्परता से अंग्रेज वहाँ पहुँचे थे, उससे ज्यादा तत्परता से पलायन करने लगे।

अगले साल चार्ल्स बून ने खांदेरी पर हमला किया, लेकिन उसका हश्र पहले जैसा ही हुआ। समुद्र पर मराठों की सत्ता से हिंदुस्थान स्थित अंग्रेजों को धीरे-धीरे दहशत होने लगी कि उसके निवारणार्थ इंग्लैंड के राजा को चार विशाल लड़ाकू नौकाओं के स्वतंत्र दल का निर्माण करना पड़ा। रॉयल नेवी में ख्यातनाम वरिष्ठ अधिकारी कमांडर मैथ्यू को इस दल की कमान सौंपी गई। विफलता की आशंका न रहे—इसलिए उसने मराठों पर आक्रमण करने में मदद के लिए पुर्तगालियों को आमंत्रित किया। उन्होंने इस न्योते को सहर्ष स्वीकार कर लिया। शा.सं. १६४३ (ई.सं. १७२१) में इन समर्थ यूरोपीय राज्यों ने मराठों पर सामूहिक रूप से हमला किया, लेकिन इन हमलों में मराठे भूमि और समुद्र—दोनों ही मोर्चों पर इतनी कुशलतापूर्वक और शूरता से लड़े कि उनके परकोटे लाँघना यूरोपीय सेना के लिए नामुमकिन हो गया।

ऐसी विषम स्थिति से खीझकर कमांडर मैथ्यू खुद आगे बढ़ा, लेकिन किसी मराठा बरछैत के बरछे का शिकार बनते-बनते बच गया। उसकी जाँघ में बरछे से घाव हो गया। उसने उस बरछैत को अपने घोड़े तले रौंदा और फिर दोनों पिस्तौलें उस पर तान दीं; लेकिन उसके दुर्भाग्य से उनसे गोली निकली ही नहीं। इस सामूहिक दल के सिपाही भी अभागे निकले। मारेंगे या मरेंगे—यह ठानकर उन्होंने मराठों पर आखिरी हमला किया और सीढ़ियाँ लगाकर परकोटे लाँघने की कोशिश करने लगे। मराठों ने इस हमले का मुकाबला इतनी कुशलता और मजबूती से किया कि यूरोपीय सैनिकों को अपने प्राण हथेली पर लेकर भागना पड़ा।

उसी समय मराठों के दूसरे दल ने जमीन पर से पुर्तगालियों पर हमला किया। पुर्तगाली सेना हिम्मत हारकर अपनी जान बचाने के लिए इधर-उधर भागने लगी। इसके तुरंत बाद अंग्रेजों ने भी पुर्तगालियों का अनुकरण किया और अपनी युद्ध-सामग्री विजयी मराठों को सुपुर्द करके चलते बने। अंग्रेज और पुर्तगाली अपनी सेना के रणविमुख होने के बाद पराजय की जिम्मेदारी एक-दूसरे पर डालने में लगे। इससे इस संयुक्त सेना की बची-खुची हिम्मत भी खत्म हो गई और अंग्रेज मुंबई में तथा पुर्तगाली चौल में निकल गए। इसके बाद बहुत दिनों तक अंग्रेज इस आशंका में कि चौथ वसूलने के बहाने आंग्रे उनके व्यापारी जलपोतों का हरण कर ले जाएगा—उन्हें नौसेना की निगरानी में ले जाने

लगे। कुछ दिनों बाद अंग्रेजी जलपोत (विक्टरी) भी उसी प्रकार नाकाम हुआ जिस प्रकार अंग्रेज सेनापति अपनी पिस्तौल में गोलियाँ भरना भूलने के कारण नाकाम हुआ था। अंग्रेजों का दूसरा जलपोत 'प्रतिशोध' शत्रु का नाश करने के बदले स्वयं ही चौथ वसूली के लिए मराठों द्वारा पकड़ा गया। मौकापरस्त डचों ने विजय दुर्ग पर सात बड़े युद्धपोत, विस्फोटक पदार्थों से भरे हुए दो जलपोत और सेना का एक दल लेकर हमला किया; लेकिन मराठों के धैर्य रूपी पहाड़ से सिर टकराने के अलावा उनके हाथ कुछ नहीं लगा। मराठों के वृद्ध नौसेनानी हिंदू समुद्र पर अपना स्वामित्व कायम कर बेरोकटोक संचार करने लगे। उन्होंने और उनके राष्ट्र ने समुद्र में यह पराक्रम तब दिखाया जब जमीन पर कोंकण में सिद्दियों के साथ, दक्षिण में निजाम के साथ तथा गुजरात, मालवा और बुंदेलखंड में मुगलों के साथ लगातार लड़ाइयाँ चल रही थीं।

शालिवाहन संवत् १६५१ के आस-पास कान्होजी आंग्रे का निधन हो गया। उसी समय पूरे मराठा-मंडल को प्रभावित करनेवाले जिस ऐतिहासिक प्रभावशाली व्यक्तित्व का उदय कोंकण के राजकीय क्षेत्र में हुआ, वह थे बाजीराव, चिमाजी अप्पा और शाहू महाराज समेत हजारों छोटे-बड़े व्यक्तियों के गुरु ब्रम्हेंद्र स्वामी धावडशीकरजी। मराठा नेताओं के क्षुद्र मनोविकारों के उफान से बचाकर महाराष्ट्र की जनता के मन में जल रही ईश्वरीय कार्य की ज्योति सदैव प्रज्वलित रखने में निस्संदेह उनका महती योगदान था। उस समय समाज में मत-मतांतरों की प्रबलता थी, किंतु स्वधर्म और स्वराज्य के ध्येय का नैतिक और आध्यात्मिक महत्त्व सर्वसामान्य जनता के मन पर अंकित करने में ब्रम्हेंद्र स्वामी धावडशीकरजी का इस्तेमाल हो सका। वे निस्संदेह देशभक्ति की उदात्त भावना से भरे हुए थे। अल्पायु में ही उन्होंने जप-तप आदि से अलौकिक योगशक्ति अर्जित की थी। हर साल वे एक महीना जमीन में समाधिस्थ रहते थे। श्री रामदास स्वामी की तरह अखिल हिंदुस्थान में उन्होंने भ्रमण किया था और सब तरफ दिखाई देनेवाले हिंदुओं के परावलंबन और गुलामी के नजारे ने उन्हें अंदर तक झकझोर दिया था। उनके अंत:करण में धधकनेवाली देशभक्ति की ज्वाला का परिवर्तन दावानल में करने के लिए हवा के मात्र एक झोंके की जरूरत थी। यह काम जंजीरे की मुसलिम राजसत्ता ने किया। मराठों के कट्टर शत्रु सिद्दी जान चुके थे कि मराठों की सत्ता अगर ऐसे ही दिन-ब-दिन मजबूत होती गई तो अवैध तरीके से कब्जाया गया कोंकण का राज्य उन्हें जल्दी ही छोड़ना पड़ेगा। इसलिए कोंकण के किनारे होनेवाली लड़ाइयों में वे हमेशा अंग्रेज, डच या पुर्तगालियों के पक्ष में शामिल हो जाते थे और मराठी प्रांतों पर धावा बोलते थे।

केवल इतना करने से उन्हें संतुष्टि नहीं होती थी। धर्मपरायण मुसलिमों की तरह ही वे क्रूरता की पराकाष्ठा पर पहुँचकर सैकड़ों हिंदू लड़के-लड़कियों को भगाते और

उन्हें बलपूर्वक धर्मांतरित करते थे। हिंदुओं पर अत्याचार करना और उनके मंदिर तहस-नहस करना ही उनका काम था। ब्रम्हेंद्र स्वामीजी ने जिस परशुराम मंदिर में तपस्या और ध्यान-साधना की थी, वह मंदिर भी उनके विध्वंस-कार्य से अछूता नहीं रहा। सिद्दियों ने उस मंदिर का एक-एक पत्थर निकालकर उसे नष्ट किया। उस मंदिर के खजाने की सारी संपत्ति उन्होंने लूट ली और वहाँ के ब्राह्मणों पर जुल्म किया। इस जुल्म से ब्रम्हेंद्र स्वामीजी के मन में सात्त्विक क्रोध की ज्वाला भड़क उठी। हिंदू साधु-संतों की तो अच्छा, बुरा या फिर दोनों के प्रति समभाव रखने की मानो आदत ही बन गई थी; लेकिन इस अत्याचार के कारण यह खोखली भावना उनके मन से पूरी तरह तिरोहित हो गई। उन्होंने अपना पूरा जीवन हिंदू-स्वातंत्र्य समर की सहायता करने और हिंदू संस्कृति की प्रस्थापना के कार्य में खपा देने का निश्चय कर लिया। उस प्रांत में उनकी इतनी प्रतिष्ठा थी कि खुद सिद्दी को भी उन्हें हमेशा के लिए दुश्मन बनाए रखने की हिम्मत नहीं हुई। उसने स्वामीजी से परशुराम क्षेत्र में ही निवास करने की विनती की तथा यह आश्वासन दिया कि भविष्य में उन्हें कोई भी तकलीफ नहीं होगी। 'तुमने भगवान् और ब्राह्मणों पर जुल्म किया है' कहकर स्वामीजी ने उसकी बात नहीं मानी। खुद आंग्रे भी उनका हृदय-परिवर्तन करके कोंकण में रहने के लिए उन्हें मना नहीं सके।

"यहाँ निवास करना तो दूर, जिस भूमि पर पाखंडी परदेसियों का राज है, उस भूमि के पानी की एक बूँद भी नहीं पीऊँगा। मैं कोंकण में जाऊँगा जरूर, लेकिन इस अत्याचार का प्रतिशोध लेने के लिए। सन्नद्ध हुई हिंदू सेना का अगुआ बनकर ही जाऊँगा"—यह कहकर स्वामीजी सातारा निकल गए। वहाँ उन्होंने हिंदुओं के अन्य धर्मीय दुश्मनों, विशेषकर जंजीरा के सिद्दी और गोवा के पुर्तगीजों के खिलाफ धर्मयुद्ध का उपदेश देना प्रारंभ किया। उनका पत्र-व्यवहार अब सामान्य पाठकों को भी उपलब्ध है। उससे जाहिर होता है कि मराठों का राज्य स्वतंत्र करने तथा हिंदूधर्म की रक्षा के लिए रणदेवी की आराधना करने की निश्चय रूपी जो अग्नि कश्मीर से लेकर कन्याकुमारी तक मराठों के मन में प्रदीप्त हुई थी, उसे धैर्यपूर्वक प्रज्वलित रखने का महान् कार्य स्वामीजी करते रहे।

छत्रपति शाहू महाराज और श्रीमंत बाजीराव पंतप्रधान—दोनों ही स्वामीजी के शिष्य थे। उन्होंने कोंकण के किनारे सिद्दियों के अत्याचार का प्रतिशोध लेने का निश्चय किया और मराठों के दूत कोंकण में सिद्दी तथा पुर्तगालियों के खिलाफ जंग छेड़ने की कूटनीति रचने में व्यस्त हो गए। फिलहाल उन्हें दिल्ली से लेकर अर्काट तक फैली सभी विरोधी सत्ताओं का मुकाबला करना पड़ रहा था। अत: वे कोंकण में लड़ाई छेड़ने के मौके की ताक में रहे। संयोग से उसी वक्त सिद्दी के बेटों में राज्याधिकार को लेकर झगड़े होने लगे और उनमें से एक तो मदद माँगने के लिए मराठों की शरण में आया।

वहाँ के मराठों के सेनापति ने इसे अच्छा मौका समझकर सहायता करने का वचन दिया और मराठों की कूटनीति की सफलता की सूचना शाहू महाराज को दी।

यह चिरप्रतीक्षित समाचार मिलते ही शाहू महाराज फूले नहीं समाए। उन्होंने उल्लसित होकर बाजीराव को पत्र लिखकर आज्ञा दी—"पत्र बाद में पढ़िए, पहले घोड़े पर सवार होइए, फिर पत्र पढ़िए।"

मराठों के इस आक्रमण का प्रारंभ शा.सं. १६५५ (ई.सं. १७३३) में हुआ। मराठी सेना ने सह्याद्रि से नीचे उतरकर तला घोसाला के दुर्ग पर कब्जा किया और मुसलिम सेना को एक के बाद एक रणक्षेत्र में पराजित करके सिद्दी के समूचे राज्य पर कब्जा कर लिया। जलूही बाजीराव ने जबरदस्त हमला कर रायगढ़ भी वापस ले लिया। इस प्रसिद्ध दुर्ग पर शिवाजी महाराज की राजधानी थी। उनका राज्याभिषेक यहीं हुआ था। मराठी स्वतंत्रता-संग्राम इतने दिनों तक चलने के बावजूद अभी तक वह यवनों के कब्जे में ही था। शिवाजी महाराज की राजधानी का यह पावन स्थान पुनः अपने अधिकार में आने की खबर सुनकर पूरा महाराष्ट्र हर्षोल्लास से भर उठा।

उधर मराठों का सागर-विजय अभियान भी कोई कम नहीं था। जल युद्ध में मानाजी आंग्रे ने सिद्दियों के जलपोत नष्ट कर डाले। मराठों की इस बढ़त से अंग्रेजों के भी मन में दहशत बैठ गई। उन्होंने सिद्दी शासक को पहले परोक्ष और बाद में प्रत्यक्ष रूप से शस्त्र तथा बारूद देकर उसकी सहायता की। इतना ही नहीं, अंत में कप्तान हालडेन के नेतृत्व में बहुत सारी सेना मराठों के खिलाफ लड़ने के लिए भी भेज दी; लेकिन खंडाजी नरहर खर्डे, मोडे, मोहिते आदि मथुराबाई आंग्रे, औरतों ने भी लगातार निष्ठापूर्वक लड़ाई जारी रखी। मथुराबाई आंग्रे का ब्रम्हेंद्र स्वामी के साथ हुआ पत्र-व्यवहार पढ़ने से पता लगता है कि विदेशी शिकंजे से अपने देश को छुड़ाने के लिए इस देशाभिमानी औरत का दिल कैसा छटपटा रहा था और शत्रु के कब्जे से छुड़ाए गए दुर्ग पर तथा नगर पर फहराते हिंदू ध्वज को देखकर उसका हृदय देशाभिमान से कितना उल्लसित हो रहा था।

इस तरह वर्षोनुवर्ष यह युद्ध चलता रहा। आखिर चैत्र शु. ५/१६५९ (ई.सं. १७३७) में चिमाजी अप्पा स्वयं कोंकण पधारे और उन्होंने रेवास में समस्त अबीसीनियाई सेना पर विजय प्राप्त की। जिसने परशुराम मंदिर ध्वस्त करके उसकी पवित्रता नष्ट की, उस अरबी शत्रु का, जंजीरा के सिद्दी का सिर कलम कर दिया गया। उस वक्त उसके साथ ही चंदेरी के मुसलमानों का सरदार और मुसलमानों के पक्ष में लड़नेवाले ग्यारह हजार सैनिक मृत्यु का शिकार बन गए।

समूचे कोंकण प्रांत ने, पूरे महाराष्ट्र ने, अपने धर्मशत्रु पर इस तरह विजय पाकर हिंदूजाति का गौरव बढ़ानेवाले सेनापति पर धन्यवादों की बौछार की। शाहू महाराज को

बड़ी खुशी हुई। उन्होंने लिखा—"जंजीरा का सिद्दी एक दैत्य था। वह रावण का ही प्रतिरूप था। उसे मारकर हमने सभी सिद्दियों को पराजित किया है। तुम्हारी कीर्ति की सुगंध सभी दिशाओं में फैले।" छत्रपति ने युवा चिमाजी अप्पा को राजसभा में आमंत्रित करके उन्हें बहुमूल्य वस्त्र, उपहार आदि देकर सम्मानित किया। इस युद्ध के अगुआ ब्रम्हेंद्र स्वामीजी की मन:स्थिति शब्दातीत है। झगड़ों के दौर में जब-जब आपसी प्रतिस्पर्धा अथवा निरर्थक कलह के कारण मराठों के प्रयत्नों में शिथिलता आती, तब-तब अपने देश और धर्म के प्रति कर्तव्यनिष्ठा उनके दिल में जाग्रत् कर और इस महान् कार्य का नैतिक तथा आध्यात्मिक स्वरूप हमेशा उनके मन में प्रतिबोधित कर उन्हें अपने निश्चय पर अडिग रखने का काम स्वामीजी ने किया। वे इस दुविधा में फँस गए कि इस अतुलनीय विजय के लिए परमेश्वर को धन्यवाद दें अथवा अपने प्रख्यात शिष्य को। परशुराम की पवित्र भूमि को विदेशियों के पापी स्पर्श से मुक्त कराने में, हिंदूधर्म का कार्य अबाधित रखने में आखिरकार उन्हें यश प्राप्त हुआ।

'शामलांची क्षिति केली। कोंकणात धर्म राखिला!'

इस प्रकार सिद्दी को परास्त कर कोंकण के किनारे की मुसलिम सत्ता मराठी साम्राज्य के अधीन कर ली गई। परिणामस्वरूप इसके बाद पुर्तगालियों को मराठों से अकेले ही टक्कर लेनी पड़ी। हिंदुस्थान का प्रांत तो उन्हें अनायास प्राप्त हुआ था और खंबात से लेकर सिंहल द्वीप तक का संपूर्ण पश्चिमी किनारा उनके नियंत्रण में आ गया था; लेकिन मराठों की सत्ता का उत्कर्ष होने के बाद पुर्तगालियों का वर्चस्व घटने लगा। उन्होंने हिंदुस्थान में जो धार्मिक जुल्म किए, अपराध के दंड के नाम पर जो अत्याचार किए, वे मुसलमानों के अत्याचारों से कम घिनौने नहीं थे। पूरी एक शताब्दी तक राजनीतिक दासता और धार्मिक जुल्मों से त्रस्त हुई हिंदूजाति ने जब देखा कि सिद्दी शासकों के राज्य के अपने देश-बांधव दासता की बेड़ियों से मुक्त होकर स्वतंत्र नागरिकों की हैसियत से संचार कर रहे हैं, तब स्वाभाविक रूप से गोवा के हिंदू भी अपनी मुक्ति के लिए मराठी सेना के आगमन की प्रतीक्षा करने लगे। उत्साह, देशभक्ति और मराठों के आगमन की उम्मीद की लहर से वहाँ के सभी हिंदू गद्गद हो उठे। पुर्तगाली धर्म शिक्षालय के कोंकण प्रांत निवासी सभी हिंदुओं को रौंद डालने के जो सिरफिरे प्रयत्न चल रहे थे, उनका जोरदार प्रतिकार गोमांतक निवासी हिंदू ही करने लगे।

अपने राज्य की सीमा के नजदीक होनेवाली शस्त्रास्त्रों की आवाज सुनकर और बाजीराव की लगातार विजय-प्राप्ति देखकर पुर्तगालियों के पाँव तले से जमीन खिसकने लगी। निराशा से हुए मतिभ्रंश के कारण पुर्तगालियों ने हिंदू संगठन के आंदोलन को कुचलना और उनके मन में उदित आशा तथा प्रतिकार की भावनाएँ नष्ट करना प्रारंभ

किया। पुराने लेखों में इसका वर्णन इस प्रकार है—"उन्होंने हिंदू भूमिपतियों के विस्तीर्ण क्षेत्र उनसे बलपूर्वक छीन लिये, उन्होंने गाँव के गाँव धर्मभ्रष्ट कर डाले; हिंदू बालकों का अपहरण किया और उनका धर्मांतरण किया, जिन्होंने धर्मांतरण करने से इनकार किया, उन्हें कारावास की या मौत की सजा दी। स्वभावत: ब्राह्मण उनके गुस्से का प्रमुख शिकार बने। उन्होंने ब्राह्मणों को उनके ही घरों में बंदी बना दिया। हिंदुओं द्वारा कोई भी धार्मिक विधि सार्वजनिक रूप से करना गुनाह समझा जाने लगा। अगर कोई हिंदू ऐसी धार्मिक विधि करने का दुस्साहस करता तो तुरंत उसका घर घेर लिया जाता, उसके परिजनों को पकड़ा जाता और उनको ईसाई बनाने के लिए अथवा उनकी हत्या करने के लिए या फिर उन्हें गुलाम बनाकर बेचने के लिए धर्म के न्यायालय में भेज दिया जाता था।"

इस तरह जुल्म-पर-जुल्म बरदाश्त करते हुए भी हिंदुओं ने पुर्तगाली शासकों के अमानवीय कृत्यों का प्रतिकार जुझारू वृत्ति से करना जारी रखा। पुर्तगालियों की क्रोधाग्नि में हजारों हिंदू जलकर खाक हो गए। आखिरकर हिंदू समाज के नेताओं ने, वसई और दूसरे गाँवों के देशमुख लोगों ने बाजीराव तथा शाहू महाराज के साथ गुप्त मंत्रणाएँ करना प्रारंभ कर दिया और साथ ही यह अनुरोध भी किया कि उन्हें मुक्त कराने के लिए वे युद्ध करें तथा हिंदू स्वातंत्र्य की, धर्म की और देश की प्रतिष्ठा अबाधित रखें।

मालाड के सरदेसाई अंताजी रघुनाथ कावले बहुत शूर और लोकप्रिय हिंदू योद्धा थे। हिंदुओं के सार्वजनिक रूप से धार्मिक विधि-विधान करने पर पुर्तगालियों की पाबंदी का खुलेआम विरोध किया। साथ ही अपने आश्रितों को इस विरोध के लिए उकसाया था। स्वाभाविक ही था कि वे पुर्तगालियों के अत्याचारों का शिकार बन गए। उन्हें गिरफ्तार कर लिया गया। उनकी सारी जागीरें छीन ली गईं और उन्हें गोवा की धार्मिक अदालत में मर्मांतक यातनाएँ भुगतने के लिए भेज दिया गया; लेकिन सौभाग्य से वे जेल से फरार होने में कामयाब रहे और सुरक्षित रूप से पुणे पहुँच गए। वहाँ उन्होंने एक गुप्त योजना तैयार की। उन्होंने बाजीराव को वचन दिया कि पुर्तगालियों के प्रदेश में मराठे जैसे ही पहुँचेंगे, वैसे ही वे वहाँ के लोगों को लेकर उनसे आ मिलेंगे, मराठी सेना के लिए मार्गप्रदर्शक का काम करेंगे और हर प्रकार से उसकी मदद करेंगे। उन्होंने बाजीराव से कहा कि पुर्तगालियों की अधीनस्थ समस्त हिंदू जनता मानती है कि परधर्मी शत्रु का संहार करने के लिए आपने (बाजीराव ने) अवतार लिया है और अधर्म के प्रकोप से त्रस्त भूमि जिस प्रकार अपनी मुक्ति के लिए ईश्वर से दया की भीख माँगती है, उसी प्रकार हिंदू प्रजा बड़ी आशा से आपके आगमन की प्रतीक्षा कर रही है।

इसी समय उत्तर दिशा में बड़ी-बड़ी समस्याएँ हल करने के लिए लड़ाइयाँ चल रही थीं। दीर्घकाल तक चलनेवाली दिग्विजयों की आपाधापी के कारण बाजीराव थक

गए थे। फिर भी विदेशियों के जुल्मों से परेशान अपने धर्मबंधुओं के अंत:करण को दहलानेवाली विनती सुनकर चुपचाप बैठना उनके लिए संभव नहीं था। उन्होंने घोषणा की कि इस साल पुणे में पार्वती देवी का उत्सव हर साल की अपेक्षा ज्यादा बड़े पैमाने पर मनाया जाएगा। उसके बहाने उन्होंने बड़ी तेजी और उत्साह से, लेकिन गुप्त तरीके से अनेक मराठी सैनिकों को पुणे में बुला लिया। सेनानायकों के जमा होते ही प्रत्येक को उसकी जिम्मेदारी सौंप दी गई तथा कोंकण में पुर्तगालियों पर आक्रमण करने की योजना को अंतिम रूप दे दिया गया। प्रमुख सेनापति के स्थान पर चिमाजी अप्पा की नियुक्ति हुई। अंताजी रामचंद्र, रघुनाथ, रामचंद्र जोशी आदि सिपहसालार और योद्धाओं को अलग-अलग मोरचा सँभालने का जिम्मा दे दिया गया।

शालिवाहन संवत् १६५९ में मराठी सेना ने ठाणे के किले पर आक्रमण किया। पुर्तगालियों ने यथासंभव प्रतिकार किया, लेकिन अंतत: उन्हें हथियार डालने के लिए विवश होना पड़ा। जोशीजी ने धारवि तथा पारसिक पर और शंकराजी केशव ने अर्नाला के दुर्ग पर फतह पाई।

मराठों को लगातार मिलनेवाली इन सफलताओं को देखने के बाद गोवा के प्रमुख शासक की नींद हराम हो गई। उसने इन लड़ाइयों को चलाए रखने के लिए अंतोनिओ नामक पराक्रमी सेनापति को नियुक्त किया। इतना ही नहीं, जोश-खरोश से भरी सेना का एक दल भी यूरोप से बुलाया गया। इसके दल आते ही अंतोनिओ ने ठाणे के किले पर पुन: अधिकार करने की योजना बनाई। इसके लिए चार हजार पुर्तगाली सैनिकों का जत्था शूर मेड्रोमेलो के नेतृत्व में निकल पड़ा। इधर ठाणे की रक्षा का जिम्मा भी किसी कमजोर सेनापति के हाथों में नहीं था। अनुभवी और पराक्रमी मल्हारराव होलकर वहाँ मौजूद थे। ऐसी स्थिति में पुर्तगालियों का हमला और मराठों का प्रतिकार—इन दोनों में से किसी भी एक को कम करके नहीं आँका जा सकता था। आखिर मराठों ने अपनी तोपों की मदद से पुर्तगाली सेना को इतना बदहाल कर दिया कि उनकी शक्ति धीरे-धीरे क्षीण होने लगी। यह देखकर उनका वीर नेता उनमें फिर शौर्य जगाने का प्रयत्न करने लगा। तभी मराठों द्वारा किले पर से अचूक निशाना लगाकर छोड़ा गया तोप का गोला वहाँ आ गिरा और इसमें मेड्रोमेलो मारा गया। अपने सेनापति की मृत्यु का समाचार सुनते ही पुर्तगाली सैनिकों में खलबली मच गई; भागकर वे अपनी नौकाओं पर जा चढ़े। आर-पार की एक और लड़ाई लड़कर मराठों ने माहीम भी उनसे छीन लिया। व्यंकटराव घोरपडे तो गोवा के राखोड तक पीछा करते जा धमके। पुर्तगाली सत्ता का अंत अब स्पष्ट दिखने लगा।

उसी समय नादिरशाह के आक्रमण की खबर आ पहुँची। भारतवर्ष को, सही मायने में विदेशी आक्रमणों का प्रतिकार करने में सक्षम एकमात्र हिंदू सत्ता अर्थात् मराठों

को जिन भयानक संकटों का सामना करना पड़ा, उनमें यह संकट सबसे बड़ा था। नादिरशाह के आक्रमण के कारण पुर्तगाली सेना को नया जीवन प्राप्त हो गया। बाजीराव ने अपनी सर्वव्यापी दृष्टि से परिस्थिति का आकलन किया और लिखा—"इस समय पुर्तगालियों का सामना करना ज्यादा महत्त्वपूर्ण नहीं है। अब समूचे भारत का एक ही शत्रु है और उसके विरुद्ध हिंदुस्थान की सारी ताकत इकट्ठा करनी चाहिए। मैं अपने मराठा वीरों को नर्मदा से लेकर चंबल तक फैला दूँगा। फिर देखूँगा कि नादिरशाह दक्षिण में कैसे प्रवेश करता है।"

उन्होंने न केवल मराठा-मंडल का बल्कि राजपूत, बुंदेले आदि अखिल हिंदू समाज का संयुक्त संगठन बनाने हेतु दिल्ली, जयपुर और उत्तर हिंदुस्थान के राजदरबारों में स्थित अपने प्रतिनिधियों के पास संदेश भेज दिए। उस समय के इस मराठी राजनीतिज्ञ का पत्र अब प्रकाशित हुआ है। दिल्ली की मुसलिम सत्ता सदा के लिए नष्ट कर संपूर्ण भारत के सिंहासन पर उदयपुर के महाराणा को अधिष्ठित करने की हिंदुत्व से परिपूर्ण योजना का स्पष्ट उल्लेख उस पत्र में है।

मराठों के प्रमुख के महत्त्वाकांक्षी मन में अन्यत्र हिंदुओं की विजय की बड़ी-बड़ी योजनाएँ बन रही थीं, इसके बावजूद बाजीराव की साधनानुकूलता निर्माण करने की शक्ति इतनी प्रबल थी कि इधर दक्षिण में वसई को घेरकर पुर्तगालियों से लड़ने के लिए सेना का बंदोबस्त तथा उत्तर में नादिरशाह को दिल्ली से भगाने के लिए सेना की रवानगी—ये दोनों काम उन्होंने एक साथ कर दिखाए। पुर्तगाली सेना को यह समझने में देर नहीं लगी कि नादिरशाह के आक्रमण के बावजूद उनके गले पर कसता मराठी हाथों का शिकंजा जरा भी ढीला नहीं पड़ा है। गोवा के राजप्रतिनिधियों को लगातार खबरें मिलने लगीं कि उनके प्रांत के मजबूत किले एक के बाद एक शत्रु के हाथों में चले जा रहे हैं। मराठों ने अपनी तोपों का कमाल दिखाकर श्रीगाँव, तारापुर और डहाणू अपने कब्जे में ले लिये तथा वहाँ की रक्षक सेना को अपने शस्त्रों की धार दिखाई। आखिर मराठों ने वसई को घेर लिया। इस अभेद्य किले पर आक्रमण करनेवालों तथा उसकी रक्षा करनेवालों के अदम्य पराक्रम की वीर रसोत्पादक गाथा इतनी सर्वश्रुत है कि इस संक्षिप्त ब्योरे में उसके वर्णन की कोई आवश्यकता नहीं है।

इस समूचे प्रांत की विजय के लिए मराठे बड़ी भयंकरता से लड़े। वसई के युद्ध का आँखों देखा हाल लिखनेवालों के अनुसार बड़े-बड़े योद्धाओं ने भी अपने-अपने मोरचे पर अडिग रहकर मृत्यु को स्वीकार किया। मराठा योद्धाओं के मन में बाजीराव के प्रति अपने प्राणों से भी ज्यादा निष्ठा थी। इसलिए उनकी नजर में गिरना कोई भी नहीं चाहता था। उन्होंने अपने प्राण न्योछावर कर दिए और लड़ते-लड़ते समरभूमि पर शयन किया। सेनापतियों ने भी यथासमय देह-त्याग किया, पर हथियार नहीं डाले। मराठों ने

हमला किया, लेकिन जबरदस्त हार के बाद उन्हें पीछे हटना पड़ा। उन्होंने बार-बार हमले किए और दोनों पक्षों के भारी नुकसान के बाद उन्हें कई बार पीछे हटना पड़ा। उनके द्वारा बिछाई गई बारूदी सुरंगों से कई बार उनके ही सैनिक क्षत-विक्षत हो गए। फिर भी राष्ट्रीय अपमान का प्रतिशोध लेने के लिए कटिबद्ध और दृढ़प्रतिज्ञ मराठों ने कोशिशें बंद नहीं कीं। कुल मिलाकर उन्होंने अठारह हमले किए। पुर्तगालियों ने भी उन्हें उतनी बार परास्त किया; लेकिन हर हमले के उपरांत वे कमजोर होते गए। नादिरशाह आकर लौट भी गया, लेकिन घेराबंदी जारी ही रही। फिर भी अभी तक वसई पर शत्रु का ही कब्जा था।

आखिर में निराशा से गुस्से में चिमाजी अप्पा ने गर्जना की—''देखो, अगर वसई में मेरा प्रवेश न हो सका तो कल मेरा सिर तोप के मुँह में बाँध देना, ताकि कम-से-कम मरने के बाद वसई दुर्ग में मेरा प्रवेश हो सके।'' उनके इस जोशीले आह्वान से मराठी सेना का उत्साह सौ गुना बढ़ गया। उन्होंने प्रयत्नों की पराकाष्ठा कर दिखाई। वसई की किस्मत तय हो गई। परकोटे की दीवार लाँघने के लिए मानाजी आंग्रे, राणोजी, शिंदे तथा मल्हारराव होलकर के बीच प्रतिस्पर्धा होने लगी। उसी समय दीवार में मराठों की लगाई एक सुरंग फटी और पुर्तगालियों के परकोटे का एक अहम हिस्सा ध्वस्त हो गया। मराठे अतुलनीय धैर्य के साथ उस ध्वस्त जगह पर कूद पड़े और उसमें मजबूती से मोरचा जमा लिया। पुर्तगालियों के पराक्रम की ख्याति पूरी दुनिया में थी, लेकिन उस पराक्रम की सीमा लाँघने के बावजूद वे मराठों को उस जगह से हिला नहीं सके। इसके पश्चात् मराठों का प्रतिरोध करना पुर्तगालियों के वश का नहीं रहा। दुश्मनों के दुर्गरक्षकों पर मराठों ने तोपगोलों की बौछार इतने दृढ़ निश्चय से और इतनी अचूकता से जारी रखी कि दीर्घकाल से जिस परिणति की प्रतीक्षा थी, उसकी घड़ी आखिर आ ही गई। पुर्तगाली सेना शरणागत हुई और फिर वसई के दुर्ग पर हिंदूधर्म तथा जाति का मराठी विजयध्वज बड़े रुतबे से लहराने लगा। तब पूरा विश्व मराठों की विजय-गर्जना से गूँज उठा।

अब कोंकण का ज्यादातर हिस्सा स्वतंत्र था। इस आघात के बाद पुर्तगाली सत्ता फिर कभी उठ न सकी। इसके बाद अन्यत्र महत्त्वपूर्ण कार्यों में मराठों के व्यस्त हो जाने के कारण सिर्फ गोवा में पुर्तगाली सत्ता जैसे-तैसे सुरक्षित रही। किसी समय गुडहोप से लेकर पूर्व दिशा में पीत समुद्र तक अपना स्वामित्व रखनेवाली पुर्तगाली सत्ता को भूमि तथा समुद्र—दोनों पर मराठों ने ऐसा सबक सिखाया कि हिंदूजाति के विरुद्ध सिर उठाना उसके लिए सर्वथा असंभव हो गया।

सदियों से जिनके बारे में यह धारणा बनी हुई थी कि इनका जन्म मानो शासन करने के लिए ही हुआ है और उनका गुलाम बनकर रहना ही अपने भाग्य में लिखा है, वे सब हिंदुओं के देश और धर्म के दुश्मन मराठों के आगे हतबल हो गए। अपने

पराक्रमी वीरों के महान् कार्य देखकर सभी हिंदू कितने उल्लसित हुए होंगे और राष्ट्रीय गर्व की भावना, बल तथा अभिमान से वे कितने गद्‍गद हुए होंगे, इसका अनुमान सहज ही लगाया जा सकता है। कई शताब्दियों तक पुर्तगाली सत्ता के अधीन रहे कोंकणवासी हिंदुओं ने गर्व से लहरानेवाली हिंदूध्वजा नहीं देखी थी। इसके साथ ही उन्होंने स्वयं खंडित न होते हुए विदेशी जुल्म का सिर काटकर हिंदूधर्म और राष्ट्र पर किए गए अन्याय का प्रतिशोध लेने वाली तलवार भी नहीं देखी थी। ब्रम्हेंद्र स्वामीजी को इस अभूतपूर्व विजय का समाचार देनेवाले लेखक ने जो लिखा, वह उचित ही है—"इस तरह का पराक्रम, ऐसी जिद और यह विजय उस काल के कृत्य हैं, जब अपनी धरती पर प्रत्यक्ष देवतागण निवास करते थे। यह सुदिन देखने के लिए जो जिंदा रहे, वे बड़े भाग्यशाली हैं तथा इस विजय-प्राप्ति के लिए जिन्होंने अपना बलिदान किया, वे उनसे भी अधिक भाग्यशाली हैं।"

□

नादिरशाह एवं बाजीराव

'देखते हैं कि नादिरशाह कैसे आगे बढ़ता है।'

—बाजीराव

कोंकण प्रांत की यह विजय तो देदीप्यमान थी ही, लेकिन मराठी खड्ग दूसरी जगहों पर भी सफल हो रहा था। गुजरात, मालवा, बुंदेलखंड आदि प्रांतों में विजय प्राप्त करके और वहाँ का शासन सुव्यवस्थित करके हिंदू साम्राज्य का आधिपत्य चंबल तक फैलाने के बाद वहीं अपने कर्तृत्व की इतिश्री मान लेना बाजीराव के लिए संभव नहीं था। सुसंगठित हिंदू-साम्राज्य का विस्तार समूचे भारतवर्ष में करने का लक्ष्य बाजीराव के सामने था। हिंदुओं के धर्मक्षेत्र विदेशी दुश्मनों के धर्मबाह्य आचरण से कलंकित कर दिए गए थे। उन्हें निष्कलंक करके स्वतंत्र करने के लिए उनका मन छटपटा रहा था।

ऐसी स्थिति में सिर्फ कोंकण प्रांत के परशुराम क्षेत्र को स्वतंत्र करने से उनका कार्य समाप्त होना संभव नहीं था। उस समय काशी, गया, मथुरा आदि तीर्थस्थान मुसलिम धर्मांधता और प्रभुत्व से पीड़ित थे। इसलिए स्वयं बाजीराव और उनके मराठा सेनानायकों ने नासिक और पंढरपुर क्षेत्रों को मुक्त करने के लिए जितनी अविराम चिंता और आस्था से प्रयत्न किए, उसी आस्था और चिंता के साथ वे इन धर्मक्षेत्रों की मुक्ति के लिए भी सतत युद्ध करते रहे। कोंकण प्रांत में मराठों को समुद्र तथा भूमि—दोनों पर अनगिनत बलशाली शत्रुओं का सामना करना पड़ रहा था, फिर भी बाजीराव ने निडरता से दिल्ली के बादशाह को धमकाया कि काशी, मथुरा, गया और इतर धर्मस्थानों को मुक्त करने के संबंध में अगर हमारी माँगें नहीं मानी गईं तो हम सीधे दिल्ली पर आक्रमण कर देंगे।

इससे दिल्ली के सभी नेताओं की घिग्घी बँध गई और उन्होंने अपनी सारी ताकत इकट्ठा करने में पूरी जान लगा दी। इस अकेले विद्रोही पर मुसलमानों के बाईस

सिपहसालार टूट पड़े। इसके बावजूद वे जब मराठों के खिलाफ जीतने में नाकाम रहे, तब उन्होंने खुद के समाधान के लिए काल्पनिक विजय-गाथाएँ गढ़ लीं और उनके बारे में बादशाह को यह अतिरंजित वर्णन लिख भेजा कि एक बड़ी लड़ाई (जो कभी हुई ही नहीं) में बाजीराव का समूल नाश कर दिया गया और मराठों की हालत इतनी दयनीय कर दी गई कि उत्तर भारत से मराठा सेना का नामोनिशान ही मिट गया है।

यह पत्र पढ़कर बादशाह खुशी से पागल हो गया। उसने बड़ी उद्दंडता से अपने दरबार के मराठी प्रतिनिधि को भगाकर इस अद्वितीय विजय के लिए उत्सव मनाने की आज्ञा दी।

दिल्ली में घटित होनेवाले कार्यकलापों का वृत्तांत सुनकर बाजीराव ने ठान लिया कि "मैं अपने मराठा वीरों को दिल्ली की सीमा में ले जाऊँगा और मुसलमान बादशाह को उसकी राजधानी में उठती अग्निशिखाओं की रोशनी में अपना उत्तर दिशा का अस्तित्व दिखा दूँगा।" और उन्होंने अपना वचन निभाया। संताजी जाधव, तुकोजी होलकर, शिवाजी और यशवंतराव पवार की सहायता से वे दिल्ली पर दस्तक देने लगे। अब बादशाह का भ्रम टूट गया। उसने बाजीराव पर आक्रमण करने के लिए बादशाही सेना की टुकड़ियों को भेजना शुरू किया; लेकिन वे सारी टुकड़ियाँ मराठों की मार खाकर लौट आईं। आखिर में अपनी जान खतरे में देखकर उस मूर्ख को—मराठे उत्तर में पूरी तरह से परास्त हुए—इस बात पर विश्वास करने की कीमत चुकानी पड़ी। ऐसा पहली बार हुआ कि मराठी सेना के पराक्रम का ज्वार सीधे दिल्ली के द्वार से जा टकराया और खुले मुकाबले में मराठों ने दिल्ली को हिलाकर रख दिया।

मराठी सेना को उत्तर दिशा में मिला यह यश निजाम को बरदाश्त नहीं हुआ। वह अपने साथ चौंतीस हजार सेना और हिंदुस्थान का उस समय का सर्वोत्कृष्ट तोपखाना साथ लेकर सिरोज तक आ धमका। वहाँ के राजपूतों ने भी मराठों के खिलाफ उससे हाथ मिलाना उचित समझा; लेकिन निजाम का पीछा करते हुए बाजीराव तुरंत ही वहाँ आ पहुँचे और अपने युद्ध-कौशल तथा शौर्य से उन्होंने निजाम को एक बार फिर इस बात का एहसास करा दिया कि वह 'दुष्ट मराठों' के चंगुल में फँस गया है। मराठों की निरंतर आगे बढ़ती सेना से अपनी जान बचाने के लिए उसे भोपाल में छिप जाना पड़ा। उसने अपनी लस्त-पस्त हुई सेना में जान फूँकने, किले से बाहर निकलने और घेरा तोड़कर चले जाने की बार-बार कोशिश की, लेकिन उसकी हर कोशिश को बाजीराव ने अपने युद्ध-कौशल तथा चतुराई से नाकाम कर दिया और उसकी राजपूत तथा मुसलिम—दोनों सेनाओं को मजबूत घेराबंदी में भूखे मरने के लिए विवश कर इस तरह उनकी अक्ल ठिकाने लाई कि मराठा सेनापति की इच्छानुसार संधि कर लेने के अलावा दूसरा कोई विकल्प इस मुसलमानी सेनानायक के सामने बचा ही नहीं।

इसी वक्त मुसलमानों का एक बड़ा षड्यंत्र सफल हुआ और नादिरशाह सिंधु नदी लाँघकर हिंदुस्थान आ पहुँचा। समाप्तप्राय अपनी सत्ता में फिर से जान फूँकने की उम्मीदें मुसलमानों में पनपने लगीं। निजाम और औरंगजेब की परंपरा में पले-बढ़े मुसलमान सरदारों ने विदेशी दुश्मन नादिरशाह का स्वागत बंधुभाव से किया। उन्हें लगा कि दुर्बल हो चुके मुगलों को जो साध्य नहीं हुआ, उसे कम-से-कम नादिरशाह तो साध्य कर ही लेगा। उन्हें यह भी लग रहा था कि नादिरशाह अपने हाथों में शक्तिशाली राजदंड धारण कर मराठा-मंडल की बढ़ती हिंदू सत्ता पर नकेल डालेगा और मुसलमानी साम्राज्य को फिर एक बार शक्ति तथा वैभव के शिखर पर ले जाएगा। यह सब ऐसा ही घटित भी हो सकता था, लेकिन बाजीराव के नेतृत्व में संगठित हुए हिंदुओं ने इस अमानुष विदेशी शत्रु के नेतृत्व में एकत्र हुई मुसलिम ताकत का मुकाबला इतने जबर्दस्त ढंग से किया कि यह सब कल्पना ही रह गया।

राष्ट्र पर आ पड़े इस संकट से भयभीत हुए बिना बाजीराव का महत्त्वाकांक्षी मन और भी ऊँची उड़ानें भरने लगा। उन्हें लगा कि नादिरशाह का यह आक्रमण एक अर्थ में हिंदुओं का सदियों का इतिहास इसी एक वर्ष में रचने का एक अनमोल अवसर है। उत्तर हिंदुस्थान की अलग-अलग राजसभाओं में उनके जो राजदूत थे, वे सुयोग्य तथा सक्षम थे। मराठों के प्रसिद्ध सेनानायकों ने जिस कौशल, साम्राज्य-भावना और असरदार तरीके से रणभूमि पर मराठी सेना की काररवाइयाँ चलाईं, उसी तत्परता से मराठों के राजदूतों ने सभी गतिविधियों पर नजर रखी और वैसी ही कुशलता तथा कर्तव्य-भावना से राजनीतिज्ञों के मंडल बनाए। पवार, शिंदे, गूजर, आंग्रे आदि मराठा सेनानायकों ने युद्धभूमि में जितनी महती विजय प्राप्त की, उतनी ही महत्त्वपूर्ण सफलताएँ व्यंकोजीराव, विश्वासराव, दादाजी, गोविंद नारायण, सदाशिव बालाजी, बाबूराव मल्हार, महादेव भट, हिंगणे आदि राजनयिकों ने राजसभाओं में अर्जित की।

हिंदू-स्वातंत्र्य की खातिर महान् प्रयत्नों की, ध्येयों और सिद्धांतों की परंपरा वास्तविक दृष्टि से इन्हीं मराठी राजनयिकों ने अक्षुण्ण रखी और प्रशंसनीय कुशलता से मराठी सेनापतियों के लिए यशस्वी आक्रमण की भूमिका बना दी। इन महान् राजनीतिज्ञों और राजदूतों का पत्र-व्यवहार तथा राजकीय दस्तावेज आज मुद्रित रूप में भी उपलब्ध है, जिन्हें पढ़कर कोई भी व्यक्ति इन मराठा राजनीतिज्ञों, राजदूतों, सैनिकों और नाविक-वीरों की उन महान् योजनाओं, आशाओं, आकांक्षाओं और महान् प्रयासों से प्रभावित हुए बिना नहीं रह सकता। जो उन्होंने समस्त हिंदूजाति की राजनीतिक स्वतंत्रता की स्थायी रक्षा के लिए विशालकाय किले की तरह उपयोग में आ सकने वाले संगठित हिंदू साम्राज्य की स्थापना के एकमात्र ध्येय से प्रेरित होकर रची और मूर्त कर दिखाई। औरंगजेब से सीख लेने वाले मुसलमानी नेताओं, जिन्हें हिंदुओं की उत्तरोत्तर बढ़ती हुई

सत्ता खटक रही थी, ने हिंदुओं के इरादों पर पानी फेरने के लिए नादिरशाह को न्योता दिया था। उन्होंने इस विदेशी आक्रमण की प्रत्यक्ष और परोक्ष रूप से सहायता भी की।

लेकिन जल्दी ही नादिरशाह को यह समझ में आ गया कि शा.सं. १६६० माघ और शा.सं. १६६१ चैत्र में जिस हिंदू सत्ता से उसका सामना होनेवाला है, उसका स्वरूप पाँच सौ साल पहले गजनी के महमूद और हिंदू राजाओं का जो सामना हुआ था, उससे एकदम भिन्न है। जब से मराठे अपनी धर्म रक्षा और राष्ट्र-रक्षा हेतु खड़े हुए और हम अपने भगवान् श्रीराम तथा श्रीकृष्ण की इच्छाएँ पूरी करने के लिए कृतसंकल्प हैं—ऐसा ठानकर युद्ध करने लगे, तब से ही वे मुसलमानों से सवाई हैं—यह सिद्ध हो गया।

''नादिरशाह कोई भगवान् नहीं जो पृथ्वी को नष्ट कर देगा। अपने से ज्यादा ताकतवर के साथ वह संधि करेगा। इसलिए बलशाली सेना के साथ आइए। पहले शक्ति-परीक्षण, फिर समझौता। अब सारे राजपूत और स्वामी (बाजीराव) एक हो जाएँ, तभी परिणाम निकलेगा। बुंदेला आदि को एकजुट कर अपनी ताकत दिखानी चाहिए। नादिरशाह वापस लौटनेवाला नहीं है। वह हिंदू राज्य पर आक्रमण करेगा। सवाई जयसिंह का इरादा उदयपुर के महाराणा को सिंहासन पर बैठाने का है। अत: सब हिंदू रांजे-महाराजे तथा सवाई जयसिंह उत्कंठा से आपके आगमन की प्रतीक्षा में पलकें बिछाए बैठे हैं। आपका बल मिलते ही जाट फौज दिल्ली पर भेजकर सवाईजी स्वयं दिल्ली रवाना होंगे।''

भावनाओं से भरे हुए उपर्युक्त पत्र मराठी कूटनीतिज्ञों तथा राजदूतों ने बाजीराव के पास लिखे। कर्नाटक से लेकर कटक और प्रयाग तक मराठी सेना के बड़े-बड़े युद्ध चल रहे थे। मराठी राजदूतों ने उत्तर हिंदुस्तान के हिंदुओं के मन में जो प्रबल आशाएँ जगाई थीं, जिस महान् कार्य की जिम्मेदारी उन्होंने ली थी, उसमें उन्हें बाजीराव ने बिल्कुल हतोत्साहित नहीं किया। अपने मंत्रिमंडल के सहयोगी लोगों के चिंतातुर वचन सुनकर वह बोल उठे—''वीर पुरुषो, मन में शंकाएँ क्यों ला रहे हो! संगठित होकर चढ़ाई करो, हिंदू-पदपादशाही का सपना पूरा हुआ ही समझो। मैं नर्मदा से उतरकर चंबल तक पूरी मराठी सेना फैला दूँगा। फिर देखता हूँ कि नादिरशाह (आक्रमण के लिए) कैसे नीचे उतरता है।''

प्रतिशोध लेने के मराठों के इस दृढ़ निश्चय के कारण ईरान के शाह की हिंदूद्वेषी महत्त्वाकांक्षा मुरझा गई। नादिरशाह ने बाजीराव को 'मोहम्मदी धर्म के अभिमानी' संबोधित करके उन्हें दिल्ली के मुगल बादशाह की आज्ञा का पालन करने के विषय में लंबा-चौड़ा और मूर्खतापूर्ण पत्र भेजा तथा स्वयं होशियारी से पीछे हट गया। अलबत्ता इस पत्र को मराठों ने रद्दी की टोकरी में फेंका और शाहू छत्रपति द्वारा शा.सं. १६६१ में बुलाई गई राजसभा में ऐलान किया गया कि 'मराठों से डरकर नादिरशाह हिंदुस्थान से भाग गया।

नादिरशाह के इस तरह अचानक रुख बदल लेने से निजाम की स्थिति साँप छछूँदर वाली हो गई। नादिरशाह की हिंदुस्थान-विरोधी योजना में वह शरीक हुआ और भोपाल में हस्ताक्षरित संधिपत्र की शर्तों का पालन उसने ठीक ढंग से नहीं किया। इस कारण उसे सबक सिखाने के लिए मराठों ने दिल्ली पर आक्रमण किया; लेकिन उसी समय दुर्भाग्य से शा.सं. १६६२ में मराठों के महान् सेनानायक बाजीराव का देहावसान हो गया।

हिंदू-स्वतंत्रता के महान् कार्य के लिए बाजीराव ने जितने मनोयोग और निष्ठा से सफल प्रयत्न किए, उतने और किसी ने नहीं किए। बचपन में ही उन्होंने अपनी जाति तथा धर्म के दुश्मनों के खिलाफ अपनी म्यान से जो तलवार बाहर खींची थी, वह मरते दम तक म्यान से बाहर ही रखी। उन्होंने अपने प्राण त्यागे, वह भी हिंदुओं के शत्रु पर आक्रमण करते समय ही। सिद्दी, रोहिले, मुगल तथा पुर्तगालियों पर जितने भी कठिन और दीर्घकालीन आक्रमण उन्होंने किए, उनमें वे कभी विफल नहीं हुए। हिंदू-पदपादशाही का मराठों का सपना यथासंभव जल्दी साकार करने की कोशिश में अपनी जान लड़ाकर जो अतिमानवी प्रयत्न उन्हें करने पड़े, उसके कारण ही उनकी अकाल मृत्यु हुई। इससे मराठों के कार्य को जितना गहरा धक्का पहुँचा, उतना नादिरशाह के दस आक्रमणों से भी नहीं पहुँचता।

□

नाना और भाऊ

'दशरथ देउनि राज्यश्रीसी रामलक्ष्मणांचिया करी,
प्रभात तारा देउनि जाई कांति आपुली सूर्यकरी।
तशीच बाजीराये हिंदू-स्वातंत्र्याची ध्वजा दिली,
या नरवीरा नानांच्या या भाऊंच्या दुर्दांत करि॥'

—*महाराष्ट्र भाट*****

(—जिस तरह राजा दशरथ ने राम और लक्ष्मण को अपनी राज्यलक्ष्मी सौंप दी थी, जिस प्रकार भोर का तारा अपनी रोशनी सूरज को सौंप जाता है, उसी तरह बाजीराव ने भी हिंदू-स्वातंत्र्य की पताका नरवीर नाना साहब तथा भाऊ के बलिष्ठ हाथों में थमा दी थी।)

बाजीराव की मृत्यु हुई, लेकिन उन्होंने मराठों के मन में जो स्फूर्ति उत्पन्न की थी, उसका अंत संभव न था। इसी जोश की चिनगारी ने मराठों को बाजीराव के सुपुत्र बालाजी उपाख्य नाना साहब और चिमाजी अप्पा के सुपुत्र भाऊ साहब के नेतृत्व में अधिक कठिन प्रयत्न करने तथा अधिक महान् कार्य के लिए प्रेरित किया। इस समय बालाजी पंत की उम्र केवल उन्नीस वर्ष थी लेकिन उस आयु में भी उन्होंने पिता के साथ काम किया था और पराक्रमी मराठों का नेतृत्व करने की अपनी योग्यता साबित कर दिखाई थी। उनकी क्षमता से प्रभावित होकर गुण-ग्राही शाहू महाराज ने इस तेजस्वी युवक की नियुक्ति तुरत मराठा-साम्राज्य के प्रधानमंत्री मुख्य पेशवा के पद पर कर दी। नियुक्ति का यह समारोह धूमधाम से संपन्न हुआ। इस समारोह के उपरांत शाहू महाराज

---

* महाराष्ट्र भाट—स्वातंत्र्यवीर सावरकर का छद्म नाम। अंदमान में लिखा उनके ४८१७ पंक्तियोंवाले महाकाव्य के सर्ग 'गोमांतक' को 'महाराष्ट्र भाट' के छद्म नाम से ही प्रकाशित किया गया था। उसके विजय गीतातोरण नाम के दो पद क्रमांक ९४-९५ (गोमांतक, पृष्ठ १५७)।

ने अपने इस युवा प्रधानमंत्री को एक आज्ञापत्र थमाया। उस समय जिस महान् ध्येय को साकार करने के लिए प्रयत्न हो रहे थे, उनका निष्कर्ष कुछ स्फूर्तिदायक वाक्यों में इस आज्ञापत्र में इस प्रकार दर्ज था—"आपके पिता पूज्य, तीर्थरूप बाजीराव स्वामी ने बड़ी निष्ठापूर्वक इस राजगद्दी की सेवा की है और अनहोनी को होनी कर दिखाया है। उनका उद्देश्य हिंदू राज्य की सीमा हिंदुस्थान के अंतिम सीमा प्रांत तक बढ़ाने का था। आप उनके सुपुत्र हैं। उनकी इच्छा आप पूरी करें, उनका लक्ष्य प्राप्त करें और मराठों के अश्वों को अटक के उस पार का पानी पिलाएँ।"

यह राजाज्ञा शिरोधार्य कर भाऊ और नाना ने मरते दम तक और मृत्यु को गले लगाकर भी शिवाजी महाराज द्वारा आरंभ किए गए इस महान् कार्य पर यश का कलश चढ़ाने का प्रयत्न किया। हिंदू-पदपादशाही ही मानो उनका बचपन का सपना और जवानी की महत्त्वाकांक्षा थी। उसकी खातिर प्रयत्न करना, युद्ध छेड़ना और वीरगति को प्राप्त करना मानो उनके अरमान थे। शाहू महाराज ने अपने बचपन में कारावास का काल बादशाह के कृपा-कटाक्ष सहते हुए बिताया था। इसलिए कभी-कभी उनके मन में बादशाह के प्रति निष्ठा और आदर का जो उबाल उठता था, वह भी नाना और भाऊ को सहन नहीं होता था।

वस्त्रदान (नियुक्ति) समारोह संपन्न होते ही शाहू महाराज ने बालाजी को पुणे जाने की आज्ञा दी और रघूजी भोंसले को कर्नाटक पर आक्रमण करने हेतु भेजने का निश्चय किया।

मुगलों के कारावास से शाहू महाराज की मुक्ति के बाद मराठों में जो आपसी युद्ध हुआ, उसका फायदा उठाकर मुसलमानों ने सादत अली नामक कर्तृत्ववान सेनापति के नेतृत्व में दक्षिण के सभी प्रांत फिर से हथिया लिये और तंजावूर की मराठा बस्ती को पूरी तरह से घेर लिया। ऐसी स्थिति में तंजावूर के राजा प्रताप सिंह ने स्वाभाविक रूप से शाहू महाराज से सहायता माँगी। सादत अली शा.सं. १६५४ में चल बसा और उसका भतीजा दोस्त अली 'अर्काट का नवाब' खिताब धारण कर गद्दी पर बैठा। उसकी सामर्थ्य जबरदस्त थी। उसने मराठों से दुश्मनी निभाने की कसम खाई थी। सन् १७४० के बैसाख मास में मराठों ने दोस्त अली की सेना को दक्षिण में दबोच लिया और चारों ओर से उसपर हमला बोल दिया। कुछ ही समय में मुसलमान सेना नेस्तनाबूद हो गई और दोस्त अली रणभूमि में मारा गया। लंबे अरसे से मुसलिम अत्याचारों से पीड़ित वहाँ की हिंदू जनता अपने सहधर्मियों की इस विजय से बहुत खुश हुई और वह उनके साथ हो ली। रघूजी ने मार्ग में पड़ने वाले सभी गाँवों तथा शहरों से चौथ वसूलते हुए अर्काट पर हमला किया। दोस्त अली का पुत्र सफदर अली और दामाद चंदा साहब ने वेलौर और त्रिचनापल्ली में बड़ी सेना के साथ युद्ध की तैयारी की थी। तभी रघूजी ने यह

अफवाह फैला दी कि मराठों की आर्थिक हानि ज्यादा होने के कारण उन्होंने हमले का इरादा छोड़ दिया है। वे सचमुच ही त्रिचनापल्ली से अस्सी मील पीछे हट गए। चालाक और सचेत व्यक्ति चंदा साहब भी इस भुलावे में फँस गया। उसने अपनी सेना से दस हजार लोग अलग करके उन्हें हिंदुओं के सबसे संपन्न मदुरई क्षेत्र पर हमला करने के लिए भेज दिया।

अपने बिछाए हुए जाल में मुसलमानों को आसानी से फँसते देखकर मराठी सेनानायक ने अचानक अपनी दिशा बदल ली और सीधे त्रिचनापल्ली तक पहुँच गया। पवित्र शहर मदुरई लूटने के लिए बंदा साहब को भेजा गया था। उसे खबर मिलते ही उसने अपने भाइयों की सहायता के लिए आने की कोशिश की, लेकिन रास्ते में ही उसे रोकने के लिए रघूजी ने अपनी सेना का एक हिस्सा भेजा। उस सेना ने बंदा साहब को घमासान युद्ध में व्यस्त रखा और उसके हाथी से गिराकर बंदा को मार डाला।

इस तरह मुसलमानों का सर्वनाश हो गया। उनके सेनानायक की लाश रघूजी की छावनी में लाई गई। मराठी सेनापति ने उस लाश को अच्छे वस्त्र पहनाकर बड़े सम्मानपूर्वक उसके भाई चंदा साहब के पास भिजवा दिया। बहुत दिनों तक त्रिचनापल्ली का घेरा पड़ा रहा। पराक्रमपूर्वक नगर की रक्षा करने के बावजूद वहाँ के मुसलमान सेनानायक को वह नगर मराठों को सुपुर्द करना पड़ा। रघूजी ने चंदा साहब को युद्धबंदी बनाकर सातारा भेज दिया और चौदह हजार सेना को मुरारराव घोरपडे के नेतृत्व में सौंपकर उन्हें त्रिचनापल्ली की सुरक्षा की जिम्मेदारी सौंपी। इससे पहले ही सफदर अली मराठों की शरण में आ गया था। वह दस लाख की चौथ जमा करे और विशेषकर शा.सं. १६५८ से लेकर अब तक जिन-जिन हिंदू राजाओं तथा संस्थानिकों के राज्य उसके पिता ने हथियाए थे, वे सब उन्हें वापस करे, तभी मराठे उसे अर्काट का नवाब मानेंगे—यह करार मराठों ने उसके साथ किया था।

लेकिन जब दक्षिण में रघूजी ऐसी महत्त्वपूर्ण विजय हासिल कर रहा था, तभी बंगाल, बिहार और उड़ीसा के मुसलिम नवाब अलीवर्दी खान के विरुद्ध बगावत हो गई।

अलीवर्दी खान के प्रतिद्वंद्वी पक्ष के नेता मीर साहब ने बंगाल में अपनी सहायता के लिए मराठों को आमंत्रित किया। रघूजी के प्रधान भास्कर पंत कोल्हटकर बंगाल की मुसलिम सत्ता कमजोर करने और हिंदू साम्राज्य हिंदुस्थान की पूर्वी सीमा तक विस्तारित करने का अवसर तलाश ही रहे थे। इसलिए उन्होंने वह आमंत्रण स्वीकार कर लिया। वे दस हजार घुड़सवारों के साथ बरार प्रांत से चलकर मानो मुसलिम सत्ता को पैरों तले रौंदते हुए आगे बढ़े। अलीवर्दी खान भी कमजोर सेनानायक नहीं था। उसके हमला करते ही मराठों ने उसकी युद्ध सामग्री नष्ट करके उसके लिए बड़ी परेशानी खड़ी कर

दी। कटक की ओर प्रयाण करने के अलावा उसके पास कोई रास्ता नहीं बचा। मीर हबीब ने भास्कर पंत से बड़ी चिरौरी की कि बरसात का मौसम खत्म होने तक वे बंगाल में ही निवास करें तथा शत्रु के प्रांत से कर-वसूली करके अपनी काररवाइयाँ चलाएँ।

उसके बाद मराठों ने मुर्शिदाबाद पर हमला किया और हुगली, मिदनापुर, राजमहल और गंगा के पश्चिम में बंगाल का सारा भाग जीत लिया। काली माता ने हिंदुओं पर कृपादृष्टि की और बंगाल के धर्मांध मुसलमानों का धार्मिक मद नष्ट किया। इसलिए मराठों ने काली माता का धार्मिक उत्सव बड़ी धूमधाम से मनाने का निश्चय किया। अचानक अलीवर्दी खान हुगली पार करके आ पहुँचा। उसने मराठों पर हमला करके बंगाल की सीमा तक उन्हें पीछे खदेड़ दिया, लेकिन उसकी यह विजय अल्पकालीन ही साबित हुई, क्योंकि रघूजी जल्द ही वापस लौट आए और अन्य मराठावाहिनी के साथ बालाजी पंत भी बिहार में आ धमके।

बालाजी पंत ऊपर से तो मुगल बादशाह की मदद के लिए आए थे, लेकिन उनके वहाँ आने का वास्तविक उद्देश्य मराठा-मंडल की सहायतार्थ बिहार पर चौथ लगाना और रघूजी भोंसले से अरसे से किया अपना वादा पूरा करना था। आपसी सामंजस्य के मामले में मराठे एकमत थे। बालाजी पंत चले गए और भास्कर पंत ने अलीवर्दी खान से भारी धनराशि तथा चौथ की माँग की। युद्ध में भास्कर पंत का सामना करने में खुद को अक्षम पाकर अलीवर्दी खान ने अपने स्वभाव के अनुसार कुटिल नीति का अवलंबन किया। फिरौती की रकम के बारे में चर्चा करने के बहाने उसने भास्कर पंत को मराठा-मंडल के प्रतिनिधि तथा अपने मेहमान के रूप में अपनी छावनी में आमंत्रित किया और योजनापूर्वक 'काफिरों की हत्या करो' का शोर होते ही उन पर हमला करवाकर उनका वध कर दिया। उस अभागे दिन बीस मराठा अधिकारियों को अपने प्राण गँवाने पड़े। उनमें से अकेले रघूजी गायकवाड़ ही बच पाए। अचानक आई इस विपदा से हड़बड़ाई मराठी सेना को विदेशियों के प्रांत से और अपना दाँव सफल होने के कारण जोश में आए शत्रु की मराठों को घेरकर उनके टुकड़े-टुकड़े कर देने की भरपूर कोशिशों का सामना करते हुए वे ही उन्हें बचाकर निकाल ले गए।

जिस आँधी को औरंगजेब अपने साम्राज्य के सभी साधनों का प्रयोग करने के बावजूद रोक नहीं सका, वह इस तरह की इक्की-दुक्की हत्याओं से अथवा अचानक हमले से रुकनेवाली नहीं थी; लेकिन मूर्ख अलीवर्दी खान इस बात को समझ नहीं सका। उसने रघूजी को उद्दंडतापूर्वक इस आशय का हास्यास्पद पत्र लिखा—"अल्ला हो अकबर, उसकी कृपा से धर्मनिष्ठ लोगों के घोड़ों को अधर्मियों के शस्त्रों का अब कोई डर नहीं। जब इसलाम के सिंह मूर्तिपूजक राक्षसों की कमर तोड़ेंगे और उन्हें अपने दाँतों में तृण दबाकर शरण में आने के लिए मजबूर करेंगे, तभी संधि होना संभव

होगा।'' उद्दंडता से भरे इस पत्र का जवाब रघूजी ने दिया कि ''अलीवर्दी खान से दो-दो हाथ करने के लिए मराठे एक हजार मील की यात्रा करके चले आए, लेकिन मराठों का मुकाबला करने के लिए इसलाम के इस सिंह की हिम्मत सौ गज भी आगे बढ़ने की नहीं हुई।'' ऐसा जवाब देकर रघूजी ने इस मूर्खतापूर्ण वाग्युद्ध पर विराम लगाया और मराठी सैनिकों को वर्धमान (बर्दवान) तथा उड़ीसा पर चढ़ाई करने एवं कर वसूलने का आदेश दिया। इस तरह मराठों ने अलीवर्दी खान को हर वर्ष परेशान करना जारी रखा। जहाँ से भी संभव हुआ, उन्होंने कर वसूल किया और अन्य स्थानों से अपनी लड़ाइयों के खर्च के लिए भारी मात्रा में धनराशि वसूल की। अपनी सुविधा के अनुसार वे युद्ध करते थे। इस तरह मराठों ने मुसलमान सूबेदार के लिए बंगाल, बिहार और उड़ीसा—तीनों प्रांतों का राजकाज चलाना मुश्किल कर दिया। पराजय तथा आपत्तियों से वे हिम्मत हारनेवाले नहीं थे। उन्हें उनकी चौथ हर हालत में मिलनी चाहिए थी।

अंत में शा.सं. १६७२ में इसलाम का यह शेर अलीवर्दी खान इन 'काफिरों' से एकदम आजिज आ गया। इनसे कभी भी सामना हो सकता है—इस डर से और अब केवल भगवान् ही इनसे बचाएँ—ऐसा सोचकर वह भोंसलों की शरण में आ गया। उसने भास्कर पंत की हत्या के कायरतापूर्ण कृत्य के दंड के रूप में उड़ीसा प्रांत मराठों के हवाले कर दिया। बंगाल और बिहार पर चौथ के रूप में उसे दस लाख रुपए सालाना भुगतान करने की संधि करनी पड़ी। इस तरह इन 'धर्मनिष्ठ' लोगों को आखिरकार मूर्तिपूजक शैतानों के सामने दया की भीख माँगनी पड़ी।

इधर बंगाल में मुसलिम सत्ता का नामोनिशान मिटाने के रघूजी भोंसले के प्रयत्न सफल हो रहे थे, उसी समय दूसरे मराठा सेनानायक भी उत्तर दिशा के मुसलिम सत्ताधीन दूसरे किले और राज्य ढहाने का तेजस्वी पराक्रम कर रहे थे। यमुना से लेकर नेपाल की सीमा तक का सारा इलाका धर्मांध रुहेलों और पठानों के कब्जे में था। उनकी एकजुटता देखकर दिल्ली के मुगल बादशाह का वजीर घबरा गया। उसने पठानों के मुगल साम्राज्य का नाश करके उसके स्थान पर अफगानी साम्राज्य फिर कायम करने की महत्त्वाकांक्षी योजना विफल बनाने की कोशिश में मराठों से सहायता की याचना की। मराठों की सारी कोशिशें भी तो मुसलिम सत्ता को उखाड़ फेंकने के लिए ही चल रही थीं और उन्हीं के अथक प्रयत्नों के कारण मुगल साम्राज्य की हालत इतनी खराब हो गई थी। ऐसे में उस सत्ता का नाश करने का श्रेय कोई अहिंदू अथवा दूसरे मुसलमान प्राप्त करें—यह भला मराठे कैसे बरदाश्त कर सकते थे। इसलिए उन्होंने वजीर की यह याचना सहर्ष स्वीकार कर ली। यमुना नदी के किनारे कादरगंज के पास पठान मोरचा बाँधे बैठे थे। मराठा वीर मल्हारराव होलकर और जयाजीराव शिंदे ने यमुना नदी पार कर उन पठानों पर हमला बोल दिया। पठान बड़ी वीरता से लड़े, लेकिन उन्हें हार माननी पड़ी। मराठों ने उनकी

सेना को नाकों चने चबवा दिए। इतना ही नहीं, पठानों का सबसे बड़ा सेनानायक अपने साथियों की सहायता के लिए आ रहा था, तो मराठों ने उसकी विशाल सेना पर भी हमला कर उसे घेर लिया।

अहमद खान ने फर्रुखाबाद में आश्रय लिया, लेकिन मराठों ने वहाँ जाकर उस नगर को भी घेर लिया। यह निर्णायक युद्ध कई सप्ताह जारी रहा; लेकिन पठान काबू में नहीं आ रहे थे। गंगा के दूसरे किनारे रुहेलों की एक बड़ी फौज जमा थी। उससे पठानों को हर तरह की मदद मिल रही थी। यह ध्यान में आते ही मराठों ने बड़ी कुशलता से गंगा नदी पर किश्तियों का सेतु बना लिया और मौका देखकर गंगा पार कर गए। मराठी सेना का कुछ हिस्सा फर्रुखाबाद की घेराबंदी को अनवरत जारी रखे हुए था। उधर गंगा पार गई उनकी मुख्य सेना रुहेलों एवं पठानों की एकत्र हुई तीस हजार सेना पर टूट पड़ी और घमासान युद्ध में उसे पराजित कर दिया। अहमद खान ने फर्रुखाबाद से पलायन करने की योजना बनाकर मराठों की बची हुई सेना को उलझाए रखने की कोशिश की; लेकिन उसकी यह योजना विफल रही। मराठों ने ही उसका लगातार पीछा किया। आखिरकार, मराठों ने मुसलमानों का पूरी तरह खात्मा कर दिया; उनकी छावनियाँ लूट लीं और अनगिनत हाथी, घोड़े, ऊँट, ध्वजादि अपने कब्जे में ले लिये।

इस युद्ध में प्रदर्शित रणकौशल जितना ऊँचे दरजे का था, उतना ही महत्त्वपूर्ण उसका नैतिक प्रभाव भी पड़ा। इसकी वजह यह थी कि पठानों ने अपने आक्रमण को धार्मिक मुलम्मा देने के लिए और मराठों को चिढ़ाने के लिए बिना मतलब काशी तीर्थक्षेत्र पर आक्रमण किया और काफिर लोग पठानों से लोहा लेने की हिम्मत कर ही नहीं सकते—ऐसी शेखी बघारते हुए उन्होंने हिंदुओं के मंदिरों तथा पुजारियों पर अनगिनत अत्याचार किए। उनकी यह शेखी एक तरह से सच्ची साबित हुई। मराठों के लिए उनका मुकाबला करना सचमुच बहुत मुश्किल रहा। इसका कारण यह था कि मराठों से मुकाबला होते ही वे मुँह फेर लेते थे। जगह-जगह मुसलमानों को पराजित कर और उन्हें पलटकर वार करने का बिलकुल ही मौका न देकर हिंदुओं को इस बात का संतोष हुआ कि उन्होंने अपने देवस्थानों के बेवजह अपमान का प्रतिशोध ले लिया। इस कालखंड में लिखे गए सभी पत्रों में इस आत्मगौरव की झलक मिलती है—''पठानों ने श्रीकाशीजी तथा प्रयाग को भ्रष्ट किया, किंतु अंत में हरिभक्तों की ही जीत हुई। दुश्मनों ने काशी में जैसा बोया, फर्रुखाबाद में वैसा ही उन्हें काटना भी पड़ा।''

इस विजय के राजनीतिक परिणाम भी नैतिक परिणामों जितने ही महत्त्वपूर्ण साबित हुए। मुगल बादशाह की सारी अकड़ ढीली पड़ जाने के कारण उसने मराठों को साम्राज्य के सभी बचे हुए प्रांतों से चौथ वसूलने का अधिकार दे दिया। मराठों के लिए यह अँगुली पकड़कर पहुँचा पकड़ने जैसी ही बात थी! इस मुल्तान (सिंध),पंजाब,

राजपूताना, रोहिलखंड आदि प्रांत मराठों के अधिकार-क्षेत्र में आ गए और हरिभक्त मराठी भाला सीधे दिल्ली के बादशाह के दिल में उतरने के यश का गुणगान गर्व से कर सके। इस महत्त्वपूर्ण उपलब्धि की खबर पाते ही मराठा-मंडल के प्रमुख, पंतप्रधान (प्रधानमंत्री) बालाजी पंत ने अपनी सेना को यह स्फूर्तिदायक पत्र लिखा—"आपका धैर्य अतुलनीय है, आपकी वीरता अनुपम है। दक्षिण की मराठी सेना ने नर्मदा, यमुना तथा गंगा पार करके रुहेले तथा पठानों जैसे शक्तिशाली और मदमस्त शत्रु को चुनौती दी, उनके साथ युद्ध किया तथा उन्हें परास्त किया। सैनिको एवं अधिकारियो! आपकी विजय सचमुच अलौकिक है। आप हिंदू-साम्राज्य की नींव हैं, स्वराज्य के स्थापनकर्ता के रूप में आपकी कीर्ति ईरान और तूरान तक पहुँच गई है।" (शा.सं. १६७३)

इतना यश अर्जित करने के बाद मराठा-मंडल के सेनानायकों ने अयोध्या के नवाब और दिल्ली के वजीर से काशी तथा प्रयाग तीर्थस्थान एक बार फिर वापस लेने का प्रयत्न किया। हिंदू-स्वातंत्र्य के महान् प्रयत्नों का प्रतिनिधित्व उनके जिम्मे आया था। ऐसे में हिंदुओं के ये सबसे पवित्र धर्मक्षेत्र अब भी मुसलमानों के कब्जे में बने रहने का काँटा स्वाभाविक रूप से उन्हें चुभता था। तत्कालीन पत्र पढ़ने के बाद इस विषय में मराठों की बेचैनी स्पष्ट रूप से समझ में आती है। इस माँग के संबंध में चल रही बातचीत के कारण हो रहे विलंब से झल्लाकर मल्हारराव होलकर ने तो एक बार काशी पर आक्रमण कर ज्ञानवाणी की पवित्र भूमि पर स्थित मसजिद को मिट्टी में मिलाकर हिंदू जनता तथा हिंदूधर्म पर लगा हुआ यह कलंक मिटा दिया। कारण यह कि वहाँ खड़ी वह मसजिद निराशा के जिस कालखंड में बनाई गई और उस पर मुसलमानों का अर्द्धचंद्र हिंदुओं को चिढ़ाता हुआ लहराने लगा, उस कालखंड की याद हिंदुओं के मन में रह-रहकर जगाती थी, लेकिन काशी के इर्दगिर्द के प्रांत में मुसलमानों का जबरदस्त वर्चस्व था। इसलिए मराठों के लौटने के बाद चिढ़े हुए मुसलमान फिर से हिंदुओं तथा काशी क्षेत्र पर जुल्म ढहाए बगैर नहीं रहेंगे—इस आशंका से काशी के पंडितों ने मल्हारराव होलकर से विनती की कि वे इससे भी अधिक अनुकूल अवसर मिलने तक काशी पर हमले की अपनी योजना त्याग दें; लेकिन काशी के पंडितों के धर्मभीरु मन को यह प्रतीति हुए बिना नहीं रही कि हम केवल अपने प्राणों और अपने नगर की रक्षा की खातिर मल्हारराव को राष्ट्रीय अपमान का बदला लेने के महान् कार्य से मुँह मोड़ लेने का उपदेश देने का पापकर्म कर रहे हैं। १८ जून, १७५१ के एक पत्र में उन्होंने इस आशय का अपना खेद प्रकट किया है।

शालिवाहन संवत् १६७१ में शाहू महाराज का देहावसान हुआ। उन्होंने पहले ही बालाजी पंत को आज्ञापत्र देकर सर्वाधिकार प्रदान कर दिए थे। इस कारण शाहू महाराज के निधन के बाद से ही उनके प्रधानमंत्री मराठा-मंडल के अध्यक्ष और मराठों की

राष्ट्रीय आकांक्षा तथा ध्येय के प्रतीक बन गए। उनके राज्यकाल में यदाकदा घरेलू झगड़ों और राजमहल के छिटपुट कारनामों को चिंताजनक स्वरूप प्राप्त हुआ। ऐसी परिस्थिति में भी इस कर्तृत्ववान पुरुष ने—उनसे पहले किसी ने भी न किया होगा—इस दृढ़ निश्चय से मराठों के नेतृत्व में मुगल साम्राज्य की नाशभूमि पर विशाल तथा स्वतंत्र हिंदू साम्राज्य के संवर्द्धन के प्रयास किए और मुसलमान या ईसाई, एशिया के या यूरोप के जो भी शत्रु रण में उतरे, उन सबसे राष्ट्रव्यापी संघर्ष चलाए रखा।

इन विदेशी शत्रुओं में से फ्रांसीसियों ने दक्षिण हिंदुस्थान के निचले प्रांत में पहले से ही अपनी सत्ता कायम कर रखी थी। बालाजी की नजर उन पर बराबर लगी हुई थी, लेकिन शुरू में उन्हें हिंदुस्थान के दूर-दूर के इलाकों में एक साथ बड़ी-बड़ी लड़ाइयाँ लड़नी पड़ीं और महाराष्ट्र की इस एकमात्र बलशाली हिंदूसत्ता को मसल डालने के लिए सब दिशाओं से कमर कसकर खड़े हुए कई शत्रुओं से मुकाबला भी करना पड़ा। इस कारण बालाजी को लंबे समय तक फ्रांसीसियों को अकेले ही गाँठकर उन्हें उनके कृत्यों का दंड देने का अवसर नहीं मिल पाया; लेकिन उधर से थोड़ी सी मुक्ति मिलते ही बालाजी ने रणभूमि में फ्रांसीसियों की नाक में दम कर दिया। अपने राजनीतिक चातुर्य से उन्होंने उन्हें इतना परेशान किया कि उनके लिए और उनके आश्रित निजाम के लिए भालकी में मराठों से सुलह करने के अलावा कोई चारा नहीं रहा। इस सुलह के फलस्वरूप मराठों को गोदावरी और तापी नदियों के बीच के सभी प्रांत मिल गए तथा दक्षिण भारत के विभिन्न राज्यों की राजसभाओं में कायम वर्चस्व काफी कम हो गया।

बालाजी ने कर्नाटक तथा उसके भी निचले प्रांतों के सभी बागी नवाबों को सबक सिखाने की तैयारी बहुत पहले ही शुरू कर दी थी। मराठी सेना ने युद्ध में सावनूर के नवाब को पराजित किया और अपने राज्य का विशाल हिस्सा तथा बचे हुए प्रांत के बदले में एक लाख रुपए देने के लिए उसे मजबूर किया। इसके पश्चात् साठ हजार मराठों की सेना बालाजी और भाऊराव के नेतृत्व में श्रीरंगपट्टण की सीमा पर उतरी। उन्होंने वहाँ से पैंतीस लाख रुपयों की चौथ वसूल की, शिवरी को फिर से हासिल किया तथा छोटे-मोटे मुसलमानी दुष्टों को भी दंड दिया। कड्डप्पा के मुसलमान नवाब पर बलवंत राव मेहेंदले ने हमला किया। मराठों के नाम सुनते ही इस डर से कि अपने राज्य का क्या होगा, दक्षिण हिंदुस्थान के निचले भाग के सारे मुसलमान नवाब काँपने लगते थे। वे सभी कड्डप्पा के नवाब की सहायता के लिए आ पहुँचे थे। अंग्रेज भी उनमें आ मिले। तिस पर बारिश ने भी जोर पकड़ा। इसके बावजूद बलवंत राव मेहेंदले ने मुसलिम सेना पर हमला किया और आमने-सामने की लड़ाई में हजारों पठानों को अपनी तलवार का मजा चखाने के बाद खुद नवाब को ही स्वर्ग पहुँचा दिया। उसके राज्य के आधे हिस्से को अपने राज्य में जोड़कर मराठों ने अब अर्काट के नवाब को अपना निशाना

बनाया। अंग्रेजों ने पहले से ही उसकी पीठ पर हाथ रखा हुआ था; किंतु नवाब और उसके संरक्षक दोनों ही मराठों की माँग को टाल नहीं सके। मराठों को शांत करने के लिए उन्हें चार लाख रुपए देने ही पड़े। शा.सं. १६७१ (ई. सन् १७४९) में मराठों ने बंगलौर को घेरा, चीनापट्टण पर भी अपना झंडा गाड़ दिया। उसी समय मैसूर राज्य पर अपना अधिकार जमाने की कोशिश कर रहे हैदर को भी पहले हुए करारनामे के फलस्वरूप चौंतीस लाख रुपए मराठों को देने के लिए विवश होना पड़ा। इस मौके का फायदा उठाकर बालाजी पंत का इरादा हैदर का नामोनिशान मिटाने का था, लेकिन हिंदुस्थान के दूसरे प्रांतों में मराठों को जो बड़े-बड़े हमले करने पड़े, उसके लिए उन्हें दक्षिण के निचले हिस्से में अपने पराक्रम का डंका बजानेवाली इस सेना को वहाँ का कार्य अधूरा छोड़कर वापस बुला लेना पड़ा।

इसी दौरान शा.सं. १६७५ (ई.स. १७५३) में राघोबा दादा ने अहमदाबाद पर जीत हासिल की और दिल्ली पर मराठों के आधिपत्य का विरोध करनेवाले जाटों को तीस लाख रुपए देने के लिए विवश किया। इसी वक्त जोधपुर की सत्ता के लिए राजपूतों के बीच आपसी कलह शुरू हुई। अपने प्रतिस्पर्धी विजय सिंह को हराने के लिए रामसिंह ने मराठों से सहायता माँगी। मराठे सहायता देने के लिए मान गए और दत्ताजी तथा जयाजी शिंदे जैसे सरदारों ने इस आक्रमण की बागडोर थाम ली। राजपूतों की सेना पचास हजार थी। मराठों ने विजय सिंह के साथ घमासान युद्ध करके उसे नागौर तक खदेड़ दिया। जयाजी ने नागौर को भी घेर तो लिया, लेकिन उन्हें यह जँच नहीं रहा था। राजपूतों का मराठों से युद्ध, हिंदू की हिंदू से लड़ाई—यह ठीक नहीं था। उन्हें बालाजी शिंदे के अनुरोध भरे पत्र आने लगे कि जैसे-तैसे राजपूतों के साथ सुलह करके हिंदू जनता के प्राणप्रिय तीर्थस्थल काशी, प्रयाग आदि फिर से वापस लेने का काम हाथ में लिया जाए।

तभी विजय सिंह ने एक ऐसा नीच कृत्य किया, जिसकी भयावहता से समूचे महाराष्ट्र के रोंगटे खड़े हो गए और सुलह-सफाई की बातचीत भी असंभव हो गई। इससे पहले पिलाजी गायकवाड इसी विजय सिंह के चाचा के निवास पर अतिथि बनकर गए थे। तब उसके चाचा ने हत्यारों को भेजकर पिलाजी को मरवा डाला था। पिलाजी की हत्या से मराठों के प्रतिशोध की आग भड़क उठी थी और राजपूतों को उसकी भारी कीमत चुकानी पड़ी थी। इसकी स्मृति होते हुए भी विजय सिंह ने अपने चाचा की ही राह पर चलने का निश्चय किया। भिखारी के वेश में तीन राजपूत सैनिक मराठों की छावनी में आए और मराठा सेनापति जयाप्पा की छावनी के सामने स्थित घुड़साल की जमीन पर पड़े चने चुनने लगे। जयाप्पा खतरे से बेखबर थे। वे स्नान करके बदन पोंछ रहे थे, तभी इन तीन राजपूत सैनिकों ने उनकी बगल में अपने छुरे घोंप दिए।

जयाजी मरणासन्न होकर वहीं गिर पड़े। दो हमलावर तो पकड़े गए, लेकिन तीसरा भाग गया। उतने में ही बाकी राजपूत सेना बाहर निकल आई और यह सोचकर कि सेनानायकविहीन तथा उलझन में फँसे हुए मराठों को रौंद डालना अब आसान होगा—उन्होंने मराठों पर हमला बोल दिया। वे सफल भी हो जाते, लेकिन जानलेवा जख्मों से मृत्युशय्या पर पड़े उस महावीर ने जो अदम्य तेज दिखाया, उसने राजपूतों के मंसूबों पर पानी फेर दिया। जयाजी ने अपने शोकग्रस्त सैनिकों को अंतिम आज्ञा दी कि 'सिर पर चढ़ आए शत्रु पर पहले टूट पड़ो, फिर मेरे जख्मों के लिए स्त्रियों जैसा विलाप करो!' इतना कहकर उन्होंने प्राण त्याग दिए।

मृत्युशय्या पर पड़े अपने नेता की इस आज्ञा से मराठे धधक उठे और उन्होंने अपने पराक्रम की पराकाष्ठा कर विजय सिंह को परास्त किया। मराठों के दूसरे सेनानायक भी शिंदों की सहायता के लिए आ पहुँचे। अंताजी माणकेश्वर ने दस हजार सेना के साथ राजपूताना में प्रवेश किया और हत्यारे विजय सिंह की सहायता जिन्होंने भी की, उन सभी राजपूत राजाओं को दंडित किया। आखिरकार, पूरी तरह से हतबल होने के बाद विजय सिंह ने सुलह के लिए याचना की। उसने उसी रामसिंह का अधिकार स्वीकार किया, जिसे उसने सत्ता च्युत कर दिया था। नागौर, मेडता और अन्य जिले तथा अजमेर का क्षेत्र उसे दे दिया। इसके साथ ही मराठों को युद्ध का संपूर्ण खर्च भी उसे देना पड़ा।

यह संघर्ष खत्म होते ही बूँदी के बाल राजा की विधवा माता ने गद्दी की खातिर साज़िश रचनेवाले लोगों के खिलाफ सहायता के लिए शिंदे को बुलावा भेजा। दत्ताजी शिंदे ने इस बुलावे का सम्मान कर रानी माँ का कार्य संपन्न किया और उसके बदले में रानी ने उन्हें पंचहत्तर लाख रुपए भेंट किए।

□

सिंधु नदी का किनारा गाँठा!

'फेडून नवस माहोरास गेले लाहोरास जिंकित शेंडे
अरे त्यांनी अटकेत पाव घटकेत रोविले झेंडे
सरदार पदरचे कसे, कुणि सिंह जसे कुणि शार्दुल गेंडे।'

—प्रभाकर

(—मराठों ने माहौर पर कब्जा करने के बाद लाहौर पर भी विजय-ध्वज फहरा दिया। उसके बाद अल्पकाल में ही उन्होंने अटक के उस पार विजय पताकाएँ फहरा दीं। उनके जो सरदार थे, वे वस्तुतः सिंहों, व्याघ्रों तथा गैंडों के समान साहसी और शूरवीर थे।)

इस प्रकार की घटनाएँ जब घट रही थीं, तभी राघोबा दादा दिल्ली में बड़े-बड़े दाँव रचकर उन्हें सफल कर रहे थे। दिल्ली की वजारत हथियाने में उन्होंने गाजीउद्दीन की सहायता की और मुगल बादशाह को गया तथा कुरुक्षेत्र मराठों के अधीन करने के लिए विवश किया। खुद पहल करके उन्होंने मथुरा, वृंदावन, गढ़मुक्तेश्वर, पुष्पवटी, पुष्कर आदि अनेक तीर्थस्थान वापस अपने कब्जे में लिये। आखिरकार, पावन नगरी काशी में भी मराठों की एक टुकड़ी ने प्रवेश किया और उसे जीतकर वहाँ मराठों की सत्ता स्थापित की। इस तरह हिंदुओं की अनेक वर्षों से साधी गई इच्छा आखिर पूरी हुई और राघोबा दादा ने गर्व से पेशवा के पास समाचार भेजा कि 'हमने यवनों के कब्जे से हिंदुओं के सभी महत्त्वपूर्ण नगर तथा तीर्थस्थान मुक्त करा लिये।' हजारों पावन स्मृतियों के सहारे प्रत्येक हिंदू हृदय में सम्माननीय स्थान प्राप्त करनेवाले आर्यावर्त के इन क्षेत्रों और पुरियों पर बड़े गर्व से फहरानेवाला हिंदूध्वज, हिंदू-पदपादशाही और हिंदू गौरव की पुनर्स्थापना का महान् कार्य करनेवाले, समूची हिंदूजाति के प्रतिनिधि मराठों की हर तरफ अपना अधिकार जमाने की वृत्ति को एक नैतिक समर्थन देता था। मराठों की इस जय-जयकार से बादशाह के मन में फिर से उनका डर समा गया और वह विरोध करने लगा। शाही वजीर गाजीउद्दीन तथा उसे वज़ारत दिलानेवाले मराठों के खिलाफ जो

साजिशें चल रही थीं, उनका पता लगते ही गाजीउद्दीन ने होलकर को पचास हजार सेना लेकर आने के लिए कहा। होलकर के नेतृत्व में मराठों ने बादशाही सेना का इतना बुरा हाल कर दिया कि बादशाह के जनानखाने की रक्षा करनेवाला भी कोई नहीं बचा। बादशाह की रानियाँ मराठों के हाथ लग गईं। गाजीउद्दीन के साथ मराठों ने दिल्ली में प्रवेश किया। अपने शस्त्रों से सभी अवरोधों को किनारे करते हुए वे राजदरबार में पहुँचे। उन्होंने वृद्ध सम्राट् को सिंहासन च्युत करके भविष्य के प्रतिशोध का चक्र मानो पूरा करने के लिए ही दूसरे नए बादशाह को सत्तारूढ़ करके उसे दूसरा आलमगीर का परनाम दिया।

आलमगीर अर्थात् समूची पृथ्वी का विजेता। पहला आलमगीर और अब यह दूसरा आलमगीर। प्रथम आलमगीर औरंगजेब ने सोचा था कि उसके बादशाही क्रोध की एक फूँक मात्र से उस समय देवधर में टिमटिमाता हिंदू जीवन का दीया बुझ जाएगा। उसने अल्लाह का नाम लिया और फूँक मारी, लेकिन उस टिमटिमाते दीये की ज्योति उसकी दाढ़ी को झुलसाकर अचानक ही प्रचंड दावानल में बदल गई। यह देखकर वह चकरा गया। यह दावानल सह्याद्रि के हर पर्वत पर फैल गई और भूमि पर तथा समुद्र में लाखों हृदयों को सुलगाती, पर्वत-शिखरों, किलों-परकोटों, नदियों-खाइयों को धधकाती एक महान् यज्ञ की अग्नि में परिवर्तित हो गई। औरंगजेब मराठों को 'पहाड़ी चूहे' कहता था। तब से इन मराठी चूहों ने अपने नाखून इतने भयंकर, मजबूत और नुकीले बना लिये थे कि उससे इसलाम के कई सिंह घायल, खून से लथपथ और असहाय होकर इस दूसरे आलमगीर की राजधानी में उनके पैरों पर लोटते पड़े रहे। प्रथम आलमगीर तो शिवाजी को एक सामान्य राजा के रूप में भी मान्यता नहीं देता था; किंतु उसके उत्तराधिकारी द्वितीय आलमगीर को अपने आपको सम्राट् कहलाने का सौभाग्य भी शिवाजी के वंशजों की ही कृपादृष्टि के कारण प्राप्त हो सका।

हिंदू सत्ता तथा आधिपत्य की वृद्धि होते देखकर हिंदुस्थानवासी सभी मुसलमानों के मन में दहशत बैठ गई। बेबस होकर वे मन ही मन दाँत-होंठ पीसने लगे। निराश तथा हक्का-बक्का हुए मुसलमान, फर्रुखाबाद और दूसरी जगहों पर पिटे पठान व रुहेले, पदच्युत हुए वजीर और नवाब, 'काफिरों' की जीत पर जीत और लगातार तेजहीन होनेवाले अर्धचंद्र को देखकर बौखलाए मौलवी तथा मौलाना, मराठी भाले की नोक पर प्रतिष्ठित किए अपने आसन का संतुलन साधने से त्रस्त हुआ बादशाह—संक्षेप में पदच्युत और निराश तथा महत्त्वाकांक्षी—सारे मुसलमानों ने मराठों से बदला देने की मानो कसम ही खा ली और मराठों का नामोनिशान मिटाने का नहीं, तो कम-से-कम उन्हें भगाने के षड्यंत्र रचे जाने लगे। किंतु इससे भी ज्यादा हैरतअंगेज—वैसे इसमें हैरतअंगेज जैसा कुछ नहीं था—बात यह है कि उत्तर हिंदुस्थान में मराठों की सत्ता का

यह उदय देखकर कुछ हिंदू राजपुत्रों के भी मन में उनके प्रति वैर-भावना उत्पन्न हो गई थी। जयपुर के माधव सिंह, जोधपुर के विजय सिंह, भरतपुर के जाट और राजपूताना के कुछ छोटे-छोटे राजाओं ने भी बेहिचक मराठों के विरुद्ध स्वयं के और अपने राष्ट्र के दुश्मनों से हाथ मिला लिये। हिंदू-स्वातंत्र्य तथा हिंदूधर्म के नाश के लिए तैयार सभी दुश्मनों का मुकाबला करने में समर्थ एकमात्र हिंदू सत्ता के विध्वंस की खातिर सभी असंतुष्ट मुसलमानों को एक बड़ा षड्यंत्र रचने के लिए प्रोत्साहित किया। औरंगजेबी कूटनीति से मराठों को अपने शिकंजे में फँसाना अथवा खुलेआम उनसे टकराना हिंदुस्थान के किसी भी मुसलमान सेनानायक के लिए संभव नहीं हुआ। अत: स्वाभाविक रूप से मुसलमान नेताओं की नजर इन मूर्तिपूजक काफिरों के नष्ट राष्ट्र की खबर लेने के लिए हमेशा की तरह हिंदुस्थान के सीमा पार के अपने विदेशी धर्मभाइयों की ओर ही गई।

इस षड्यंत्र को साकार करने हेतु नजीब खान और मलका जमानी की जोड़ी अच्छी बन गई। रोहिला सरदार नजीब खान मराठों की पराजय में अपना लाभ ढूँढ़ रहा था और मलका जमानी बादशाही अंत:पुर की एक उथल-पुथलपसंद स्त्री थी। अपनी रोज की रोटी के लिए 'काफिर' हिंदुओं की दया पर निर्भर रहना उसे बहुत चुभता था। इससे पहले ऐसी ही परिस्थिति में मुसलमान नेताओं ने नादिरशाह को न्योता दिया था। इन दोनों ने उसी मार्ग का अवलंबन करने का निश्चय किया। उन्होंने अहमदशाह अब्दाली को हिंदुस्थान पर आक्रमण कर विधर्मियों से मुसलिम सत्ता की रक्षा करने का आग्रह करनेवाले पत्र गुप्त रूप से भेजने शुरू किए। अहमदशाह के भी अपने कारण थे। शुरू से ही उसने विश्व-विजय की महत्त्वाकांक्षा पाल रखी थी। उसके राज्य की सीमा मुलतान तक मराठों की सत्ता का विस्तार हो गया था तथा यह और बढ़ने की आशंका उसे थी। ऐसी परिस्थिति में मराठों से लड़ना उसके लिए भी जरूरी हो गया था।

इसके पहले ही अहमद शाह ने मुलतान और पंजाब प्रांतों को अपने राज्य में मिला लिया था; लेकिन शा.सं. १६७२ (सन् १७५०) में बाहरी तथा भीतरी दुश्मनों से ठट्ठा, मुलतान और पंजाब प्रांत की रक्षा करके वहाँ सुव्यवस्था कायम रखने का जिम्मा मराठों ने उठाया था तथा वहाँ की चौथ वसूलने का अधिकार प्राप्त किया था। इसलिए शा.सं. १६७६ (सन् १७५४) में उन्होंने अपनी कृपादृष्टि से वजीर बनाए गए गाजीउद्दीन को अब्दाली से पंजाब और मुलतान छीन लेने में सहायता भी प्रदान की थी। वस्तुत: अब्दाली के लिए यह खुली चुनौती ही थी। उसी समय नजीब खान द्वारा रची साजिश के कारण हिंदुस्थान में फैले हुए सामर्थ्यशाली मुसलमानों के संगठन से उसे हर तरह की मदद दिए जाने का वचन भी मिल गया। इस समर्थन की बदौलत इस पठान की महत्त्वाकांक्षा इतनी बढ़ी कि नादिरशाह के लिए जो असंभव था, वह संभव करने तथा हिंदुस्थान के सार्वभौमत्व का मुकुट धारण करने के ख्वाब देखने लगा। शा.सं. १६७८

(सन् १७५६) में मराठों के सभी सिपहसालार दक्षिण की उथल-पुथल में व्यस्त हैं—यह देखकर अस्सी हजार सेना के साथ सिंधु नदी पार करके उसने पंजाब पर आक्रमण किया और लगभग बिना किसी विरोध के दिल्ली पर कब्जा करके सर्वेसर्वा बन गया। इतना ही नहीं, पठानी विजेताओं की परंपरा के अनुसार वह क्रुद्ध भी हुआ और अपनी सेना को दिल्लीवासी नागरिकों का संहार करने की आज्ञा देकर उसने अपनी प्रभुसत्ता का समारोह संपन्न किया। कुछ घंटों के इस हत्याकांड में अठारह हजार निरपराध लोग मारे गए।

उसके पश्चात् उसने अपनी मुसलिम धर्मसंरक्षक की उपाधि चरितार्थ करने के लिए मराठों द्वारा हाल ही में मुसलमानों के पाश से मुक्त किए गए हिंदुओं के तीर्थस्थलों को तहस-नहस करना शुरू किया। पहला बलिदान मथुरा नगरी का हुआ। पाँच हजार जाटों ने प्राण तजने तक दुश्मन की अनगिनत सेना के साथ वीरता से युद्ध किया। मराठों के प्रति केवल अपना तुच्छ भाव दरशाने के लिए मथुरा के बाद इस मुसलमान विजेता ने गोकुल और वृंदावन को अपना निशाना बनाया; लेकिन वहाँ गोकुलनाथ की रक्षा के लिए अपने प्राण न्योछावर करने के निश्चय से चार हजार शस्त्रधारी नगा साधुओं ने डटकर उसका मुकाबला किया। दो हजार बैरागी रणभूमि में शहीद हुए, पर शत्रु को भगाकर अपने धर्म और मंदिर की रक्षा करने में वे सफल हो गए। इसके बाद जल्दी ही अब्दाली आगरा की ओर निकल गया और उस नगर पर कब्जा करके वहाँ के किले पर धावा बोल दिया। उत्तर हिंदुस्थान के कुछ मुसलमान लोग पठानों से घृणा करते थे तथा पठानी या ईरानी सत्ता दिल्ली के सिंहासन पर स्थापित नहीं होनी चाहिए—इस बारे में मराठों से सहमत थे। उनके नेता वजीर गाजीउद्दीन ने इस किले का आश्रय लिया था। मराठे अपनी मुक्ति के लिए आ रहे हैं—इस समाचार का वह बेसब्री से इंतजार कर रहा था।

उस समय जयपुर, जोधपुर और उदयपुर के राजपूत तथा बाकी हिंदू राजा और राजपुत्र क्या कर रहे थे? वे मराठों से बहुत नफरत करते थे और हिंदू-पदपादशाही के महान् कार्य के अगुआ मराठे बनें—यह उन्हें पसंद नहीं था। तब यही अवसर था कि वे हिंदुओं के हितों की रक्षा निश्चयपूर्वक कर सकते थे और हिंदूधर्म तथा हिंदू-पदपादशाही की रक्षा के लिए अकेले या एकजुट हो युद्ध करके साबित कर सकते थे कि हिंदुओं का नेतृत्व करने में मराठों की बनिस्बत वे अधिक समर्थ हैं। लेकिन इनमें से कोई भी अपनी जगह से नहीं हिला। अहमदशाह अब्दाली लाखों हिंदुओं से भरे उन प्रांतों से चलते-फिरते ही दिल्ली पहुँच गया। वह आगरा भी पहुँच गया और ऊँचे स्वरों में किए अपने ऐलान के मुताबिक वह सीधे दक्षिण तक भी चला जाता। बगैर किसी व्यवधान के मुसलमानों का बड़ा समूह बढ़ता चला आया और राजपूत, जाट तथा इतर अनेक हिंदू राजपुत्रों और सरदारों की आँखों के सामने काफिरों से बदला लेने के नारे लगाता हुआ

तथा हिंदुओं के चूल्हे, घर, मंदिर, तीर्थस्थल आदि रौंदता हुआ निकल गया; लेकिन मराठों के आने तक उसका निषेध करने की हिम्मत किसी की नहीं हुई।

पहले नादिरशाह के आक्रमण कस यमसख्सा मिनस, उसी तरह अब भी अब्दाली के हमले की इस खबर से पुणे स्थित मराठा-मंडल का नेतृत्व निराश या निरुत्साहित नहीं हुआ। तुरंत रघुनाथ राव के नेतृत्व में मराठों की एक बलशाली सेना उत्तर हिंदुस्थान में रवाना कर दी गई। आगरा के पास अब्दाली को इसकी खबर मिल गई। वह कुशल और अनुभवी सेनानायक था और अपनी जिंदगी में उसने पराजयों का भी सामना किया था। यह उसने जान लिया कि मराठों की बलशाली सेना से लोहा लेना 'आ बैल मुझे मार' जैसी स्थिति का निर्माण करना है। अपने गुरु नादिरशाह की तरह ही उसने भी निरर्थक पराजय को बुलावा देने की बजाय जितनी सफलता मिली, उससे ही संतोष कर लेना उचित समझा और इसीलिए वह तुरंत उलटे पाँव लौट गया। दिल्ली पहुँचा और मुगल सिंहासन पर अपना दावा मजबूत करने के लिए उसने मलका जमानी की बेटी से शादी कर ली। सरहिंद की रक्षा की खातिर उसने दस हजार की सेना रख दी एवं अपने पुत्र तैमूर शाह को लाहौर का शासक बनाकर, जिस द्रुतगति से वह हिंदुस्थान में उतर आया था, उसी गति से अपने देश वापस लौट गया।

दक्षिण के राजनीतिक घटनाक्रम में व्यस्त रहने के बावजूद अब्दाली को जो थोड़ी-बहुत कामयाबी मिली थी, उसपर पानी फेरकर मराठे द्रुतगति से आक्रमण करने लगे। सखाराम भगवंत, गंगाधर यशवंत तथा अन्य मराठा सेनानायकों ने दोआबा क्षेत्र में प्रवेश किया। इस बीच के कालखंड में मराठों के खिलाफ विद्रोह करनेवाले पठान तथा रुहेलों का दमन उन्होंने किया। वजीर गाजीउद्दीन की मुक्ति की गई। विट्ठल शिवदेव ने दिल्ली पर हमला किया और पंद्रह दिनों तक घमासान युद्ध करके राजधानी जीत ली; पठानों के षड्यंत्र के सूत्रधार और मराठों के सबसे बड़े दुश्मन नजीब खान को जीवित पकड़ लिया। इसके बाद सरहिंद के पास अब्दुल सैयद के नेतृत्व में खड़ी दस हजार सेना का सामना करने के लिए मराठे आगे बढ़े और उस सेना की धज्जियाँ उड़ाकर उसके नेता को कैद कर लिया। इस तरह लगातार सफलताओं के बाद उन्होंने लाहौर पर धावा बोलने का निश्चय किया। मराठों को विजयश्री लगातार वरमाला पहना रही है—यह देखकर अब्दाली की ओर से पंजाब और मुलतान में राज चलानेवाला उसका पुत्र तैमूर शाह इतना डर गया कि रणभूमि पर मराठों के सामने खड़े रहने की भी उसकी हिम्मत नहीं हुई। वह वहाँ से चलता बना। रघुनाथराव ने लाहौर में विजयी प्रवेश किया। जहान खान और तैमूर शाह ने कुशलतापूर्वक तथा सुव्यवस्थित तरीके से पीछे हटने की कोशिश की, लेकिन मराठों ने इतनी द्रुतगति से उनका पीछा किया कि उनके पीछे हटने को पलायन का ही स्वरूप मिल गया। मराठों का नामोनिशान मिटाने और हिंदुस्थान का

साम्राज्य जीतने के उद्देश्य से जो विदेशी दुश्मन आया था, उसकी सेना तथा उसके बेटे को प्राणों से कम मूल्य का जो कुछ भी था, वह सारा छोड़कर, मराठों के मुकाबले अपमानजनक पलायन का सहारा लेते हुए अपनी जान बचाने के लिए विवश होना पड़ा। उनकी छावनियाँ लूटी गईं और उनकी असीम धन-संपदा तथा युद्ध-सामग्री मराठों के हाथ लग गई। आखिरकार, श्रीरामदास स्वामीजी द्वारा शिवाजी महाराज को सुपुर्द किया गया भगवा ध्वज हिंदुस्थान के उत्तर सीमा प्रांत पर लहराने लगा।

हिंदू बिना किसी व्यवधान के अटक तक पहुँच गए। पृथ्वीराज की हार के उस दुर्दैवी दिन के बाद पहली बार हिंदुओं का पवित्र ध्वज वेदकाल में वेदमंत्रों से पुनीत हुई सरिता पर बड़े गर्व के साथ लहराने लगा। अटक के उस पार गए हुए हिंदुओं के विजयशाली अश्वों ने सिंधु नदी के स्फटिक समान निर्मल जल में अपनी परछाइयों का मानो बड़ी ऐंठ से निरीक्षण करते हुए वह जल पिया।

इस उज्ज्वल विजयश्री की खबर पहुँचते ही पूरे महाराष्ट्र में मानो बिजली कौंध गई। अंताजी माणकेश्वर ने राघोबा दादा को लिखा—"लाहौर हासिल किया तथा दुश्मन का पीछा करके उसे सीमा पार भगा दिया। अपनी सेना सिंधु नदी के तट पर जा पहुँची—यह सबसे ज्यादा खुशी की बात है। हमारी इस सफलता से उत्तर के सभी असंतुष्ट लोगों, राजाओं, सूबेदारों और नवाबों के मस्तक नीचे हो गए हैं। राष्ट्र के प्रति जो भी जुल्म किए गए, उनका प्रतिकार सिर्फ मराठे ही कर सके। अकेले उन्होंने ही अब्दाली से संपूर्ण हिंदुस्थान का प्रतिशोध लिया। अंतःकरण में उठ रही भावनाओं को शब्दों में लिखना संभव नहीं हो पा रहा है। निपट शौर्य के कृत्य—किसी अवतार के कृत्यों जैसे पराक्रमी कृत्य—इन मराठी हाथों से संपन्न हुए।

अपनी महान् उपलब्धि से मराठे स्वयं भी चकित रह गए। उनकी तलवार ने द्वारका से जगन्नाथपुरी तक तथा रामेश्वरम् से मुलतान तक उन्हें विजयमाला पहनाई थी। उनकी वाणी को राजाज्ञा का दर्जा मिल गया था। उन्होंने प्रकट रूप से अपने आपको हिंदुस्थानी सत्ता के संरक्षक और उत्तराधिकारी होने का ऐलान कर दिया। और ईरान, तूरान, अफगानिस्तान, इंग्लैंड, फ्रांस अथवा पुर्तगाल से जो भी लड़ने आया, उन सबके विरुद्ध उन्होंने अपने इसी अधिकार के अनुसार संघर्ष किया। शिवाजी महाराज द्वारा आरंभ किया हुआ हिंदू-पदपादशाही का महान् कार्य लगभग पूर्णता की स्थिति में पहुँच गया। श्री रामदास स्वामी की शिक्षा अब प्रत्यक्ष कार्य के रूप में साकार हुई। मराठों ने अपने विजय-ज्वार में हिंदूध्वजा सिंधुतट तक पहुँचा दी और शाह महाराज ने बाजीराव को जैसी आज्ञा दी थी, उससे भी परे यह ध्वजा ले जाए जाने की संभावना दिखने लगी।

अटक पर अपना ध्वज फहराने के बाद मराठों की प्रभुसत्ता का क्षेत्र विस्तृत हो

गया। उनकी राजनीतिक गतिविधियों का भी क्षितिज और अधिक विस्तारित हो गया। अब दिल्ली की चारदीवारी के भीतर स्वयं को बंद कर लेना संभव नहीं रह गया। मराठों की छावनी में कश्मीर, कंधार और काबुल से आए राजदूतों तथा प्रतिनिधियों का आवागमन बढ़ गया। एक जमाना ऐसा था कि सत्ताच्युत होने के बाद हिंदू राजा काबुल और ईरान से मुसलमानों की सहायता लेते थे, लेकिन अब परिस्थिति एकदम विपरीत हो गई। काबुल और कंधार के असंतुष्टों तथा अन्याय-पीड़ितों की ओर से राघोबा दादा की राजसभा में प्रतिदिन आवेदन-पत्र आने लगे। नाना साहब के सेनापति ने शा.सं. १६८० चैत्र बदी १२ (४ मई, १७५८) को उन्हें लिखा—"सुलतान, तैमूर और जहान खान की सेना का नामोनिशान मिट गया है और उनकी युद्ध-सामग्री तथा छावनी पर अपना कब्जा हो गया है। कुछ ही लोग अटक पार करके अपनी जान बचा पाए। अब्दाली ईरान के शाह के हाथों पराजित हुआ और ईरान के शाह ने मुझे कंधार पर हमला करने का न्योता दिया है। एक तरफ से ईरान के शाह की सेना और दूसरी तरफ से हमारी सेना—ऐसे दो पाटों के बीच फँसने के बाद अटक को मराठी राज्य की सीमा मानने के लिए अब्दाली तैयार है। ऐसा उसने सूचित किया है; लेकिन हम अटक को अपनी सीमा क्यों मानें—यह मुझे समझ नहीं आता।

"काबुल और कंधार—दोनों प्रांत अकबर और औरंगजेब के जमाने से ही हिंदुस्थान के साम्राज्य में समाविष्ट थे। तो फिर अब उनको विदेशियों के कब्जे में क्यों जाने दिया जाए? मेरे खयाल से ईरान का शाह अपना अधिकार ईरान तक ही सीमित रखेगा और काबुल तथा कंधार के हमारे अधिकार को मान्यता देगा। खैर, उसकी सम्मति मिले या न मिले, ये दोनों प्रांत अपने साम्राज्य का अभिन्न अंग मानकर मैंने उनपर अपना अधिकार स्थापित करने का निश्चय किया है। अब्दाली का भतीजा अब्दाली के खिलाफ बगावत कर उठा है और अपने चाचा के राज्य पर अधिकार जता रहा है। वह आपके पास सहायता के लिए आया है। मेरे विचार से सिंधु नदी के आगे अपने जो प्रांत हैं, वहाँ उसे शासक के रूप में नियुक्त किया जाए तथा उसकी सहायता हेतु कुछ सेना भेजी जाए। फिलहाल मुझे तुरंत दक्षिण वापस लौटना पड़ रहा है। इसलिए मेरे स्थान पर आनेवाले सेनापति को ये बड़ी योजनाएँ मूर्त रूप से तथा काबुल और कंधार पर अपना वास्तविक अधिकार कायम हो, इसकी चिंता अवश्य करनी चाहिए।"

□

हिंदू-पदपादशाही

'औराणपासूनि फिरंगाणपर्यंत शत्रुची उठे फली
सिंधुपासूनी सेतुबंधपर्यंत रणांगण भू झाली।
तीन खंडिच्या पुन्डाची ती परतु सेना बुडविली
सिंधुपासुनि सेतुबंधपर्यंत समरभू लढविली!'

—महाराष्ट्र भाट

(—शत्रु की सेना ईरान से लेकर गोवा तक फैली हुई थी। सिंधु सरिता से लेकर रामेश्वरम् तक सारी भूमि रणभूमि बन गई थी। तीनों खंडों के उपद्रवियों की सेना को पराजय के गर्त में डुबो दिया गया। सिंधु से लेकर रामेश्वरम् तक युद्ध लड़ा गया।)

नाना साहब के पास उपर्युक्त पत्र भेजने के बाद वर्षाकाल समीप आता देखकर राघोबा दादा तेजी से दक्षिण की ओर चले गए; लेकिन वहाँ हाल ही में जीते हुए प्रांत की सुरक्षा हेतु थोड़ी सी सेना छोड़कर उन्हें वापस लौटना पड़ा और हिंदू-पदपादशाही के लिए इससे भी अधिक नुकसानदेह एक प्रकरण को उचित ढंग से नहीं सुलझाया गया। सभी मराठा सरदारों की इच्छा थी कि पठानी षड्यंत्र के रचयिता नजीब खान रुहेला ने मराठी सत्ता के खिलाफ अब्दाली को भड़काकर मराठों के साथ जो विश्वासघात किया, उसके लिए उसे मृत्युदंड दिया जाए, लेकिन नजीब खान कैदी के रूप में मराठों के कब्जे में होने के बावजूद उसे छोड़ दिया गया। यह एक गुत्थी ही थी। यह मक्कार पठान मँजा हुआ कुटिल अभिनेता था। उसने हजारों बार माफी माँगी, मल्हारराव को अपना बाप कहकर पुकारने लगा; और उसने कहा कि अपने किए पर उसे बहुत पछतावा हो रहा है, इसलिए बेटा समझकर वे उसे प्राणदान दे दें। मल्हारराव भी पिघल गए। मराठों के महान् कार्य के साथ गद्दारी करने के कारण जो व्यक्ति दंड के भागी होते हैं, उन्हें अपना पुत्र मानने के लिए मल्हारराव हमेशा उत्सुक रहते थे। नजीब खान की रिहाई के लिए उन्होंने राघोबा दादा से इतना अनुरोध किया कि राघोबा अपनी मरजी

के खिलाफ उसकी मुक्ति को मंजूरी देने के लिए विवश हो गए। आगे जल्दी ही हम देखेंगे कि जिन्होंने उसे प्राणदान देने की गलती की, उनके ही खिलाफ नजीब खान ने किस तरह भयानक षड्यंत्र रचा।

मराठे इस समय तक अपनी सभी राजनीतिक गतिविधियाँ न्यूनाधिक मात्रा में दिल्ली के सम्राट् के नाम पर ही करते आ रहे थे। इस मार्ग के अवलंबन में न्यूनतम विरोध झेलना पड़ता था और ऐसा करना उनके लिए पर्याप्त उपयोगी भी साबित हुआ। शा.सं. १७३९ (ई.सं. १८१७) में मराठों की पराजय के पूर्व हिंदुस्थान में अंग्रेजों का जो दर्जा था, वही दर्जा इस समय मराठों का था। अंग्रेजों ने जिस कूटनीतिक और राजनीतिक कारणों से शा.सं. १७७९ (सन् १८५७) तक अर्थात् स्वयं के हिंदुस्थान का वास्तविक सम्राट् बनने तक, दिल्ली के बादशाह के एजेंट होने का स्वाँग भरकर अपनी काररवाइयाँ की, उन्हीं कारणों से मराठों ने भी राजनीतिक आक्रमण की राह में अपनी गति धीमी ही रखी। मराठों ने अपने आपको प्रभुसत्ता-संपन्न सम्राट् घोषित करने की उतावली की होती तो उन्हें न सिर्फ हिंदुस्थान के मुसलमान, बल्कि अंग्रेज, पुर्तगाली, पठान और कुछ हिंदू राजाओं का भी विरोध सहन करना पड़ता। मृत्युशय्या पर पड़े हुए बादशाह के मुकुट पर इन सबकी नजरें गड़ी हुई थीं और उसका उत्तराधिकारी बनने के लिए हर कोई लालायित था। हर कोई चाहता था कि इस स्पर्धा में शामिल सभी लोग अपने आप पीछे हट जाएँ और बिना किसी प्रयास के यह सुनहरा मौका उसे मिल जाए। इसलिए सभी संभावित दावेदार अपनी योजनाओं और इच्छाओं को फिलहाल ठंडे बस्ते में ही रखना चाहते थे।

लेकिन उत्तर में बड़ी-बड़ी विजय और स्वयं पेशवा को दक्षिण में मिला यश, इनके योग से मराठी सत्ता की प्रतिष्ठा काफी बढ़ गई। न सिर्फ बालाजी पंत और सदाशिवराव भाऊ, बल्कि महाराष्ट्र के सामान्य व्यक्ति में भी यह आत्मविश्वास जाग गया कि हम अपने इस महान् कार्य को अंतिम परिणति तक पहुँचाने में समर्थ हैं। मराठा मंत्रिपरिषद् में बड़ी-बड़ी योजनाओं पर विचार-विमर्श होने लगा। मराठे अपनी शक्ति की आँच महसूस कर रहे थे। मुसलिम साम्राज्य पर हमने मर्मभेदी प्रहार किया है—इस बात का एहसास उन्हें था। उन्हें दिख गया था कि न सिर्फ हिंदुस्थान में, बल्कि पूरे एशिया खंड में मराठी राज्य का दबदबा कायम हो चुका है और पुणे समूचे एशिया खंड की राजनीतिक सत्ता का केंद्र बनने लगा है। मुगल बादशाही छिन्न-विच्छिन्न होकर उनके पैरों पर पड़ी थी। अब उन्होंने निश्चय किया कि सार्वभौमत्व का मुकुट प्रत्यक्ष रूप से अपने सिर पर धारण करने के इस अंतिम कार्य के मार्ग में जो भी बाधाएँ हैं, उन सबको दूर कर लिया जाए। सदाशिवराव भाऊ को लगता था कि ईश्वर ने यह महान् कार्य संपन्न करने के लिए मराठा-मंडल के किसी दूसरे नेता की बजाय उनका चयन

किया है। इसलिए उनका निश्चय था कि यह कार्य पूरा करेंगे या फिर उसके लिए संघर्ष करते हुए अपने प्राण न्योछावर कर देंगे।

मराठों ने मुग़ल साम्राज्य नष्ट कर दिया था। हिंदुओं ने उन पर विजय प्राप्त करने वाले विजेता पर जीत हासिल की थी और सदाशिव भाऊ के प्रभावी उद्‌बोधन से प्रेरित होकर उन्होंने इस तरीके से प्रयास करने का निश्चय किया कि अगले कुछ वर्षों में समग्र हिंदुस्थान स्वतंत्र होकर वास्तविक रूप से हिंदू-सत्ता प्रस्थापित हो जाए।

अपने उद्‌देश्य की पूर्ति के लिए मराठों ने तीन अभियानों की योजनाएँ बनाईं। पहले अभियान में दत्ता शिंदे को आज्ञा हुई कि वे पंजाब और मुलतान प्रांत में जाकर वहाँ सुव्यवस्था स्थापित कर सुचारु ढंग से शासन शुरू करें। इसके बाद उन्हें नीचे काशी-प्रयाग तक आने का आदेश दिया गया, जहाँ पर राघोबा एक बड़ी सेना के साथ उनकी सेना से मिलेगा। मराठों के इस संयुक्त दल को बंगाल पर धावा बोलना था और हाल ही में (सन् १७५७ में), प्लासी की लड़ाई जीतने वाले अंग्रेजों, जिनके मन में इस विजय के कारण यह प्रांत अपने आधिपत्य में आ जाने के लड्डू फूट रहे थे, को तथा मुसलमानों को वहाँ से भगाकर समुद्र तक का समूचा प्रांत स्वतंत्र कराना था। इस तरह सिंध और मुलतान से लेकर बंगाल के समुद्र तक पूरा हिंदुस्थान शत्रु रहित करने की जिम्मेदारी दत्ताजी, जनकोजी और राघोबाजी को सौंपी गई थी। उसी तरह समूचा दक्षिण हिंदुस्थान स्वतंत्र कराने का जिम्मा खुद बालाजी पंत ने उठाया था।

दत्ताजी शिंदे अपनी सेना लेकर इस अभियान पर उत्तर दिशा की तरफ चल पड़े। बालाजी और भाऊ ने सर्वप्रथम दक्षिण में निजाम की नींद हराम करके उसे सत्ताच्युत करने की दिशा में कदम बढ़ाए। शा.सं. १६८२ (सन् १७६०) में उदगीर में उन्होंने निजाम पर आधुनिकतम सुविधाओं से लैस तोपखाने और बलशाली सेना के साथ हमला कर विजय प्राप्त की। मुसलमान सेना पूरी तरह से नष्ट हो गई। मराठों की इस विजय से निजाम इतना विनम्र हो गया कि उसने अपनी शाही मुहर भाऊ के पास भेजकर मराठों द्वारा प्रस्तुत किसी भी संधि पर हस्ताक्षर करने की अपनी सहमति जता दी। मराठों ने उसके साथ संधि करके नगर, बुरहानपुर, सालहेर, मुलहेर, असीरगढ़, दौलताबाद आदि प्रसिद्ध दुर्ग और नांदेड, फुलंब्री, आंबेड तथा वीजापुर के चार प्रांत अपने अधीन कर लिये। भाऊराव भी इस संधि से खुश हो गए। निजाम अब सत्ताच्युत हो गया था। सिर्फ उत्तर हिंदुस्थान की ही समस्या थी। साल खत्म होने से पहले ही दक्षिण हिंदुस्थान के स्वतंत्र होने की आशा बँध गई थी। जब शिवाजी महाराज ने तोरणा दुर्ग जीता और हिंदू-साम्राज्य का निर्माण करने के पथ पर पहली सफलता प्राप्त की थी, तो उस समय जिन स्थानों के सुलतानों ने शिवाजी को अदना सा विद्रोही समझकर उनका घृणापूर्वक उपहास किया था, उस नगर और वीजापुर—दोनों मुसलिम राजधानियों पर मराठों की ध्वजाएँ फहराने लगीं।

उधर दक्षिण में मैसूर में स्थापित हिंदूसत्ता नष्ट करके अपने आपको वहाँ का सम्राट् घोषित करने के उद्देश्य से हैदर अली मैसूर का घेरा डालकर बैठा था। ऐसी स्थिति में वहाँ के हिंदू राजा और उसके मंत्री ने इस मुफ्तखोर मुसलमान से अपनी रक्षा की खातिर मराठों से सविनय अनुरोध किया। भाऊ साहब तो पहले से ही ऐसे मौके की तलाश में थे। दक्षिण हिंदुस्थान मुसलमानों के कब्जे से छुड़ाने का यह सुनहरा अवसर वह गँवाना नहीं चाहते थे। उन्होंने हैदर पर आक्रमण करने की योजना बनाई, लेकिन उत्तर से, पेशवा की तरफ से उन्हें चिंताजनक समाचार प्राप्त हुआ। इस समाचार से बहुत निराश होकर वे अपनी व्यथा इस तरह प्रकट करते हैं कि ''सफलता का प्याला मैं अपने होंठों से लगाने ही वाला था कि वह मेरे हाथ से ले लिया गया।''

उधर दत्ताजी के नेतृत्व में उत्तर में मराठों की सेना शा.सं. १६८० (ई.सं. १७५८) में दिल्ली में दाखिल हुई। तय कार्यक्रम के अनुसार दत्ताजी ने वहाँ से लाहौर और मुलतान प्रांतों की सुव्यवस्था हेतु प्रस्थान किया। अटक तक के प्रांत का प्रबंध उन्होंने साबजी शिंदे और त्र्यंबक बापूजी को सौंपा और सरहिंद, लाहौर तथा बाकी महत्त्वपूर्ण स्थानों पर सेना भेजकर सुदृढ़ किया। इसके बाद गंगा नदी पार करके पटना पर धावा बोलने और वहाँ अंग्रेजों को सबक सिखाकर हिंदू साम्राज्य का समुद्र तक विस्तार करने के लिए वह पंजाब से निकलकर नीचे उतर आए।

लेकिन नजीब खान के बारे में पेशवा के स्पष्ट निर्देश का पालन न करके उन्होंने बहुत बड़ी गलती की। शिंदे ने उसे कठोर दंड देने की बजाय बंगाल के बारे में मराठों की योजनाओं में मदद देने और निष्ठापूर्वक सेवा करने के उसके खोखले और झूठे वादों पर विश्वास कर उसे अपनी सत्ता तथा प्रभुता बढ़ाने की खुली छूट दे दी। इसपर पेशवा ने लगभग गुस्से में ही उन्हें लिखा, ''आपने लिखा है कि अगर हमने नजीब को बख्शी का पद दिला दिया तो वह हमें तीस लाख रुपए देने का वादा कर रहा है, लेकिन उसके एक पैसे का भी स्पर्श मत करिए। नजीब आधा अब्दाली है। उसपर विश्वास नहीं करना चाहिए, साँप को दूध पिलाना उचित नहीं।'' लेकिन उस फरेबी ने दत्ताजी पर डोरे डालकर उन्हें मंत्रमुग्ध कर दिया था। इसलिए गंगा पार करने के लिए किश्तियों का पुल बनाने के उसके आश्वासन पर विश्वास कर दत्ताजी हाथ-पर-हाथ धरे बैठे रहे। इस तरीके से नजीब ने अपने दो मतलब साधे। एक तो बंगाल पर मराठों के हमला करने की योजना में उसने रोड़ा अटकाया, दूसरे मराठों के खिलाफ गोपनीय तरीके से पहले से ज्यादा बड़ा और मारक षड्यंत्र रचने के लिए उसे पर्याप्त समय मिल गया और हिंदुस्तान पर हमला करने की दोबारा कोशिश करने के लिए खुद मुगल बादशाह से अब्दाली को खत लिखवाने में सफल रहा। पठानों की धर्मांधता जगाने के लिए धर्म, अल्लाह तथा मुसलमानों की दृष्टि से पवित्र अथवा श्रद्धेय जो कुछ था, उस सबका वास्ता देकर

उत्तेजक निवेदन-पत्र जाने लगे।

धर्मसंरक्षक का खिताब प्राप्त करने, गाजी बनने और मूर्तिपूजक काफिरों के शिकंजे से मुसलिम बादशाह को मुक्त करने अब्दाली आखिर क्यों न आएगा? अपने पुत्र की पराजय की टीस अब्दाली को अब भी साल रही थी। हिंदुस्थान के सम्राट् का मुकुट मराठों ने उससे छीन लिया था। इतना ही नहीं, उसे पंजाब और मुलतान से भगाकर वे हिंदू-साम्राज्य के प्रांतों के रूप में काबुल और कंधार पर भी अपना दावा ठोकने लगे थे। मराठों की इन गतिविधियों के खिलाफ वह कुछ भी नहीं कर पाया था, लेकिन अब उसने जान लिया कि फिर वही, और पहले से कहीं अधिक आशा भरा अवसर हाथ आ रहा है। हिंदुस्थान का सार्वभौमत्व पाने की लालसा से और लगभग पूर्णावस्था को प्राप्त होनेवाली हिंदू-पदपादशाही की स्थापना की मराठों की योजना तहस-नहस करने हेतु एक बार फिर उसने कमर कस ली। अब्दाली ने बड़ी खुशी से मुसलमानों के इस षड्यंत्र का सूत्रधार बनना स्वीकार किया और विशाल सेना साथ लेकर वह सिंधु नदी पार करके तेजी से लाहौर पहुँचा और उसपर कब्जा कर लिया।

इधर अब्दाली के धावा बोलने की खबर दिल्ली पहुँचते ही नजीब खान ने शिंदे से किया मित्रता का स्वाँग तुरंत खत्म कर दिया और वह खुलेआम अपने आपको अब्दाली का वफादार घोषित करने लगा। अब जाकर दत्ताजी को एहसास हुआ कि नजीब खान के बारे में पेशवा का कहा न मानकर उसने कैसी भयंकर गलती कर दी। उसने यह भी जान लिया कि नजीब खान और सुजाउद्दौला ने उसे किस तरह भुलावे में रखा और अब वह शत्रु की दो ताकतवर सेनाओं के बीच किस तरह फँस गया है। एक तरफ से सुजा दूसरी तरफ से नजीब खान, रुहेले, पठान और पीछे से विशाल सेना के साथ अब्दाली ऐसे चक्रव्यूह में वह चारों ओर से घिर गया। स्वाभाविक ही था कि अटक और लाहौर में तैनात मराठों की अल्पसंख्य सेना को अब्दाली की विशाल सेना के मद्देनजर पीछे हटना पड़ा। उत्तर हिंदुस्थान में मुसलमानों की अधिसत्ता का लगातार विरोध करने का साहस मराठों के अलावा और किसी ने किया तो वह सिखों की नई शक्ति ने किया। देश पर आक्रमण करनेवाले विदेशी दुश्मन से लोहा लेकर उसे नाकों चने चबवाने का हरसंभव प्रयास किया। हालाँकि वे अपनी एक सुसंगठित सत्ता भी तब तक कायम नहीं कर सके थे और अपना समूचा प्रदेश विदेशियों के कब्जे से छुड़ा भी नहीं पाए थे, अभी वह दिन आया नहीं था। इसलिए मार्ग में बिना किसी व्यवधान के अब्दाली अपनी सेना के साथ द्रुतगति से सरहिंद पहुँच गया।

उत्तर के राजपूताना और अन्य प्रांतों के हिंदू राजाओं के मन में तो मथुरा का विध्वंस करनेवाले और हिंदुओं से नफरत करनेवाले अब्दाली के प्रति प्रत्यक्ष सहानुभूति ही थी। अब्दाली दिल्ली के सम्राट् के सिंहासन के बीच अगर कोई बाधा थी तो वह दत्ताजी के

अधीनस्थ मराठों की एक टुकड़ी ही थी। दत्ताजी ने होलकर के पास पत्र लिखकर अपनी सहायता के लिए आने का निवेदन किया; लेकिन नजीब के उस मुँहबोले पिता को, उस वीर को, मदद के लिए जाने की बजाय इधर-उधर के छोटे-छोटे राजाओं-जागीरदारों से लड़ने में समय गँवाना ज्यादा अच्छा लगा। इस तरह से सहायता न मिलने पर और चारों ओर से शत्रुओं के चक्रव्यूह में फँसने के बाद मराठों के पास दिल्ली छोड़ने और पीछे हटने के अलावा और कोई रास्ता नहीं था। दत्ताजी के साथ के हर अनुभवी और पराक्रमी व्यक्ति ने पीछे हटकर होलकर का इंतजार करने की सलाह उन्हें दी। उनके जवान भतीजे जनकोजी ने भी ऐसा ही अनुनय किया, लेकिन दत्ताजी किसी की भी सुनने को तैयार नहीं थे। अपनी मूर्खता की वजह से अपनी सेना को इस भयानक विपदा में धकेलने के लिए स्वयं कारणीभूत होने की ग्लानि उनके मन को खाए जा रही थी। मराठों के प्रमुख शत्रु नजीब पर भरोसा करके उसे हाथ से गँवाने की गलती करने के बाद अब उन्होंने कायरता न दिखाने का निश्चय किया। पीछे हटने की सलाह देनेवालों को उन्होंने एक ही जवाब दिया, ''जिसको पीछे हटना है, हटे। मैं किसी को भी रुकने के लिए मजबूर नहीं करूँगा। लेकिन अब मैं पीछे नहीं हटूँगा। इस जन्म में नाना और भाऊ को मैं मुँह दिखाने लायक नहीं रहा। मैं अब्दाली का सामना करूँगा और परमेश्वर की कृपा से रणभूमि में या तो उसे पराजित करूँगा या खुद वीरगति को प्राप्त करूँगा।''

उसी समय गाजीउद्दीन को पता लगा कि उसको वजीर के पद से हटाने और हो सके तो उसकी हत्या करने के षड्यंत्र में पठानों के साथ बादशाह भी शामिल था। तुरंत उसने बादशाह की हत्या की और उसके स्थान पर एक और कठपुतली व्यक्ति को सिंहासनारूढ़ करके वह मराठों में शामिल हो गया।

कुरुक्षेत्र की रणभूमि पर अब्दाली का सामना करते हुए दत्ताजी ने अपनी प्रतिज्ञा पूरी कर दिखाई। दत्ताजी का अलौकिक पराक्रम देखकर मराठी सेना में ऐसा उत्साह फैल गया कि उसने अब्दाली को पीछे हटने के लिए मजबूर कर दिया। शिंदे के खिलाफ युद्धभूमि में डटे रहना उसके अकेले के बस की बात नहीं है—इसका एहसास मराठी सेना ने उसे करा दिया। अतः उसने यमुना पार करने का प्रयास किया। उसमें सफल होकर वह शुक्रताल के पास नजीब खान की सेना से जा मिला। सुजाउद्दौला भी वहीं उसे मिला, तभी अहमद खान बंगश और कुतुब शाह भी वहाँ पहुँच गए और इस तरह वहाँ मुसलमानों का जमघट हो गया। अब यह स्पष्ट हो गया कि दत्ताजी के नेतृत्व वाली मराठों की छोटी सी टुकड़ी इस विशाल सेना का सामना नहीं कर सकती। अतः फिर से दत्ताजी के हितचिंतकों ने उन्हें पीछे हटने का अनुरोध किया। पहली बात फिर से दोहराई गई—''जिसे छोड़कर जाना हो, चला जाए। दत्ताजी को योद्धा का कर्तव्य निभाना ही चाहिए।''

उनका यह दृढ़निश्चयी वचन सुनकर उसका प्रभाव तो सेना पर होना ही था। कोई भी उन्हें छोड़कर नहीं गया। शा.सं. १६८२ (मार्च १७६०) यमुना नदी पार करने की कोशिश कर रही अब्दाली की सेना को रोकने के लिए मराठों ने यमुनातट की ओर प्रस्थान किया। कृत्संकल्प मराठों ने संघर्ष शुरू किया। मालोजी की विशाल सेना का सामना प्रत्येक मराठा अपनी जान हथेली पर रखकर करता रहा और वीरगति को प्राप्त होता रहा। दोनों सेनाएँ आमने-सामने की लड़ाई में एक-दूसरे पर वार करने लगीं। तभी मराठों का केसरिया ध्वज रुहेले और पठानों की एकत्र सेना के बीच फँस गया। अपने ध्वज की रक्षा करने के लिए मराठे टूट पड़े। अपने हिंदू राष्ट्र का ध्वज इस तरह संकट में पड़ जाने का दृश्य दत्ताजी और जनकोजी से देखा नहीं गया। दोनों ने छलाँग लगाई और भारतीय युद्ध शुरू कर दिया। उसी समय शत्रु पक्ष की ओर से सनसनाती हुई एक गोली जनकोजी को आ लगी और वे घोड़े से नीचे गिर गए। यह देखकर आपा खो बैठे दत्ताजी युद्ध करते हुए कोई सुरक्षित स्थान ढूँढ़ने की बजाय शत्रु को काटते हुए लगातार आगे बढ़ते गए और थोड़ी ही देर में शत्रु की सेना से पूरी तरह घिर गए। उनका एक निष्ठावान सेवक उनके पीछे था, लेकिन आखिर होनी टल नहीं सकी। उन्हें शत्रु की एक गोली लगी और घायल होकर वह भूमि पर गिर पड़े।

नजीब खान के धर्मगुरु और पठानी षड्यंत्र की दीवानगी से भरे हुए कुतुब शाह ने यह नजारा देखा। वह उस मराठी सरदार के पास गया और व्यंग्यपूर्वक पूछा कि 'क्या पटेल, मुसलमानों के साथ और लड़ोगे?' मृत्यु की देहरी पर खड़े इस वीर पुरुष ने जवाब दिया, "हाँ! बचेंगे तो और भी लड़ेंगे।" इस जवाब से वह पाखंडी आगबबूला हो उठा। उसने रण में घायल पड़े उस वीर पुरुष को लात मारी और 'काफिर' कहते हुए उनका सिर काटकर विजयोन्माद में अपने साथ ले गया।

इस तरह दत्ताजी का अंत हुआ। अपने राष्ट्र की ध्वजा सुरक्षित रखने के लिए आखिरी साँस तक युद्ध करनेवाला और अंततः शहीद हो जानेवाला वह वीर सारी दुनिया में अद्वितीय था। उनके निधन की और मरणोन्मुख अवस्था में नीचता और शर्मनाक ढंग से उस वीर का अपमान किए जाने की खबर महाराष्ट्र में पहुँचते ही मराठे क्रुद्ध हो उठे। उन सभी के सिर पर प्रतिशोध की धुन सवार हो गई।

उसी हफ्ते में उन्होंने उद्गीर पर महान् विजय प्राप्त की थी। उनकी योजना हैदर का नामोनिशान मिटाकर दक्षिण हिंदुस्थान को फिर से स्वतंत्र कराने की थी। उसी समय दत्ताजी की पराजय और निधन का समाचार उन्हें मिला। बालाजी और भाऊ ने संकट की इस घड़ी का मुकाबला करने की तैयारी में बालाजी और भाऊ ने जरा भी विलंब नहीं किया। वास्तव में हाल ही में दक्षिण की ओर अथक परिश्रम तथा शौर्य से एक घमासान युद्ध उन्होंने निपटाया था। फिर भी अपनी सेना को एक दिन का भी विश्राम

दिए बगैर सभी सेनानायकों तथा मंत्रियों को उन्होंने तुरंत पट्टूर में एकत्र होने का आदेश दिया। वहाँ सभी महत्त्वपूर्ण बातों पर विचार-विमर्श के बाद मालवा में अब्दाली के पहुँचने से पहले ही उसे गाँठकर उसके साथ युद्ध के लिए एक बड़ी सेना भेजने का निर्णय लिया गया। शमशेर बहादुर, विट्ठल शिवदेव, मानाजी धायगुडे, अंताजी माणकेश्वर, माने, निंबालकर तथा और भी कई सेनानायकों ने अपने-अपने दल की कमान थाम ली। सदाशिवराव भाऊ प्रमुख सेनापति नियुक्त किए गए और बालाजी पंत के ज्येष्ठ पुत्र विश्वासराव को उनके साथ लगाया गया। विश्वासराव ने हाल ही में उद्‍गीर में अपने पराक्रम से नाम कमाया था और पूरे महाराष्ट्र की दृष्टि में वह उसकी भावी आशा था। उस जमाने का सबसे मजबूत तोपखाना इब्राहिम खान को सुपुर्द किया गया।

सेना जैसे-जैसे आगे बढ़ने लगी, वैसे-वैसे दमाजी गायकवाड, संतोजी वाघ और दूसरे सेनानायक एक-एक कर उसमें आकर मिलने लगे। उत्तर हिंदुस्थान के अनेक राजपूत राजाओं को हिंदुओं के साथ ले आने के लिए उनके पास इस आशय के पत्र और संदेश भेजे जाने लगे कि मथुरा-गोकुल का विध्वंस करने वाले अब्दाली, जो समूची हिंदूजाति का शत्रु है, के विरुद्ध संग्राम करने के मराठों के इस प्रयत्न में तो कम-से-कम वे हाथ बटाएँ। नर्मदा और विंध्य पार कर मराठों की सेना चंबल तक जा पहुँची। इस सेना का वैभव और सामर्थ्य समूचे उत्तर हिंदुस्थान ने आदर और आश्चर्य से देखा। तमाम असंतुष्ट राजा, नवाब, राव इस सेना के दर्शन मात्र से भयभीत हो उठे और उनकी इसके विरुद्ध अंगुली उठाने की भी हिम्मत नहीं हुई। युवा, सुंदर और पराक्रमी जनकोजी सिंधिया भी अपनी बची हुई सेना लेकर शीघ्र ही भाऊ से आ मिले। मराठी सेना ने उत्साहपूर्वक उनका स्वागत किया और उनके जरिए बदायूँ के युद्ध में अपने प्राणों की आहूति देनेवाले उनके चाचा दत्ताजी शिंदे को श्रद्धांजलि अर्पित की। बीस वर्ष से भी कम आयु के जिन जवानों ने अपने धर्म तथा हिंदुओं की रक्षा के लिए संग्राम किए थे, विजय प्राप्त की थी और अपने शरीरों पर भयंकर घाव सहे थे, उनके तथा वीर जनकोजी के सम्मान में भाऊ ने एक समारोह आयोजित कर उनपर मूल्यवान उपहारों और वस्त्रों की बौछार कर दी। बालाजी की अनुपस्थिति में उनकी जगह सँभालनेवाले मराठों के लाड़ले नेता तथा शूर एवं उदार राजपुत्र विश्वासराव जिस क्षण पराक्रमी जनकोजी से गले मिलने के लिए उठे, उस क्षण वहाँ उपस्थित प्रत्येक व्यक्ति के हृदय में भावनाओं का ज्वार उमड़ पड़ा। ये दोनों तेजस्वी युवक जितने सुंदर थे, उतने ही पराक्रमी भी थे। अपनी प्रजा के ध्येय और महत्त्वाकांक्षाओं से एकनिष्ठ ये दोनों राजपुत्र हिंदू राष्ट्र के भविष्य की उदयोन्मुख आशा थे।

मल्हारराव होलकर भी वहाँ आ पहुँचे। नजीब खान को पुत्रवत् मानना और यथासमय दत्ताजी की सहायता करने में सुस्ती दिखाना—ये दो बड़ी भूलें उनसे हुई थीं।

अपनी इस लापरवाही का प्रायश्चित्त उन्हें पहले ही मिल गया था। अब्दाली ने उन्हें अकेले घेरकर खासी चोट पहुँचाई थी। सदाशिवराव भाऊ ने अब्दाली को अपने से युद्ध करने के लिए यमुना नदी के इस पार आने का मौका मिलने से पहले स्वयं ही यमुना पारकर उसे सबक सिखाने की योजना बनाई। जब भी मौका मिले, अब्दाली की सेना पर पीछे से हमला कर उसकी रसद बरबाद करने का जिम्मा उन्होंने गोविंद पंत बुंदेला को सौंपा, लेकिन यमुना नदी में जबरदस्त बाढ़ आई हुई थी और दूसरे किनारे पर शत्रु की विशाल सेना मौजूद थी। ऐसी स्थिति में नदी पार करना कठिन हो गया। इसलिए सदाशिवराव भाऊ ने सीधे दिल्ली पर ही धावा बोलकर अब्दाली से वह राजधानी पूरी तरह छीन लेने का निश्चय किया। उत्तर भारत के हिंदू राजाओं में से केवल जाट ही हिंदुओं की सहायता के लिए आगे आए। भाऊ ने स्वयं सूरजमल जाट का स्वागत किया और दोनों ने यमुना का पवित्र जल हाथ में लेकर अब्दाली के साथ निर्णायक युद्ध करने की शपथ ली।

देश की जनता का ध्यान दिल्ली पर केंद्रित हो गया। हिंदू और मुसलमान—दोनों ही जान रहे थे कि भारत की ऐतिहासिक राजधानी पर विजय प्राप्त करने का परिणाम कितना भयंकर होगा। दिल्ली पर धावा बोलने के लिए शिंदे, होलकर और बलवंतराव मेहेंदले के नेतृत्व में सेना की टुकड़ियाँ रवाना कर दी गईं। दिल्ली को बचाने के लिए पठानों ने जान लड़ा दी। फिर भी मराठों के शक्तिशाली तोपगोलों की बौछार से उनका मोरचा ध्वस्त हो गया और वहाँ की मुसलमान सेना पीछे हट गई। भारत की राजधानी और वहाँ के किले के पतन के समाचार से हिंदूधर्म पर गर्व करनेवाले प्रत्येक व्यक्ति का हृदय आनंद से भर उठा। मराठी सेना गर्व के साथ दिल्ली नगर में प्रविष्ट हुई और पांडवों की इस राजधानी इंद्रप्रस्थ के किले पर भाऊ ने भगवा ध्वज फहराया। पृथ्वीराज के युग के बाद हिंदुओं की—स्वयं को हरिभक्तों की सेना कहलाने वाली—किसी सेना ने स्वतंत्र हिंदू ध्वज लेकर पहली बार दिल्ली में प्रवेश किया था। पठान, रुहेले, मुगल, तुर्क, शेख, सैयद—इन सबकी हिंदू-विरोधी गतिविधियों को धता बताकर और मुसलिम चाँद को निस्तेज कर हिंदू-पदपादशाही का ध्वज हिंदवी साम्राज्य की राजधानी पर फिर से लहराने लगा। मुसलमानों की सारी सेना लेकर यमुना के उस पार अब्दाली खड़ा था, लेकिन दिल्ली की रक्षा के लिए वह कुछ नहीं कर सका।

एक ही दिन के लिए ही सही, सदाशिवराव भाऊ ने हिंदू-पदपादशाही का अपना सपना साकार होते हुए देख लिया। अपने प्रयत्नों से ऐसा एक दिन भी देखने को मिले तो संपूर्ण राष्ट्र का जीवन सार्थक हो जाता है। ऐसा एक दिन भी देशभक्तों के अनेक शतकों के प्रयत्न और पराक्रम, सुख और कष्ट, आशा और परीक्षा की निष्पत्ति होता है। पूरी सात शताब्दियों तक मुसलिम जुल्म और दासता भी हिंदुओं के क्षात्रतेज

और जीवनशक्ति को लेशमात्र भी क्षति नहीं पहुँचा सकी—यह इस उज्ज्वल दिन ने साबित कर दिखाया। हिंदुओं ने यह भलीभाँति सिद्ध कर दिखाया कि वे अपने शत्रु से न केवल बराबरी कर सकते हैं, वरन् उनकी क्षमता उससे कहीं बढ़कर है।

भाऊ अगर अपने मन से चले होते तो इस उपलब्धि के तुरंत बाद ही वे विश्वासराव को अखिल हिंदुस्थान का सम्राट् घोषित करके राजधानी में उनका राज्याभिषेक करवाते और इस तरह हिंदू-पदपादशाही की विधिपूर्वक स्थापना कर लेते। पर राजनीतिक परिस्थिति के मद्देनजर ऐसी जल्दबाजी करना उन्हें उचित नहीं लगा। उन्हें अच्छी तरह मालूम था कि विश्वासराव को हिंदुस्थान का सम्राट् घोषित करने से उत्पन्न होनेवाले मराठों के भय से अभी किसी भी पक्ष का साथ न देनेवाले मुसलमान ही नहीं, अपितु उत्तर हिंदुस्थान के हिंदू राजा भी मराठों के खिलाफ हो जाएँगे। फिर भी जनता की मन:स्थिति का जायजा लेने और इस महत्त्वपूर्ण घटना की छाप हिंदुस्थान की समूची जनता, मित्रों एवं शत्रुओं के दिल पर छोड़ने की उन्होंने सोची। इस उद्देश्य से उन्होंने सार्वभौम राजसभा की बैठक समारोहपूर्वक बुलाने की आज्ञा दी। इस बैठक की अध्यक्षता के लिए शूरवीर विश्वासराव को तैयार किया गया। प्रतिनिधियों के जरिए समूचा महाराष्ट्र वहाँ मौजूद था। केवल महाराष्ट्र ही नहीं, अपितु समस्त हिंदुओं के शौर्य, वैभव, सद्बुद्धि और विद्वत्ता का सुफल वहाँ तेज से चमक रहा था। यह राष्ट्रीय महोत्सव हर्षोल्लास से शुरू हुआ। अश्वारोही, पथक, सहस्रों घोड़े एवं हाथी, लाखों सैनिक तथा योद्धा जो हिंदुत्व की पताका गोदावरी से लेकर उत्तर में सिंधु नदी तक और दक्षिण में हिंद महासागर तक शान से लहराते हुए घूमे थे, उन्होंने सहस्रों कंठों, रणसिंहों, तुरहियों, बंदूकों, तोपों और प्रचंड रण-दुंदुभियों से विजय-निनाद कर सैनिक-अभिवादन किया। उसके पश्चात् सेनानायक, राजनीतिज्ञ, सरदार, सूबेदार, प्रांतीय शासक—सभी नम्रतापूर्वक आगे बढ़े और अपने लाडले राजकुमार की मान-वंदना उसी तरह सम्मानपूर्वक की, जैसे संप्रभु राजा की की जाती है। जिसने भी यह अद्भुत दृश्य देखा वह इसका गुह्यार्थ समझ गया। इस समारोह में शामिल होनेवाले प्रत्येक व्यक्ति को लगा कि ईश्वर की कृपा से अखिल भरतखंड के सर्वश्रेष्ठ हिंदू चक्रवर्ती सम्राट् के नाते इस युवा राजकुमार का जो भव्य राज्याभिषेक होगा, यह समारोह मानो उसकी पूर्वपीठिका है।

□

पानीपत

'From the field of his fame, fresh and gory.
We carved not a line, we raised not a stone,
But we left him alone with his glory.'

—C. Wolfe

(—उसकी नूतन और रक्तरंजित ख्याति के क्षेत्र से हमने एक भी पत्थर नहीं हटाया, न ही उस पर कोई लकीर खींची, लेकिन हमने उसे उसकी ख्याति के साथ अकेला छोड़ दिया।)

दिल्ली में बाजे-गाजे के साथ संपन्न हुए इस समारोह का अर्थ मुसलमानों को समझते देर नहीं लगी। हिंदुस्थान के सम्राट् पद पर मराठों द्वारा अपने युवराज का अभिषेक करने की खबर दावानल की तरह चारों ओर फैल गई। नजीब खान और अन्य मुसलमान नेता इस प्रसंग का हवाला देकर अपनी चिंता और परिस्थिति की भयावहता मुसलमानों के मन पर अंकित करने के लिए स्वयं के लिए प्रयत्नों की दुहाई देने लगे। वे इस बात का ढिंढोरा जोर-जोर से पीटने लगे कि हमें जिसकी आशंका थी, वह हिंदू-पदपादशाही—जिसे नजीब और मुसलमानी फिरकापरस्त 'ब्राह्मण-पदपादशाही' कहते थे—स्थापित हो चुकी है। पैगंबर के प्रति निष्ठावान प्रत्येक सच्चे मुसलमान को अब काफिरों की सेना पर शस्त्र प्रहार करना चाहिए।

लेकिन उन्मादी भावनाओं के इस सैलाब में की सुजाउद्दौला और दूसरे मुसलमान नेताओं पर नजीब खान तथा मौलवियों के मोहम्मदी धर्म के नाम पर किए आह्वान की बजाय स्वार्थ ही भारी पड़ा। सुजाउद्दौला और अन्य मुसलमानों को अब्दाली की मराठों से लोहा लेने की ताकत पर संदेह होने लगा, क्योंकि उसकी सेना की मौजूदगी में मराठों ने विजय-दर-विजय प्राप्त की थीं और वह बेबसी से हाथ मलने के सिवा कुछ नहीं कर सका था। सुजा ने तो भाऊ के पास पत्र लिखकर अब्दाली का साथ देने के लिए पछतावा तक प्रकट किया। भाऊ ने भी उससे बातचीत के संबंध बनाए रखने में दूरदर्शिता

मानकर अपने दूतों के जरिए उसे कहला भेजा कि मराठे तो मुगल बादशाही खत्म नहीं करना चाहते थे। सुजा अगर अब्दाली का साथ छोड़ दे तो शाह आलम को दिल्ली का सम्राट् मानने और उसके वजीर के पद पर सुजा को नियुक्त करने में उन्हें कोई आपत्ति नहीं होगी। इससे रुहेले भी आगा-पीछा करने लगे और अब्दाली का साथ छोड़कर जाने की भाषा बोलने लगे।

अपने खिलाफ बनते राजनीतिक माहौल के मद्देनजर अब्दाली ने मराठों से संधि की बातचीत करने का निश्चय किया और करार पर चर्चा के लिए अपने दूत भेजे; लेकिन पंजाब प्रांत की वापसी की अब्दाली की माँग पर भाऊ साहब का सहमत होना असंभव था। इसी तरह इस खोखली बातचीत के भुलावे में आकर, लोहा गरम रहते ही चोट करने का हाथ आया सुनहरा अवसर गँवाने की भूल भी उनसे नहीं हो सकती थी। इसलिए संधि के बारे में चल रही इस आधी-अधूरी बातचीत के बीच में ही उत्तर में धावा बोलकर उन्होंने अब्दाली के कब्जे से कुंजपुरा नामक मजबूत स्थान छीन लेने का निर्णय लिया। अब्दाली ने समंद खान को अच्छी-खासी सेना देकर कुंजपुरा की रक्षा का जिम्मा सौंपा था। नजीब का धर्मगुरु कुतुबशाह भी वहीं था। मराठों के हमले की खबर मिलते ही उन्होंने किसी भी दुश्मन के हमले से उस स्थान की रक्षा करने की भरपूर व्यवस्था की। अब्दाली ने भी यमुना के दूसरे तट से समंद खान और कुतुबशाह को हर तरह की हानि उठाकर भी किले की रक्षा करने का आदेश तथा उनकी रक्षा के लिए और अधिक सेना भेजने का आश्वासन दिया।

दिल्ली छोड़ते वक्त अपना कोषागार परिपूर्ण रखना भाऊ के लिए आवश्यक हो गया। उनका अनुमान था कि गोविंद पंत बुंदेला अब्दाली की रसद बंद करने, पीछे से उसपर हमले कर उसे परेशान करने और सुजाउद्दौला तथा रुहेलों के प्रांतों में लगातार धावा बोलकर तहलका मचा देने की अपनी जिम्मेदारी सफलता से निभा ले जाएँगे। लेकिन गोविंद पंत बुंदेला इसमें से एक भी काम नहीं कर सके। बुंदेलों की ओर से किसी भी तरीके से धन-संपदा की आपूर्ति नितांत असंभव हो जाने पर भाऊ अपना खजाना भरने के लिए कोई अन्य उपाय सोचने लगे। कारण यह कि धन-संपदा अर्थात् युद्ध की शक्ति। बादशाही सिंहासन की छत पर जड़ी लाखों रुपयों की कीमत की ठोस चाँदी की छत उनकी नजर में लाई गई। भाऊ ने तुरंत आदेश दिया कि वह छत भारी-भरकम हथौड़ों से तोड़कर सिक्के ढालने के लिए टकसाल में भेज दी जाए; लेकिन यह आदेश अंधविश्वासी तथा दास मनोवृत्तिवाले लोगों की पसंद नहीं आया और वे इसके विरोध में शोर मचाने लगे।

भाऊ के इस आदेश से जाट भी असंतुष्ट हो गए। उनका मानना था कि जिन शक्तिशाली मुगलों को हिंदुस्थान का सम्राट् बनाने की इच्छा स्वयं परमात्मा की थी,

उन्हीं के सिंहासन को इस तरह तहस-नहस करके मराठों ने धर्म का उल्लंघन किया था। यदि यह सही था तो जाटों को यह भी समझना चाहिए था कि दूसरों का राज्य बिना कारण हड़प करने समेत सारी घटनाएँ यदि परमेश्वर की इच्छा से ही घटी थीं तो शिवाजी ने रायगढ़ पर जिस सिंहासन की स्थापना की और जिसके पाये बलात्कार, धार्मिक अप्रचार पर नहीं, अपितु आत्मरक्षण, स्वतंत्रता और अपना राज्य स्वयं चलाने की राष्ट्र की इच्छा जैसे पवित्र आधारों पर टिके थे और अब यह बात साबित भी हो गई थी, तो यह भी परमेश्वर की ही इच्छा थी। आग, ध्वंस, धर्मांधता और अत्याचारों की आँधी लेकर औरंगजेब जब दक्षिण में हिंदुओं का राष्ट्रीय जीवन नष्ट करने और नवस्थापित हिंदू राज्य को तहस-नहस करने के लिए उतरा, तब उसने शिवाजी महाराज के सिंहासन को हथौड़ों से खंडित करने में क्या कोई संकोच किया था? फिर मुगलों का शाही सिंहासन जो जाटों समेत सभी हिंदुओं की दृष्टि से सिर्फ शैतानी सत्ता का प्रतीक था, जो हजारों हिंदू हुतात्माओं के रक्त से नहलाया गया था, जिसकी स्थापना हिंदुओं के मंदिरों, घरों और गृहाग्नि के अवशेषों पर की गई थी और जिसका सिर्फ अस्तित्व ही मानो हिंदुओं का राष्ट्रीय निधन था, ऐसे सिंहासन का आदर हिंदुओं को क्यों करना चाहिए? हिंदू राज्य का सिंहासन क्षत-विक्षत करने के लिए औरंगजेब ने अपना लौहदंड उठाया था, लेकिन काल, भविष्य और हिंदुस्थान के रक्षक देवताओं ने उसके हाथ से वह लौहदंड छीन लिया और आज औरंगजेब के बादशाही सिंहासन की छत ही उस सिंहासन के नीचे चूर-चूर होकर गिर गई।

अपने सैनिकों का बकाया वेतन चुकाकर सदाशिवराव ने कुंजपुरा पर हमला किया। इस हमले के अग्रणी थे सिंधिया, होलकर और विट्ठल शिवदेव। वहाँ के पठान सैनिकों ने वीरता से संघर्ष किया। गाँव और दुर्ग—दोनों प्राकृतिक दृष्टि से मजबूती के लिए प्रसिद्ध थे; किंतु जब अपनी बढ़िया तोपों के साथ मराठों ने उनपर निशाना साधा और उनके पीछे सिंधिया तथा इतर सेनानायकों की सेना खड़ी हो गई, तब दुर्ग की रक्षा करना मुसलमानों के लिए कठिन हो गया। मुसलमानों के दुर्ग की दीवारों में कुछ छिद्र पड़ते ही दत्ताजी गायकवाड ने अपनी टुकड़ी को अंदर घुसने का आदेश दिया और 'हर-हर महादेव' का जयघोष करते हुए उनके सैनिकों ने अपने घोड़ों समेत उन छिद्रों से प्रवेश किया। घनघोर युद्ध हुआ। मराठों की तलवारें पठानों को खून से नहलाने लगीं। मराठों ने दुर्ग पर कब्जा कर लिया। मुसलमानों के निवास-स्थान लूटे गए और उनके सैकड़ों सैनिक बंदी बनाए गए। उनका सेनानायक भी मराठों द्वारा जंजीरों में जकड़ा गया। पहले भी एक बार रघुनाथराव ने अपने आखिरी हमले में उसे बंदी बना लिया था, लेकिन बाद में उससे धन लेकर उसे छोड़ दिया था। मराठों का विरोध करने की कारवाइयाँ उसने लगातार जारी रखीं और अब वह फिर से मराठों के कब्जे में आ गया

था। जब संग्राम समाप्त होने के आसार दिख रहे थे, उसी समय शिंदे तथा होलकर को सदाशिवराव कुछ आदेश दे रहे थे। शत्रु के अनुमान से जो काम करने के लिए मराठों को तीन महीने न सही, कम-से-कम तीन हफ्ते लगने चाहिए थे, वही काम मराठों ने अल्पावधि में कर दिखाया था। हिंदू सैनिकों के पराक्रम की प्रशंसा कर रहे थे, उसी समय उनके सामने दो महत्त्वपूर्ण युद्धबंदी हाथी पर बिठाकर लाए गए। कैदियों में से एक कुंजपुरा का पठान सेनानायक समंद खान था और दूसरा अब्दाली को बुलाने के लिए रचे गए पठानी षड्यंत्र का एक सूत्रधार और वीर दत्ताजी को मरणासन्न अवस्था में लात मारने वाला और उन्हें 'काफिर' कहकर उनपर गालियों की बौछार करनेवाला कुतुबशाह।

कुतुबशाह को देखते ही गुस्से से सदाशिव भाऊ का खून उबलने लगा। प्रतिशोध लेने का आह्वान करने वाली दत्ताजी की हत्या की स्मृति उस जगह पर मँडराने लगी। "हमारे मरणोन्मुख दत्ताजी को 'काफिर' कहकर लात मारने वाला नीच क्या तू ही है?" उनके द्वारा यह पूछने पर कुतुबशाह ने जवाब दिया, "हाँ, हमारे धर्म के अनुसार मूर्तिपूजक की हत्या करना तथा घृणा से उसे 'काफिर' कहना सत्कर्म माना जाता है।" इसपर भाऊ ने तुरंत जवाब दिया, "तब तू भी कुत्ते की मौत मर।"

भाऊ के आदेश से उस अपराधी का सिर काट लिया गया। इस तरह दत्ताजी के वध का बदला लिया गया। समंद खान को भी वही दंड मिला।

नजीब खान के दामाद समेत उसका पूरा परिवार मराठों के कब्जे में आ गया; लेकिन कुतुबशाह जितना कठोर दंड उन्हें नहीं दिया जा सका। सभी युद्धबंदियों को कुतुबशाह जितना कठोर दंड दिया जाता, तब भी अब्दाली को उस सजा पर मानवता का सवाल उठाने का अधिकार नहीं था, क्योंकि अब्दाली और उसकी मदद के लिए आए अन्य मुसलमान सरदारों ने बंगाल, वदान तथा अन्य जगह हुए संग्रामों में पकड़े गए मराठा सैनिकों की पहले उनकी नाक काटने, फिर उनका सिर धड़ से अलग कर अपनी छावनी के सामने जय-चिह्न के रूप में उनका ढेर रचाने आदि बर्बरतापूर्ण कृत्य किए थे। मराठे भी इस जंगली तरीके का अनुसरण कर सकते थे, लेकिन उन्होंने कभी भी ऐसा नीच काम नहीं किया। अब्दाली, औरंगजेब, नादिरशाह आदि ने 'धर्म की आज्ञा' कहकर जो कुछ किया, उस तरह मराठे कुरान की प्रतियाँ जलाने, मसजिदें गिराने तथा पवित्र स्थानों को अपवित्र करने के लिए कभी नहीं जाने गए।

कुंजपुरा का पतन अब्दाली की प्रतिष्ठा पर दूसरा बड़ा आघात था। मराठों ने कुंजपुरा में उसकी लगभग दस हजार सेना को नेस्तनाबूद कर दिया और उसके सम्मुख विजयादशमी का महोत्सव सैनिक आन-बान और शान के साथ उत्साहपूर्वक मनाया। अब्दाली एक काबिल सेनापति था। वह जानता था कि इस अपयश को धोने के लिए

कोई नुकसान उठाकर भी उसने जल्द ही कोई विलक्षण साहस का कृत्य नहीं कर दिखाया तो उसके सारे किए-धरे पर पानी फिर जाएगा। तुरंत ही उसने यमुना पार करने का जोखिम हर हालत में उठाने और कुंजपुरा स्थित मराठों का दिल्ली के उनके आधारस्थान से संबंध तोड़ देने की योजना बनाई।

अपनी इस योजना में वह सफल भी हुआ और बागपत में यमुना पार कर उसने अपनी एक लाख की प्रचंड सेना कुंजपुरा की मराठी सेना और दिल्ली स्थित मराठों की सेना के बीच एक बाड़ के रूप में खड़ी कर दी। इससे उसका एक और दाँव भी अनायास ही सिद्ध हो गया। उसके यमुना पार करके आने से मराठों का दक्षिण से संपर्क टूट गथा, लेकिन अब्दाली का रुहेलों तथा सुजाउद्दौला के प्रदेशों से संबंध बना रहा। पर इसके लिए उसकी कोशिशों की बजाय मराठों की भूल अधिक कारणीभूत रही—सदाशिराव भाऊ के निर्देशानुसार गोविंद पंत बुंदेला अब्दाली के रसद-पानी की आपूर्ति भंग नहीं कर सके थे। अब्दाली जानता था कि मराठे उसका मुकाबला करने के लिए पूरी तरह तैयार हैं। उसके बागपत में प्रवेश करने में सफल होते ही भाऊ साहब ने कुरुक्षेत्र की प्रसिद्ध रणभूमि पर उससे दो-दो हाथ करने के उद्देश्य से आगे बढ़कर पानीपत में अपने खेमे गाड़ दिए। मराठों को विश्वास था कि गोविंद पंत बुंदेले और गोपाल गणे उन्हें सौंपी गई जिम्मेदारी ठीक से निभा दें, अर्थात् अब्दाली की रसद बंद कर पीछे से उसे परेशान करते रहें। बस, वे (मराठे) अब्दाली को उसकी पसंदीदा रणभूमि पर भी पूरी तरह कुचल डालेंगे। पर गोविंदपंत उन्हें सौंपा गया काम थोड़ा भी करके नहीं दिखा सके। भाऊ ने कड़क आज्ञाएँ, धमकियाँ—हर उपाय आजमा डाले, पर गोविंद पंत ने, जितने जो वे कर सकते थे, उतने प्रयत्न भी नहीं किए।

जाटों ने इससे पहले ही मराठों का साथ छोड़ दिया था और अब वे अपनी राजधानी भरतपुर में सुरक्षित बैठकर वहाँ से मराठों की दुर्दशा का तमाशा देख रहे थे; लेकिन उनके मामले में यह ध्यान में रखा जाना चाहिए कि वे बीच-बीच में मराठों को सामग्री भेजते रहे। राजपूत तो उतना भी करने के लिए तैयार नहीं थे। मराठों का खुलेआम मुकाबला करने का साहस उनमें से किसी में भी नहीं था, लेकिन उनमें से बहुतांश लोग चाहते थे कि मराठों का समूल नाश हो जाए।

आगे का इतिहास इस बात का साक्षी है कि इन राजाओं की यह आत्मघाती इच्छा किस हद तक पूरी हुई। इस तरह से दोनों प्रतिपक्षी एक-दूसरे का आपूर्ति-मार्ग खंडित करने और दुश्मन को पहले भुख से अधमरा करके और फिर उससे लड़ने की कोशिशें कर रहे थे। फिर भी जैसे-जैसे समय बीतता गया, वैसे-वैसे भुखमरी की आफत अब्दाली से ज्यादा मराठों पर आती गई। आखिरकार, शा.सं. कार्तिक शुक्ल १५ (दि. २२.११.१७६०) के दिन जनकोजी शिंदे बाहर निकलकर मुसलिम सेना पर टूट

पड़े। घमासान संग्राम छिड़ गया। उस मराठा जवान सेनानायक और उसकी पराक्रमी सेना के आगे टिक पाना मुसलमानों के लिए संभव नहीं हुआ। शाम तक वे पीछे हट गए। उनपर मार करते हुए मराठों ने उनकी छावनी तक उनका पीछा किया। उस दिन अँधेरे ने मुसलमानों का साथ दिया और वे पूरी तरह पराजित होने से बच गए।

मराठों ने अपने विजयी वीरों का स्वागत सैनिक सम्मान के साथ किया। इस पराजय से अपने सैनिकों तथा लोगों के मन में पैदा हुआ डर दूर करने के लिए अब्दाली ने अपनी चुनिंदा टुकड़ियों को निर्देश दिया कि वे एक पखवाड़े के पश्चात् शाम को बाहर निकलें और रात के अँधेरे का फायदा उठाकर मराठी सेना के मध्य भाग पर हमला करें; लेकिन अब्दाली की यह रणनीति धरी-की-धरी रह गई, क्योंकि उसकी टुकड़ियों के बाहर निकलते ही उन्होंने देखा कि बलवंतराव मेहेंदले चुने हुए बीस हजार सैनिक लेकर उनसे भिड़ने के लिए पहले ही बाहर आकर खड़े हैं।

पठानों ने तुरंत मराठों पर तोपों की अग्निवर्षा शुरू कर दी। दुर्दैव से मराठे अपना तोपखाना साथ लेकर नहीं आए थे। इसलिए उन्हें भयंकर हानि उठानी पड़ी। मराठों की पराजय के आसार नजर आने लगे। अचानक ही विद्युत् वेग से उनका सेनापति अपना घोड़ा दौड़ाते हुए आया; उसने अपने सैनिकों को भगवा ध्वज की कीर्ति को कलंक न लगाने के लिए चेताया; उनमें उत्साह का संचार करते हुए उन्हें पुन: संगठित किया और अपनी नंगी तलवार उठाकर उन्हें मुसलमानों पर पूरे जोश से टूट पड़ने की आज्ञा दी। मराठी घुड़सवार अपने अश्वों को एड़ लगाते हुए शत्रु पर पिल पड़े। उन्होंने पठानों की तोपें खामोश कर दीं और वे शत्रु से आमने-सामने दो-दो हाथ करने लगे। उनका वीर सेनापति बलवंतराव मेहेंदले उनके अग्रभाग में था। एकाएक यह सेनापति एक गोली का निशाना बनकर वीरगति को प्राप्त हो गया। यह देखते ही उसका सिर काटकर विजय के प्रतीक के रूप में अपनी छावनी में ले जाने के लिए मुसलमान उसके शव पर झपट पड़े; लेकिन उनकी इस नृशंस कार्रवाई को रोकने के लिए निंबालकर दौड़कर मुसलमानों की तलवारों और अपने प्रिय सेनापति के शव के बीच आ गए और स्वयं पर प्राणघातक वार पड़ने के बाद भी सेनापति के शव को तब तक अपनी देह के आवरण से ढके रहे, जब तक मराठों ने वहाँ पहुँचकर मेहेंदले के शव को नहीं छुड़ा लिया।

इसी बीच मराठे हजारों पठानों को मौत के घाट उतार चुके थे। मुसलमानों ने जान लिया कि अब मराठों के आगे टिकना कठिन है। मराठों की भयंकर मार से बेहाल होकर वे अपनी छावनी की ओर मुड़ने लगे। मराठों के मोरचे के मध्य भाग के सामने ही मुसलमानों के हजारों शवों का ढेर पड़ा था। मराठों की यह विजय बड़ी थी, पर उसे पाने के लिए दिया हुआ सेनापति भी उतना ही बड़ा था। वे बड़े सम्मान के साथ बलवंतराव का शव अपनी छावनी में ले गए। वहाँ सैनिक सम्मान के साथ उस शव की मानवंदना

की गई। सदाशिवराव भाऊ को इस दु:खद घटना से सबसे ज्यादा आघात पहुँचा। वे स्वयं शवयात्रा में उपस्थित रहे। उस वीर पुरुष बलवंतराव की पत्नी भी कम साहसी नहीं थी। उस वीरांगना ने पति की चिता पर सती होने का निश्चय किया। सदाशिवराव भाऊ के मनाने पर भी उसका निश्चय नहीं टला। अपने शहीद हुए सेनापति की अंतिम वंदना करने के लिए सभी सैनिक बाहर आए। सैकड़ों लोग उस महान् वीर हुतात्मा को और अपनी गोद में मृत पति का मस्तक लिये अग्नि-ज्वालाओं के बीच बैठी साहसी महाराष्ट्र कन्या के सतीत्व को आदरांजलि अर्पित करते हुए चिता के इर्दगिर्द खड़े रहे।

इस तरह से अब्दली ने जो दो मोरचे लड़े, उन दोनों में उसे मार खानी पड़ी; लेकिन इससे मराठों की भुखमरी की समस्या का हल नहीं हुआ। हालाँकि अब गोविंद पंत ने उसे काफी पहले ही दिए गए अब्दाली की रसद खंडित करने के निर्देशों पर अमल जरूर शुरू कर दिया था; पर बरात जाने के बाद इस घोड़े का कोई खास मतलब नहीं रह गया था। यह कार्रवाई भी ज्यादा दिन नहीं चली, क्योंकि आततायी खान ने छल से मराठों की ही पताका लेकर दस हजार पठानों की सहायता से गोविंद पंत पर हमला किया। होलकर की पताका देखकर मराठे शत्रु की तलवारें खींच लेने तक उन्हें भी मराठा समझते रहे। अंत में गोविंद पंत भी मारे गए। चार महीने से लगातार मिलती सदाशिव भाऊ की आज्ञाओं का पालन अगर वे जान हथेली पर लेकर करते तो अपने साथ-साथ अपने राष्ट्र को भी इस दुर्दशा से बचा सकते थे। अब खुद ही जान से हाथ धो बैठे। पठानों ने गोविंद पंत का सिर काट लिया। अब्दाली ने वह सिर और उसके साथ अपने शौर्य का बखान करनेवाला पत्र सदाशिवराव भाऊ के पास भेजकर अपनी इनसानियत दिखा दी। सामरिक दृष्टि से अब्दाली को पूरी तरह पराजित करना अब भी संभव था। कारण यह कि अब्दाली की इतनी सख्त व्यवस्था के बावजूद पानीपत में मराठों के कठिनाई में होने की खबर दक्षिण में पहुँच गई थी। उनकी सहायता करने के लिए लगभग पचास हजार सैनिकोंवाली विशाल सेना के साथ बालाजी निकल पड़े थे। इस तरह मराठे पानीपत में अगर एक महीने तक डटे रहते तो इन दोनों सेनाओं के बीच अब्दाली पिसकर रह जाता; पर भुखमरी का प्रश्न कैसे हल किया जाता? सैकड़ों की संख्या में बोझ ढोनेवाले पशु और सवारी घोड़े भी दाना-पानी के अभाव में हर रोज दम तोड़ने लगे। उनकी सड़ी हुई लाशों से उठनेवाली बदबू से भुखमरी के साथ-साथ सेना में जानलेवा बीमारियाँ फैलने का डर पैदा हो गया। इसे टालने के लिए मौका न होते हुए भी लड़ाई के लिए एकदम निकल पड़ने का एकमात्र उपाय ही शेष रह गया था। मराठों के वीर सैनिक प्रतिदिन भाऊ के शिविर के सामने एकत्र होकर बड़ी व्याकुलता से अनुनय करने लगे कि यहाँ इस तरह हमारी दुर्दशा और भुखमरी के बजाय हमें रण में लड़कर मौत का सामना करने का अवसर दिया जाए।

इस भुखमरी की समस्या से पीछा छुड़ाने का एक उपाय और था कि हमारे पुरखों ने जो हिंदू कार्य आरंभ किया था और पूर्वजों की कई पीढ़ियाँ जिसके लिए जीवन भर काम करती रहीं तथा अपना बलिदान देती रहीं, उस पर पूर्ण विराम लगा दिया जाए; पर क्या ऐसा करने के लिए और अब्दाली को हिंदुस्थान का सम्राट् मानकर अपने राष्ट्रीय स्वातंत्र्य का बलिदान देने के लिए मराठे तैयार थे? नहीं, कदापि नहीं। एक भी मराठा ऐसा करने के लिए सम्मति नहीं देगा, इसकी बलि स्वतः भुखमरी और विपत्ति से इतने पीड़ित होते हुए भी वे शत्रु की समुद्र तुल्य सेना को टक्कर देंगे और उसे आमने-सामने करके ऐसा युद्ध छेड़ेंगे कि उन्हें विजय प्राप्त करना संभव नहीं हो तो शत्रु अपनी जीत से थोड़ा सा भी लाभ नहीं उठा पाएगा। ऐसे दृढ़निश्चयी मराठों का नेतृत्व करते हुए, कुछ भी हो जाए, शरणागत नहीं होऊँगा; अपने लोगों की राष्ट्रीय प्रतिष्ठा थोड़ी भी कम हो—ऐसा कुछ भी नहीं करूँगा, उलटे खराब से खराब परिस्थिति में भी—जीत चाहे न मिले—पराजय भी ऐसी प्राप्त करूँगा कि वह भावी पीढ़ियों के लिए राष्ट्रीय गौरव, स्वाभिमान और स्फूर्ति के अक्षय स्रोत की तरह अनेक विजयों से भी अधिक उपयोगी साबित हो—स्वयं भाऊ निर्भय होकर ऐसा दृढ़निश्चय करके खड़े थे।

आनन-फानन में सेनानायकों की बैठक बुलाई गई। उसमें निर्णय लिया गया कि युद्ध के लिए पूरी तरह से तैयार होकर दिल्ली की दिशा में बढ़ा जाए और अब्दाली ने यदि विरोध किया तो उस पर प्रहार किया जाए, उसका मोरचा भंग किया जाए तथा लड़ते हुए रास्ता बनाया जाए। अब्दाली चुपचाप मराठों को जाते हुए देखनेवाला व्यक्ति नहीं था। उसका विरोध अपेक्षित ही था।

सहस्रों 'हरिभक्त' वीरों की सेना प्रसिद्ध जरीपटका—अर्थात् अपने भगवा ध्वज के इर्दगिर्द एकत्र होने लगी। सेनानायकों की सभा में लिये गए निर्णय का ऐलान सेनापति सदाशिवराव भाऊ ने खड़े होकर किया। दुश्मन के साथ निर्णायक युद्ध लड़ने के उस ऐलान पर अपनी सहमति शस्त्रों से सज्जित विशाल सेना ने प्रचंड गर्जना के साथ दर्ज कर दी। रणनीति सबको बता दी गई। उसके पश्चात् उस श्रेष्ठ सेनापति ने अपने सैनिकों की भावनाओं में उबाल लानेवाला भाषण दिया। वे जिस महान् राष्ट्रीय ध्वज के नीचे खड़े थे, उसकी ओर इशारा कर उन्होंने उसके यश भरे इतिहास का बखान आरंभ से किया। अपने विस्तृत भाषण में उन्होंने बताया कि किस तरह श्री रामदास स्वामी ने 'स्वधर्मराज अर्थात् हिंदू-पदपादशाही' के महान् कार्य की स्मृति शाश्वत रखने के लिए यह भगवा ध्वज शिवाजी महाराज को सुपुर्द किया; उनके स्वर्ग सिधारे रणशय्या पर देह धरकर किस तरह उसके लिए विजय पर विजय प्राप्त कीं, अटक से लेकर कटक तक ही नहीं, अपितु पश्चिम सागर तक समूचा हिंदुस्थान उस झंडे तले कैसे लाया गया और अपने विजयी वीरों ने दुश्मनों की दुर्दशा करके उनके सिर उसके सामने किस तरह

झुकवाए। ऐसे में यह सेना अब वह राष्ट्रीय ध्वज दुश्मन को सौंपेगी या उसके सामने झुका देगी या फिर वह जिस महान् कार्य का एक प्रतीक है, उसके लिए लड़ते-लड़ते अपने प्राण न्योछावर कर देगी? यह सुनते ही एक लाख सैनिकों के कंठों से 'हर-हर महादेव' की गर्जना उठी। उन्होंने अपनी-अपनी तलवार लहराकर उस राष्ट्रीय ध्वज के प्रति व ध्वज जिस महान् कार्य का प्रतीक है, उसके प्रति और अब तक एक के बाद एक विजय दिलाने वाले अपने उस सेनापति के प्रति निष्ठावान रहने की शपथ ली।

पौष शुक्ल अष्टमी शा.सं. १६८३ (१४ जनवरी, १७६१) का सूर्योदय होते ही युद्ध की संपूर्ण तैयारी के साथ मराठे अपनी छावनियों से बाहर निकले। मध्य भाग में सदाशिवराव भाऊ और विश्वासराव, उनके दाएँ अपनी सेनाएँ लेकर मल्हारराव होलकर और जनकोजी सिंधिया तथा बाएँ दमाजी गायकवाड, यशवंतराव पवार, अंताजी माणकेश्वर, विट्ठल शिवदेव और शमशेर बहादुर चल रहे थे। मराठों ने सेना के अग्रभाग में अपना तोपखाना रखा। इस व्यूह-रचना के साथ मराठों ने अपना सेनानिवास छोड़ा और फिर रणभूमि की ओर उनके प्रस्थान को सूचित करनेवाला हजारों नरसिंहों, तुरहियों, नक्कारों और युद्ध-नगाड़ों का घोष होने लगा।

मराठे अपना पड़ाव त्यागकर हमला करने आ रहे हैं—यह सूचना मिलते ही अब्दाली भी मुकाबले के लिए आगे आया। उसने भी सेना के अग्रभाग में अपना तोपखाना रखा। मध्य भाग में वजीर शाह नवाज खान, दाएँ रुहेले तथा बाएँ नजीब खान और सुजाउद्दौला थे ।

शीघ्र ही दोनों सेनाएँ टकराईं। तोपें आग उगलने लगीं। तोपगोलों के धुएँ और दोनों सेनाओं की हलचल से उठी धूल के मिश्रण से आसमान धूमिल हो उठा। चढ़ता सूरज भी अपने अस्तित्व का भान कराने में नाकाम हो रहा था। कालांतर में जैसे ही साफ दिखाई देने लगा, यशवंतराव पवार और विट्ठल शिवदेव ने पहला आक्रमण किया। घमासान युद्ध शुरू हुआ। मराठों के अश्वारोही दस्ते ने रुहेलों को अपने पहले वार में ही पीछे हटने के लिए विवश किया और उनके आठ हजार से भी ज्यादा सैनिक मार डाले। इस हमले के सामने शत्रु की दाईं ओर की सेना टिक नहीं पाई और पीछे भाग खड़ी हुई। स्वयं भाऊराव और वीर विश्वासराव ने शत्रुसेना के मध्य भाग पर हमला किया। दोनों सेनाएँ आमने-सामने होकर एक-दूसरे को काटने लगीं। पठान भी कोई निकृष्ट योद्धा नहीं थे। रणधुरंधर भाऊ जैसे और प्रिय युवराज विश्वासराव की अगुआई वाले मराठों का पीछे हटना रत्ती भर भी संभव नहीं था। घंटा भर घमासान रणसंग्राम हुआ। सदाशिवराव भाऊ और विश्वासराव ने उस पठानी सेना की लोहे के समान दुर्भेद्य पंक्ति, जिसका नेतृत्व खुद वजीर कर रहा था, को तोड़ दिया। सहस्रों पठान धराशायी हो गए। वजीर का पुत्र मारा गया तथा वजीर का घोड़ा मरने से वह अश्वहीन हो गया।

मुसलमानों के मध्य भाग ने वहाँ से पीछे हट जाना ही उचित समझा।

भाऊ और विश्वासराव को आगे बढ़ते हुए देखकर नजीब खान वजीर की सहायता के लिए दौड़ा; लेकिन शूरवीर जनकोजी अपने निष्णात सैनिक लेकर भाऊ के हाथ मजबूत करने के लिए आ पहुँचे। उसके घनघोर युद्ध की भयंकरता का वर्णन शब्दों में नहीं हो सकता। सभी वीर आपस में भिड़ गए और उनके बीच द्वंद्वयुद्ध होने लगा। अब्दाली जान गया कि अपनी सेना का मध्य भाग तथा दाएँ और बाँए हिस्से की टुकड़ियाँ पीछे हट आई हैं—अर्थात् समूची सेना ही पीछे हट गई है और प्रतिरोध करना छोड़कर पलायन करने की तैयारी कर रही है। उसकी सेना का कुछ हिस्सा भागने भी लगा। फिर भी वह अपने स्थान पर अडिग रहा। उसने अपने सैनिकों को भागनेवालों को काट डालने की आज्ञा दी। पौ फटने के बाद दो-ढाई घड़ी के भीतर ही युद्ध छिड़ गया था और तब से यह घमासान युद्ध अनवरत चल रहा था। तीसरा प्रहर खत्म होने को आया। दोपहर के दो बज गए, पर मराठी सेना को पल भर के लिए भी आराम नहीं मिल पाया। समूचा रणक्षेत्र खून की धाराओं से धुल गया और वहाँ तोपों, तुरहियों, रण-नगाड़ों और वीरों की जोश भरी गर्जनाओं की ध्वनि में घायल सिपाहियों के कराहने, चीखने-चिल्लाने की आवाजें घुल-मिल गईं।

आखिर तीसरा प्रहर भी बीता। मराठों के प्रबल प्रतिकार और शौर्य ने मुसलमानों की सेना की धज्जियाँ उड़ा दीं। कुशल सेनानायक अब्दाली के पैरों तले की जमीन खिसक गई और वह यमुना पार करने का विचार चिंतातुर होकर करने लगा। उसने बड़ी समझदारी से अपनी सेना के दस हजार सैनिक अपने पास सुरक्षित रखे थे। उनका इस्तेमाल करने का यही अवसर है, यह जानकर उसने उन्हें भाऊ पर टूट पड़ने का आदेश दिया। यह ताजा दम सेना दिन भर के संघर्ष से थके-माँदे मराठी सैनिकों से जा भिड़ी।

लेकिन सुबह से लड़कर थक चले भाऊ और उनके वीर मराठी सैनिक क्षणमात्र के लिए भी घबराए नहीं। उस सेना का पहला वार और ताजा दम से किया गया वह हमला मराठों ने तब भी बरदाश्त कर लिया। मराठों ने यह लड़ाई लगभग जीत ही ली है, इसकी प्रतीति एक बार हो गई। अब्दाली अपना आखिरी दाँव भी चल चुका था, लेकिन तभी मानो मौत की दूत बनकर एक गोली बहुत तेजी से आई और मराठों के वीर राजपुत्र के मर्म में जा लगी। वह जख्मी होकर अपने हाथी के हौदे पर ही गिर गए। अत्यंत शूरवीर और उतना ही उदार, मराठों का युवराज, महाराष्ट्र की आशा—प्राणघातक वार लगने के कारण मृत्युशय्या पर पड़ गया।

इधर सदाशिवराव भाऊ अपने सैनिकों को प्रोत्साहन देते हुए, आज्ञा देते हुए, अभूतपूर्व संग्राम लड़ रहे थे। तभी यह दुखद समाचार उन्हें मिला। इससे उनपर मानो वज्रपाज हुआ। वह तुरंत अपने लाडले भतीजे की ओर दौड़े और अपने ही रक्त में पड़े

मराठों के राजपुत्र को देखा। उस उद्‌गीर विजेता का वज्रसमान मजबूत दिल भी उस दृश्य को देखकर दहल उठा। आँसू उनके गालों पर बहने लगे। उन्होंने भरे गले से नाम लेकर भतीजे को 'विश्वास! विश्वास!' पुकारा। मृत्युशय्या पर लेटे राजकुमार ने आँखें खोलीं और वीरोचित वाणी में कहा, "चाचा, अब मेरे पास क्यों मँडरा रहे हैं ? सेनापति की अनुपस्थिति में तो युद्ध की बाजी ही पलट जाएगी!"

महाराष्ट्र के उस शूर और युवा राजकुमार को मरणांतक वेदनाएँ भी अपना कर्तव्य बिसरा नहीं सकीं। उसके मन में अब भी युद्ध का ही विचार प्रमुख था और यह छटपटाहट भी कि मेरे मरने के बाद भी अपनी सेना को युद्ध जीतना ही चाहिए। उसकी वाणी से भाऊ साहब की मोहतंद्रा भंग हुई और वह सजग होकर बोले, "जैसी प्रभु की मरजी! अब हम ही दुश्मन के छक्के छुड़ाएँगे।" इस तरह अपने लाडले भतीजे की प्रेरणा से उन्होंने अपना घोड़ा पुनः रणभूमि की तरफ दौड़ाया और हतोत्साहित सैनिकों को फिर से एकत्र करके उत्साहित किया। धीरज खो देनेवाली इस परिस्थिति में भी निष्ठावान् और प्राण देने पर उतारू मराठा सैनिक लड़ रहे थे। विजयलक्ष्मी की कृपादृष्टि मराठों पर अब भी थी।

उसी समय विश्वासराव के निधन की वार्त्ता मराठी सैनिकों में दावानल की तरह फैल गई। वे पहले ही थक चुके थे। इसलिए स्वाभाविक रूप से इस समाचार ने उनपर भयानक असर डाला। तभी एक और विपदा उनके सिर पर आ गई। एक-दो महीने पहले दो हजार पठान अब्दाली का साथ छोड़कर आए थे और उन्हें विट्ठल शिवदेव की सेना में भरती कर लिया गया था। शत्रु पक्ष के पठानों से अलग पहचान बनाने के लिए उनके सिर पर भगवा पट्टियाँ बाँध दी गई थीं। संभवतः पहले से ही तय योजना के अनुसार उन्होंने एकाएक वे पट्टियाँ उतारकर फेंक दीं और विश्वासराव की मृत्यु की अफवाह फैलाते हुए और पराजय के झूठे समाचार देते हुए, सेना के पिछवाड़े में, जहाँ असैनिक लोग खड़े थे, दौड़ते हुए गए, मारामारी तथा लूटपाट करने लगे। अपने पिछवाड़े आई हुई पठानों की टोली को देखकर मराठे गच्चा खा गए। सेना के अग्रभाग में लड़नेवाले सैनिकों को लगा कि दुश्मन का अपनी तरफ किया हुआ हमला सफल हो गया है और वह अपने पिछवाड़े पहुँच गया है। पराजय की कल्पना से वे अपने मोरचे छोड़कर भागने लगे।

इस दृश्य पर अब्दाली विश्वास ही नहीं कर पा रहा था। मराठों ने उसकी सेना के मध्य भाग में, दाएँ और बाएँ हिस्से में—तीनों जगह जीत हासिल की थी। अपनी सेना भाग न जाए, इसलिए कड़े उपाय अपनाते हुए, पलायन करने वाले अपने सैनिकों को काटते हुए और इस तरह अपनी सेना द्वारा सिर पर पैर रखकर भागने की स्थिति को किसी तरह टालते हुए वह निकट ही खड़ा था। इतने में ही उसे दिखाई दिया कि मराठों की पीछे वाली सेना पता नहीं क्यों, भयभीत होकर भाग रही है। यह अनोखा दृश्य

देखकर उसकी खुशी का ठिकाना न रहा। क्या हुआ है—यह समझने से पहले ही अब्दाली की सेना ने संभ्रम में पड़े मराठी सैनिकों पर धावा बोल दिया। फल यह हुआ कि अपने मोरचे पर डटे हुए मराठों का विरोध शिथिल पड़ गया। उनकी दाईं तरफ युद्ध के बदले पलायन का नजारा दिखने लगा; लेकिन अभी भी सेना के मध्य भाग में सदाशिवराव भाऊ और उनके चुनिंदा अनुयायी अपनी जान हथेली पर लेकर अपने राष्ट्रीय ध्वज —जरीपटका—की रक्षा कर रहे थे। वहाँ घनघोर युद्ध चल रहा था। अपनी तलवार के हर प्रहार से अपनी दोनों तरफ के दुश्मनों को काटते हुए और 'लड़ो! मारो! काटो!' आदि शब्दों से अपनी सेना को प्रोत्साहित करते-करते भाऊ का गला बैठ गया। आखिर जब उच्चारण करना भी मुश्किल हो गया, तब इशारों से प्रोत्साहन देते हुए उन्होंने मानो मृत्यु के मुँह में अपना घोड़ा दौड़ा दिया। वे साक्षात् मौत को ही गले लगाने चल पड़े हैं—यह देखकर मुकुंद शिंदे से नहीं रहा गया। क्षण भर के लिए उनके घोड़े की लगाम थामने की हिम्मत कर शिंदे ने उनसे अनुनय किया, "महाराज, आपने अप्रतिम शौर्य का प्रदर्शन किया। आपकी सेना ने यथाशक्ति पराक्रम कर दिखाया। इसलिए अब वापस लौटना क्या उचित नहीं होगा?"

इसपर भाऊ ने बड़े तैश में जवाब दिया, "क्या वापस लौटना! सरदार, क्या आप भूल गए कि अपनी सेना के उत्कृष्ट वीर धराशायी हो गए और प्रिय विश्वासराव हमें छोड़कर चला गया? मैंने एक-एक सेनानायक को उसका नाम लेकर आज्ञा दी और उनमें से प्रत्येक मेरी आज्ञा पर शत्रु से लड़ते हुए मौत के मुँह में चला गया। अब युद्धभूमि से निकलकर नानासाहब और महाराष्ट्र को यह कलंकित मुख दिखाने के लिए भी मेरा जीवित रहना कैसे संभव है? धावा बोलो! मारो! अपना प्राण जाने तक शत्रुओं को काटते चलो! यही मेरी अंतिम आज्ञा है।"

मुकुंद शिंदे ने अपने प्रिय सेनानी को प्रणाम किया और उनकी अंतिम आज्ञा के अनुसार वे घोड़े से उतर आए। 'हर-हर महादेव' की गर्जना करते हुए उन्होंने अपनी तलवार बाहर निकाली और शत्रु सेना की भीड़ में कूद पड़े। जनकोजी, यशवंत राव पवार जैसे अनेक वीरों ने उनका अनुकरण किया। और भाऊ? उनके सिर पर तो मानो साक्षात् युद्धदेवता ही सवार हो गया था। वे शत्रु की सेना में घुसते चले गए, युद्ध के महाभँवर में खो गए और अपने कहे अनुसार मरते हुए भी, अपने राष्ट्र के सम्मान की रक्षा के लिए शत्रु के सिर काटते गए।

पानीपत की समरभूमि पर हिंदुओं की सेना के वीरोत्तम मुख्य सेनापति के बारे में यही बात जगत् विख्यात हुई। उन्होंने अपने पराक्रम के दिव्य तेज से और कर्तव्य पर अपने बलिदान से राष्ट्र के ऐहिक नुकसान की भरपाई की।

□

विजेता को भी जीतनेवाली पराजय

'दंतच्छेदो हि नागानां श्लाघ्यो गिरिविदारेण।'

(—पर्वतों को खोदते समय टूटा दाँत हाथियों की शोभा ही बढ़ाता है।)

पानीपत के घमासान युद्ध में मराठों की भयंकर हानि हुई। जब सदाशिवराव भाऊ तथा उनके साथी योद्धा अपने राष्ट्रध्वज की रक्षा हेतु शत्रुपक्ष के अनगिनत सैनिकों से टक्कर ले रहे थे, तभी मराठी सेना में पलायन की शुरुआत हो गई थी और शत्रु की सेना उनका पीछा कर रही थी। सहस्रों मराठी सैनिक शत्रु के हाथों आ गए। दूसरे दिन पौ फटते ही मुसलमानों ने मराठा सैनिकों को कतारों में खड़ा कर बड़ी क्रूरता उनका शिरच्छेद कर दिया। अफगानों को लूट में भी भारी सामान मिला।

लेकिन मराठों के पराक्रम के कारण इसके लिए शत्रु को जो कीमत चुकानी पड़ी, वह उतनी ही अधिक थी। युद्ध हालाँकि पठानों ने जीता, पर यह विजय विजेताओं के लिए ज्यादा नुकसानदेह साबित हुई। सिर्फ अंतिम दिन ही मुसलमानों के चालीस हजार सैनिक मारे गए। गोविंद पंत बुंदेला का सिर जिसने काट लिया था, वह अताई खान उस्मान और उसकी सेना के सैकड़ों सेनानायक युद्ध में मारे गए। नजीब खान भी बुरी तरह घायल हो गया। खासतौर पर इस बात का विस्मरण वे नहीं कर पा रहे थे कि विजय-प्राप्ति में अपनी प्रशंसनीय वीरता तथा उत्तम रणनीति जितनी कारणीभूत रही, उतना ही योगदान भाग्य का भी रहा।

मराठे पराजित अवश्य हुए, लेकिन विजय प्राप्त करने में शत्रु सदा के लिए असमर्थ हो जाए—ऐसे जख्मों से उसे बींधने के बाद पराजित हुए।

पानीपत में पराजय मिली तो क्या? पानीपत की समरभूमि पर इकट्ठा हुए मराठे नामशेष जरूर हो गए, लेकिन महाराष्ट्र के मराठे अभी जीवित थे। कहा जाता है कि उस दारुण दिन को महाराष्ट्र में एक भी घर ऐसा नहीं बचा था, जिसका कोई सदस्य पानीपत में मारा न गया हो, पर यह भी सच है कि उस दिन महाराष्ट्र का एक भी घर ऐसा न था,

जहाँ अपने सैनिकों तथा सेनानियों ने जिस कार्य—अपने राष्ट्रीय अपमान का बदला लेने—के लिए मरण स्वीकार किया, वह कार्य सफल कर उनकी शहादत फलीभूत करने की प्रतिज्ञाएँ नहीं ली जा रही थीं। ऐसी ही प्रतिज्ञा कर स्वयं पेशवा तो नर्मदा भी लाँघ चुके थे। पानीपत में अपने लोगों, अपने परिवार पर आन पड़ी इस महाविपत्ति की सूचना मिलने और ऐसी भारी पराजय के बाद भी उन्होंने आगे बढ़ने तथा इस पराजय से उत्तर भारत में स्थित मराठी सेना में पैदा हुए डर का लाभ अब्दाली द्वारा उठा लेने के पहले ही उसका नाश करने का निश्चय किया। स्वयं पेशवा पर दुःख का पहाड़ टूट पड़ा था, तिस पर हाल के दिनों में उनका स्वास्थ्य भी अच्छा नहीं था; लेकिन उससे उनके मन में प्रतिशोध की ज्वाला और धधक उठी थी। उन्होंने अब्दाली को सबक सिखाकर वापस खदेड़ने की ठान ली।

उत्तर के सभी हिंदू राजाओं को उन्होंने अपने दृढ़ निश्चय के प्रति आश्वस्त करनेवाले पत्र भेजे। अपने धर्म और समस्त हिंदूजाति के शत्रु हिंदू-स्वातंत्र्य का समूल नाश करने के लिए—एकजुट होकर प्रयत्न कर रहे हों, तब अलग रहकर स्वयं को बचाए रखने की नीति पर चलने के लिए इन राजाओं की कसकर खबर भी इन्हीं पत्रों में उन्होंने ली। पेशवा ने उन्हें लिखा कि कम-से-कम अब तो हिंदू-स्वातंत्र्य के समर में हाथ बँटाने के लिए वे आएँ। साथ ही उन्हें आश्वस्त भी किया कि वे मुगल-साम्राज्य के ध्वंस पर उससे भी अधिक शक्तिशाली मोहम्मदी साम्राज्य स्थापित करने की अब्दाली की महत्त्वाकांक्षाएँ पानीपत की इस पराजय के बाद भी मटियामेट करने में समर्थ हैं। उन्होंने लिखा, ''मेरा युवा पुत्र अभिमन्यु जैसा पराक्रम कर स्वर्ग को गया, शत्रु से संघर्ष करते हुए रणभूमि में गिर गया, तो क्या? मेरे भाई सदाशिवराव और शिंदे के शावक जनकोजी का क्या हुआ, यह किसी को नहीं मालूम तथा अनेक सेनानी और सैनिक युद्ध में खेत रहे, लेकिन यह युद्ध है। इसमें जीत-हार ईश्वर की इच्छा पर निर्भर करती है। तब इसका कितना शोक मनाएँ? इतना कुछ होने के बाद भी हम उससे फिर प्रतिशोध लेंगे।''

राष्ट्र पर कितनी भी बड़ी विपत्ति आए, उससे भयभीत होकर छिप जाने की बजाय डटकर उसका सामना करने की दृढ़ता मराठों का सर्वश्रेष्ठ गुण था और इसी वजह से वे हिंदुस्थान के अधिराज बन पाए। अब्दाली अपने शत्रु का यह स्वाभाविक गुण और उनकी योग्यता न जाने, इतना मूर्ख नहीं था। पानीपत में हासिल की हुई विजय के पश्चात् तुरंत अपने देश का रास्ता अगर हमने नहीं पकड़ा, तो जो भी थोड़ा-बहुत लाभ हुआ है, उससे भी हाथ धोना पड़ेगा—यह उसने जान लिया। नाना साहब पेशवा ने पानीपत के युद्ध में बचे सभी सैनिकों एवं अधिकारियों को अपने पास फिर इकट्ठा किया। मल्हारराव होलकर, विट्ठल शिवदेव, नारो शंकर, जानोजी भोंसले आदि प्रमुख सेनानायक एक-एक कर ग्वालियर में जुटने लगे और उनके साथ दिल्ली पर धावा

बोलने के लिए नाना साहब तैयार हो गए।

मराठों की यह योजना ज्ञात होते ही सुजाउद्दौला, नजीब खान आदि के हाथों से तोते उड़ गए। वे जान गए कि पानीपत में जीतने का अर्थ मराठों के विरुद्ध संपूर्ण युद्ध जीतना नहीं है। इसलिए ग्वालियर पधारे हुए नाना साहब से उन्होंने वार्त्तालाप शुरू किया। अब्दाली अकेले अथवा उन सभी की सहायता लेकर भी हिंदुओं को हमेशा के लिए परास्त नहीं कर सकता—इस तथ्य से सुजाउद्दौला भलीभाँति परिचित था। मुसलिम साम्राज्य का ढुलमुल सिंहासन स्थिर करना भी उसके लिए अब संभव नहीं है—यह भी वह जान गया था।

धीरे-धीरे मुसलमानों की एकजुटता बिखरने लगी। हर कोई अपनी सुरक्षा की चिंता करने लगा। सुजा ने भी अब्दाली का साथ छोड़ दिया। अब्दाली दिल्ली आकर कुछ सप्ताह रहा। तभी पचास हजार सैनिकों के साथ बालाजी पंत दक्षिण से दिल्ली की ओर बढ़ रहे थे। उधर ईरान के बादशाह द्वारा उसके देश पर आक्रमण करने की खबर अब्दाली को मिली। इससे वह पराक्रमी वीर भी विचलित हो गया। दिल्ली और वहाँ की बादशाहत की राजनीति को अधूरा छोड़कर शा.सं. १६८३ फाल्गुन (मार्च १७६१) के अंत में वह भारत छोड़ने के लिए मजबूर हो गया। जिस महत्त्वाकांक्षी उद्देश्यों से उद्यत होकर उसने सिंधु नदी पार कर हिंदुस्थान पर आक्रमण किया, उसमें से एक भी उद्देश्य पूरा नहीं हुआ और उसे जल्दबाजी में सिंधु नदी पार कर वापस लौटना पड़ा। भारतवर्ष की सीमा के बाहर निवास करनेवाले अपने खूँखार धर्मबंधुओं की सहायता से हिंदुस्थान के मुसलिमों ने अपनी सत्ता बचाने की जो अनेक कोशिशें कीं, उनमें से यह आखिरी थी। हालाँकि पानीपत का संग्राम उन्होंने जीता, लेकिन मराठा-मंडल के नेतृत्व वाली प्रबल हिंदूसत्ता का समूल नाश करने या मुगल साम्राज्य की गरदन पर उसके जानलेवा शिकंजे से अपना बचाव करने का आखिरी अवसर भी गँवा बैठे।

पठानों के लिए दोबारा दिल्ली-प्रवेश असंभव हो गया और शीघ्र ही सिंधु नदी पार करना भी उनके लिए दुश्वार होनेवाला था। कारण यह था कि पानीपत के विनाश से पंजाब में दूसरी हिंदूसत्ता खड़ी हो गई। यह हिंदूसत्ता यानी सिख संघ का उदयोन्मुख राष्ट्र। सिख संघ के वीरों ने धीरे-धीरे एक धर्मसत्ता का निर्माण किया, जिससे शहीदों के पावन रक्त से सिंचित होकर शीघ्र ही शक्तिशाली राष्ट्र के रूप में खड़े होने के आसार दिखने लगे। अखिल हिंदूजाति के सर्वश्रेष्ठ राष्ट्रवीरों की मालिका में सिखों के दसवें गुरु गोविंदसिंह तथा वीर हुतात्मा बंदा बैरागी सदैव पूजनीय रहेंगे। उनके नेतृत्व में सिखों ने पंजाब में हिंदू-स्वातंत्र्य के लिए संघर्ष किया। बंदा बैरागी की अगुआई में कुछ समय के लिए अपने प्रांत का कुछ हिस्सा स्वतंत्र कराने में वे सफल हुए, लेकिन पंजाब में मुसलिम सत्ता पर मर्मांतक प्रहार करने का और पंचनदों की यह पावनभूमि हिंदूसत्ता

के अधीन लाने का दायित्व मानो मराठा-मंडल पर ही था और उसे उसने निभाया भी। उस दायित्व को निभाने के लिए मराठों को अपने घर-परिवार तथा प्रांत से कोसों दूर जाकर लड़ना पड़ा। इस तरह उन्होंने सिंह की गुफा में घुसकर उसकी दाढ़ी ही खींच ली। पृथ्वीराज की मृत्यु के उपरांत हिंदू-ध्वजा को पहली बार अटक पार ले जाकर स्थापित करने का महान् कार्य उन्होंने किया।

इस तरह हिंदुस्थान की मुसलमानी सत्ता के पुनर्जीवन के लिए यहाँ के मुसलमानों और नादिरशाह तथा अब्दाली के साथ बने उनके विशाल संगठन की अनवरत कोशिशों पर जब मराठे एक जुटता से पानी फेर रहे थे, तब सिखों को अपने लोगों का एक संगठित और शक्तिशाली राष्ट्र खड़ा करने का अवसर मिला। पानीपत के संग्राम में हुई भयंकर क्षति को सहते हुए सिर्फ पंजाब प्रांत को अपने साम्राज्य से फिर जोड़ने का जो अल्प संतोष अब्दाली को मिलनेवाला था, उसे इस नवोदित सिख सत्ता ने उससे छीन लिया। पानीपत की पराजय के बाद पंजाब यद्यपि महाराष्ट्र की हिंदूसत्ता के हाथ से निकल गया, तथापि मुसलिम सत्ता भी दीर्घ काल तक वहाँ टिक नहीं पाई।

अब्दाली के पीठ फेरते ही व्यवस्था के उद्देश्य से पीछे रख छोड़ी उसकी सेना को पंजाब के हिंदुओं ने तंग करना शुरू कर दिया। अपनी सेना की सहायता के लिए अब्दाली दो बार हिंदुस्थान आया। इसके बावजूद हिंदुओं ने अपनी मातृभूमि की रक्षा की। जल्दी ही मराठों ने दिल्ली में पुनः विजयी प्रवेश किया। फिर एक बार संपूर्ण हिंदुस्थान का सार्वभौमत्व उन्हें मिला। सिख यद्यपि अपनी सत्ता का विस्तार पूर्व दिशा में समीप की दिल्ली तक भी नहीं कर पाए। फिर भी हिंदुस्थान की सीमा पार के किसी भी दुश्मन से दो-दो हाथ कर अपनी स्वतंत्रता की रक्षा करने की सामर्थ्य उन्होंने अर्जित जरूर कर ली। इसके बाद पठानों या तुर्कों की भूमि में रची-बसी धन तृष्णा या अत्याचारी धार्मिक उन्माद पठानों या तुर्कों में सिंधु नदी पार करने का साहस फिर कभी जगा नहीं सके। इसके उलट, सिखों ने ही सिंधु नदी लाँघी और हिंदूध्वज विजय से काबुल नदी तक ले जाकर अब्दाली का हिसाब चुकता किया। उन्होंने उत्तर-पश्चिम सीमा पर फैला मुसलमानी गिरोहों का धर्मोन्माद इतनी बुरी तरह कुचल डाला कि सिखों का नाम लेते ही पठानों के बच्चे डर से रोना बंद कर देते!

इस तरह अखिल हिंदू समाज के दृष्टिकोण से देखा जाए तो मुसलमान अपने उद्देश्य में सफल नहीं हुए। हालाँकि पानीपत-संग्राम उन्होंने जीता, लेकिन हिंदू-पदपादशाही स्थापित करने के लिए निकले मराठों के साथ छेड़े गए उनके संघर्ष में वे पूरी तरह परास्त हुए। पानीपत की विजय के बावजूद मुसलमानों को पूर्व समुद्र से लेकर अटक पार तक समूचे हिंदुस्थान पर हिंदुओं की ही सत्ता देखनी पड़ी।

लेकिन इधर जब मुसलमान दुश्मन से व्यापक स्तर पर राष्ट्रीय युद्ध करने में हिंदू

जुटे हुए थे, तब तक एक और प्रतिस्पर्धी चुपके से रण मंच पर आया और इस तुमुल संघर्ष की परिणति की ओर नजरें गड़ाए ताक में बैठा रहा। पानीपत में मराठों की पराजय से यदि कोई सर्वाधिक हर्षित हुआ तो वह यही था। पानीपत में जूझकर दोनों पक्ष इतने बदहाल हो गए थे कि उस कारण मराठों को बंगाल पर आक्रमण करके प्लासी की रणभूमि पर नहीं उदित हुई अंग्रेजों की बालसत्ता को मिट्टी देने का मंसूबा फिलहाल छोड़ देना पड़ा। पानीपत में सचमुच कोई जीता तो वह वहाँ दृढ़ता से जूझनेवाले प्रतिद्वंद्वियों में से कोई नहीं, अपितु इस युद्ध का अवलोकन तटस्थता से करने वाला और उन दोनों प्रतिद्वंद्वियों के शक्तिहीन हो जाने के बाद उससे लाभ उठाने की समझदारी रखनेवाला यह धूर्त आगंतुक ही था।

पानीपत के कारण ईस्ट इंडिया कंपनी को भले ही और कुछ समय तक जीवित रहने का नया पट्टा मिल गया और मराठों को अंग्रेजों की खबर लेने का विचार फिलहाल त्याग देना पड़ा, तब भी यह नहीं मानना चाहिए कि मराठों की उस एक पराजय के कारण ही अंग्रेजों का कोई चिरस्थायी लाभ हुआ। कारण यह कि मराठे पानीपत के आघात से जल्दी ही सँभल गए। उनके घर में जो यादवी संघर्ष छिड़ा, वह यदि नहीं हुआ होता और उनके कर्तृत्ववान नेताओं को अकाल मृत्यु ने छीन न लिया होता तो पानीपत की पराजय के बाद भी अंग्रेजों के विरुद्ध यहाँ विजय प्राप्त कर लेते। यह कैसे हुआ, इसे हम आगे देखेंगे। अंग्रेजों को मिली सफलता का श्रेय पानीपत में मराठों की पराजय को उतना नहीं मिलता, जितना मराठों में इस युद्ध के तुरंत बाद छिड़े यादवी संघर्ष को मिलता है।

पानीपत में मराठों की हार के बारे में मेजर इव्हान बॉल लिखता है, ''पानीपत की पराजय भी मराठों की कीर्ति फैलानेवाली और सम्मानजनक थी। वे हिंदुओं के कार्य के लिए सभी हिंदुओं की ओर से लड़े और हालाँकि उनकी पराजय हुई, तब भी विजेता अफगानों को हिंदुस्थान छोड़कर चले जाना पड़ा और उसके बाद वे हिंदुस्थान की राजनीति में कभी भी दखलंदाजी नहीं कर पाए।''

अब्दाली के एकाएक लौट जाने की खबर और सुजाउद्दौला तथा नजीब खान के साही विनम्र संदेश मराठों की सेना में पहुँचते ही परिस्थिति इतनी जल्दी अपने अनुकूल हुई देखकर स्वाभाविक रूप से उन्हें बड़ा आनंद हुआ। पानीपत की लड़ाई के लगभग दो महीनों की अवधि में ही नारो शंकर ने लिखा, ''अभी भी हिंदुस्थान का आधिपत्य मराठों या हिंगणे के हरिभक्तों की सेना के ही हाथों में है।'' महाराष्ट्र के श्रेष्ठतम नेता नाना साहब पेन्हावा के बोल महाराष्ट्र में प्रत्येक मराठा के मुँह से उद्गार निकलने लगे कि 'हार हुई तो क्या हुआ? आखिर यह लड़ाई है—हार का बदला फिर से ले लेंगे।'

इसके पश्चात् नाना साहब का स्वास्थ्य दिनोदिन गिरने लगा। बीते दो वर्षों से उनके स्वास्थ्य में गिरावट आती गई थी और ऐसे में ही पानीपत की लड़ाई का भयावह समाचार आया। यह जबरदस्त आघात उन्होंने धैर्यपूर्वक सहन किया। उन्होंने अपना व्यक्तिगत दु:ख भुलाकर संपूर्ण राष्ट्र में चेतना जगाई और इस पराजय के कारण उसमें जगी डर की मनोवृत्ति दबाने तथा सभी संकटों का सामना धीरज और सफलतापूर्वक करने के लिए तैयार होने का सामर्थ्य पैदा किया। भले ही वह मनोबल जुटाकर यह कार्य कर रहे थे, फिर भी विश्वासराव, सदाशिवराव और अन्य वीर सेनानियों तथा सैनिकों के निधन से उनके मर्म को इतनी गहरी चोट पहुँची थी कि वह किसी भी तरह से ठीक नहीं हो सकती थी। आखिर उनकी तबीयत पूरी तरह बिगड़ गई और महाराष्ट्र को समस्त हिंदुस्तान का सार्वभौमत्व दिलानेवाला श्रेष्ठतम नेता शा.सं. १६८३ ज्येष्ठ व ६ (२३ जून, १७६१) को दिवंगत हो गया। तब उनकी आयु चालीस साल से भी कम थी।

बालाजी की योग्यता और उनके स्वभाव के बारे में यहाँ कुछ बताने की आवश्यकता नहीं है। उनके कृत्यों ने शब्दों से कहीं अधिक उनकी पहचान कराई है। उनकी शासन-व्यवस्था इतनी न्यायसंगत और लोकप्रिय थी कि मराठे अब भी कृतज्ञता के साथ उनका स्मरण करते हैं। शिवाजी महाराज की महत्त्वाकांक्षा को वास्तविक रूप से फलित करने तथा हिंदू-पदपादशाही प्रस्थापित करने का कार्य उन्हीं के लिए रखा गया था। हिंदुस्थान का अधिकतर हिस्सा उन्होंने मुसलमानों के पंजों से छुड़ा लिया था। पृथ्वीराज की पराजय के सात सौ साल पश्चात् मराठों के ही नेतृत्व में हिंदुओं ने अब तक अप्राप्त वैभव का सबसे ऊँचा शिखर गाँठ लिया। वे सर्वश्रेष्ठ न हों, तब भी उस कालखंड के महान् व्यक्तियों में उनकी गणना थी, इसमें कोई संदेह नहीं।

मराठों को पानीपत में जितनी हानि सहन करनी पड़ी, उससे अधिक नहीं तो लगभग उतनी ही हानि उन्हें बालाजी पंत की इस अकाल मृत्यु से हुई। एक के बाद एक ये दोनों आघात इतनी तेजी से हुए कि राष्ट्र को उनके धक्के से सँभलने में स्वाभाविक रूप से कुछ समय लगा।

□

होनहार माधवराव

'भुवमधिपतिर्बालावस्थोप्यलं परिरक्षितुम्
न खलु वयसा जात्येवायं स्वकार्यसहो भरः।'

(—बाल्यावस्था होने पर भी अधिपति के रूप में यह राज्य की रक्षा करने के योग्य है। कम आयु होने पर भी यह अपने स्वभाव से ही राज्य-भार सहन करने में समर्थ है।)

नाना साहब के देहावसान के बाद महाराष्ट्र को वस्तुतः अनाथ हुआ समझकर और पानीपत में महाराष्ट्र-मंडल को लगे भयंकर आघात से वह भरभराकर गिर जाएगा—इस भुलावे में शत्रु चारों ओर से उठ खड़े हुए और उसपर धावा बोलने लगे। हैदर ने भी इस मौके का फायदा उठाकर मैसूर के हिंदू राजा से मैसूर राज्य छीनने की तथा दक्षिण दिशा से महाराष्ट्र पर हमला करने की योजना बनाई। निजाम भी उद्गीर में पराजय का बदला लेने के लिए अस्त्र-शस्त्र निर्माताओं को जरा भी विश्राम न करने देकर तैयारी में जुट गया। अंग्रेज भी पीछे नहीं रहे। जहाँ-जहाँ संभव हो सका, वहाँ-वहाँ उन्होंने कब्जा करना शुरू कर दिया।

उधर उत्तर में न सिर्फ मुसलमान बल्कि राजपूत, जाट तथा छोटे-बड़े हिंदू राजा भी मराठों के खिलाफ विद्रोह करने लगे। प्रत्येक राजा यथासंभव हाथ-पाँव पसारने लगा। सबसे दुर्भाग्यजनक बात यह थी कि मराठों का राज्य जब अनेक बाह्य शत्रुओं के आक्रमण से नष्ट होने तथा उनके वैभव के साथ-साथ, उनका राज्य जिस हिंदू-स्वतंत्रता की कल्पना का प्रतीक था, उसके वैभव के भी नष्ट होने का संकट खड़ा हो गया, तभी रघुनाथराव की कारस्तानियाँ शुरू हो गईं और मराठी सेना बँटने लगी। ऐसी आपातकालीन स्थिति से महाराष्ट्र राज्य की डगमगाती नैया को पार लगाने की कठिनतम जिम्मेदारी बालाजी बाजीराव के द्वितीय पुत्र माधवराव पर आ गई। उस समय उनकी आयु मात्र सत्रह साल की थी। यह तो महाराष्ट्र का भाग्य अच्छा था कि इतनी कठिन जिम्मेदारी

निभाने में माधवराव समर्थ थे। उन्हें अतुलनीय सामर्थ्य तथा आकर्षक व्यक्तित्व की ईश्वरीय देन प्राप्त थी। जिस हिंदू-पदपादशाही का स्वप्न साकार करने के लिए उनके पूर्वजों ने अपना रक्त बहाया, उसकी पूर्ति करने की उनमें इतनी जबरदस्त तड़प थी कि उनकी अगुआई में महाराष्ट्र ने भी बाधाओं में मार्ग निकाला और विरोध के लिए आगे बढ़ी सभी राजसत्ताओं को झुकाकर हिंदुस्थान के राजमंडल में अपना अग्रस्थान स्थिर रखा। सर्वप्रथम निजाम ने अपना भाग्य आजमाया। मराठी राज्य को सामर्थ्यहीन एवं मृतप्राय समझकर उसने सीधे पुणे पर ही धावा बोल दिया। हिंदूधर्म के संरक्षक के नाते मराठों ने जो कीर्ति प्राप्त की थी, उसे कलंकित करने के लिए उसने पुणे पहुँचने से पहले टोके स्थित हिंदू मंदिर को ध्वस्त कर दिया। उसका आक्रमण होते ही अस्सी हजार मराठी सैनिक अपनी राजधानी की रक्षा के लिए दौड़े चले आए और उसके विरुद्ध युद्ध के लिए खड़े हो गए। यह देखकर वह पूरी तरह हताश हो गया। उंदेरी में पराजित होकर उसे वापस लौटना पड़ा।

इधर उसी समय घरभेदी राघोबा ने अपनी नीच प्रवृत्ति प्रदर्शित कर निजाम से मिलीभगत कर ली। खुद अपने भतीजे के खिलाफ मराठों में बगावत का बीज बो दिया। इस स्थिति का फायदा उठाकर निजाम ने एक बार पुनः विशाल सेना, जिसमें नागपुर का भोंसले घराना तथा दूसरे कुछ मराठा सरदार भी शामिल थे, के साथ मराठों पर धावा बोल दिया। इस तरह की घटनाएँ कई बार घट चुकी थीं, लेकिन इतिहास इसका भी गवाह है कि मराठों की राजनीतिक एकजुटता खंडित करने के लिए स्वार्थी तथा अराष्ट्रीय शक्तियाँ जब-जब सिर उठाने लगती थीं, तब-तब मराठों की स्वाभाविक राष्ट्रभक्ति परवान चढ़ने लगती थी और शत्रु को नाकों चने चबवाती थी। कभी-कभार आत्मश्लाघा या स्वार्थी प्रवृत्ति के कारण उनमें से कुछ के हाथों राष्ट्र के लिए हानिकारक कर्म भी हो जाते थे, तब भी कुछ मिलकर संपूर्ण महाराष्ट्र में रची-बसी राष्ट्रीय भावना की यह विशेषता सतत बनी रहती थी। इस समय भी ऐसा ही हुआ। गृहकलह से उपजे द्वेष के कारण पेशवा के विरुद्ध निजाम से जा मिले मराठा सरदार अपने अस्वाभाविक मित्र का साथ छोड़कर सही मौके पर मराठी सेना के साथ आ गए। निजाम की अच्छी-खासी फजीहत हुई। शा.सं. १६८५ (ई.सं. १७६३) में दोनों में इस स्थान पर घमासान हुआ। मराठों की संयुक्त सेना ने निजाम की कमर तोड़कर रख दी। इस युद्ध में निजाम की अपरिमित हानि हुई। उसका दीवान मारा गया तथा बाईस बड़े सरदार पकड़े गए। उसकी तोपें तथा सभी युद्ध-सामग्री पर मराठों ने कब्जा कर लिया।

उद्गीर की लड़ाई में निजाम पूर्व में हुई हानि की भरपाई के लिए आया था। उसने मराठों को अपनी मान्यता के बगैर पुणे का सूबेदार नियुक्त न करने का फरमान जारी करने का दुस्साहस किया था। उद्गीर में तो उसकी हार हुई ही थी, इस बार उसे

बयासी लाख रुपए की आय वाला प्रदेश भी मराठों को देना पड़ा। नए पेशवा माधवराव द्वारा किशोरावस्था में किया गया यह पहला युद्ध था। फिर भी उसमें उन्होंने अपना ऐसा कौशल और कर्तृत्व दिखाया कि उन्हें अपने राष्ट्र का मार्गप्रदर्शक माना जाने लगा और समूचे महाराष्ट्र को विश्वास हो गया कि किसी भी परिस्थिति में सभी शत्रुओं के विरुद्ध यश अर्जित करने में समर्थ नेता यही है।

इस तरह पानीपत में भारी क्षति होने के बाद भी मराठे वैसे ही समर्थ हैं—यह प्रतीति उन्होंने निजाम को करा दी। इसके बाद माधवराव ने, मराठों की व्यस्तता का फायदा उठाकर मैसूर राज्य के खंडहरों पर नई मुसलिम सत्ता स्थापित करने तथा कृष्णा नदी तक के क्षेत्र में अधिकार जमाने का साहस जिस हैदर अली ने किया, उसे भी निजाम की तरह सबक सिखाने का निश्चय किया। उन्होंने शा.सं. १६८५ (ई.स. १७६३) में हैदर अली पर आक्रमण किया। घोरपडे, विंचूरकर, पटवर्धन आदि कुशल सेनानायकों ने हैदर पर चौतरफा आक्रमण करके उसे घेर लिया। हालाँकि हैदर भी कुशल सेनानायक तथा जुझारू योद्धा था—लेकिन मराठों के सामने टिक पाना टेढ़ी खीर है इसका अनुभव उसे रट्टीहल्ली के युद्ध में हो गया। आखिरकार, उसने बड़ी कुशलता से दाँव चलकर खिसक जाने की कोशिश की; लेकिन माधवराव ने बेदनूर में रोड़ा अटकाकर उसका यह प्रयास सफल नहीं होने दिया। उसे वहाँ मराठों के साथ युद्ध के लिए विवश होना पड़ा और अपरिमित हानि झेलनी पड़ी। सेना का नेतृत्व स्वयं माधवराव ने किया और ऐसा हमला बोला कि हैदर की सेना पूरी तरह तहस-नहस हो गई। हैदर के पास फ्रेंच प्रशिक्षित पराक्रमी सेना थी, लेकिन उसपर भी जबरदस्त मार पड़ी और लाखों अश्व, ऊँट, तोपें आदि को मराठों ने अपने अधीन कर लिया। इस तरह पराजित होने के बाद हैदर के पास सुलह करने के अलावा और कोई रास्ता नहीं बचा। उसने संधि की याचना की। संधि के अनुसार मराठों द्वारा जीते हुए प्रांतों पर उनका आधिपत्य स्वीकार करके चौथ के बकाया के रूप में उसे मराठों को बाईस लाख रुपए भी देने पड़े।

अगर माधवराव अपने मन की कर सकते तो इतनी शर्तों पर भी वे हैदर को नहीं छोड़ते; लेकिन किसी हैदर या नजीब खान की तुलना में राघोबा दादा की दुष्ट राजतृष्णा मराठों के लिए ज्यादा बड़ी आपत्ति थी। कई बार इस युवा पेशवा द्वारा हिंदू राज्यों के दुश्मनों को जीतने की बारी आते ही राघोबा दादा विद्रोह कर उठते थे। उनकी सत्ता-पिपासा किसी भी तरह बुझने के आसार नजर नहीं आ रहे थे। वे सत्ता तो चाहते थे, लेकिन सत्ता चलाने की योग्यता उनमें लेशमात्र भी नहीं थी। मौका मिलते ही वह अपने भतीजे के खिलाफ अहिंदू राजाओं के साथ षड्यंत्र रचने में जुट जाता था। और जब कभी उसे पराजित कर उसपर अंकुश लगाया जाता, पकड़कर काबू में किया जाता, वह भूख-हड़ताल शुरू कर देता और अन्न त्यागकर प्राण देने की धमकियाँ देने लगता।

मुगलों के सिंहासन पर अपना अधिकार जताने वाला यदि कोई ऐसा दावेदार होता, तो विष की एक बूँद से अथवा सिंहासनारूढ़ पुरुष की एक मुस्कान या अफसोस की एक आह से या खंजर से उसे कब का शांत कर दिया जाता! लेकिन पुणे के सिंहासन पर आसीन युवा पेशवा उदारता तथा धार्मिकता के प्रतीक थे। अपने एक पत्र में माधवराव लिखते हैं, ''राज्य किसका है ? उसका विभाजन करनेवाले हम कौन होते हैं ? यह राज्य किसी की व्यक्तिगत संपदा नहीं है। यह हम सब मराठों की संपदा है। उसकी वृद्धि के लिए सभी छोटे-बड़ों को प्रयास करना चाहिए। इसके विपरीत, आप जैसे बुजुर्ग उस संपदा के हिस्से करने की कामना करते हैं? उसपर हमें कुछ नहीं कहना। राज्य का संचालन-सूत्र किसी एक व्यक्ति के ही हाथों में रखना राज्य के हित में है। फिर भी आप जैसे बुजुर्ग इस राज्य-संपदा को खंडित करना चाहते हैं, तो हमें कुछ नहीं कहना। इस तरह खंडित करके राज्य को शक्तिहीन बनाने की बजाय मैं खुद ही निरपेक्ष भाव से इससे पृथक् हो जाऊँ—यही उचित है। गृहकलह के कारण राज्य को नुकसान पहुँचाने का दोष क्यों लगने दिया जाए ? सबकुछ आप ही करें, हम तटस्थ रहेंगे। आप कुशलतापूर्वक राज्य चलाएँ। हम तो साथ हैं ही। सबकुछ आपका ही है। आपकी सेना का एक आगामी पीढ़ियों का यह शाप लेने की बजाय कि 'इसने स्वार्थ के मोह में मराठा राज्य की बलि दे दी', आप जो टुकड़े हमें डालेंगे, हम उसी में संतोष कर लेंगे।''

न्यायपरायण और होनहार पेशवा के होते हुए यदि राघोबा ने महाराष्ट्र के सर्वाधिकार का वह स्थान स्वीकार कर लिया होता, तब भी मराठों के राष्ट्र ने उन जैसे सर्वथा अयोग्य और चंचल मनोवृत्ति वाले व्यक्ति को उसपर कभी टिकने नहीं दिया होता।

□

पानीपत का प्रतिशोध

'मराठे अपने उपकारकर्ता के प्रति कृतज्ञ, लेकिन शत्रु के प्रति उतने ही निष्ठुर हैं। किसी ने उनका अपमान किया, तो उसका प्रतिशोध लेने के लिए वे अपने प्राण तक झोंकने के लिए उतारू हो सकते हैं।'

—ह्वेनसांग

मन व्याकुल करनेवाली गृहकलह, देश के लिए घातक लड़ाइयाँ, हैदर और टीपू जैसे खतरनाक तथा नए शत्रुओं का उदय—ऐसी बाधाओं के बावजूद पानीपत की पराजय का बदला लेना तथा उस समय जिन्होंने उनके विरुद्ध जाने का दुस्साहस किया, उन्हें कठोर दंड देने का अपना कर्तव्य मराठे भूल नहीं सके थे। श्रीमंत नाना साहब के निधन के बाद दो प्रमुख मराठा सरदार—शिंदे और होलकर—उत्तर भारत में मराठों के राष्ट्रीय हितों की रक्षा यथाशक्ति रक्षा करते रहे। आपस की लड़ाइयों तथा राघोबा की कारस्तानियों का सर्वसामान्य बंदोबस्त करने के बाद, पानीपत के युद्ध में विरोध करनेवाले का शमन करने के लिए शा.सं. १६९१ (सन् १७६९) में विसाजी कृष्ण बिनीवाले की अगुआई में सेना भेजने का निश्चय हुआ। हिंदू साम्राज्य का प्रभुत्व पुनर्स्थापित करने, उसका नियंत्रण पुन: अपने हाथों में लेने तथा शा.सं. १६८३ (सन् १७६१) में जिन-जिन हिंदू राजाओं ने मराठी सत्ता के विनाश की कामना की और उसके लिए प्रयत्न भी किए, उन्हें सबक सिखाने के लिए मराठों की विशाल सेना नर्मदा पार कर बुंदेलखंड जा पहुँची। वहाँ के छोटे-मोटे विरोध शांत कर तथा मार्ग में पड़ने वाले सभी दोषी राजाओं व सरदारों को दंड देकर बिना किसी खास प्रतिरोध के वे चंबल तक पहुँच गए। उन्हें जाटों के संघर्ष का सामना करना पड़ा। पानीपत के संग्राम के बाद आगरा समेत जिन दुर्गों पर जाटों ने कब्जा कर लिया था, उन्हें वापस लौटाने से वे इनकार करने लगे।

भरतपुर के पास दोनों पक्षों के बीच घमासान युद्ध हुआ। हालाँकि जाटों ने मराठों का दृढ़ता से मुकाबला किया, लेकिन आखिर तक वे टिक नहीं पाए। वे अपना धीरज

खो बैठे और अपने हजारों योद्धाओं की मृत देह रणभूमि पर छोड़कर वे भाग खड़े हुए। हाथी, घोड़ों समेत उनकी सारी युद्ध सामग्री और सेना निवास मराठों के हाथ लगा। जाटों के सरदार नवल सिंह ने सुलह की याचना की। उसने पानीपत में मराठों की हार के बाद स्वयं द्वारा अधिकृत सारा प्रदेश तथा इतने दिनों के बकाया के बतौर ९५ लाख रुपए मराठों को दिए। अब मराठों की विजयी सेना दिल्ली के महाद्वार पर दस्तक देने के लिए आगे बढ़ी। उन्हें अंदाजा था कि वहाँ उनका जानी दुश्मन नजीब खान कुछ अड़ंगा जरूर डालेगा, लेकिन वह वृद्ध कपटी पछतावे का नाटक करने लगा। वह जीवनदान की याचना करता हुआ नितांत दीनता के साथ मराठों की छावनी में ही उपस्थित हो गया! अपनी धूर्तता का परिचय देते हुए उसने दोआब में लूटी हुई संपत्ति तथा प्रदेश मराठों को सौंपकर उनके दिल्ली प्रवेश का मार्ग सुगम कर दिया। इस सहायता के पीछे उसका एक ही उद्देश्य था—अपने प्राणों की रक्षा और मौका मिलते ही मराठों के खिलाफ षड्यंत्र करना। हालाँकि इस बार उसे मराठों की प्रतिहिंसा की आग से कोई नहीं बचा सकता था, लेकिन साक्षात् मौत ही उसके आड़े आ गई और उसने पानीपत के इस प्रमुख षड्यंत्रकारी को पानीपत में आत्मदान करनेवालों के जातिबंधुओं की क्रोधाग्नि से बचा लिया।

आखिर मराठों ने दिल्ली में प्रवेश कर ही लिया। अकबर तथा औरंगजेब की इस राजधानी में उनका प्रतिरोध कर सके, ऐसा कोई नहीं बचा था। दिल्ली की खातिर अंतिम युद्ध जिस अहमद शाह अब्दाली ने किया, उसके भी होश ठिकाने आ गए और उसने सुलह के लिए अपने दूत पुणे में भेज दिए। बड़ी माथापच्ची के बाद दोनों पक्षों में समझौता हो गया और इस तरह अहमद शाह अब्दाली ने सिद्ध कर दिया कि हिंदुस्थान की सार्वभौम सत्ता हिंदुओं के ही हाथों में है। उसने हिंदुस्थान की सार्वभौम राजनीति में दखलंदाजी न करने का करार किया और हिंदू साम्राज्य के संरक्षक की मराठों की स्थिति को स्वीकार कर लिया। इस तरह पानीपत के विजेता ने स्वयं अपनी महत्त्वाकांक्षा—जिससे वह युद्धप्रवृत्त हुआ, उसकी तथा उस महत्त्वाकांक्षा से मिली विजय की राजनैतिक दृष्टि से निस्शासता मान ली। मराठों ने हिंदुस्थान की सार्वभौम राजनीति से अफगान पक्ष को पूरी तरह से उखाड़ फेंका और दिल्ली पर अपना वर्चस्व कायम करके रुहेले तथा पठानों को एकदम अलग-थलग कर दिया।

उस समय हिंदुओं की सार्वभौम सत्ता से दो-दो हाथ करने का एक भी अवसर मिलने पर तैयार बैठे रुहेले और पठान—दो समर्थ मुसलमानी ताकतें थीं। पर उनकी भी सजा का दिन आ गया था। पानीपत में रुहेलों और पठानों ने मराठों का जो मानभंग किया था, उसकी स्मृति से मराठों के प्रतिशोधी खड्ग की धार और भी तीक्ष्ण हो गई थी। इसलिए उन्हें किसी भी तरह बहलाना संभव नहीं है—यह रुहेले तथा पठान

भलीभाँति जान गए थे। अत: उन्होंने पानीपत की रणभूमि से परिचित रहमत खान, अहमद खान बंगश आदि अनुभवी सेनानायकों के नेतृत्व में इकट्ठा होकर मराठों का धैर्यपूर्वक सामना करने का निश्चय किया।

दिल्ली में कुछ दिन गुजारने के बाद मराठों ने फिर से दोआब में प्रवेश किया। वहाँ उनके पुराने दुश्मनों की संख्या बढ़ गई थी। युद्ध के लिए लगभग सत्तर हजार मुसलमान शस्त्रों से लैस खड़े थे, लेकिन उनके संख्याबल पर ध्यान देने की भी फुरसत मराठों के पास नहीं थी। एक के बाद एक घमासान संग्राम होने लगे और हर एक रणक्षेत्र में मराठों ने पठानों और रुहेलों की भरपूर खबर ली। उन्होंने नगर-दर-नगर और किले-दर-किले अपने अधिकार में लिये और संपूर्ण दोआब क्षेत्र में पठानों को चुन-चुनकर मारा। मराठों की विजयी सेना ने रोहिलखंड पर धावा बोलकर रुहेलों की भी पठानों जैसी दुर्दशा की। मराठों के प्रतिशोध की आग में जलने से नजीब खान को मृत्यु ने ही बचाया, लेकिन अपने पिता के पापों का फल भोगने के लिए उसका बेटा जबेता खान अभी जिंदा था। उसने शुक्रताल के दुर्ग की अभेद्य दीवार का सहारा लिया। वहाँ भी मराठों ने धावा बोल दिया। उन्होंने अंदर छिपी शत्रु सेना का संहार अपने तोपगोलों की बौछार से करके जबेता खान को मैदान छोड़ने के लिए मजबूर कर दिया। रात में ही भागकर वह गंगा नदी पारकर बिजनौर पहुँच गया।

उससे बदला लेने के लिए निकली मराठी सेना ने भी तुरंत गंगा पार की और नगर की रक्षा के लिए जबेता खान द्वारा लगाई मुसलमानी तोपों की भयंकर गोलाबारी के बावजूद उसने बिजनौर पर हमला बोल दिया। मराठों ने उसकी तोपें छीन लीं, उन्हें राह में ही रोकने आई दो बड़ी सेनाओं का खात्मा कर दिया, हजारों रुहेलों को अपनी तलवारों से पानी पिलाया फिर बिजनौर में प्रवेश किया। पूरे बिजनौर जिले को मराठी सेना के अश्वदल ने रौंद डाला। वहाँ से जबेता खान नजीबगढ़ भाग गया। मराठों ने उसका पीछा किया और फतेहगढ़ हासिल कर लिया। पानीपत में मराठों की छावनी में लूटी हुई सारी दौलत नजीब खान तथा रुहेलों ने फतेहगढ़ में ही रखी थी, उसे मराठों ने फिर से हासिल किया। इससे मराठों की खुशी का ठिकाना नहीं रहा। उनकी विजय अब पूरी हो गई थी। जबेता खान की पत्नी और बच्चे भी मराठों के हाथ लगे। पानीपत की लड़ाई के बाद इन क्रूर रुहेलों ने वहाँ मराठों की औरतों, बच्चों और सैकड़ों मराठा युवकों की जो दुर्गति निष्ठुरता से की थी, उसे देखते हुए मराठों ने भी नजीब खान और जबेता खान के कुनबे पर वैसी ही क्रूरता से अत्याचार किए होते तो उसके लिए उन्हें दोषी नहीं ठहराया जा सकता था। लेकिन हिंदुओं की विजयोत्सव मनाने की परंपरा एकदम निराली है। उस परंपरा का पालन करते हुए मराठों ने उन्हें बलपूर्वक धर्मांतरण के लिए मजबूर करने या उन्हें अपने असैनिक कर्मचारियों के विकारों पर बलि चढ़ा देने की कल्पना भी नहीं की। ऐसी पाशविक और

जंगली काररवाइयों का सहारा न लेते हुए मराठी अस्त्र-शस्त्र ने प्रांत भर के रुहेलों और पाठकों के दिलों में ऐसी दहशत पैदा कर दी थी कि मराठों का शस्त्रों से लैस कोई सिपाही देखते ही उनका पूरा-का-पूरा गाँव खाली हो जाता था। मुसलमानों के जो नेता बच गए, उन्होंने तराई के जंगल का आश्रय लिया। वहाँ भी वे मराठों के प्रतिशोध के खड्ग से सिर्फ इसलिए बच पाए, क्योंकि वर्षा ऋतु आरंभ हो चुकी थी। पानीपत में किए गए संहार का इतना बड़ा मूल्य उन्हें चुकाना पड़ा।*

इस प्रकार तराई के जंगल की सीमारेखा तक अपनी ध्वजा फहराने और सभी दुश्मनों की धज्जियाँ उड़ाने के बाद मराठी सेना को वापसी का निर्देश दिया गया। मराठों की सेना शा.सं. १६९३ (सन् १७७१) में दिल्ली की ओर लौट चली। मराठों के राजनीतिक नेताओं और उनके धुरंधर सेनानियों ने प्राप्त की हुई विजय का वहाँ उन्हें भरपूर लाभ मिला। इस समय शाह आलम मुगल साम्राज्य का नामधारी बादशाह था। उसे कैद करके हिंदुस्थान की सल्तनत पर अधिकार जमाने का षड्यंत्र अंग्रेज और सुजाउद्दौला मिलकर रच रहे थे, पर मराठों के कुशल मंत्रियों ने उनपर माल की और उनका षड्यंत्र विफल कर शाह आलम को इस आशय का अधिकार-पत्र देने के लिए विवश कर दिया कि मराठे उसे नाममात्र का बादशाह स्वीकार करें और बदले में समूचे हिंदुस्तान का साम्राज्य चलाने तथा उसकी रक्षा करने का अधिकार और भार शाह आलम मराठों को सौंप दे। बादशाही का यह नाममात्र का खिताब भी उसे तभी मिल पाया, जब उसने पानीपत युद्ध के बाद के सभी वर्षों की बकाया चौथ मराठों को देने तथा भविष्य में कब्जे में आनेवाले प्रांत आधे-आधे बाँटने का करार उनसे किया! ई.सं. १७६१ में जो घटना घटने की कगार पर पहुँच गई थी, वह ई.सं. १७७१ में पूरी तरह से साकार हुई। रुहेले और पठानों की संपूर्ण पराजय के बाद हिंदुस्थान में हिंदुओं के साम्राज्य को ललकारनेवाला कोई भी मुसलमान नहीं बचा था। इस तरह उस वर्ष मुसलिम आकांक्षा, सत्ता एवं स्वातंत्र्य सूर्य का अस्त हो गया। उसे समाप्त कर दिया मुगल, तुर्क, अफगान, पठान, रुहेले, ईरानी और उत्तर व दक्षिण के सभी पंथों, संप्रदायों के मुसलमानों ने अपनी बादशाही, हिंदुस्थान की सार्वभौम सत्ता के लिए संघर्ष करने तथा प्रतिशोध लेने के लिए निकल पड़े हिंदुओं के हाथों में न पड़ने देकर उसे बचाने का प्राणपण से प्रयत्न किया; लेकिन मराठों ने वह सब निष्फल कर दिया और अगले ५० वर्षों तक हिंदू साम्राज्य के संरक्षक की उनकी पदवी अमान्य करनेवालों या छीनने की कोशिश करनेवालों से संघर्ष कर हिंदुस्थान की सार्वभौम सत्ता अपने हाथों में रखी।

शालिवाहन संवत् १६९३ (सन् १७७१) के पश्चात् हिंदुस्थान के राजनीतिक

---

* इस कथानक पर सावरकर ने 'उत्तर क्रिया' नामक नाटक लिखा है।

क्षेत्र की एक सत्ता के नाते मुसलमानों की गणना करने का कोई कारण न रहा। हिंदुओं ने और इस तरह अटक से लेकर दक्षिण समुद्र तक हिंदुस्थान और हिंदूजाति का स्वातंत्र्य फिर प्राप्त किया। मुसलमानों के बाद हिंदुओं का पाला नए दुश्मन से पड़ा। और वे थे अंग्रेज। वे मुसलमानों से बरताव, योग्यता तथा स्वभाव की दृष्टि से बिलकुल भिन्न थे।

मराठों की दो बड़ी सेनाओं के उत्तर दिशा में भेज दिए जाने का मौका देखकर दक्षिण में महत्त्वाकांक्षी हैदर ने अपना भाग्य फिर एक बार आजमाने का प्रयत्न नहीं किया होता और वह मराठों का अधिराज्य अमान्य कर खड़ा नहीं हुआ होता तो आश्चर्य ही होता। उसे ठिकाने लगाने के लिए माधवराव प्रबल सेना के साथ तुरंत निकल पड़े। तुंगभद्रा नदी पार करके शत्रुसेना के साथ एक के बाद एक युद्ध करते हुए और उनके दुर्ग पर कब्जा करते हुए वे आगे बढ़ते गए। असहाय होकर हैदर को अनवडी के जंगल का सहारा लेना पड़ा। मराठी सेना की एक टुकड़ी वहाँ भी पहुँच गई और वहीं टिककर उसे जर्जर करने लगी। एक दिन रात में मतोड में डेरा डालकर मराठी सेना विश्राम कर रही थी। तभी बीस हजार सैनिकों के साथ हैदर एकाएक टूट पड़ा, लेकिन सौभाग्य से उसकी बंदूक की पहली ही ध्वनि से मराठों के सेनापति गोपालराव पटवर्धन की नींद टूट गई। अपनी सेना बड़ी कठिनाई में पड़ गई है—यह भाँपने में उन्हें देर नहीं लगी। इस समय थोड़ी सी भी सुस्ती या देरी मराठों के सर्वनाश का कारण बन सकती है—यह भी उन्होंने जान लिया।

केसरिया झंडा पकड़कर वे घोड़े पर सवार हो गए और उन्होंने लड़ाई की तैयारी की सूचना देने के लिए नगाड़े बजाने की आज्ञा दे दी। नगाड़ों की ध्वनि सुनते ही सभी मराठा सैनिक जाग गए और तुरंत रणभूमि पर इकट्ठा हो गए। शत्रु के तोपगोलों की बौछार बढ़ गई और एक के बाद एक मराठी सैनिक घायल होने लगे, लेकिन मराठों ने हिम्मत नहीं हारी। चारों ओर से मराठों के घिर जाने का खतरा दिखने लगा, लेकिन गोपालराव सीना तानकर अपनी ध्वजा लहराते हुए खड़े रहे और अपनी सेना को प्रोत्साहित करते रहे। मराठों की राष्ट्रध्वजा सम्मान के साथ लहराते हुए मानो शत्रु की सेना को चिढ़ा रही थी। लड़ाई की सूचना देनेवाले नगाड़े अभी भी बज रहे थे। गोपालराव का अंगरक्षक पास ही खड़ा था। सनसनाता हुआ एक तोपगोला उसके सिर पर गिरा और उसके मस्तक की चिंधियाँ उड़ गईं। उसके बदन से खून का फव्वारा ऐसे प्रबल वेग से निकला कि मराठों का सेनापति खून से लथपथ हो गया। लेकिन पटवर्धन अविचल खड़े रहे। उनका घोड़ा जब दुश्मन की गोली से घायल हो गया, तब वे दूसरे घोड़े पर सवार हो गए। दूसरा घोड़ा भी शत्रु के तोपगोले से घायल हो गया। तब वे उतरकर तीसरे घोड़े पर सवार हो गए। भय ने उन्हें लेशमात्र भी स्पर्श नहीं किया। उनका निश्चय थोड़ा भी नहीं डिगा। मराठों के लिए परिस्थिति इतनी प्रतिकूल थी कि क्षणमात्र धीरज खो देने से,

अपने स्थान से जरा सा भी हटने से सेना का मनोबल टूट जाता और सारी सेना हैदर की विजयोन्मुख सेना के हाथों में चढ़ जाती; लेकिन मराठों के सब सिपाही और सिपहसालार अपनी छाती का परकोटा बनाकर शत्रु के तोपगोलों की बौछार झेलते रहे। हैदर ने समीप आकर अदम्य धैर्य का यह दृश्य देखा, तो दंग रह गया तथा उसी फुरती से लौट गया।

युद्ध उसी तरह चलता रहा। पेठे, पटवर्धन, पानशे आदि सेनापतियों ने हैदर का लगातार पीछा करके मोती तालाब के पास उसे घेरकर उसकी सेना का संहार कर दिया और सभी प्रकार की युद्ध-सामग्री पर कब्जा कर लिया। अब मराठों ने हैदर को राजनीतिक क्षेत्र से हमेशा के लिए नष्ट कर देने का विचार किया; लेकिन उसी समय पुणे से एक महत्त्वपूर्ण पत्र आ पहुँचा। उसमें लिखा था कि पेशवा गंभीर रूप से अस्वस्थ हैं। इसलिए सभी तुरंत पुणे लौट आएँ। मराठी सेनानी संधि करने के लिए बड़े कष्ट से राजी हुए और उसपर उन्होंने हैदर के हस्ताक्षर ले लिये। सुलह के अनुसार हैदर को मराठी स्वराज्य के कब्जा किए सभी क्षेत्र लौटाने पड़े और युद्ध के पूरे खर्चे समेत पचास लाख रुपए पेशवा को देने पड़े।

मराठे सभी दिशाओं में जब इस तरह की शानदार विजय प्राप्त कर रहे थे, तभी दिल्ली से लेकर मैसूर तक फैली मराठों की सेनाओं और राजधानियों में उस राष्ट्रपुरुष के रोगशय्या पर पड़ जाने का समाचार फैल गया, जिसके समर्थ नेतृत्व में उन्होंने पानीपत में हुए अत्याचार और अपमान का प्रतिमोल लिया था और अपने राष्ट्र को वैभव के शिखर पर पुनः आरूढ़ कर दिया था। इस विपत्ति से समूचा राष्ट्र चिंतातुर हो उठा। माधवराव पेशवा कुशल सेनानायक होने तथा युद्ध में विलक्षण विजय प्राप्त करने मात्र से ही लोकप्रिय नहीं थे। उनका शासन भी उतना ही न्यायपूर्ण और दयावान था; सूबेदारों से लेकर सामान्य प्रजाजन तक में उनकी आस्था उतनी ही गहरी और भावुकता भरी थी; बड़ों से लेकर छोटों तक सभी को समान न्याय मिले—इस हेतु किए जानेवाले उनके प्रयत्न उतने ही जागरूकता भरे और संतुलित थे और इस कारण उनकी प्रजा का छोटा-से-छोटा व्यक्ति भी उनके प्रति भक्ति और प्रेम रखता था। उनकी सत्यनिष्ठा और दृढ़ता से ताकतवर डरते थे तथा दुर्बल किसान उन्हें अपना संरक्षक मानकर अपना दुखड़ा उन्हें सुनाते थे। यद्यपि अपने मतलबी चाचा के कारण उन्हें गृहकलह आदि संकटों से जूझना पड़ा। फिर भी पानीपत के संग्राम से अपने राष्ट्र पर लगी कालिख दस साल के भीतर ही उन्होंने धो डाली। सही अर्थ में पानीपत की पराजय को 'राष्ट्रगौरव बढ़ानेवाली पराजय' में बदल डालने का श्रेय उन्हें ही देना चाहिए। हिंदू स्वातंत्र्य तथा हिंदू-पदपादशाही के पवित्र कार्य को चुनौती देने वालों को अपनी सशक्त भुजाओं के बल से उन्होंने कुचल दिया। अपनी अल्प आयु में ही उन्होंने महान् उपलब्धि हासिल करके लोकप्रियता का उच्च स्थान प्राप्त किया था। अतः समूचा राष्ट्र उनसे उनके पिता से अधिक प्रखर

पराक्रम की आशा करता था। सत्ताईस साल की अल्प आयु में ही वे क्षय रोग से पीड़ित हो गए। ऐसी नाजुक घड़ी में भी राघोबा दादा निजाम के साथ मिलीभगत करने का प्रयत्न करने से बाज नहीं आ रहे थे और मृत्युशय्या पर लेटे हुए माधवराव अपने चाचा का मत-परिवर्तन करने में जुटे हुए थे। माधवराव ने राष्ट्र का सारा ऋण चुका दिया था, उन्होंने राजवैद्य को उन्हें ऐसी औषधि देने का आदेश दिया जिससे अंतिम घड़ी तक उनकी वाणी बनी रहे और वे ईश्वर का नाम स्मरण करते हुए प्राण त्याग सकें। पूरे राज्य में उनकी बीमारी की खबर फैलते ही उनपर स्नेह करनेवाले प्रजाजन अपने पिता-समान इस राष्ट्रवीर के अंतिम दर्शन के लिए चारों ओर से पुणे पहुँचने लगे। यह पता लगते ही उन्होंने राजमहल के सब दरवाजे हर समय खुले रखने और सामान्य से सामान्य व्यक्ति को बिना किसी रोक-टोक के उन तक पहुँचने देने का आदेश दिया।

शालिवाहन संवत् १६९४ कार्तिक कृष्ण ८ को (नवंबर १७७२ में) उन्हें मानो मृत्यु की आहट लग गई थी। इस उदार राजपुत्र ने राज्य के विद्वान् और धार्मिक लोगों को पास बुलाकर उनका आशीर्वाद लिया। और जिस तरह मंदिर में श्रद्धालुओं की भीड़ जमती है, उसी तरह राजमहल में एकत्र प्रजाजनों से विदा ली तथा 'हम महायात्रा पर प्रयाण कर रहे हैं, हमारे प्रस्थान की तैयारी करो'—ऐसा आदेश दिया। परमात्मा के पावन नाम 'गजानन गजानन' का उच्चारण करते हुए सभी प्रजाजनों को विलाप करता हुआ छोड़कर उन्होंने प्राणत्याग किया। उनकी युवा, निःसंतान, महासाध्वी पत्नी रमाबाई पति के साथ सहगमन की तैयारी करने लगी। उन्होंने अपने सभी वस्त्राभूषण गरीबों में बाँट दिए और ब्राह्मणों को दान-दक्षिणा दी तथा परिवारजनों का अनुरोध ठुकराकर पति की चिता पर आरोहण किया। चिता की दहकती ज्वाला में अपनी आहुति देनेवाली उस सन्नारी ने मानो अपनी आत्मा की मशाल सुलगाकर अमर प्रेम तथा स्वर्गीय सौंदर्य के रहस्य पर रोशनी डाली। अभी भी मराठी जनता अपने लाड़ले इस राजा-रानी की स्मृति का सिंचन प्रेमाश्रुओं से करती है। महाराष्ट्र के चारण-भाट आज की 'दक्षिण दिशा का दिया बुझ गया और एक हीरा खो गया'—ऐसा दर्द भरा गीत गाते हैं!

□

गृहकलह तथा जनमत राय की राज्य क्रांति

'इंग्रजांना खडे चारले नाहि लागू दिला थारा
भले बुद्धिचे सागर नाना, ऐसा नाही होणारा!'

(—अंग्रेजों को जिसने नाकों चने चबवाए और अपने अंतरंग की थाह नहीं लगने दी, ऐसे बुद्धि के सागर नाना फड़नवीस जैसे व्यक्ति फिर कभी नहीं होंगे।)

समूचे राष्ट्र का आशास्थान बने माधवराव का देहांत अल्पायु में होना और जिसे सारे प्रजाजन कोस रहे थे, उस राघोबा का अपने भतीजे के पश्चात् एक पीढ़ी तक जीवित रहना, ये दो प्रसंग ऐसे हैं, जिनके कारण मनुष्य के मन में कभी-कभी परमात्मा के सर्वशक्तिमान होने के बारे में संदेह उत्पन्न होता है।

माधवराव का असामयिक निधन राष्ट्रीय संकट तो था ही, लेकिन उनके बाद राघोबा का जीवित रहना उससे भी बड़ी आपत्ति थी। माधवराव की अंतिम इच्छा तथा समूचे राष्ट्र की आकांक्षा के अनुसार माधवराव के अनुज नारायण राव को पेशवा पद के वस्त्र सौंपे जाते ही इस अवयस्क प्रधान तथा उसकी मदद करनेवालों के विरुद्ध राघोबा के प्राणघाती षड्यंत्रों की शुरुआत हो गई। नारायणराव से उनका राज्याधिकार छीनने के लिए राजमहल के प्रहरियों को घूस देकर राघोबा ने अपने पक्ष में कर लिया। उनकी पत्नी आनंदीबाई उनसे सवाई निकली। उसने राघोबा द्वारा प्रहरियों को दी गई आज्ञा में फेरबदल करके नारायणराव को बंदी बनाने की बजाय मार डालने का हुक्म दिया। राक्षसी मनोवृत्ति की उस स्त्री ने नारायणराव को बंदी बनाने के लिए प्रहरियों को दी गई राघोबा की आज्ञा 'धरावे' (पकड़ो) के 'ध' को काटकर 'मा' कर दिया—इस तरह 'धरावे' वाली आज्ञा 'मारावे' (मार डालो) में बदल गई। भाद्रपद शुक्ल १३ शां. सं. १६९५ (दि. ३०.८.१७७३) को प्रहरियों ने बकाया वेतन का भुगतान करने की माँग करते हुए विद्रोह किया। नारायणराव को घेरकर वे उनसे बदतमीजी करने लगे।

पेशवा का एक विश्वस्त सेवक वहीं खड़ा था। उसने इस कृत्य के लिए प्रहरियों

को चार बातें क्या सुनाईं, उन्होंने तलवारें निकालकर उसे वहीं मार डाला। यह देख नारायण राव भयभीत होकर शनिवारबाड़ा के कमरों में दौड़ने लगे। आखिर में नाटकशाला में बैठे हुए अपने चाचा की शरण में वे गए और अपनी जान की भीख माँगने लगे। वे दयनीय स्वर में कहने लगे, "चाचाजी, मैं आपका बेटा हूँ, मुझे बचाइए। पूरा राज आप रख लीजिए। आप अपनी मरजी से जितना भी देंगे, उसी में मैं अपना गुजारा कर लूँगा।"

हत्यारे उनके पीछे ही थे। बड़ी निर्ममता से राघोबा ने नारायणराव को अपने से पृथक् कर दिया और प्रहरियों ने अपनी तलवारें तान लीं। तभी स्वामीनिष्ठ चापाजी टिलेकर हत्यारों की तलवारों की आड़ बन गया और पेशवा को अपनी देह से ढककर हत्यारों से अपने स्वामी को न मारने का अनुरोध करने लगा, पर उन लोगों पर हत्या का उन्माद सवार था। उन्होंने अपनी रक्तरंजित तलवारों के खचाखच वारों से अवयस्क पेशवा तथा प्राण छूटते तक उनपर अपने शरीर छत्र धरने वाले उनके स्वामीभक्त सेवक की हत्या कर दी। इसके बाद इन विद्रोहियों ने शनिवारबाडा पर कब्जा करके राघोबा दादा के पेशवा होने का ऐलान किया।

यह भयानक समाचार नगर में फैलते ही लोग क्षुब्ध हो उठे। जगह-जगह जत्थे जमने लगे और हत्यारे राघोबा को पेशवा के रूप में स्वीकार न करने की घोषणाएँ होने लगीं। अभी भी महाराष्ट्र में राष्ट्रीयता की पावन भावना और योग्य नेता का चयन करने की विवेक-बुद्धि जाग्रत् थी। किसी नापसंद व्यक्ति को अपना नेता मान लेने के लिए मराठों को जोर-जबरदस्ती से बाध्य करना सर्वथा असंभव था। इसलिए शासन के विभिन्न पदों पर आसीन स्वतंत्रचेता व्यक्तियों तथा लोकनायकों का एक गुप्त क्रांतिमंडल जल्दी ही बन गया, जो 'बारहभाई' नाम से जाना गया। महाराष्ट्र के साथ हुई इस भयंकर घटना की जाँच के लिए राज्य के प्रमुख न्यायाधीश, प्रसिद्ध रामशास्त्री प्रभुणे को नियुक्त किया गया। अल्पावधि में ही जाँच से यह सिद्ध हो गया कि इस संकट का सूत्रधार राघोबा और उसकी दुष्ट पत्नी आनंदीबाई है। यह निश्चित होते ही वह निर्भीक ब्राह्मण तत्काल राजवाड़े में चला गया और भरी सभा में अपने वफादारों से घिरे बैठे राघोबा पर जनता के पेशवा तथा भतीजे की हत्या का आरोप लगाया। इस अपराध के प्रायश्चित्त का सवाल उठाए जाते ही उन्होंने कहा, "इस जघन्य अपराध का प्रायश्चित्त क्या होगा? शास्त्र के अनुसार देहांत प्रायश्चित्त हीं एकमात्र सजा है।"

स्पष्ट बात कहने का उनका यह दुस्साहस देखकर किसी ने उन्हें सावधान हो जाने का संकेत दिया तो रामशास्त्री ने कहा, "मैं राघोबा से नहीं डरता। राज्य के प्रमुख न्यायाधीश के नाते मैंने अपने कर्तव्य का पालन किया। यदि वे चाहते हैं तो बड़ी खुशी से मेरी भी हत्या करके अपने अपराधों की संख्या बढ़ाएँ। जिस राज्य पर ऐसा हत्यारा राज करता है, उसमें अन्न ग्रहण करना तो दूर, रहना भी मैं पसंद नहीं करूँगा।"

राघोबा के सहयोगी अचंभित होकर यह देखते रह गए। उनके यह समझने से पहले ही कि क्या घट रहा है, अग्निशिखा समान प्रतीत होनेवाला वह निडर ब्राह्मण राजवाड़े से निकल गया। उसने नगर का त्याग करके अपनी दृढ़ प्रतिज्ञा का पालन करते हुए पवित्र कृष्णा नदी के तट पर पहुँचने तक अन्न-जल ग्रहण नहीं किया।

उसी समय पता लगा कि नारायणराव की पत्नी गंगाबाई गर्भवती हैं। इससे पेशवा के सच्चे उत्तराधिकारी तथा गद्दी के योग्य स्वामी के जन्म लेने की आशाएँ बलवती हो उठीं। इस खबर के मिलते ही गुप्त क्रांतिमंडल—बारभाई की गतिविधियाँ एकाएक तेज हो गईं। इस मंडल के मोरोबा, कृष्णराव काले, हरिपंत फड़के, पटवर्धन, तोपखाना प्रमुख रास्ते, त्र्यंबकराव मामा, धायगुडे, नारो अप्पाजी आदि प्रमुख प्रजाजनों ने नाना फडणीस तथा सखाराम बापू की अगुआई में योजना बनाई कि राघोबा को पहले किसी भी बहाने से पुणे से दूर किया जाए और उसके बाद उनके विरुद्ध युद्ध की घोषणा कर दी जाए। उन्होंने जल्दी ही राघोबा को दक्षिण की मुहिम पर जाने के लिए मजबूर कर दिया। वहाँ उसके जाते ही उन्होंने पुणे में विद्रोह करके नगर पर कब्जा कर लिया एवं राज्यमंडल की अध्यक्षा और भावी पेशवा की माता के रूप में गंगाबाई के नाम की घोषणा कर दी।

राजधानी में हुई इस क्रांति की खबर पूरे राज्य में फैलने में देर नहीं लगी। एक के बाद एक नगर तथा दुर्ग इस नई राज्यसत्ता को मंजूरी देने लगे। वस्तुतः यह लोकतांत्रिक सत्ता ही थी। उसे 'बारहभाई की व्यवस्था' अर्थात् लोगों का राज्य इसी नाम से जाना जाता है।

पुणे में हुई इस क्रांति की खबर मिलते ही राघोबा ने तुरंत पुणे पर धावा बोलने की योजना बनाई, लेकिन बारहभाई राज्य की सेना को ही अपनी तरफ हमला करने के लिए बढ़ता हुआ देखकर जो भी अनुयायी बचे थे, उन्हें और अपने भाड़े के सैनिकों को लेकर राघोबा उत्तर दिशा की तरफ पलायन करने लगा। अपने मार्ग में आनेवाले नगरों और वहाँ की प्रजा को अपना दुश्मन समझकर वह विदेशी लुटेरों के समान ही लूटता गया। अगर गंगाबाई को पुत्र-प्राप्ति नहीं हुई तो जनमत का रुझान अपनी तरफ हो जाएगा—ऐसी आशा अभी भी उसके मन में शेष थी। कोरेगाँव के पास बारहभाई की सेना से उसका सामना हुआ। दुर्दैव से बारहभाई की सेना की पराजय हुई और उनके नेता त्र्यंबकराव मामा पेठे मारे गए। क्रांतिमंडल के प्रमुख नेताओं में से एक होने के कारण उनके निधन से बड़ी क्षति हुई। फिर भी नाना फडणीस और सखाराम बापू ने हिम्मत नहीं हारी और महाराष्ट्र की जनता के समर्थन के बल पर युद्ध जारी रखा।

नारायणराव की पत्नी गंगाबाई को सुरक्षा की दृष्टि से पुरंदर के दुर्ग में कड़ी सुरक्षा-व्यवस्था में रखा गया था। उस समय न केवल महाराष्ट्र की, अपितु पूरे भारतवर्ष

की दृष्टि पुरंदर के दुर्ग की ओर जमी हुई थी। उनका प्रसवकाल समीप आ रहा था। दिन बीतते गए। फिर भी पुरंदर से अभीष्ट समाचार प्राप्त नहीं हुआ, जिससे लोगों की चिंता बढ़ती गई। माताश्री गंगाबाई के पुत्र लाभ हेतु मंदिरों तथा तीर्थक्षेत्रों में लोग मन्नतें माँगने लगे। पेशवा पद के लिए सुयोग्य उत्तराधिकारी पैदा हो और राघोबा दादा की राष्ट्रद्रोही महत्त्वाकांक्षा पूरी न हो—ऐसी कामना सभी कर रहे थे। राजमहल से लेकर चौराहों, गलियारों तक सबके कान पुरंदर के दुर्ग से मिलनेवाले शुभ समाचार की ओर लगे हुए थे। इतना ही नहीं अपितु दिल्ली, इंदौर, बड़ौदा, हैदराबाद, मैसूर, कलकत्ता आदि हिंदुस्थान की राजनीति के प्रमुख केंद्रों में भी इस समाचार का इंतजार उत्सुकता से हो रहा था।

आखिर शा.सं. १६९६ वैशाख शुक्ल (७ अप्रैल, १७७४) को सबकी उत्सुकता शांत करनेवाला वह समाचार आ पहुँचा। मराठों की स्वामिनी माताश्री गंगाबाई को पुत्ररत्न की प्राप्ति हुई! संपूर्ण महाराष्ट्र जन्मोत्सव के आनंद में डूब गया और जन्म से ही राज्य के पेशवा और राष्ट्र के सर्वाधिकारी के रूप में उस नवजात का स्वागत हुआ। बाल पेशवा पर बधाइयों की वर्षा करने में दूसरे राज्यों के अधिपति भी पीछे नहीं रहे। उस समय का पत्र-व्यवहार इस बात की पुष्टि करता है कि इस लोकक्रांति का समर्थन बहुमत से करनेवाली जनता को इस समाचार से कितना संतोष मिला और राष्ट्रीय आशा-आकांक्षाओं में किस तरह उफान आ गया। अपनी छावनी से साबाजी भोंसले ने लिखा, ''वार्त्ता सुनते ही यहाँ सबको अत्यंत आनंद हुआ। परमात्मा ने हमारी सुन ली। सेना में उत्सव का वातावरण है। नगाड़े बज रहे हैं। तोपों की सलामी दी जा रही है और यही कामना की जा रही है कि भगवान् हमारे लाडले पेशवा को दीर्घायु करें। जहाँ-जहाँ बारहभाइयों की सेना थी, वहाँ-वहाँ आनंदोत्सव मनाया गया। हरिपंतादि बुजुर्गों ने संपूर्ण सेना को उत्सव मनाने का आदेश दिया और सरबत्ती तथा नौबतखाना शुरू कर मिठाइयाँ बाँटी गईं। परमात्मा ने अपनी कृपा से हमारे राजघराने में यह कुलदीपक प्रज्वलित किया। हमारे वंश की वृद्धि करके उसने मानो हम पर अमृत-वर्षा की है। हिंदूधर्म की रक्षा और अभिवृद्धि के लिए भगवान् हमारे पेशवा को दीर्घायु प्रदान करें। उसने हमारा पालनकर्ता पैदा करके हम पर बड़ी कृपा की है!''

नवजात शिशु का नाम 'माधवराव' रखा गया, लेकिन तत्कालीन परिस्थिति के कारण बाल पेशवा लोगों की श्रद्धा के ऐसे केंद्र बन गए कि उन्हें जल्दी ही आदर के साथ 'सवाई माधवराव' के नाम से संबोधित किया जाने लगा। इस नए पेशवा का आगमन पुणे के उस 'बारभाई' नामक खुफिया क्रांतिमंडल के लिए शक्तिवर्धक तथा अखिल हिंदुस्थान की राजनीति के भविष्य में आमूल बदलाव लानेवाला सिद्ध हुआ।

क्रांतिमंडल की गतिविधियाँ तेज हो गईं। उन्होंने बेहिचक राघोबा के बागी होने

का ऐलान किया। उसका पीछा करके उसे गिरफ्तार करने का आदेश मराठा-मंडल के सभी सरदारों को दिया गया। जो अपनी पत्नी को भी वश में नहीं रख सका, ऐसे राघोबा के हाथ में अगर मराठी साम्राज्य की बागडोर चली जाती, तो मराठा-मंडल द्वारा आरंभ किया गया कार्य अधूरा रह जाता। लेकिन इस पुत्र जन्म से नाना साहब पेशवा, सदाशिवराव भाऊ आदि नेताओं के निर्देशन में हिंदू-पदपादशाही के स्वप्न की परंपरा में पले-बढ़े और हिंदुस्थान की सार्वभौम हिंदू सत्ता के रूप में महाराष्ट्र का प्राप्त किया उच्च स्थान बनाए रखने की सामर्थ्य और दूरदृष्टि वाले देशभक्तों तथा राजनेताओं की राजसत्ता के सूत्र अपने हाथ में रखने तथा राष्ट्र को उसके ध्येय दीर्घकाल तक स्थिर रखने की शक्ति मिली। यद्यपि राघोबा देख रहे थे कि इस पुत्र-प्राप्ति का स्वागत पूरे महाराष्ट्र के प्रजाजनों ने एक उत्सव के रूप में किया तथा उनके होते हुए भी उस शिशु को बड़े प्रेम और आदर भाव से मराठी साम्राज्य के पेशवा के रूप में स्वीकृत किया। फिर भी वे अपनी गरदन पर सवार राक्षसी महत्त्वाकांक्षा के पिशाच से मुक्ति नहीं पा सके! किसी उन्मत्त साँड़ की तरह उनका उत्पात जारी रहा, उसी के साथ-साथ दुर्भाग्य और बारहभाई की सेना भी उनके पीछे हाथ धोकर पड़ गई। अपने स्वयं के राष्ट्र के लोगों के हाथों मिली पराजय और अपने लोगों द्वारा नाता तोड़ लिये जाने के बाद राष्ट्र के शत्रु का सहारा लेने में भी उन्होंने आगा-पीछा नहीं किया।

उस कालखंड में यद्यपि बहुत सी सत्ताएँ हिंदुस्थान की प्रभुसत्ता को अपने वश में करने का सपना सँजोए बैठी थीं। फिर भी महाराष्ट्र के अच्छे दिनों में उसका सार्वभौमत्व नकारने का साहस एक में भी नहीं था। जिन सत्ताओं ने यह दुस्साहस करने की कोशिश की, वे या तो पराजित हो गईं या मराठों की शरण में आकर उन्हें हाथ मलते हुए चुपचाप बैठे रहना पड़ा। मुगल, तुर्क, पठान, ईरानी, दुरानी, मुसलमान आदि चाहे इस देश के हों या सिंधु सरिता लाँघकर आए हों, सबको ऐसा सबक मिला था कि हिंदू साम्राज्य के खिलाफ सिर उठाने की हिम्मत किसी में नहीं रही। हिंदुस्थान के राजनीतिक रंगमंच से उनका निष्कासन सदा के लिए किया गया। एक समय आधे एशिया खंड पर अपनी धाक जमानेवाले जो पुर्तगाली थे, उनके साथ कोंकण प्रांत को स्वतंत्र करने के लिए किए गए युद्धों में मराठों ने उन्हें ऐसा मजा चखाया कि वे दोबारा नहीं उभर सकें। मराठों से खुलेआम टक्कर लेने की जोखिम फ्रांसीसियों ने नहीं उठाई थी। इसलिए वे हैदराबाद और अर्काट की आड़ में पुणे पर नियंत्रण रखने का प्रयास करते थे। अर्थात् उन्हें सफलता कभी नहीं मिली।

यूरोप में चल रहे झगड़ों के कारण भी मराठों को उनकी तरफ से कोई खतरा नहीं रहा। उस समय फ्रांसीसियों के प्रतिस्पर्धी अंग्रेज थे। अंग्रेजों की उद्दंडता पर काबू पाने के लिए कुछ समय तक फ्रांसीसियों का अस्तित्व मराठों की दृष्टि से फायदेमंद

रहा। अंग्रेज भी बखूबी जानते थे कि वे शिवाजी के समय से पश्चिम समुद्रतट पर निडर होकर टिके हुए थे, तो सिर्फ इसलिए कि मराठों को उस समय दूसरे ताकतवर दुश्मनों का सामना करना पड़ रहा था। अंग्रेज इसलिए नहीं बचे हुए थे कि उनकी जरूरत किसी को थी या मराठी राजनेताओं की नजरों से उनकी राजनीतिक महत्त्वाकांक्षाएँ और उद्देश्य ओझल थे। अंग्रेज इसे समझते थे। तात्कालिक परिस्थिति के अनुसार मराठों ने अंग्रेजों से बाद में निपट लेने की सोची थी, क्योंकि दूसरे शत्रुओं की तुलना में उस समय अंग्रेजों से कम खतरा था, लेकिन अगर वैसी निर्णायक घड़ी आती तो मराठे बड़ी सहजता से अंग्रेजों का सफाया कर सकते थे।

अंग्रेजों में भी राजनीति का सटीक अनुमान लगाने का गुण था। इसलिए वे जानते थे कि पश्चिमी तट पर मुंबई उनके कब्जे में इसलिए नहीं बनी हुई है कि वे मराठों का कोई प्रतिशोध करने में समर्थ हैं, बल्कि इसलिए हैं कि मराठे फिलहाल अन्य स्थानों पर व्यस्त हैं और उन्हें अपनी तरफ ध्यान देने का अवसर नहीं मिल रहा है। इसी कारण दूसरों पर हाथ डालने के लिए सदैव तत्पर अंग्रेज मराठों से लोहा लेने में हमेशा डरते थे। समुद्र पर आंग्रे का आधिपत्य खत्म करने के लिए नाना साहब ने अंग्रेजों का इस्तेमाल कर लिया था। वह ऐसे करार पर किया था कि यदि सबकुछ अपेक्षानुसार घटित होता तो उस कारण मराठी राज्य की सैनिक या समुद्री सत्ता को थोड़ी सी भी क्षति होना सर्वथा असंभव था, पर परिस्थिति ने एकाएक ऐसी पलटी खाई कि नाना साहब की पीढ़ी के किसी भी नेता को उसकी कल्पना नहीं थी। असंभव लगनेवाला परिवर्तन यदि इस तरह अचानक नहीं होता तो आंग्रे की मूल सत्ता से अलग होकर स्वतंत्र होने की पनपती प्रवृत्ति पर रोक लग जाने से विभाजित तथा दुर्बल हुए नाविक बल का नियंत्रण मूल सत्ता के हाथों में ही रहता। साथ ही राष्ट्र की दृष्टि से मराठों के नाविक बल की सामर्थ्य में प्रत्यक्षतः वृद्धि हुई होती। इस सौदेबाजी के फलस्वरूप अंग्रेजों को भी कुछ विशेष लाभ नहीं हुआ। शिवाजी के कालखंड में उनका जितना अधिकार-क्षेत्र था, उसमें कुछ खास वृद्धि नहीं हुई, पर बंगभूमि में अपने पैर फैलाने के लिए उन्हें महाराष्ट्र से अधिक विस्तृत क्षेत्र मिल गया। लॉर्ड क्लाइव भी यह देखकर अचंभे में पड़ गया कि जिस युद्ध में वे लगभग निद्रासुख ही ले रहे थे, उसमें जीत हुई। सिर्फ मराठे यदि उसके यशपथ पर रोड़ा नहीं बने होते तो वह अपने अश्व पर चढ़कर सीधे दिल्ली तक पहुँच जाता। ऐसा लिखने का हमारा उद्देश्य यह नहीं है कि बंगाल में अंग्रेजों को मिली विजय ने उनका कोई श्रेय ही नहीं है। यह यश चाहे उन्हें उनके भाग्य से मिला हो अथवा प्रतिपक्ष की असमर्थता के कारण, प्राप्त यश का फायदा उठाने में ही ऐसे लोगों की योग्यता साबित होती है। मद्रास में अंग्रेजों की हासिल की हुई विजय उनके साहस की ही परिचायक है।

मराठों को शस्त्र उठाने पर मजबूर किए बिना ही तथा उनकी प्रभुसत्ता पर प्रहार किए बिना ही मद्रास और बंगदेश में एक सशक्त राजसत्ता के रूप में अपना स्थान कायम करने में भाग्य के साथ-साथ उनके साहस का भी योगदान कम नहीं था; लेकिन मराठों की तीखी और चालाक दृष्टि से अंग्रेजी राजसत्ता का यह चोरी-छिपे बंगाल और मद्रास में होनेवाला प्रवेश नहीं छिप सका। मराठों के पास नाना साहब और सदाशिवराव भाऊ जैसे अनुभवी, सचेत और दूरदर्शी राजनीतिज्ञ थे। उनके होते हुए समर्थ-से-समर्थ विरोधी भी मराठी साम्राज्य की ओर तिरछी नजर से नहीं देख सकता था। शा.सं. १६८२ (ई. स. १७६०-६१) वर्ष के लिए सदाशिवराव भाऊ ने जिन सैनिक अभियानों की योजना बनाई थी, उनमें बंगाल का समावेश विशेष रूप से किया था। इसका लक्ष्य एक था—गौड़ बंगाल के अंतिम हिंदू राजा लक्ष्मण सिंह के बाद से अहिंदू राजसत्ता से त्रस्त उस प्रांत को मुक्त कराना। बंगाल में एकाएक बढ़ी हुई अंग्रेजों की सामर्थ्य नष्ट करने के लिए दो बलशाली सेनाएँ मराठों ने वहाँ भेजी थीं।

शालिवाहन संवत् १६८२ में दत्ताजी सिंधिया के नेतृत्व में मराठी सेना का उत्तरी हिस्सा बंगाल के लिए रवाना भी हुआ था; लेकिन अहमदशाह के आक्रमणों के कारण बंगाल पर मुहिम की योजना अधर में छोड़कर उन्हें उस प्रबल शत्रु का सामना करना पड़ा। उसके बाद पानीपत का संग्राम और नाना साहब का देहांत—ये दो बड़े आघात मराठों पर हुए। दुर्भाग्य से मराठों पर आई लगातार दो विपत्तियों के कारण अंग्रेजों को अपने पैर फैलाने लायक अनुकूल परिस्थिति मिल गई। इसका लाभ उठाकर बंगाल और मद्रास में अपना स्थान मजबूत करने के बाद संपूर्ण हिंदुस्थान की प्रभुसत्ता के सूत्र मराठों के हाथ से छीनने और दिल्ली के बादशाही कारोबार को नियंत्रण में लाने की दृष्टि से अंग्रेजों ने स्वयं को समर्थ करने की कोशिश की, पर वे ऐसा मौका नहीं पा सके। चाहे पानीपत होता या नहीं हुआ होता, मराठों की प्रभुसत्ता का खुलेआम विरोध करने का साहस उनमें अब भी नहीं था। अभी भी अखिल हिंदुस्थान की प्रभुसत्ता मराठों के ही हाथों में थी। हिंदुस्थान के मानचित्र में कलकत्ता के नीचे जो लाल लकीर थी, वह धीरे-धीरे बढ़कर आधे बंगाल पर छा गई। वैसा ही मद्रास में हुआ। आधी मद्रास प्रेजीडेंसी रक्तपात के संकेतक इस लाल रंग से भर गई थी। महाराष्ट्र की स्थिति इन दोनों प्रांतों से भिन्न थी। हिंदुस्थान के मानचित्र में शिवाजी महाराज के समय इस प्रांत के नीचे जो छोटा सा रक्तबिंदु था, वह नाना फड़नवीस के समय तक उतना ही छोटा बना रहा। अंग्रेजी सत्ता के संकेतक इस लाल रंग से पूरे-के-पूरे प्रांत रँगे जा रहे थे; लेकिन महाराष्ट्र पर यह लाल रंग फैलाने में अंग्रेजी सत्ता सफल नहीं हुई। पश्चिमी तट पर कायम अपने पूर्व के अधिकार-क्षेत्र में वे अँगुली भर भूमि की भी बढ़ोतरी नहीं कर सके। इसका कारण यह था कि वहाँ सह्याद्रि के शिखर पर तीखी नोक वाला भाला

लेकर खड़ा मराठी द्वाररक्षक आगे कदम बढ़ानेवाले किसी भी विदेशी आक्रांता को यमलोक पहुँचा देने के लिए सन्नद्ध था। इसलिए जब तक महाराष्ट्र गृहकलहों के जंजाल से मुक्त और एक सुसंगठित शक्ति बनकर खड़ा था, तब तक यूरोपीय, एशियायी, मुसलमान अथवा ख्रिस्ती दुश्मन उसका बाल भी बाँका नहीं कर सका था। हिंदुस्थान की इकलौती प्रभुसत्ता के रूप में महाराष्ट्र की पहचान मिटाने तथा उसपर अधिकार जताने का साहस उनमें से किसी में भी नहीं था।

राष्ट्र के नाते यदि दोनों की तुलना करनी हो, तो जिन राष्ट्रीय सद्‌गुणों के कारण लोग राष्ट्रीय हितों-आकांक्षाओं की रक्षा और पूर्ति के लिए अपने निजी लाभ व महत्त्वाकांक्षाओं को तुच्छ मानकर उनकी बलि दे देते हैं और अन्न के एक कौर के लिए अपने राष्ट्र का स्वातंत्र्य गिरवी रखने या अपने जातीय व राजनीतिक हितों को चोट पहुँचाकर राष्ट्रद्रोह करने की मात्र कल्पना भी जिन्हें स्वाभाविक रूप से तिरस्कारपूर्ण लगती है, ऐसे राष्ट्रीय सद्‌गुणों से अंग्रेज उस समय भी मराठों से अधिक संपन्न थे, इसमें शंका नहीं। लेकिन यह सच था तब भी वर्तमान परिस्थिति के परिप्रेक्ष्य में अतीत की कल्पना करने की जो भूल की जाती है, वह न होने देने की सावधानी हमें अवश्य बरतनी चाहिए। कोई घटना घटित हो जाने के बाद उस समय क्या किया जाना चाहिए था, इस बारे में और दोनों पक्षों के बारे में जानकारी प्राप्त होने या कल्पना करना तर्कत: संभव तो होता है, लेकिन दोनों पक्षों का आकलन करते समय उनके सैनिक, राजनीतिक या शासकीय बल पर यदि दृष्टिपात किया जाए तो इन दोनों प्रतिद्वंद्वी राजसत्ताओं में से सफलता का सेहरा अंत में किसके सिर बँधेगा, इसकी निश्चित भविष्यवाणी करने के लिए किसी अंतर्ज्ञानी की ही आवश्यकता पड़ी होती। किसी भी राजनेता के लिए इसका सटीक अनुमान लगाना असंभव था। शास्त्रीय अथवा संविधानात्मक विषयों में उस समय अंग्रेजों की जितनी क्षमता थी, उससे मराठों को खुद को कम आँकने की कोई आवश्यकता नहीं थी। उनका कर्तृत्व भी कुछ कम नहीं था और हिंदुस्थान की प्रभुसत्ता पाने की जो राजनीतिक होड़ चल रही थी, उससे उन्हें हमेशा के लिए पीछे हटने की भी आवश्यकता नहीं थी।

अंग्रेजों के सामने कई कठिनाइयाँ थीं। अपनी मातृभूमि से और जहाँ से उनकी सारी गतिविधियाँ नियंत्रित होती थीं, वहाँ से हजारों मील की दूरी पर उन्हें संघर्ष करना पड़ रहा था। हिंदुस्थान की भौगोलिक स्थिति से भी वे अनजान थे। वैसे मराठों और जापानियों में काफी समानता थी। जापान एक छोटा सा देश होकर भी मराठों के बाद करीब एक शताब्दी बीतने पर एक सुदृढ़ तथा सुसंपन्न देश के नाते पूरी दुनिया में अपनी पहचान बना सका। यूरोपीय प्रतिद्वंद्वियों के और उसके बीच वैज्ञानिक एवं संवैधानिक प्रगति और अनुभव की दृष्टि से जो फासला था, उसे तय करने में उसे मात्र आधी

शताब्दी की जरूरत पड़ी। मराठे भी मेहनती और धुन के पक्के थे। अन्य सभी बातें अगर अनुकूल रहतीं, तो मराठे भी अल्पावधि में सबकुछ कर सकते थे। वैसे भी मराठों ने मुहाल, ईरानी, अफगानी, पुर्तगाली, फ्रांसीसी और अंग्रेजी दुश्मनों की दुर्गति करके हिंदुस्थान की प्रभुसत्ता का सर्वश्रेष्ठ स्थान प्राप्त कर लिया था। जिस कालखंड का विचार हम कर रहे हैं, उस समय तक मराठों को मिली हुई ख्याति से उन्हें वंचित करने में अंग्रेज समर्थ नहीं हुए थे।

अंग्रेज भी अपनी असमर्थता से परिचित थे। इसलिए उचित अवसर की प्रतीक्षा कर रहे थे। मराठों की गृहकलह जब तक चरम सीमा तक नहीं पहुँची और जब तक वे एकजुट खड़े थे, तब तक उनका खुलेआम सामना करने का साहस अंग्रेज नहीं जुटा पाए। और मराठा-मंडल के टुकड़े होने तथा उनमें आपसी संघर्ष छिड़ जाने के बाद भी यश प्राप्ति की अल्पसंभव आशा रख उनसे लड़ने तथा इस तरह स्वयं को उनके क्रोध का शिकार बनने देने का धैर्य अंग्रेजों के अलावा और किसी में नहीं था। मद्रास और बंगाल प्रांत लूटने के बाद अंग्रेजों को यह देखकर कि मराठे यादवी संघर्ष से पूरी तरह घिर गए हैं, उन्हें मुंबई की तरफ से टोहका देने के लिए उद्यत हो गए। राघोबा की मंदबुद्धि में भी यह बात आ गई और अपने देशबंधुओं द्वारा दुत्कारे जाने, परित्यक्त कर देने तथा पराजित कर देने के बाद उसने अंग्रेजों की मदद लेने का निश्चय किया। जनता की इच्छा के विरुद्ध महाराष्ट्र पर राज्याधिकार चलाने की महत्त्वाकांक्षा से पगला गया यह देशघाती किसी भी सीमा तक जाने के लिए तैयार था। उसने अपने देश के सबसे बुरे शत्रु को राष्ट्र की स्वतंत्रता बेचने का वचन दिया और अपने गोत्रघातक हाथों से मराठों के अभेद्य किले में पड़े सुराख से उन्हें भीतर प्रवेश दिला दिया। अंग्रेजों ने भी अपने बंधुओं से गद्दारी करनेवाले राघोबा का हाथ बड़ी खुशी से थाम लिया और साष्टी, वसई एवं भड़ौच का बीस-पच्चीस लाख रुपए वार्षिक आयवाला प्रदेश अंग्रेजों को सौंपने के बदले में राघोबा को मराठी राज्य का पेशवा पद दिलवाने का वादा किया। उसे साथ लेकर अंग्रेजों ने तुरंत मराठी राज्य पर धावा बोल दिया। अंग्रेजों और मराठों के बीच युद्ध छिड़ते ही समूचे हिंदुस्थान के असंतुष्ट राजाओं को मराठों से विद्रोह करने के लिए प्रोत्साहन मिल गया।

इतनी अवधि में ही बारहभाइयों के राज्य का सूत्र-संचालन नाना फणनवीस करने लगे थे। प्रतिकूल माहौल में भी वे स्थिरचित्त होकर डटे रहे। वैसे भी, पुणे की यह राजसत्ता नवोदित ही थी। उसके चलते राज्य में हर तरफ बिखराव ही था। फिर भी नाना ने हरिपंत फड़के की अगुआई में, यथासंभव सेना इकट्ठा कर कर्नल कोटिंग की अंग्रेजी सेना को रोकने के लिए उसे भेज दिया। हरिपंत तथा उनकी सेना ने भी यह जिम्मेदारी बखूबी निभाई। नापार और अन्य स्थलों में उन्होंने शत्रुपक्ष को काफी हानि पहुँचाई।

हानि के बावजूद कर्नल कोटिंग ने हिम्मत नहीं हारी थी।

उसी समय यानी शा.सं. १६९९ (सन् १७७७) में भारत स्थित अंग्रेज सरकार के संविधान में एक महत्त्वपूर्ण परिवर्तन हुआ। उसके अनुसार, भारत में अंग्रेज प्रशासक के रूप में कलकत्ता के गवर्नर को अधिकार प्राप्त हुआ और अपने अधिकार का इस्तेमाल करते हुए उसने मुंबई के गवर्नर और मराठों के बीच चल रहे युद्ध को समाप्त किया। उसने मराठों से संधि के लिए अपना प्रतिनिधि पुणे भेजा। इस युद्ध का लाभ उठाकार पूरे हिंदुस्थान में जिन्होंने मराठों से विद्रोह करना शुरू किया था, उसे रोकने के लिए नाना फणनवीस मौका ही तलाश रहे थे। उन्होंने संधि पर हस्ताक्षर किए। इस संधि के अनुसार, अंग्रेजों ने राघोबा को मराठों के अधीन करने का और मराठों ने उन्हें साष्टी तथा भड़ौच देने का करार किया।

इस तरह अंग्रेजों से निपटने के बाद फणनवीस ने राज्य के अंतर्गत चल रहे विद्रोह का शमन करने के काम पर महादजी सिंधिया को नियुक्त किया। उधर हैदर ने भी महाराष्ट्र में प्रवेश करके जो उपद्रव मचाया था, उसका दमन करने का जिम्मा पटवर्धन और फड़के को सौंपा गया।

लेकिन अंग्रेजों ने मराठों को धोखा दिया। मराठा सेनापतियों को अपनी-अपनी मुहिम पर गया देखकर वे संधि के अनुसार राघोबा को मराठों के सुपुर्द करने के वादे से मुकर गए। मराठों की सेना पुणे लौटकर नाना की सहायता करती—इससे पहले ही अंग्रेजों ने फिर युद्ध छेड़ दिया। मराठों पर धाक जमाने के उद्देश्य से कर्नल इंगर्टन के नेतृत्व में सीधे पुणे पर हमला करने की साहसी योजना उन्होंने शा.सं. १७०१ (सन् १७७९) में बनाई। वैसे भी, पुरंदर में हुई संधि से मराठे खुश नहीं थे। आंतरिक शत्रुओं पर महादजी ने अपने पराक्रम से काबू पा लिया था। अतः मराठों का मनोबल बढ़ा हुआ था। इसलिए अंग्रेजों को जो करना है, कर लें। हम डरनेवाले नहीं—ऐसा निश्चय करके वे अंग्रेजों का सामना करने के लिए तैयार हो गए। उन्होंने अपनी परंपरागत छापामार युद्ध-शैली (गानिमी कावा) का अवलंबन कर मुंबई से अंग्रेजों का संपर्क तोड़ने के मकसद से उन्हें आगे आने के लिए विवश किया। हमला करनेवाले अंग्रेजों का खुलेआम सामना न करने की, लेकिन उनके इर्दगिर्द ही मँडराने की रणनीति बनाकर भिवराव पानसे अपने सेनापथक के साथ डटे रहे।

इस तरह अंग्रेजों का मुकाबला आमने-सामने न कर मराठों ने ऐसी हालत बना दी कि अपनी मर्जी से उनसे युद्ध करना या टालना अंग्रेज सेनापति के बस में नहीं रहा। अगर सँकरी जगह में अंग्रेजों को घेरकर मराठे उनसे युद्ध करना चाहते, तो अंग्रेज उसे टाल भी नहीं सकते थे अथवा अपनी इच्छा से मराठों को युद्ध करने के लिए विवश भी नहीं कर सकते थे। मराठे उनकी विभिन्न सैन्य-टुकड़ियों का संपर्क तोड़ देते, उनकी

रसद और युद्ध-सामग्री लूट लेते या नष्ट कर देते। अंततः जब अंग्रेज सेनापति पर्वतीय घाटी चढ़कर शिखर तक पहुँचा, तब उसने मुंबई से अपना संपर्क पूरी तरह से टूटा हुआ पाया। फिर भी उसने हिम्मत नहीं हारी और वह आगे बढ़ता गया।

मराठों की हिम्मत तो उससे दुगुनी थी। शत्रु को समीप आते देखकर उनका निश्चय और भी दृढ़ होता गया। लड़ने के जोश से उनकी भुजाएँ फड़कने लगीं। उन्होंने यह भी सोच रखा था कि बुरा वक्त आने पर तेजगाँव से लेकर पुणे तक का पूरा प्रांत निर्जन कर दिया जाए और अपनी प्रिय पुणे नगरी शत्रु के अधीन करने की बजाय खुद ही अग्नि के हवाले कर दी जाए। पूरे राष्ट्र का यह दृढ़संकल्प देखकर अंग्रेजों की सेना सकपका गई। खंडाला में कर्नल केवा मराठी सेना के हाथों मारा गया और खड़की में अंग्रेजों को अपने दूसरे महत्त्वपूर्ण सेनाधिकारी से हाथ धोना पड़ा। यद्यपि कदम-कदम पर अंग्रेजों की अधिकाधिक हानि हो रही थी, फिर भी अपनी प्रशंसनीय अनुशासनबद्धता की बदौलत उन्होंने अपना हमला जारी रखते हुए तलेगाँव में प्रवेश किया। वहाँ पहुँचते ही उन्हें महादजी सिंधिया और हरिपंत फड़के के नेतृत्व में लड़ने के लिए तैयार मराठी सेना दिखाई दी। अंग्रेजी सेना तुरंत उसपर टूट पड़ी, लेकिन मराठी सेना अचानक ही थोड़ी पीछे हट गई, विभिन्न टुकड़ियों में उसे बाँट दिया गया। इन टुकड़ियों ने विभिन्न दिशाओं में फैलकर सुरक्षित अंतर से अंग्रेजों पर धावा बोलना शुरू कर दिया। इससे अंग्रेजी सेना बौखला गई। एक और मुसीबत उन्हें झेलनी पड़ी, क्योंकि आस-पास के मीलों तक के क्षेत्र में उन्हें अपने लिए खाद्य-सामग्री तथा अश्वों के लिए चारा पाना दूभर हो गया। उन्हें यह भी ज्ञात हुआ कि आगे और भी निर्जन प्रदेश से गुजरना पड़ेगा और स्थिति और भी बदतर होनेवाली है। फिर भी जिद्दी अंग्रेज आगे बढ़ते ही गए।

इसी बीच मराठी सेना ने उन्हें सब तरफ से घेर लिया था और परिस्थिति आई तो शत्रु के अधीन होने से पूर्व ही अपनी राजधानी जला देने के अपने फैसले की खबर उन्होंने अंग्रेजों तक पहुँचाई। अब तक के अनुभवों से अंग्रेज सेनापति को इस तथ्य की अनुभूति हो गई थी कि पुणे पर हमला कर उस पर कब्जा करना प्लासी पर कब्जा करने की तरह आसान नहीं है। इस विकट स्थिति से निकलने का एक ही रास्ता था—मुंबई वापस लौट जाना! पर खुलेआम वापस लौटना भी असंभव था। अतः अंग्रेज सेनापति ने मराठी सेना को अँधेरे में रखकर लौटने का विचार किया और शत्रु को पता न लगने देते हुए निकल पड़ने का आदेश अपनी सेना को दिया। पर मराठों को चकमा देकर निकलना आसान नहीं था। जैसे ही अंग्रेज वापस लौटने के लिए बाहर निकले, मराठों की बिखरी टुकड़ियों ने एकजुट होकर उनपर हमला कर दिया। हमेशा की तरह अंग्रेज डटकर लड़े, लेकिन अंततः पराजित हुए और उनके नौ हजार सैनिक मराठों के अधीन हो गए।

नाना फणनवीस, सखाराम बापू और महादजी सिंधिया ने अंग्रेजों की सेना की

मुक्ति के लिए राघोबा को अपने सुपुर्द करने की और पुरंदर की संधि से प्राप्त किया हुआ प्रदेश वापस लौटाने की शर्त रखी। इसके अलावा संपन्न हुए करार पूरे होने तक उन्होंने दो अंग्रेज अधिकारियों को अपनी हिरासत में रखा। पूरा एक महीना विजयी मराठों के बंधक रहने के बाद अपनी सेना मुंबई वापस ले जाने के लिए अंग्रेज सेनापति को मजबूरी में मराठों की शर्तें माननी पड़ीं। इस विजय-प्राप्ति की वार्त्ता से पूरा महाराष्ट्र हर्षोल्लास से झूम उठा। हमेशा तने रहनेवाले यूनियन जैक (अंग्रेजों के ध्वज) को मराठों के भगवा ध्वज और जरीपटका के आगे नतमस्तक होना पड़ा। आपसी कलह जारी रहते हुए और उस कारण देश तथा लोगों में बँट जाने के बाद भी राष्ट्र संकट का सामना करने को तैयार हो गया और बारहभाई की सेना ने इस दुस्साहसी तथा जिद्दी शत्रु पर विजय प्राप्त कर ली। जिस शत्रु ने अब तक मराठी राज्य की श्रेष्ठता हिंदुस्थान में कबूल नहीं की थी और न ही खुलेआम उनसे युद्ध किया था, ऐसे अंग्रेजों को भी चुनौती देने का दुस्साहस करते ही मराठों के साहस और पराक्रम के आगे झुककर उनकी श्रेष्ठता स्वीकार करनी पड़ी। उस समय के पत्र-व्यवहारों से यह स्पष्ट होता है कि ऐसा सबक आज तक अंग्रेजों को किसी ने नहीं सिखाया था। उनका इतना अपमान और किसी ने नहीं किया था। जनमत की इस राज्य-क्रांति के केंद्र उस बाल पेशवा पर वह लट्टू था। अंग्रेजों पर हासिल की गई अतुलनीय विजय का पूरा श्रेय मराठी ज़नता पेशवा के महान् भाग्य को दे रही थी। उनकी मान्यता थी कि उनके नन्हे पेशवा का सबकुछ जन्म से ही गोकुल के ईश्वरीय अवतार की तरह चमत्कारी है। उनके पुण्यफल से ही हम शत्रु का दमन कर सके। और उनके रूप में साक्षात् परमात्मा इस धर्मयुद्ध में हमारी सहायता कर रहा है तथा अपना आशीष दे रहा है।

□

अंग्रेजों को नवाया

'प्रतापमहिमा थोर जलामधि परि जलचर बुडविला,
नवी मोहिम दरसाल देऊनी शाह टिपू तुडविला।'

(—मराठों का ऐसा प्रताप था कि उन्होंने जलचर को जल में ही डुबो दिया। हर वर्ष नया सैनिक अभियान हाथ में लेकर शाह टीपू को धूल में मिला दिया।)

अंग्रेजों की बड़ी सेना के शरणागत होने की खबर मिलते ही कलकत्ता के अंग्रेजी शासक आगबबूला हो उठे और सत्य-असत्य का अंतर करने का विवेक ही खो बैठे। मराठों ने हाथ में आई अंग्रेजी सेना को, संधि के अनुसार मुंबई जाने की अनुमति जैसे ही दी, अंग्रेजों ने अपने सेनापति के हस्ताक्षर वाली उस संधि को मानने से इनकार कर दिया और वे और ज्यादा वीरता से संघर्ष करने लगे।

इसी समय राघोबा अंग्रेजी सेना से आ मिला। मराठों की उदार नीति के कारण राघोबा जैसा देशद्रोही बचता रहा। जब-जब वह मराठों के कब्जे में रहा, वे उसे एक राजकुमार की तरह सम्मान देते रहे। दूसरे देश में उसके जैसा दगाबाज और देशद्रोही तुरंत ही गोली का निशाना बनता। मराठों की उदारता का उपकार मानकर अपना आचरण सुधारने की बजाय उसने अवसर मिलते ही अपनी नीचता का परिचय देकर अंग्रेजों से हाथ मिलाया। लड़ाई फिर छिड़ गई। अंग्रेज सेनापति गॉडर्ड गुजरात से निकलकर वसई की ओर चल पड़ा। उसका मुकाबला करने के लिए रामचंद्र गणेश को नियुक्त किया गया। जहाँ-जहाँ और जब-जब संभव हुआ, उन्होंने शत्रु पर जबरदस्त हमले किए और अंग्रेजों की बढ़त दृढ़ता से रोक दी। आखिरी चढ़ाई में तो उन्होंने ऐसा अतुलनीय शौर्य प्रदर्शित किया कि शत्रु भी उनकी प्रशंसा किए बिना नहीं रह सका। दुर्भाग्य से जब युद्ध अपने चरम पर पहुँच गया था, तब मराठों का यह कुशल और पराक्रमी सेनानी शत्रु पक्ष की तरफ से आनेवाली गोली का शिकार बन गया और सन् १७८० में गॉडर्ड ने वसई को अपने कब्जे में ले लिया।

इस विजय से अंग्रेजी सेना का उत्साह इतना बढ़ा कि वे बड़गाँव में मराठों की शरण में जाने से हुई अपनी अपकीर्ति का धब्बा धो डालने की सोचने लगे। और जिस कार्य को साधने में पहले उनकी थू-थू हुई और उन्हें विफलता मिली, उन्होंने उसी कार्य को यानी मराठों की राजधानी को हस्तगत करने की ठान ली। नाना फणनवीस और उनके साथियों को शरण में आने पर मजबूर करने के लिए अंग्रेजी सेना ने पुणे पर धावा बोल दिया। लेकिन उन धुरंधर महाराष्ट्रीय राजनीतिज्ञों ने अपनी अद्वितीय बुद्धिमानी से इस मौके के लिए अति सूक्ष्म, मगर प्राणघातक जाल बुन रखा था। इस प्रबंध के अनुसार हिंदुस्थान की पूरी अंग्रेजी सत्ता को व्यस्त रखने की चाल उन्होंने चली। हैदर को अपने पक्ष में करके मद्रास पर हमला करने का वचन उन्होंने उससे ले रखा था।

भोंसले बंगाल पर धावा बोलनेवाले थे और मुंबई की अंग्रेजी सत्ता को उखाड़ फेंकने का जिम्मा नाना फणनवीस ने स्वयं पर ले लिया था। इस व्यूह-रचना को अंजाम देने के लिए हैदर मद्रास की तरफ गया और फ्रांसीसियों की मदद से उसने वहाँ अंग्रेजों को पराजित किया। पुणे की रक्षा का जिम्मा परशुराम भाऊ पर डाला गया। वे अपने साथ बारह हजार की सेना लेकर पुणे पर आक्रमण करने आ रही सेना के आस-पास मँडराने लगे तथा उनके पीछे और दाएँ-बाएँ से हमले कर उन्होंने उसे त्रस्त करके रख दिया।

नाना, तुकोजी होलकर और हरिपंत फड़के लगभग तीस हजार सैनिकों के साथ स्वयं युद्ध के लिए तैयार हो गए। गॉडर्ड जैसे-जैसे आगे बढ़ता गया, वैसे-वैसे उसने खुद को कर्नल इंगर्टन की तरह संकट में फँसा हुआ पाया। वास्तव में अब और एक कदम भी आगे बढ़ना इंगर्टन के समान 'आ बैल मुझे मार' जैसी स्थिति पैदा करना था। लेकिन वह इस कदर आगे बढ़ चुका था कि अब पीछे मुड़ना उसके लिए अपमानजनक और अनर्थकारी हो सकता था। अत: वहीं डटे रहने में ही बुद्धिमानी सोचकर उसने सेना की मजबूती की तरफ ध्यान देना शुरू किया। लेकिन यह कार्य भी वह कितने दिन करता? मराठों ने गॉडर्ड को रसद और युद्ध-सामग्री पहुँचाने वाली कैप्टन मैके और कर्नल ब्राउन की टुकड़ियों पर सख्त हमले कर उन्हें इतना कमजोर कर दिया कि मुंबई से कोई भी संबंध रखना बहुत कठिन और आत्मघाती हो गया। आखिरकार, जनरल गॉडर्ड को भी हताश होकर पुणे पर हमला करने की योजना अधूरी छोड़कर वापस लौटने की तैयारी करने के लिए विवश होना पड़ा।

इस तरह गरदन झुकाकर चुपचाप अंग्रेजी सेना के वापस लौटना शुरू करते ही तुकोजी होलकर और परशुराम भाऊ के नेतृत्व वाली मराठी सेना ने हाथ में आया शिकार चारों दिशाओं से घेर लिया और वीरता तथा अभेद्य सैनिक अनुशासन के लिए प्रसिद्ध अंग्रेजों को ऐसी मार लगाई कि उसके सेनापति को अपनी जान बचाकर भागना पड़ा। इन महानुभाव ने विजयी वीर के नाते मराठों की राजधानी से ससम्मान प्रवेश करने की उद्धत

महत्त्वकांक्षा पाल रखी थी। लेकिन उसे अपने सैकड़ों सैनिकों को मृत या घायल अवस्था में छोड़कर, उनकी लाशों के संकेतों से अपने पलायन का मार्ग चिह्नित करते हुए तथा अपना सब गोला-बारूद, अस्त्र-शस्त्र, परमंडप, छावनियाँ, तोप के गोले इत्यादि सभी सामान और माल ढोने वाले हजारों बैल छोड़कर या मराठों के हाथों सुपुर्द कर भागना पड़ा। इस तरह पुणे पर आक्रमण करने की प्रतीक्षा कर अंग्रेजों ने दो बार आगे बढ़ने की धृष्टता की, पर दोनों ही बार मार खाकर तथा सिर झुकाकर अपमान के घूँट पीते हुए उन्हें मुंबई वापस लौटना पड़ा। बड़े घमंड और आत्मविश्वास के साथ आक्रमण करने के बाद शायद ही किसी को इस तरह लज्जित होकर उलटे पाँव लौटना पड़ा होगा।

उत्तर दिशा में भी अंग्रेज बेहतर ढंग से मुक्ति नहीं पा सके। गोहद का राणा, जो मराठों के खिलाफ होकर अंग्रेजों के पक्ष में आया था, की मदद से उन्हें कुछ छिटपुट विजय प्राप्त हुई और शिंदे घराने का ग्वालियर दुर्ग हाथ आया। कर्नल कैमॅक के नेतृत्व वाली अंग्रेजी सेना को इसके अलावा और कोई लाभ नहीं हुआ। महादजी सिंधिया की अनवरत मार से त्रस्त अपने इस मित्र की सहायता के लिए कर्नल मूर भी दौड़ा, लेकिन अपने मित्र की स्थिति अधिक मजबूत करना उसके लिए संभव नहीं हुआ।

इस तरह दक्षिण में हैदर, मुंबई की दिशा में तुकोजी होलकर तथा पटवर्धन और उत्तर में महादजी सिंधिया द्वारा अंग्रेजों की योजनाएँ धूल में मिला दिए जाने के बाद अंग्रेजों ने अपने इर्दगिर्द नाना फणनवीस की बनाई वीर सरदारों की शृंखला तोड़ने की कोशिशें शुरू कीं। अपने साथ संधि के लिए नाना को राजी करने की विनती उन्होंने महादजी से की; लेकिन नाना ने संधि की बात छेड़ने ही नहीं दी और हैदर से मशविरा किए बगैर संधि के विषय में बातचीत करने से इनकार कर दिया। मराठों की समुद्र सेनावाहिनी ने भी अपना कर्तव्य बखूबी निभाया। उनके सुयोग्य सेनापति आनंदराव धुलप ने अंग्रेजों पर एक साहसी हमला कर उल्लेखनीय विजय प्राप्त की और पुरस्कार के रूप में उनकी रेंजर नामक विशाल युद्धनौका को अपने कब्जे में कर लिया। उसी समय अंग्रेजों की संधि करने की कोशिशों के बीच ही हैदर का निधन हो गया। शा.सं. १७०० (सन् १७७८) में नाना ने संधि की अनुमति दी। संधि के अनुसार, अंग्रेजों को सारे फसाद की जड़ राघोबा को मराठों को सौंपने के लिए राजी होना पड़ा। युद्ध में उन्होंने जीता हुआ सारा प्रदेश, केवल साष्टी के अलावा, मराठों को उन्हें वापस करना पड़ा और एशिया की जिस किसी सत्ता के साथ मराठों की दुश्मनी थी या जिसके साथ उनका युद्ध चल रहा था, उसे किसी भी प्रकार की सहायता एवं प्रोत्साहन न देने का करार करना पड़ा। इसके बदले में मराठों ने भी अंग्रेजों के हितों के विपरीत किसी भी यूरोपीय सत्ता के साथ राजनीतिक संबंध नहीं रखने का वचन दिया। इस संधि की सबसे बड़ी विशेषता यह थी कि अंग्रेजों को दिल्ली की राजनीति में दखलंदाजी नहीं करने का

वचन देना पड़ा और वहाँ की प्रभुसत्ता में अपनी मरजी से फेरबदल करने का तथा उसपर नियंत्रण रखने का मराठों का अधिकार स्वीकार करना पड़ा।

इस प्रकार अंग्रेज और मराठों के बीच का पहला युद्ध समाप्त हुआ। इस तरह जिस पश्चिमी राजसत्ता की शुरुआत में मराठों से खुलेआम मुकाबला करने की हिम्मत नहीं हो रही थी और बाद में घमंड के साथ जो मराठों पर हमले तो करते रहे, लेकिन साथ-साथ विफल भी होते रहे, ऐसी अंग्रेजी सत्ता का गर्व-हरण कर और उन्हें पराजित कर मराठों ने हिंदुस्थान की सर्वश्रेष्ठ राज्यसत्ता होना रणभूमि पर चरितार्थ कर दिखाया। अपने ढीठ रवैये से अंग्रेजों ने अर्काट तथा बंगाल के दुर्बल नवाबों पर धाक जमाकर वहाँ अपना राज्य-विस्तार किया और अपनी सामर्थ्य काफी बढ़ा ली। ऐसे में मराठों को भी उन नवाबों की तरह दुर्बल समझकर वे सह्याद्रि के कंगूरों के शिखरों का अपमान करने के लिए चले आए थे। तब उनके सिर फोड़कर मराठों ने अंग्रेजों को नया सबक सिखा दिया।

सालवाई के इस संधिपत्र पर उभय पक्षों के हस्ताक्षर होते ही मराठों के उस कुलकलंक को देश के हितों का नाश कर उन्हें अपनी जाति के अधमतम शत्रु के हाथों बेच देने का लज्जास्पद आयुष्यक्रम भी खत्म करना पड़ा। जिस महान् कार्य के लिए महाराष्ट्र की अनेक पीढ़ियों ने परिश्रम किए और मृत्यु का वरण किया, वह कार्य पूर्ण करने के स्फूर्तिदायक उपक्रम से मराठा-मंडल की शक्ति की धारा मोड़कर उसे गृहयुद्ध के विषैले जोहड़ में या अनुपयोगी प्रवाह में मिला देने के लिए यह व्यक्ति अपनी नीच महत्त्वाकांक्षा के चलते कारणीभूत हुआ था। पानीपत की लड़ाई जितनी बड़ी राष्ट्रीय आपत्ति थी, उतनी ही बड़ी राष्ट्रीय आपत्ति उसकी पत्नी आनंदीबाई थी। मराठा जाति के सुदैव से सलवाई की संधि के बाद राघोबा के पापी जीवन का अंत हुआ; लेकिन अभी मराठा जाति के दुर्दिन खत्म नहीं हुए थे, क्योंकि अपने निधन से पूर्व राघोबा ने मराठों की अपने किए से भी ज्यादा उनकी दुर्दशा करनेवाला अपना वंशज उनकी झोली में डाल दिया। दुर्भाग्य से जगप्रसिद्ध पहले बाजीराव के नाम पर ही उसका नामकरण हुआ। उसके पिता को अपयश लेकर जो राक्षसी कार्य अधूरा छोड़ देना पड़ा, उसे पूरा करना और महाराष्ट्र का स्वातंत्र्य मुट्ठी भर अनाज के लिए बेचकर तथा उस श्रेष्ठ, अंतिम हिंदू साम्राज्य को तहस-नहस कर, अपने माँ-बाप को जो करना संभव नहीं हुआ, उसे संभव करने का कुकृत्य उसी के भाग्य में लिखा था।

लेकिन फिलहाल कम-से-कम नाना और महादजी की जोड़ी के जीवित रहते तक तो ऐसा होना संभव नहीं था।

□

जनता का लाड़ला—पेशवा सवाई माधवराव

'दैन्य दिवस आजि सरले।
सवाई माधवराव प्रतापी कलियुगि अवतरले।
सुंदर रूप रामाचे कुणावर नाहिं रागे भरणे।
कलगितुरा शिरपेच पाचुची पडत होति किरणे
महोत्सव घरोघर लागले लोक करायाला।
परशराम प्रत्यक्ष आले जणु छत्र धरायाला॥'

(—इस कलियुग में शूर माधवराव अवतरित हुए, तो हमारी दीनता के दिन समाप्त हो गए। उनका रूप रामजी के समान सुंदर था और वे किसी पर भी क्रोध नहीं करते थे। उन्होंने पन्ना जड़ित जो साफा पहन रखा था, उसकी किरणों की ज्योति से उनका मुखमंडल आलोकित हो रहा था। प्रत्येक घर में उत्सव मनाया जा रहा था, मानो छत्र धारण करने स्वयं परशुराम आए थे।)

नाना एवं महादजी ने अपने राजनीति-ज्ञान और तलवार के पराक्रम से अपने विशाल कंधों पर हिंदू साम्राज्य का भार ढोने का निश्चय कर लिया था। इस साम्राज्य को जीतने के हेतु से इंगलैंड, फ्रांस, हॉलैंड और पुर्तगाल ने जिन राजनीतिज्ञ और रणनीतिकुशल सेनापतियों को हिंदुस्थान भेजा था, उनमें से हेस्टिंग्ज, वेलेजली और कार्नवालिस में से एक को भी इस जोड़ी का विरोध करने या उसे मात देने में विशेष सफलता नहीं मिली। नाना और महादजी ने हिंदू साम्राज्य की उन्नति का कालखंड देखा था। ये दोनों ही प्रतापी नाना साहब और सदाशिवराव भाऊ की अपने साम्राज्य के बारे में बनी धारणा तथा उनकी परंपरा में पले-बढ़े और उस महान् कार्य के उद्देश्य तथा उसकी परंपरा का प्रशिक्षण प्राप्त कर निष्णात हुए थे। पानीपत का संग्राम वे दोनों अपनी आँखों से देख चुके थे और उसमें दोनों बच गए थे। उन्होंने उस रक्तरंजित रणभूमि पर मृत होकर पड़े वीरों की पीढ़ी का अधूरा कार्य संपन्न करने, उन्हें अंतर्कलह से विभाजित, विनाश के

कगार पर खड़ा मराठी राज्य मिला था, जिसके सिंहासन पर एक नामधारी गुड्डा विराजमान था, जिसकी पेशवाई का जिम्मा एक गर्भस्थ शिशु पर डाला गया था और जिसके नाश के लिए शत्रु के रूप में एक बलवान् यूरोपीय राष्ट्र तैयार खड़ा था। लेकिन उन्होंने अद्वितीय धैर्य और दूरदृष्टि से इस विषम परिस्थिति का सामना किया; राज्य में चल रहे झगड़े तथा विद्रोह समाप्त किए और अपने समर्थ बाहुबल एवं अचूक दृष्टि से, एशिया के रहे हों या यूरोप के, अपने सभी शत्रुओं को पराजित कर उन्हें अपमान के घूँट पीने के लिए विवश कर दिया।

जनता की क्रांति की अनिश्चित और मौजी प्रवृत्ति जाग्रत् करने तथा अपने काबू में रखने का अत्यंत कठिन भार उन्होंने अपने ऊपर लिया था। अब अपने सभी शत्रुओं को परास्त कर क्रांति सफल हुई थी और राष्ट्रीय अभिमत की सुदृढ़ नींव पर खड़ी की गई नई राजसत्ता ने लड़ाई के मैदान में अपना अजेय होना सिद्ध कर दिखाया था। अतः इन महान् उपलब्धियों को दरशाने और सबकी आँखें चौंधियानेवाला उत्सव मनाना स्वाभाविक और राजनीतिक दृष्टि से आवश्यक भी था। उसी समय सवाई माधवराव के विवाह की योजना के बहाने यह उत्सव मनाने का सुअवसर प्राप्त हुआ। पेशवा के रूप में सवाई माधवराव का चयन सारी जनता ने किया था। राष्ट्र ने उनके लिए लड़ाइयाँ लड़ी थीं। ऐसे लोकप्रिय नेता की हत्या के लिए विषप्रयोग, हत्यारे भेजना आदि जघन्य कृत्य शत्रुपक्ष कर चुका था। सौभाग्य से सभी विपदाओं से वे सुरक्षित निकल आए थे। प्रजाजन अनोखी घटनाओं से भरपूर उनके जीवन की तुलना भगवान् श्रीकृष्ण के जीवन से करते थे। किशोरावस्था में अपने दुलारे पेशवा का प्रवेश देखने के लिए सारी जनता उत्सुक थी। विवाह के इस आनंदोत्सव में सम्मिलित होने के लिए पास की, दूर की सारी मराठी जनता पुणे में एकत्र हुई। राजपुत्र, मनसबदार, प्रतिभाशाली कवि, प्रसिद्ध लेखक, दिग्गज सेनानी, उद्गीर तथा अटक की रणभूमि देख चुके और वहाँ जूझे निष्णात योद्धा, राजनीतिज्ञ और कूटनयिक—सभी यह समारोह मनाने तथा अपने प्रिय और प्रतापी पेशवा के दर्शन के लिए पुणे में जमा हुए। अपने बलशाली हिंदू साम्राज्य के संगठित घटकों की एकता सारी दुनिया के दिलोदिमाग पर अंकित करने और जिन शत्रुओं तथा विदेशियों के मन में लड्डू फूट रहे थे कि मराठा-मंडल टुकड़े-टुकड़े होकर अब बिखरने ही वाला है, इस अंतर्कलह से बच पाना अब उसके लिए संभव नहीं है, उन सभी का भ्रम तोड़ने के लिए नाना ने अपने पेशवा के विवाह के मंगल-प्रसंग में महाराष्ट्र के छत्रपति को आमंत्रित किया। उनके पुणे पहुँचते ही बड़े ठाट-बाट और सम्मान के साथ उनका स्वागत किया गया।

उस विशाल राजसभा का केंद्रस्थान छत्रपति सुशोभित कर रहे थे। उनके आस-पास अपने-अपने दरजे के अनुसार अपने स्थानों पर अष्टप्रधान, सेनापति, प्रांताधिपति,

राजनयज्ञ, राजकुमार और जिनके अधिकार-क्षेत्र में दूसरे खंडों के देशों से भी बड़े-बड़े प्रांत थे, ऐसे शासक विद्यमान थे। वहाँ पटवर्धन थे, रास्ते और फड़के भी थे। वहाँ होल्कर, शिंदे, पवार, गायकवाड़ और भोंसले उपस्थित थे। हरिद्वार से लेकर रामेश्वरम् तक के सभी विद्वान् वहाँ पधारे। जयपुर, जोधपुर तथा उदयपुर के राजाओं को बड़े आग्रह से न्योता दिया गया था। उन सभी ने अपने-अपने प्रतिनिधि भेजे थे। निजाम, मुगल और यूरोपीय राष्ट्रों ने अपने-अपने राजपुत्रों तथा राजदूतों के हाथों बधाई-संदेश और बड़े-बड़े उपहार भेजे थे। राजधानी से कई मील की दूरी तक रक्षा की दृष्टि से अश्वों, तोपों और पैदल सिपाहियों की छावनियाँ बनाई गई थीं। इसमें मराठों की सैन्यशक्ति का प्रदर्शन करना भी एक उद्‌देश्य था। समुद्री सेना की ओर से आंग्रे और धुलप आए हुए थे। पेशवा की ओर से मेहमानों की आवभगत करने की जिम्मेदारी आंग्रे को सौंपी गई थी। अपनी विस्तीर्ण छाया तले इस अनोखे जनसमुदाय को आश्रय देती मराठा की दोनों ध्वजाएँ—भगवा ध्वज और जरीपटका, समस्त राष्ट्र को उसके अंगीकार किए स्वधर्मराज्य—हिंदू-पदपादशाही के महान् कार्य की समृद्धि कराती लहरा रही थीं।

संकेत होते ही पैदल, अश्वारोही और तोपखाने की टुकड़ियों के सैनिकों के मुख से हर्षध्वनि मुखरित हुई और सब अपने पेशवा का जयघोष करने लगे। राज्यसभा में पेशवा का आगमन एक दिव्य दृश्य था। उसी क्षण सबकी आँखें चौंधियाते अपने परिवार, दास-दासियों एवं प्रशंसक गायकों के साथ धीमी चाल चलते हुए सौंदर्यमूर्ति पेशवा ने राजसभा में प्रवेश किया। उनके आगमन के साथ उपस्थित जन-समूह उन्हें मानवंदना देने हेतु नम्रता से सिर झुकाकर खड़ा हुआ। लेकिन समूचे भारत की सत्ता का सूत्र-संचालन जिसके हाथों में था—वह किशोर पेशवा उस उज्ज्वल सभागृह के केंद्र में सिंहासनारूढ़ सातारा के प्रभु—मराठों के छत्रपति के पास गया और पुष्पमालाएँ लपेटे हुए अपने हाथ जोड़कर उन्हें अभिवादन किया। बहुत ही पुलकित करनेवाला दृश्य था वह! वह दृश्य देखनेवालों की अनुभूति का बखान शब्दातीत है। महाराष्ट्र के छत्रपति के सामने हाथ जोड़कर अपना सेवक-भाव प्रकट करना राज्यसभा की परंपरा के अनुरूप ही था। वह दृश्य देख जनता भावविह्वल हो गई, अनेक कठिन लड़ाइयाँ लड़ चुके रणबाकुरों की आँखों से भी अश्रुधाराएँ बह निकलीं। ऊपर से गंभीर दिखनेवाले पेशवा भी अपने अंत:करण की उमंग नहीं रोक सके और उनकी आँखों से भी आनंदाश्रु बहने लगे।

मराठा-मंडल में भले ही कभी-कभार कलह की वृत्तियों ने सिर उठाया हो, लेकिन उसके घटकों को अब भी नियमित, जाग्रत् और उत्तेजित करने वाली एकजुटता, अविभक्तता और उद्‌देश्यों की एकरूपता का दर्शन इस भव्य प्रदर्शन और उत्सव के जरिए हुआ तथा नाना फणनवीस और महाराष्ट्र के अन्य नेताओं की अपेक्षा के अनुरूप ही दूसरे हिंदी तथा यूरोपीय राजाओं के मन पर इसका वांछित राजनीतिक प्रभाव भी

पड़ा। इसी तरह मराठों के घटकों को भी हम सब एक संगठन के समतुल्य अंग हैं और संगठित होने के कारण ही हममें से प्रत्येक को अधिक सामर्थ्य, अधिक महत्त्व और अधिक ऐश्वर्य प्राप्त हो रहा है, अलग-अलग रहकर इसकी प्राप्ति संभव नहीं है—यह प्रतीति कराने और मराठा-मंडल को जोड़नेवाले सूत्रों को और अधिक दृढ़ करने में इस समारोह का कोई कम उपयोग नहीं हुआ।

अंतर्कलहों के कारण उत्पन्न हुई त्रुटियाँ धीरे-धीरे कम होने लगीं। उसके कारण महाराष्ट्र फिर से पहले जैसा समृद्धि और सुख-शांति के शिखर पर पहुँच गया। हिंदुस्थान के अन्य राज्यों की तुलना में महाराष्ट्र और उसके शासनांतर्गत आनेवाला विस्तृत प्रदेश शासन की दृष्टि से सर्वश्रेष्ठ माना गया। राष्ट्र की आर्थिक स्थिति, शासन-तंत्र और न्याय-व्यवस्था को मजबूत नींव पर खड़ा करने का काम नाना फणनवीस और उनके सहयोगियों ने किया। समाज के हर तबके को समान न्याय दिलानेवाली जागरूक न्याय-व्यवस्था, भूमि-कर का निर्धारण और उसकी उपलब्धि, सक्षम प्रशासन-तंत्र और सबसे महत्त्वपूर्ण यह कि जो महान् कार्य करते हुए अपने पूर्वज शहीद हुए तथा जिसे संत-महात्माओं का आशीष प्राप्त हुआ था, वह कार्य संपन्न करने के लिए ही हमारा जीवन है, जनता के हृदय में उत्पन्न हुई यह भावना और साथ ही उनमें जगा यह सदभिमान कि जिस जाति ने हिंदूधर्म और हिंदू स्वातंत्र्य की श्रीवृद्धि के लिए साम्राज्य का भार अपने बलिष्ठ कंधों पर धारण किया है, हम भी उसी जाति—मराठों—में से एक हैं—इन्हीं सब कारणों से उस समय के लोगों को लगने लगा कि हम ऐसे महान् कृत्यों के न केवल प्रत्यक्षदर्शी हैं, अपितु हमने उन कृत्यों को साकार करने में भी भाग लिया है और इसलिए हमारा जीवन धन्य है। राष्ट्र का संपूर्ण वातावरण गौरवपूर्ण भावनाओं से भर गया। रोज लोगों को शुभ समाचार प्राप्त होने लगे। सामान्य व्यक्ति के भी मन में आत्मविश्वास की भावना बलवती होती गई और इस भाग्यशाली कालखंड का संबंध पेशवा सवाई माधवराव के अनुकूल ग्रहों से जोड़ा जाने लगा। हर कोई मानने लगा कि अपने पेशवा के शुभ घड़ी पर जन्म लेने के कारण यह सुस्थिति हम देख रहे हैं।

उनके जन्म से पूर्व ही लोगों ने संपूर्ण राष्ट्र के राज्यकर्ता के रूप में उन्हें स्वीकार कर लिया था। लोगों में इस तरह की धारणा बन गई थी कि मुसलमानी राज्य का नाश करने और हिंदूजाति को सतानेवाले विदेशी शत्रुओं का प्रतिशोध लेने की अधूरी इच्छा पूरी करने के लिए प्रथम माधवराव पेशवा ने ही सवाई माधवराव के रूप में फिर से जन्म लिया है। पूर्वी समुद्र से लेकर पश्चिमी समुद्र तक समर्थ और संपन्न हिंदू-साम्राज्य के निर्माण की प्रथम माधवराव की अतृप्त इच्छा पूरी करने का काम यह द्वितीय माधवराव करेगा—यह विश्वास उनके मन में जाग उठा। वे समझने लगे कि पेशवा के जन्म से अपने ध्वज पर भी हमेशा भाग्य की कृपादृष्टि होती है और उसे ईश्वर का आशीर्वाद

मिलता है। ऐसी विचित्र लौकिक धारणाएँ कभी-कभी राष्ट्र के अंतरतम में दबी आकांक्षाओं की ही सूचक होती हैं और उनसे स्पष्ट होता है कि अंतिम छोर तक की समस्त जनता राष्ट्रीय पराक्रम और अंगीकृत किए गए कार्य की ओर किस दृष्टि से देखती है।

सलवाई की संधि के तुरंत बाद नाना ने परशुराम भाऊ पटवर्धन को टीपू का नाश करने का आदेश दिया। हैदर के निधन के बाद गद्दी पर उसका बेटा टीपू सुलतान बैठा और वह मराठों का कट्टर शत्रु बन गया। नरगुंद के हिंदू राजाओं को उसने परेशान कर रखा था। अत: उन्होंने मराठों से सहायता की याचना की। शा.सं. १७०६ (ई. सन् १७८४) में पटवर्धन और होलकर के नेतृत्व में मराठों और निजाम की साझा सेना ने टीपू पर हमला करके उसे संधि करने के लिए मजबूर किया। टीपू अंतत: नरगुंद के राजाओं को फिर से परेशान न करने और मराठों को चौथ की बकाया राशि देने को राजी हो गया। लेकिन उसने मराठों से विश्वासघात किया। मराठों के लौटते ही उसने संधि की शर्तों को धता बता दिया। उसने नरगुंद का दुर्ग अपने कब्जे में कर लिया, नरगुंद के राजा को सपरिवार बंदी बना लिया और मोहम्मद धर्मानुयायियों की सार्वजनिक परंपरा के अनुसार उस राजा की बेटी को अपने अंत:पुर में डालकर बाकी लोगों को क्रूरता से मार डाला।

इतना करके भी वह संतुष्ट नहीं हुआ। खुद को पुण्यलाभ करवाने और मुसलमान फकीर-मौलवियों तथा इतिहासकारों के आशीष और प्रशस्ति-पत्र पाने के लिए उसने तुंगभद्रा और कृष्णा नदियों के क्षेत्र में रहनेवाली हिंदू जनता पर मुसलिम धर्म-प्रसार के अभियान में भयंकर अत्याचार किया और बलपूर्वक उनका धर्मांतरण कराके उनसे प्रतिशोध लेने लगा। मुल्ला-मौलवी, तवारीखकार आदि उसे तुरंत ही धर्मरक्षक, गाजी, औरंगजेब या तैमूर आदि उपाधियों से नवाजने लगे। मराठों का हिंदूधर्म के संरक्षक होने का गर्व चकनाचूर करने के लिए उसने बलपूर्वक सहस्रों लोगों की सुन्नत करा दी और उनपर अनगिनत अत्याचार किए। समर्थ रामदास स्वामी ने मराठों को और उसके साथ-साथ हिंदूजाति को अत्याचारियों का मुकाबला करते हुए तथा अत्याचार का जवाब अत्याचार से देते हुए बलिदान होने का उपदेश दिया था। इन अत्याचार पीड़ितों ने संगठित होकर मुकाबला तो नहीं किया, लेकिन मानभंग या कलंक की बजाय मृत्यु को गले लगाना पसंद किया। टीपू के क्रोध का विशेष लक्ष्य बने दो हजार ब्राह्मणों ने धर्मांतरित होकर जीने की बजाय अपने जीवन का अंत कर लिया। अपने धर्म के लिए उन्होंने स्वेच्छा से आत्माहुति दे दी। मराठी सत्ता स्थापित होने के पूर्व इस तरह का आत्म-बलिदान सामान्य चलन बन गया था। धर्म-त्याग की बजाय यही एक श्रेष्ठ कार्य सामान्य हिंदू के बस में रह गया था।

तभी समर्थ रामदास स्वामी का उद्भव हुआ। सह्याद्रि के शिखर से उन्होंने गर्जना की, ''यह उचित नहीं है। धर्म त्यागने से श्रेष्ठ है प्राण त्यागना। परंतु उससे श्रेष्ठ

यह है कि धर्म और प्राण दोनों में से किसी का भी त्याग करने की बजाय अत्याचारी शक्ति का नाश किया जाए। धर्म की खातिर मृत्यु को गले लगाना अनिवार्य हो जाए तो अत्याचारी शक्ति का मुकाबला करते हुए, दुश्मन को मारते-मारते मरना श्रेयस्कर है।'' 'धर्मासाठी मरावे। मरोनि अवध्यांस मारावे॥ मारता-मारता ध्यावे! राज्य आपुले॥'— यह युद्धमंत्र अपने सैकड़ों शिष्यों के माध्यम से सभी गुप्त संगठनों, मठों और घर-घर में पहुँचाकर उन्होंने सामान्य से सामान्य हिंदू को काँटों का मुकुट ही नहीं, अपितु उसके ही साथ विजय के मोतियों की कलगी भी प्राप्त करने की शिक्षा दी।

पुणे की राजगद्दी पर शिवाजी के वंशजों का शासन था। फिर भी टीपू हिंदुओं पर अत्याचार कर उनका धर्मांतरण करवाने की और औरंगजेब जैसा जुल्मी व्यवहार करने की जुर्रत ने की थी। इस धर्मांतरण के जुल्म के शिकार बने सहस्रों ब्राह्मणों और कर्नाटक, आंध्र तथा तमिलनाडु के हिंदुओं की करुण पुकार पुणे तक जा पहुँची। हिंदवी सत्ता इसे भला कैसे सहन करती! अपने धर्मबंधुओं पर बरपाए गए कहर का वृत्तांत सुनने के पश्चात् चुपचाप बैठे रहना महाराष्ट्र के हिंदू साम्राज्य के लिए असंभव था। यह तो उनके लिए एक चुनौती थी और उन्होंने तुरंत उसे स्वीकार भी कर लिया। हालाँकि उस वक्त मराठों की सेना उत्तर दिशा के बड़े युद्धों में व्यस्त थी, फिर भी नाना ने अपने कर्नाटक स्थित धर्मबंधुओं की सहायता करने हेतु तुरंत निकलने का निश्चय किया। उन्होंने इस युद्ध में जीते गए प्रदेश का तीसरा हिस्सा देने का लालच दिखाकर निजाम को अपने पक्ष में कर लिया और मराठी सेना को उस मुसलिम धर्मांध पर जोरदार चढ़ाई करने का आदेश दिया। पटवर्धन, बेहरे तथा अन्य मराठा सेनापति अपनी योजना की रूपरेखा बनाने हेतु एकत्र हुए और बाद में अपने-अपने पथकों के साथ पृथक् हो गए। उन्होंने दुश्मन के बदामी और अन्य स्थानों को अपने कब्जे में कर लिया और कई शक्तिशाली हमले कर उसे इतना परेशान कर दिया कि वह जान बचाने के लिए राज्य के पर्वतीय क्षेत्र में जा छिपा; लेकिन वहाँ भी यह इसलामी वीर हिंदू सेना के सामने टिक नहीं पाया। उसकी वीरता सिर्फ हिंदुओं की औरतों, बच्चों तथा पुजारियों का छल करने और कुँआरी हिंदू लड़कियों का शील भंग करने में ही थी। हिंदू सेना के अपने बाहुबल का परिचय देते ही उसने क्षमा-याचना करके सुलह की प्रार्थना उन्हीं हिंदुओं से की, जिन्हें तंग करने में उसे हैवानी खुशी होती थी। इससे पहले सहस्रों हिंदुओं तथा उनकी कुँआरी कन्याओं ने कोई प्रतिकार न करते हुए खामोशी से आत्माहुति दे दी थी; लेकिन उससे इस धर्मांध नरपशु के अत्याचारों की धार भोथरी होने की बजाय और तेज ही हुई थी। इस प्रतिकार रहित बलिदान से जो संभव नहीं हुआ, उसे प्रतिरोध सक्षम और कर्तव्य के प्रति सचेत शक्ति ने कर दिखाया तथा अधिक पीड़ा देने की अत्याचार की सामर्थ्य ही नष्ट कर दी।

टीपू को पुरानी चौथ के बकाया के रूप में तीस लाख रुपए वहीं हिंदू सत्ता को सुपुर्द करने पड़े तथा एक वर्ष के भीतर और पंद्रह लाख रुपए देने के लिए वचनबद्ध होना पड़ा। तिस पर नरगुंद का राज्य, कित्तूर, बदामी—ये सभी स्थान मराठों को देने पड़े। अब यदि मुसलमानों की तरह नीचता का वैसा ही बदला चुकाने की बात मराठों के मन में आई होती तो वे टीपू की मुसलमानी प्रजा को; कुछ ही अरसा पहले टीपू सुलतान की आज्ञा के अनुसार हिंदुओं का छल करने में चरम पाशविकता जिन्होंने दिखाई थी, उन मौलवियों-मौलानाओं को; मुसलमानी सुन्नत की तुलना में कहीं कम कष्टकारी, शिखा धारण करने की विधि करने के लिए बलपूर्वक विवश कर उन्हें हिंदू बना सकते थे। लेकिन मराठों ने बदला लेने के लिए भी मसजिदें नहीं गिराईं, मुसलमान औरतों को जबरदस्ती अपने अंतपुरः में नहीं डाला और तलवार की नोंक पर इच्छाविरुद्ध हिंदूधर्म स्वीकार करने के लिए विवश कर किसी भी व्यक्ति के धर्म का अपमान नहीं किया। ऐसा पुरुषार्थ (!) उनके लिए सर्वथा अस्वाभाविक था। कारण यह कि तैमूर, टीपू, अलाउद्दीन और औरंगजेब ने जिस कुरान का पठन किया, उस पर उनकी निष्ठा नहीं थी। अत्याचार और लूटमार के ऐसे कृत्य करने का अधिकार केवल धर्मरक्षकों को ही है, काफिरों को नहीं।

दक्षिण में टीपू के क्रूर कर्मों से हिंदुओं को मुक्त करने के बाद मराठों के लिए उत्तर दिशा में उनके शत्रुओं का बनाया बड़ा संघ तोड़ने के लिए सभी तरह के प्रयत्न करना आवश्यक हो गया। इतने दिनों तक महादजी शिंदे ने अकेले ही उत्तर के इन एकजुट हुए शत्रुओं को दबाकर रखा था। सलवाई की संधि के बाद महादजी उत्तर दिशा की तरफ निकल पड़े। यूरोपीय सेनानायकों की कार्य-शैली से और उनकी अनुशासित सेना के कर्तृत्व से वे अत्यंत प्रभावित हुए थे। महादजी शिंदे पहले ऐसे बड़े हिंदी सेनापति थे, जिन्होंने न केवल यूरोपीय तरीके से सैनिक प्रशिक्षण प्राप्त किया और वैतनिक सेना का महत्त्व पहचाना, अपितु उसका प्रयोग भी किया। उन्होंने फ्रांसीसी सेनापति डीबॉइन के मार्गप्रदर्शन में किसी भी पाश्चात्य सेना का मुकाबला करने में सक्षम सेनावाहिनी का निर्माण किया। इस सेनावाहिनी के भरोसे उत्तर में चलनेवाले किसी भी षड्यंत्र से निपटने तथा अपनी बात मनवाने की शक्ति उनमें उत्पन्न हुई। दिल्ली की प्रभुसत्ता में किसी भी तरह का हस्तक्षेप न करने का वचन अंग्रेजों ने मराठों को संधि के अनुसार दिया था। फिर भी मराठों के मार्ग में रोड़े अटकाने से वे बाज नहीं आ रहे थे। बादशाह शाहजहाँ को मराठों की तरफ न जाने देकर उसे अपने ही कब्जे में रखने की कोशिशें करते हुए अंग्रेजों ने मराठों के विरुद्ध असंतोष फैलाने तथा महादजी की राह में यथासंभव बाधाएँ खड़ी करने का क्रम चलाए रखा; लेकिन उनके सभी प्रयत्न विफल कर महादजी ने दिल्ली की सार्वभौम राजसत्ता के सूत्र अपने हाथों में

मजबूती से थाम लिये। वे बादशाह को दिल्ली ले आए और वजीर के स्थान के लिए हाथ-पैर मार रहे मुसलमान धूर्तों-षड्यंत्रकारियों के मंसूबों पार पानी फेर दिया। तब विवश होकर बादशाह को वजीर के पद पर महादजी को नियुक्त करना पड़ा।

बादशाही सेना का सूत्र-संचालन महादजी ने अपने अधीन कर लिया। दिल्ली और आगरा—दोनों प्रांतों के राजकाज का दायित्व सौंपने के लिए भी बादशाह को विवश किया। इस तरह मुसलमान और यूरोपीय दोनों प्रतिस्पर्धियों को जलता-भुनता छोड़ मराठों ने दिल्ली की राजनीति के सूत्र अपने हाथों में लेकर मुगल साम्राज्य का अंतिम संस्कार कर डाला। मुगल सम्राट् ने मराठों के पेशवा को न सिर्फ 'वजीर-ए-मुगल' खिताब बहाल किया, बल्कि खुद नामधारी राजा के रूप में संतोष मानकर अपने व्यय के लिए पैंसठ हजार रुपए वेतन निर्धारित करके पेशवा को महाराजाधिराज के सारे अधिकार सुपुर्द कर दिए।

इस नए परिवर्तन से बनी हुई स्थिति का जो वर्णन एक मराठी लेखक ने किया है, वह इस तरह है—"अब बादशाही हमारी है और वृद्ध बादशाह सिर्फ हमारा वेतनभोगी सेवक बन गया है। वह अपनी मरजी से हमारा सेवक बना है और नाममात्र के लिए बादशाह कहलवाना चाहता है। कुछ समय के लिए हमें यह दिखावा करना आवश्यक है।" आगे चलकर अंग्रेजों को भी ऐसी परिस्थिति मिली, तो वे इस तरह का दिखावा सन् १८५७ तक भी चलाए नहीं रख सके।

महादजी ने समस्त हिंदू जनता की धार्मिक वृत्ति को झकझोरने वाला कृत्य कर इस महत्त्वपूर्ण प्रसंग को अविस्मरणीय बना देने का निश्चय किया। पूरी सत्ता पर हिंदुओं का अधिकार जताने के लिए उन्होंने 'अखिल भारतवर्ष में गोहत्या पर पाबंदी है' ऐसी राजाज्ञा जारी कर दी। महादजी ने दिखा दिया कि यह राजनीतिक अधिकार क्रांति महज शाब्दिक नहीं है। नामधारी राजा बने रहना मराठों के लिए संभव नहीं था। तुरंत ही वे अपने सभी विरोधियों को रास्ते पर लाकर एक बलवान् और श्रेष्ठ हिंदू साम्राज्य खड़ा करने में जुट गए। महादजी ने सर्वप्रथम अंग्रेजों से ही बकाया चौथ और सरदेशमुखी वसूली। अलग-अलग प्रांतों के प्रांताधिकारी तथा सत्ताधीश मूल सत्ता को धता बताकर स्वतंत्र सत्ताधीशों जैसा बरताव कर रहे थे। उनसे कर-वसूली का आदेश देकर उन्हें काबू में रखने का काम महादजी ने किया।

ऐसी सख्त काररवाई का परिणाम यह हुआ कि हिंदुस्थान भर में सभी सरदारों, अमीरों और खानों ने मराठों के खिलाफ विद्रोह खड़ा कर दिया। न सिर्फ अमीर, सरदार और खान, बल्कि उन प्रांतों के राजा भी, जिसकी एकमात्र सत्ता ने हिंदुस्तान में हिंदू-साम्राज्य का निर्माण करना चाहा, उसी के खिलाफ लड़ने के लिए अंग्रेजों और मुसलमानों से जा मिले। यद्यपि ऐसा व्यवहार व्यक्तिगत स्वार्थ की दृष्टि से स्वाभाविक था, पर

राष्ट्रीय हित की दृष्टि से दुर्भाग्यजनक था। मराठों के खिलाफ जयपुर और जोधपुर के राज्यों ने इतनी विशाल सेना खड़ी की, जितनी उन्होंने अंग्रेजों और मुसलमानों जैसे विदेशी शत्रु के खिलाफ कभी खड़ी नहीं की थी। उन्होंने मुसलिम सेना से हाथ मिलाकर शिंदे की सेना से लालसोड में घमासान युद्ध किया। महादजी की सेना में बादशाही सेना के मुसलमान सैनिक भी शामिल थे। युद्ध जिस समय विकराल स्वरूप धारण कर चुका था, ठीक उसी समय निश्चित संकेत मिलते ही शिंदे की ओर से लड़नेवाले मुसलमान सैनिक उनका साथ छोड़कर राजपूतों से जा मिले।

इस तरह अचानक विश्वासघात होने से मराठों की हार हुई; लेकिन इस अप्रत्याशित हार ने शूर मराठा सेनापति का तेज और निखार दिया। उसके पराक्रम की असली परीक्षा तभी हुई। उसने बगैर विचलित हुए फिर से मराठी सेना को एकत्र किया। आगरा के दुर्ग को मुसलमानों ने जब चारों ओर से घेर लिया तो वहाँ के दुर्ग-प्रमुख लखोबा दादा ने वीरतापूर्वक उनका प्रतिरोध किया और शिंदे के दुश्मनों को रोके रखा। उसी समय जिस नजीब खान को उसकी काली करतूतों के लिए मराठों ने सबक सिखाया था, उसका पोता गुलाम कादर अपने रुहेले और पठान सैनिकों को साथ लेकर रणभूमि में आ गया। वह दिल्ली को मराठों के आधिपत्य से मुक्त कराना चाहता था।

इधर आगरा के पास मुसलमान और राजपूतों के साथ युद्ध में महादजी जब व्यस्त थे, तब मूर्ख बादशाह का प्रोत्साहन पाकर गुलाम कादर ने दिल्ली में प्रवेश किया। महादजी ने नाना को पहले ही सूचित कर दिया था कि उत्तर की स्थिति कैसे उलट गई है। इसी के साथ उन्होंने नाना की नजर में यह भी ला दिया था कि ऐसी स्थिति बनने के कारण अपनी महत्त्वाकांक्षा विफल होने से अंग्रेज ही निराश हुए हैं। मराठों का खुलेआम मुकाबला करने की हिम्मत उनमें नहीं थी। उन्होंने जैसे-तैसे एक बार हिम्मत जुटाई थी, लेकिन उस समय उन्हें पराजय का सामना करना पड़ा था। फिर भी वे इतना जरूर जानते थे कि मराठों को इसी तरह कुछ दिन और बादशाह के नाम और उसके अधिकारों का प्रयोग उन्मुक्त रूप से करने दिया गया, तो जिस परदे के पीछे से इस स्वाँग का प्रदर्शन चल रहा है, उस पतले परदे को भी निश्चय ही वे फाड़ देंगे और स्वयं चक्रवर्ती पद के चिह्न धारण कर लेंगे—कमोबेश अभी भी उन्होंने ऐसा ही किया है। अत: मराठों को सर्वेसर्वा बनने से रोकने के लिए लुंजपुंज बनी बादशाही सत्ता के सूत्र अपने हाथ में लेने के लिए अंग्रेज व्यग्र हो उठे। मराठों के श्रेष्ठ सेनापति महादजी ने नाना को जो पत्र भेजा, उसमें महाराष्ट्र की जनता का आह्वान इस तरह किया गया है—''एक महान् साम्राज्य की हित-साधना के लिए हम जी रहे हैं, प्रयास कर रहे हैं और उसकी रक्षा के लिए ही मर-मिटनेवाले हैं। मराठा-मंडल के अधिपति ही हमारे एकमात्र स्वामी हैं—यह बात हमें नहीं भूलनी चाहिए। हमें व्यक्तिगत स्वार्थ, द्वेष आदि क्षुद्र भावनाओं को

अपने मन से निकाल देना चाहिए। मेरे लक्ष्य के बारे में अगर किसी के मन में कोई संदेह हो, तो मेरा निवेदन है कि वह उसे दूर कर ले। मेरे विषय में जो लोग द्वेष फैला रहे हैं, वे ही अपने असली शत्रु हैं, वे हममें फूट डालकर अपने घर भर रहे हैं। मैंने आज तक मराठी राज्य की जो सेवा की है, वह उनके मुँह बंद करने के लिए काफी है। इसलिए हम सब इस प्रसंग के लिए तैयार होकर भगवा ध्वज के नीचे इकट्ठा हों। हमारे राष्ट्र ने जिस कार्य को अपने सिर पर लिया है, वह कार्य तथा हमारे पूर्वजों द्वारा हमें सौंपा गया श्रेष्ठ धर्मकृत्य हिंदुस्तान में सर्वमान्य होना चाहिए। हमें इस महान् साम्राज्य को विभक्त और ध्वस्त नहीं होने देना चाहिए।'' राष्ट्रीय हितों पर इस तरह संकट की घड़ी में नाना इस प्रेरक पत्र को कैसे नजरअंदाज कर सकते थे। उन्हें जब यह पत्र मिला, तब वह टीपू के साथ युद्ध में व्यस्त थे। उन्होंने टीपू पर लगाम कसकर होलकर और आलीजा बहादुर को तुरंत महादजी की सहायता के लिए भेज दिया। नाना का मन इस बात से व्यथित हो उठा था कि जब अपने पूर्वजों का सपना पूरा हो रहा था और संपूर्ण हिंदुस्थान हिंदू-पदपादशाही के छत्र तले आनेवाला था, तभी दुर्दैव से मराठों और राजपूतों के बीच प्रारंभ हुए संघर्ष ने विदेशी शत्रुओं को हिंदुत्व के इस संगठन के विरुद्ध अपना सिर उठाने का मौका दिया।

ऐसे में नाना ने पेशवा की तरफ से राजपूत राजाओं के साथ, खासकर जयपुर के राजपूतों के साथ बातचीत शुरू की। वे हिंदू राज्य के शत्रुओं के साथ गठजोड़ न करें तथा मराठों ने जिस हिंदू साम्राज्य को करीब-करीब स्थापित कर दिया है, उसके साथ किसी तरह विभाव करने की राह ढूँढ़ लें—इस दृष्टि से उनका मन बदलने का प्रयत्न किया गया। शीघ्र ही महादजी ने पुणे से आई सेना की मदद मिलते ही शत्रुओं पर काबू पा लिया। नजीब खान के पोते गुलाम कादर का सफाया करने के लिए महादजी ने राणा खान, अप्पा खंडेराव और दूसरे सेनापतियों को डीबॉयन के प्रशिक्षण में निपुण दो सेना टुकड़ियों के साथ भेजा। मुसलमान भी लड़ने के लिए उतर आए। दो जबरदस्त लड़ाइयाँ हुईं और उनमें मुसलमानों की इतनी भयंकर क्षति हुई, जितनी आज तक कभी नहीं हुई थी। वे चारों दिशाओं में पलायन करने लगे। इसमाइल बेग और गुलाम कादर ने दिल्ली का मार्ग पकड़ा। उन्हें विश्राम करने का अवसर दिए बगैर मराठे उनका पीछा करते हुए दिल्ली पहुँच गए। बादशाह डर के मारे काँपने लगा। गुलाम कादर ने उससे रुपए माँगे, बादशाह उसकी माँग पूरी न कर सका, तो गुस्से से आगबबूला हुए उस क्रूर-जंगली रोहिले ने अत्याचार और बलात्कार का सिलसिला शुरू कर दिया। उसने बादशाह को सिंहासन से नीचे खींचा, फिर जमीन पर गिराकर उसकी छाती पर घुटने रखकर अकबर और औरंगजेब के उस वृक्ष और असहाय वंशज की आँखों को अपने छुरे से फोड़ डाला। इस जघन्य कृत्य से भी उसकी तृप्ति नहीं हुई तो उसने बादशाह की रानियों और

राजकन्याओं को अंत:पुर से निकालकर अपने सामने सेवकों से उनका शील भंग करवाया। उसके इस अमानुषिक कृत्य के पीछे कारण यह था कि उसे इसी बादशाह के आदेश से भरी जवानी में ही नपुंसक बना दिया गया था। राजधानी में लूटपाट होने लगी। मुसलमानों को मोहम्मद धर्म के नाम पर दूसरों पर अत्याचार करने की जो आदत लगी थी, वे सब अत्याचार उन्होंने मुसलमानों पर ही किए। बाहर अपनी धाक जमानेवाला खुद अपने घर में भी धाक जमाए बगैर नहीं रहता। अब स्थिति ऐसी बन गई कि इसलाम धर्म का पालन करनेवालों द्वारा किए जा रहे अत्याचारों से मुसलिम बादशाह, दिल्ली की जनता और मुसलमान अबलाओं की रक्षा कौन करता? अर्थात् जिन्हें काफिर कहा जाता था, उन हिंदुओं के अलावा उनका तारणहार कौन बन सकता था? कैसी विचित्र स्थिति बन गई थी। इन्हीं मुगल राजाओं और इनके पूर्वजों ने 'गाजी' तथा 'धर्मसंरक्षक' का खिताब पाने के लिए और परलोक में मदिरा तथा अप्सराओं का साथ पाने की ललक में हिंदू देवताओं के मंदिर ध्वस्त किए, मूर्तियाँ तोड़ डालीं, उनकी कुँआरी कन्याओं का शील एवं जवानों का धर्म भ्रष्ट किया, माँ-बेटे को और भाई-भाइयों को अलग किया तथा हिंदुओं के खून से अपने हाथ रँगकर खून की होली खेली—आज उनके संरक्षण के लिए वही हिंदू आगे आए। हिंदू दिल्ली में आ रहे थे, लेकिन वे मसजिदें गिराने, उनपर लगा हुआ आधा चाँद तोड़ने, मकबरों को खंडित करने, कन्याओं से जबरदस्ती करने, माँ को बेटे से अलग करने, बलपूर्वक धर्मांतरण करने, अपने लिए विनाश के नशे में झूमने, रक्तपात से उन्मत्त होने और मार दिए गए अपने दुश्मन के धड़ों से काटे गए सिरों के अंबार से या खाक कर दी शत्रु की राजधानी से निकलती ज्वालाओं से अपनी विजय नापने नहीं आ रहे थे। उनके लिए भी यह सब संभव था और उनके ऐसा करने पर मुसलमान ऐतराज भी नहीं कर सकते थे; लेकिन हिंदू उनकी उसी राजधानी की, उसी सिंहासन पर बैठे मुसलमानों की, मुसलमानों के ही हाथों हो रहे बीभत्स, पाशविक अत्याचारों एवं छल-प्रपंच से मुक्ति करने दौड़े चले आ रहे थे।

मराठों के आगमन के लिए राजधानी में प्रार्थनाएँ हो रही थीं और हिंदू साम्राज्य की स्थापना करनेवाली सेना के प्रविष्ट होते ही सभी नागरिकों, जिनमें हिंदुओं के साथ-साथ मुसलमान भी थे—ने तहेदिल से उसका स्वागत किया। आलिजा बहादुर, अप्पा खंडेराव, राणा खान और डीबॉयन ने राजधानी पर कब्जा कर लिया; लेकिन मराठों की वंश परंपरा का शत्रु एवं अपराधियों का नेता गुलाम कादर राजधानी से गायब होने में सफल हो गया था। उसके अनगिनत अपराधों की सजा उसे मिलनी ही चाहिए थी। कुछ दिन पहले दिल्ली के बादशाह ने इसी गुलाम कादर से गठबंधन करके मराठों के खिलाफ उसी तरह षड्यंत्र रचा था, उसके दादा नजीब खान ने पानीपत के संग्राम में रचा था। फिर भी मराठों ने मानवता के नाते उस बादशाह को उसी के जात-भाइयों के

जुल्मों से मुक्त करने के लिए यथासंभव प्रयत्न किए।

दिल्ली से पलायन करके गुलाम कादर ने मेरठ के दुर्ग में पनाह ली थी। जैसे ही मराठों को पता चला, उन्होंने उसका पीछा करने के लिए सेना की एक बड़ी टुकड़ी भेज दी। उसने इस सेना का यथाशक्ति मुकाबला किया; लेकिन मराठों के आगे वह नहीं टिक पाया। वह अश्वारूढ़ होकर भागने लगा। मराठों से पीछा छुड़ाने के प्रयास में वह घोड़े से गिरकर बेहोश हो गया। वहाँ आने-जानेवाले किसानों ने उसे पहचानकर मराठों की छावनी में पहुँचा दिया। इस बात का जिक्र अत्यावश्यक है कि इस नराधम को कड़ी-से-कड़ी सजा दी जाए—ऐसी माँग करनेवालों में सबसे आगे मुसलमान ही थे। गुलाम के परिवार के तीन पुश्तों का जिससे बैर था, उस महादजी सिंधिया के सामने उस नराधम को पेश किया गया। उसने दूसरों को जो यातनाएँ दी थीं, उनका उसे एहसास कराने के लिए उसके शरीर के अवयव क्षत-विक्षत कर दिए गए। फिर भी वह गालियाँ बक रहा था। अत: उसकी जीभ काट ली गई और नेत्र भी निकाले गए। इस तरह भयानक रूप से विद्रूप हुए उस अधमरे गुलाम कादर को बादशाह के पास भेजा गया। जिसने अपने साथ अमानुषिक व्यवहार किया, उसे किस प्रकार कड़ी-से-कड़ी सजा मिली है, यह देखने के लिए बादशाह उतावला हो गया था। पानीपत के समर में मराठों का नामोनिशान मिटाने की कसम जिसके दादा ने खाई थी, उसका खात्मा इस तरह मराठों के हाथों हो गया। मराठों ने नजीब खान के वंश का और उसके राज्य का नामोनिशान तक मिटा डाला।

शालिवाहन संवत् १६११ (ई.स. १७८९) तक महादजी मराठी सेनापतियों की मदद से सभी प्रतिस्पर्धियों को रास्ते पर ले आए। मुसलिम व्यूह ध्वस्त कर दिया, उन्हें मदद करनेवाले राजपूतों को अपनी तलवार का मजा चखाया और अपने अदम्य साहस तथा शौर्य का परिचय देकर अंग्रेजों को नतमस्तक होकर चुपचाप बैठे रहने के लिए मजबूर किया। वृद्ध मुगल बादशाह फिर से स्वतंत्र हो गया और उसने महादजी को 'वकील-ए-मुतालिक' का सर्वोच्च बादशाही खिताब और महाराजाधिराज की पदवी पुन: सौंपने की इच्छा जताई; लेकिन महादजी ने अपने स्वामी बालपेशवा का सम्मान रखने के उद्देश्य से स्वयं के लिए उसे स्वीकार न कर पेशवा के नाम से उसे ग्रहण किया!

उधर उत्तर में इस तरह मराठों को व्यस्त देखकर एक बार फिर हाथ अजमाने का विचार किया। शा.सं. १७०९ (ई. स. १७८७) में उसने फिर से आक्रामक रुख अपनाया, लेकिन इस बार उसने मराठों के प्रदेश पर सीधा हमला नहीं किया। उसने अपने राज्य-विस्तार की योजना बनाई। मराठों के कारण कृष्णा नदी की तरफ विस्तार करने की उसकी हिम्मत नहीं हुई। अत: दूसरे पड़ोसी राज्य त्रावणकोर के कमजोर हिंदू राजा को उसने अपना निशाना बनाया। ऐसे में नाना ने निजाम और अंग्रेजों से दोस्ती का

हाथ बढ़ाया और टीपू के विरुद्ध युद्ध की घोषणा कर दी। पटवर्धन के नेतृत्व में मराठों ने उसपर हमला किया। मराठे जैसे-जैसे आगे बढ़ते गए, वैसे-वैसे राह में पड़ने वाले क्षेत्र के लोग मैसूर के इस धर्मांध प्रजापीड़क के खिलाफ उनके साथ जुटने लगे।

टीपू के अधिकारियों को अपने दल में से भगाने में और बकाया कर-वसूली करने में वहाँ के नागरिकों ने मराठों की मदद की। मराठों की विजयी दौड़ जारी रही। हुबली, धोरवाड़, मिसरीकोट—सभी स्थान मराठों ने जीत लिये। कुछ ही दिन पहले टीपू के कब्जा किए धारवाड़ को मराठों ने घेर लिया। वहाँ के मुसलमान दुर्गरक्षक ने जबरदस्त प्रतिकार किया। मराठों के सेनापति द्वारा मना करने के बावजूद अंग्रेजों ने बड़ी अकड़ से किले पर हमला कर उसे छीनने का प्रयत्न किया। उसमें उनकी खासी फजीहत हुई। मराठों की अगुआई वाली सेना और किले में बैठी मुसलिम सेना—दोनों ने दृढ़ता से लड़ाई जारी रखी। अंततः मराठों ने वीरता की पराकाष्ठा कर हमले पर हमले किए और किले पर कब्जा कर लिया। पानसे, रास्ते तथा दूसरे मराठी सेनानायकों ने तुंगभद्रा नदी लाँघकर सांती, बदनूर, माइकोंडा, हपेनूर, मेनगिरी आदि शत्रु की चौकियों पर धावा बोलकर उन्हें अपने अधीन कर लिया। मराठों की नौसेना भी चुपचाप नहीं बैठी थी। कारवार और हंसर प्रदेशों के अलग-अलग स्थानों से मुसलमान अधिकारियों को निकालने का काम मराठों की नौसेना ने समुद्र-किनारे से ही हमला करके किया। चंद्रावर, होनावर, गिरिसप्पा, धरेश्वर, उदगिनी आदि स्थानों पर कब्जा करके नरसिंहराव देवजी, गणपतराव मेहेंदले आदि सेनानायकों ने सीधे श्रीरंगपट्टण पर धावा बोल दिया। दूसरी दिशा से कार्नवालिस के नेतृत्व में अंग्रेजी सेना भी वहीं आ रही थी; लेकिन टीपू के दाँव-पेचों के कारण उस सेना की बहुत दुर्दशा हुई। उनपर भुखमरी का संकट इतने गंभीर रूप से आ पड़ा कि हर रोज एक जून की रोटी के लिए भी वे तरस गए। चारा-पानी नहीं मिलने के कारण उनके अधिकतर अश्वों ने दम तोड़ दिया और इस प्रकार अश्वारोही सेना पैदल सेना में तबदील हो गई।

ऐसी असहाय और क्षुधित अवस्था से परेशान अंग्रेजी सेना ने जब न सिर्फ जीवनावश्यक वस्तुओं के भंडार से भरपूर, बल्कि ऐशो-आराम की चीजें भी साथ ला रही मराठी सेना को देखा, तब उनकी खुशी का ठिकाना नहीं रहा। हरिपंत फड़केजी ने भी मित्रधर्म निभाते हुए उनकी परेशानियाँ दूर कीं। दोनों सेनाएँ दस दिनों तक एक साथ रहीं। वास्तव में उस समय अगर मराठे ठान लेते तो टीपू के शासन का नामोनिशान मिटा सकते थे; लेकिन नाना बहुत दूरदर्शी थे। मद्रास प्रांत के महत्त्वाकांक्षी अंग्रेजों को काबू में रखने के लिए अभी कुछ समय टीपू का बने रहना फायदेमंद था। आखिरकार, कुछ और छोटी-मोटी लड़ाइयाँ होने तथा मराठों-अंग्रेजों से जबरदस्त मार खाने के बाद टीपू जब असहाय होकर शरण में आया, तब हरिपंत फड़के और परशुराम भाऊ ने मध्यस्थ

बनकर अंग्रेजों से उसकी संधि करवाई। टीपू को संधि की शर्तों के अनुसार अपना आधा राज्य मराठों को सौंपना पड़ा। साथ ही तीन करोड़ रुपए देने पड़े और इसके बाद त्रावणकोर के हिंदू राज्य को तंग न करने का करार भी करना पड़ा। अंग्रेजों तथा मराठों ने टीपू के दोनों बेटों को अमानत के रूप में अपने पास रख लिया। इस विजय से जो भी प्राप्त हुआ, उसे अंग्रेज, निजाम और मराठों ने समान रूप से बाँट लिया। उसमें मराठों को सालाना नब्बे लाख रुपए आय का विस्तृत प्रदेश मिला। इस तरह शा.सं. १७१४ में टीपू के साथ तीसरी लड़ाई खत्म हुई और मराठी सेना युद्ध-निपुणता की ख्याति तथा सम्मान प्राप्त कर उसी वर्ष में राजधानी लौट आई।

ऐसा ही सम्मान प्राप्त कर तथा दूसरे भी गौरवपूर्ण समर-विजय हासिल कर मराठी साम्राज्य के उत्तर दिशा के सेनापति भी उसी समय महाराष्ट्र की राजधानी की ओर जा रहे थे। दोनों दिशाओं से अपनी विजय-पताका फहराते हुए मराठों की सेनाएँ एक साथ ही पुणे में प्रवेश कर रही थीं। दोनों विजयी सेनाओं के मिलन का वह दृश्य अभूतपूर्व था। जिन्होंने टीपू के अत्याचारों से दक्षिण की जनता की मुक्ति की, वे फड़के और रास्ते दक्षिण दिशा से आनेवाली सेना की अगुआई कर रहे थे तथा जिन्होंने उत्तर को पदाक्रांत किया, दिल्ली के बादशाह को हिंदू साम्राज्य का वेतनभोगी सेवक बनाया और अंग्रेजों, फ्रांसीसियों, पठानों, रुहेलों के सामने मात्र एक नाम (बादशाह का) रखकर चक्रवर्ती पद धारण किया, वे महादजी शिंदे उत्तर दिशा से आ रहे थे।

इन दो प्रचंड सेनाओं के पुणे में मिलन का उदय देखकर हिंदुस्थानी और विदेशी सभी सत्ताएँ चकरा गईं और आगे अपना क्या होगा, इस चिंता से व्याकुल हो उठीं। ये दोनों विशाल सेनाएँ किस उद्देश्य से इकट्ठा हो रही हैं? शक्तिशाली महाराष्ट्र-मंडल अब कौन सा काम हाथ में लेने जा रहा है, अब उसकी वक्रदृष्टि किस पर होने जा रही है और कौन उसका भक्ष्य बनेगा? हिंदुस्थान भर की आँखें पुणे पर केंद्रित हो उठीं, क्योंकि दिल्ली की अब कोई गिनती नहीं रह गई थी। दिल्ली वस्तुतः पुणे की उपनगरी बनकर रह गई थी। इधर मराठों का मन दूसरी ही चिंता से ग्रस्त था। नाना और महादजी—दोनों महापुरुष आमने-सामने खड़े थे। इन दो देशभक्तों की दमित प्रतिस्पर्धा-वृत्ति का रूपांतरण धीरे-धीरे, लेकिन ठोस रूप में एक-दूसरे के प्रति भय में हो रहा है, यह बात सभी को पता लग गई थी। पीढ़ी-दर-पीढ़ी जिस महान् कार्य को सिद्ध करने के लिए मराठे लड़ रहे थे, उस कार्य को सफल बनाने में, हिंदू-साम्राज्य की रक्षा करने में, उसे बल तथा वैभव प्रदान करने में इन दोनों महापुरुषों की समान भागीदारी थी। उन दोनों जितने परिश्रम और किसी ने नहीं किए थे। हिंदू-पदपादशाही के प्रति दोनों के मन में समान आदर और प्रेम था। अतः मराठों को यह आशंका होने लगी थी कि दोनों की निग्रहित प्रतिस्पर्धा-वृत्ति कहीं एकाएक फूटकर उसकी परिणति खुलेआम वैरभाव में तो

नहीं होगी ? ऐसा अगर हुआ तो हिंदू-साम्राज्य की दुर्दशा होने में देर नहीं लगेगी। संपूर्ण महाराष्ट्र इस कल्पना से आतंकित हो उठा था। इस महान् राजनीतिज्ञों और योद्धाओं की ओर सभी टकटकी लगाए बैठे थे।

जिसे मराठों ने बादशाह का खिताब रखने की छूट दे रखी थी, उस वृद्ध मुगल राजा ने सर्वश्रेष्ठ वकील-ए-मुतालिक और महाराजाधिराज जैसी उपाधियों से महादजी को सम्मानित करना चाहा और उसे नम्रतापूर्वक अस्वीकार करके उन्होंने अपने स्वामी के लिए किस तरह प्राप्त किया, इसका उल्लेख पहले ही आ चुका है। बादशाह का यह उपाधियाँ प्रदान करना केवल दिखावा मात्र नहीं था। जिन चर्मपत्रों पर ये उपाधियाँ लिखी गई थीं, उतना भी मूल्य परवश और अयोग्य व्यक्तियों के लिए इन उपाधियों का नहीं था, लेकिन ये उपाधियाँ मराठों के लिए नाममात्र की बने रहना संभव नहीं था। इन उपाधियों को धारण करने वालों को बादशाह के नाम पर प्रत्यक्ष साम्राज्य चलाने का संपूर्ण अधिकार प्राप्त हो गया था। वस्तुतः उपाधियों के रूप में खुद बादशाह ने अपना इस्तीफा दे दिया था। मराठे, अंग्रेज और अन्य हिंदू राजाओं के बीच उन दिनों शाही राजमुकुट पाने के लिए जो होड़ लगी हुई थी, उसके चलते वह सार्वभौम राजमुकुट और उससे जुड़ी विरुदावली नाम के लिए ही सही, बुजुर्ग मुगल के पास रखना आवश्यक था। उससे ये उपाधियाँ ले लेने के लिए ऐसा सोचना ही पर्याप्त था। अगर मराठों ने इन उपाधियों-पदवियों पर कब्जा कर लिया, तो उनसे वे सारे खिताब और राजमुकुट छीनना टेढ़ी खीर होगी, यह बात मुसलमान और अंग्रेज अच्छी तरह जानते थे। इसलिए जीर्ण-शीर्ण मुगल शासन के स्वाँग को ढोते रहने की कोशिशें वे बड़ी तल्लीनता से कर रहे थे और मात्र मराठों से ईर्ष्या के कारण उसे बादशाह मानने का नाटक चलाया जा रहा था।

अंग्रेजों में यह प्रवृत्ति कितनी प्रबल थी, इसे जानने के लिए एक ही उदाहरण पर्याप्त होगा। अंग्रेजों ने अपने बूते जिस क्षेत्र को कब का हथिया लिया था, उस 'नॉर्दन' प्रांत की सरकार का अधिकार स्वयं के पास रखने की खातिर उन्होंने बादशाह शाहआलम से अनुमति-पत्र पाने के लिए खासी उठापटक की थी। मराठे मूल सत्ता पूरी तरह हस्तगत कर लेने के बावजूद उस बुजुर्ग मुगल के नाम से जुड़ी बादशाही वैभव की छाया से यथासंभव फायदा उठा लेने में अपने प्रतिस्पर्धियों से थोड़े भी पीछे नहीं थे। इसलिए महादजी ने बादशाह की ओर से वकील-ए-मुतालिक तथा महाराजाधिराज की पदवियाँ अपने पेशवा को दिलवाई थीं।

उत्तर दिशा में बहुत दिन बिताने के बाद और वहाँ कई उपलब्धियाँ हासिल करने के बाद महादजी को अपनी पुणे नगरी में जाकर बालपेशवा का युवावस्था रूप देखने की अभिलाषा उत्पन्न हुई थी। पुणे में आते ही अपने पेशवा को सभी खिताब और बादशाही अधिकार सौंपने के लिए उन्होंने एक बड़े उत्सव का आयोजन करने का विचार किया।

लेकिन इधर महादजी अपने पेशवा को 'महाराजाधिराज—राजाओं का राजा' की उपाधि से विभूषित करने के लिए उत्कंठित थे। उधर पेशवा के ब्राह्मण मंत्री नाना फणनवीस उन विरोधियों की अगुआई करने लगे, जिनका मानना था कि ऐसा करना (पेशवा को उपाधि देना) सातारा के छत्रपति की अवमानना होगी। हालाँकि ऐसे कई उदाहरण दिए जा सकते हैं कि किसी स्वतंत्र राज्य के मात्र नागरिकों ने ही नहीं, अपितु अधिकारियों ने भी दूसरी राजसत्ताओं की ओर से सम्मान के स्थान, यहाँ तक कि नौकरियाँ भी प्राप्त कीं और इसके बाद भी उन्होंने अपने राज्य से विश्वासघात नहीं किया, न ही कभी अराजनिष्ठ नहीं हुए। इतना ही नहीं, अनेक बार तो अपने राज्य के लाभार्थ ऐसा किया गया। फिर भी राष्ट्रीय भावनाओं को कोई ठेस न पहुँचने की सतर्कता बरतते हुए महादजी ने सातारा के मराठा नरेश की इस समारोह के लिए अनुमति माँगी। उन्होंने भी तुरंत अनुमति दे दी।

इस तरह सभी बाधाएँ दूर हुईं और वह महोत्सव बड़ी शानो-शौकत के साथ मनाया गया। पेशवा को 'वकील-ए-मुतालिक' अथवा 'महाराजाधिराज' उपाधि से सम्मानित किया गया और यह उपाधि वंश-परंपरागत चलते रहने की व्यवस्था भी की गई। अब पेशवा को बादशाह के सभी अधिकार प्राप्त हो गए और उनके सेनापति महादजी को भी बादशाह के अनेक पुत्रों में से किसी एक को राजसिंहासन पर बैठाने का अधिकार मिल गया। उपाधि प्रदान करने के पश्चात् इस समारोह में हिंदुस्थान में कहीं भी गो हत्या अथवा बैल हत्या पर पाबंदी लगानेवाला फरमान पढ़ा गया। शिंदे, नाना फणनवीस एवं अन्य अधिकारियों ने पेशवा को बधाईस्वरूप तोहफे प्रदान किए। हिंदुस्थान की संवैधानिक सत्ता का एकमात्र हकदार मुगल बादशाह है—ऐसा दिखावा करने का स्वाँग यूरोप के जिन प्रतिस्पर्धियों ने रचा था, उसके पीछे उनका उद्देश्य केवल मराठों को नीचा दिखाना था। इन प्रतिस्पर्धियों की ईर्ष्या कलेजे में भोंकने के लिए मराठों ने वह कारगर हथियार हमेशा के लिए अपने पास ही रखने का बंदोबस्त कर लिया। मराठे आज तक ऐसा कर ही रहे थे, लेकिन अब साम्राज्य के संविधान के अनुसार उन्हें हिंदुस्थान के बादशाह के स्थान पर नहीं, अपितु प्रत्यक्ष बादशाह ही माना जाना चाहिए—ऐसा अधिकार भी वे जताने लगे और इसी रूप में व्यवहार करने का निश्चय भी उन्होंने किया। वे शाही सेनाओं के प्रधान सेनापति थे, शासन का उत्तराधिकारी नियुक्त करने का हक उन्हें मिला हुआ था और सबसे अहम बात यह कि 'महाराजाधिराज' और 'वकील-ए-मुतालिक'—ये दोनों उपाधियाँ वंश-परंपरागत रूप में हासिल हुई थीं।

इस तरह महादजी की इच्छानुरूप समारोह धूमधाम से संपन्न हुआ। समारोह के बाद शनिवारबाड़े की ओर लौटनेवाली जनयात्रा को देखने के लिए विस्तीर्ण जन-समुदाय इकट्ठा हो गया। लोगों की जय-गर्जनाओं, तोपों की गड़गड़ाहट, बंदूकों के

निनाद का वैसा ही हर प्रभाव हुआ, इस राजकीय समारोह के आयोजक चाहते थे। शनिवारवाड़ा, जो मराठों का राजमहल था—के पास यह यात्रा पहुँचने पर पेशवा ने महादजी—जो हिंदू-साम्राज्य के प्रमुख सेनापति थे, का सम्मान किया लेकिन महादजी ने सभी राजचिह्न एवं सम्मान में मिले वस्त्र और आभूषण नम्रतापूर्वक उतार दिए। वे आगे बढ़े और सेवाभाव से पेशवा की चरण पादुकाएँ (जूते) अपने हाथों में उठा लिये और शालीनता से कहने लगे, ''हे हिंदू-साम्राज्य अधिपति, राजाधिराज! सभी मुगल, तुर्क, रुहेले, फिरंगी आपके हिंदू साम्राज्य के दास बना दिए गए हैं। आपके इस सेवक ने इसी कार्य के लिए स्वामी के जन्म के बाद ज्यादातर समय दूर देशों में व्यतीत किया है। चाहे बहुत कुछ लाभ और सम्मान तथा सभी प्रकार का वैभव मुझे प्राप्त हुआ, लेकिन उससे मेरे स्वामी के समीप रहकर उनकी चरण पादुकाओं की सेवा करने की प्यास नहीं बुझी। स्वामी के सान्निध्य में रहने का सुख उस वैभव और सम्मान से बढ़कर है। सब लोग मुझे 'मुगल साम्राज्य का प्रमुख वजीर' की अपेक्षा पहले की तरह 'पाटीलबुवा' संबोधित करेंगे, तो मुझे ज्यादा अपनापन लगेगा। इतने समय तक आपसे दूर रहकर मैंने जो कार्यकलाप किए, उससे मैं थक गया हूँ। मुझे अपने चरणों में स्थान दीजिए। मेरे पूर्वजों ने जिस तरह आपकी सेवा की, वैसी ही मुझे भी करने की अनुमति दीजिए।''

वस्तुतः सरस संभाषण में महादजी सिद्धहस्त थे। उदारमना पेशवा सवाई माधवराव भी सहृदय तथा खुले मन के तरुण थे। राजनीति की जोड़-तोड़ का उनका ज्ञान शिक्षा की सहायता से काफी अधिक था। इसमें कोई शंका नहीं कि उनपर महादजी का प्रेम तथा उनमें पूर्ण निष्ठा थी और इसी कारण जल्दी ही उन्होंने अपने स्वामी का ध्यान स्वयं की ओर आकृष्ट कर लिया। अपने ऊपर पेशवा की मरजी देखते हुए नाना के सभी अधिकार प्राप्त करने की आकांक्षा उनके मन में उत्पन्न हुई। कुछ मामलों में नाना के निर्णयों के खिलाफ उन्होंने खुलेआम दखलंदाजी की। पेशवा की महादजी को साथ लेकर भ्रमण करने की आदत बन गई थी। एक बार भ्रमण के समय महादजी ने नाना के खिलाफ कुछ बात कही, लेकिन पेशवा का गंभीरता से दिया जवाब सुनकर वे दंग रह गए। पेशवा ने कहा, ''देखिए पाटील बुआ, नाना और आप मेरे राज्य की दो भुजाएँ हैं। नाना दाईं भुजा हैं और आप बाईं। आप दोनों ही अपने-अपने कर्तव्य करने में सक्षम हैं। दोनों भुजाएँ जिस तरह आवश्यक होती हैं, वैसे आप दोनों का साथ मराठी साम्राज्य को चाहिए। जब तक मैं जिंदा हूँ, इन दो भुजाओं में से एक को भी काटना संभव नहीं है।''

पेशवा और महादजी के बीच हुआ यह वार्त्तालाप गोपनीय रहे, महादजी ने इसकी सतर्कता पूरी तरह से बरती थी। उसके बावजूद नाना के सजग जासूसों से यह वार्त्तालाप छिप नहीं सका। यह भेद अवगत होते ही नाना, हरिपंत फड़के और मंत्रिमंडलीय पक्ष के सभी लोग चिंताग्रस्त हो गए। इन सभी ने मराठा-मंडल की ध्वजा के तले पूरा

हिंदुस्थान लाने का और मराठा-मंडल का एक-एक वर्ग जब आपसी वैमनस्य के कारण पृथक् होने की राह पर जा रहा था, तब उसे अविच्छिन्न बनाने का भरसक प्रयास किया था और अब उसे विफल होते हुए चुपचाप देखते रहना उनके बस में नहीं था। वे जानते थे कि इस समस्या का समाधान हमारे त्यागपत्र देने से हो सकता है। यद्यपि ऐसा करना राष्ट्र के लिए अहितकारी था। फिर भी आपसी युद्ध टालना जरूरी भी था। इसलिए शीघ्रातिशीघ्र मौका साधकर नाना ने पेशवा के पास इस बात का स्पष्टीकरण किया। उन्होंने पेशवा को राज्य की और स्वयं पेशवा की, उनके जन्म से लेकर आज तक जो निष्ठापूर्वक सेवा की, उससे अवगत कराया और महादजी की महत्त्वाकांक्षा से परिपूर्ण कारनामों से यदि पेशवा ने स्वयं को पथ-विचलित हो जाने दिया तो उसके कैसे दुष्परिणाम होंगे, इसका भयप्रद चित्र उनके सामने खींचा। महादजी की कोशिशें यदि सफल हुईं तो परिणाम दिल्ली के बादशाह की तरह पेशवा के भी महादजी के हाथों का खिलौना बन जाने के रूप में किस तरह होगा, यह भी उन्होंने पेशवा को स्पष्ट बता दिया। मराठा-मंडल के संविधान में यदि इतना बड़ा परिवर्तन अचानक ही कर दिया गया, तो सभी ने मिलकर आज तक जो महान् साम्राज्य खड़ा किया है, वह जिसमें डूब जाएगा, ऐसा भयानक यादवी संघर्ष छिड़ जाएगा और हिंदूसत्ता का नाश करने के लिए हैदराबाद में प्रचंड तैयारी कर रहे मुसलमानों तथा महाराष्ट्र का हिंदू साम्राज्य ध्वस्त कर देने की सामर्थ्य जिनमें, मराठों के सभी प्रतिस्पर्धियों की तुलना में अधिक है, उन अंग्रेजों को अनायास ही इसका मौका मिल जाएगा; लेकिन अगर नाना पेशवा की नजर में गिर गए हैं और पेशवा उनके अधिकार वापस ही लेना चाहते हैं, तो उनकी तैयारी पदत्याग करने की भी है। गद्‌गद स्वर में नाना ने पेशवा से कहा, ''यह मेरा त्यागपत्र लीजिए। यदि इस कारण राष्ट्र की रक्षा होती हो, अंतर्युद्ध टलता हो और आप प्रसन्न होते हों, तो आप इसे स्वीकार कर लें और इस सेवक को काशी-यात्रा पर जाने के लिए विदा दें। मैं सबकुछ त्यागकर बचा हुआ समय वहीं बिताऊँगा।''

नाना का यह मार्मिक भाषण सुनकर पेशवा द्रवित हो उठे। जिसने मराठी साम्राज्य की स्थापना करने के लिए जान की बाजी लगा दी, अपने उस मंत्री की मर्मस्पर्शी विनती सुनकर उन्होंने कहा, ''आपने ऐसा सोचा भी कैसे? पिता से ज्यादा स्नेह करके आपने मुझे पाला-पोसा। मेरे गुरु, सखा, मार्गप्रदर्शक आप ही हैं। पूरे राज्य का दायित्व आप पर है। अगर आप चले गए तो यह राज्य खंडित हुए बिना नहीं रहेगा।'' नाना का स्वर कंपित हो उठा, ''महाराज! आपके जन्म से नहीं, बल्कि आपके गर्भस्थ होने के समय से ही अपना कर्तव्य ध्यान में रखकर आपके राज्य की निरंतर सेवा करने तथा आपके प्रति निष्ठा रखने के कारण कितने ही शत्रुओं का वैमनस्य मेरे हिस्से में आया है; लेकिन अब मेरी सेवा, मेरी निष्ठा कौड़ी के मोल हो गई है और मेरे शत्रु यथावत ही हैं।''

उनके वचन सुनकर उदारमना पेशवा को बहुत दुःख हुआ। नाना की मराठी राज्य की सेवा का स्मरण करके नाना के प्रति उनका आदर-स्नेह और भी बढ़ा। पेशवा नाना के गले में हाथ डालकर भरे गले से बोले, "आप मुझे छोड़कर मत जाइए। आप मेरे केवल मंत्री नहीं वरन् पितातुल्य हैं। अगर मुझसे कुछ गलती हुई हो तो क्षमा कर दीजिए। मैं न आपको अपना अधिकार त्यागने दूँगा, न ही आपको सबकुछ छोड़कर काशी-यात्रा पर जाने दूँगा। मैं आपको छोड़ूँगा ही नहीं।"

इस तरह पेशवा की तरफ से भावपूर्ण आश्वासन मिलने के बाद नाना के पक्ष के इतर नेताओं और हरिपंत फड़के ने महादजी से यों ही भेंट की। महादजी चाहे जितने महत्त्वाकांक्षी हों, महाराष्ट्र के स्थापित किए उज्ज्वल हिंदू-साम्राज्य के प्रति, दूसरे सह-कार्यकर्ताओं जितनी ही उनकी दृढ़निष्ठा थी और उसका अपमान या उसका नाश करने के उद्देश्य से किया जानेवाला किसी भी अहिंदू का प्रयास विफल करने के लिए स्वयं की बलि देने में वे सबसे आगे रहे होते। महादजी राघोबा दादा नहीं थे। मराठी साम्राज्य का सूत्र-संचालन अपने हाथ में रखने, लेकिन यादवी संघर्ष का प्रत्यक्षदर्शी बनने के लिए वे तैयार नहीं थे। वे पेशवा की इच्छानुसार चलने के लिए एकदम तैयार हो गए। हमारी आपसी स्पर्धा से हमारे शत्रुओं की शक्ति बढ़ेगी और जिस हिंदू-साम्राज्य के प्रति हम सभी का इतना प्रेम है, उसे बहुत हानि पहुँचेगी—यह निश्चित दिखने के बाद भी आपने राज्य के सभी कामकाज अपने हाथ में लेने की कोशिशें चला रखी हैं। उधर यह देखकर नाना ने, अपने प्रिय राष्ट्र को आपत्तियों को ढकेलने की बजाय नए राज्यों को जन्म देने या बने हुए राज्यों को धूल में मिलानेवाली अपनी लेखनी नीचे रख देने तथा स्वयं अधिकारविहीन होने का निश्चय किया है। दोनों के व्यवहार का विरोधाभास हरिपंत फड़के व अन्य नेताओं ने बातचीत के दरम्यान सहजता से महादजी के सामने स्पष्ट कर दिया।

महादजी के मन पर तत्काल ही इसका असर हुआ। उन्होंने नाना और मंत्रिमंडल के उनके समर्थकों का विरोध न करने का वचन दिया। अन्य अनेक अवसरों पर सामने आए उदाहरणों की तरह इस बार भी मराठों के राष्ट्रीय नेता, ये दो समर्थ पुरुष परस्पर मित्रों की तरह प्रेम से मिले। पेशवा के चरणों में हाजिर होकर महादजी और नानाजी ने हिंदूधर्म तथा हिंदू-पदपादशाही का प्रचार और रक्षा करनेवाले मराठा-मंडल की तथा अपने स्वामी की अपने-अपने कार्यक्षेत्र में अखंड सेवा जारी रखने की प्रतिज्ञा ली।

उन दो महापुरुषों का मनमुटाव दूर होने और प्यारपूर्वक एक-दूसरे से मिलने की वार्त्ता से समूचा महाराष्ट्र आनंदित हो उठा। महाराष्ट्र के मेधावी और देशभक्त राजनीतिज्ञ गोविंदराव काले का लिखा पत्र इस बात का प्रमाण है कि हिंदू-कार्य के हितैषी इस वार्त्ता से कितने खुश हुए। गोविंदराव मराठा साम्राज्य की ओर से निजाम राज्य में

राजनीतिक प्रतिनिधि के रूप में नियुक्त थे। उन्होंने नाना फणनवीस को यह पत्र लिखा था। उन्होंने लिखा था, ''(आपका) पत्र पढ़कर रोमांच हो आया। अति संतोष हुआ। लिखने के लिए पूरा ग्रंथ बन जाएगा—इतने विचार मन में आए, परंतु पत्र में कितना विस्तार से लिखा जाएगा? अटक से लेकर महासागर तक यह हिंदुस्थान है, तुर्किस्तान नहीं। पांडवों से लेकर राजा विक्रमादित्य तक ने इसकी सीमा की रक्षा कर इसका उपयोग किया, लेकिन उनके उत्तराधिकारियों की अकर्मण्यता के कारण यवन प्रबल हो गए। बाबर के वंशजों ने हस्तिनापुर का राज्य ले लिया। अंततः आलमगीर (औरंगजेब) के राज में यज्ञोपवीत धारण करने पर साढ़े तीन रुपए जजिया (कर) देने तथा अभक्ष्य भक्षण की भी नौबत आ गई।

''उस काल में कैलासवासी शिवाजी महाराज धर्मरक्षक बनकर आए। उन्होंने थोड़े से क्षेत्र में धर्मरक्षण किया। उनके बाद कैलासवासी नाना साहब व भाऊ साहब ऐसे प्रतापी सूर्य हुए कि पहले कभी न हुए थे। संप्रति श्रीमंत पेशवा के पुण्यप्रताप से तथा राजश्री पाटीलबुवा (महादजी) की बुद्धि और तलवार के पराक्रम से खोया हुआ सारा वैभव पुनः प्राप्त हो गया। पर यह कैसे हुआ? यह सब सहजता से प्राप्त कर लिया गया, इसका संतोष होता है। यदि कोई मुसलमान (शासक) होता तो बड़े-बड़े तवारीखनामे लिखे जाते। यवनों की जाति में इतनी सी सफलता का भी ढिंढोरा पीटा जाता है। और हम हिंदुओं में आकाश जितनी बड़ी सफलता का भी उल्लेख न करने की परंपरा है। अब हमारे पक्ष में इतनी बातें घटित हो गई हैं कि यवन कहने लगे हैं कि 'काफिरशाही' (कायम) हो गई है।

''लेकिन हिंदुस्थान में जिस किसी ने भी सिर उठाया, पाटीलबुवा ने उनके सिर कलम कर दिए। अलभ्य का लाभ हुआ। उनका बंदोबस्त शककर्ता की तरह होकर अब प्राप्त हुए का उपभोग करना है। इससे पहले पता ही नहीं लगता था कि हमारी पुण्याई में क्या कमी पड़ गई है और कहाँ नजर लग गई है। अब जो हुआ, उसमें सिर्फ भूमि, राज्य-प्राप्ति ही नहीं हुई, वेदशास्त्रों की रक्षा, गो-ब्राह्मण प्रतिपालन हुआ, सार्वभौमत्व मिला, कीर्ति-यश के नगाड़े बज उठे, ये सब बातें हुई हैं। इसे सँभालने का अधिकार आपका और पाटीलबुवा का है। उसमें कोई व्यवधान आया तो दुश्मन मजबूत होगा। अब संदेह दूर हुआ, यह बहुत अच्छा हुआ। दुश्मन हमारे पीछे ही है। इसलिए चैन नहीं था। अब मन शांत हुआ।''

उस समय के एक कुशल तथा ध्येयनिष्ठ कार्यकर्ता का यह पत्र 'हमारे इतिहास की आत्मा का स्वरूप जितनी स्पष्टता और तथ्यपूर्ण ढंग से बताता है कि उसके बाद लिखे गए और सैकड़ों उबाऊ ग्रंथ भी न बता सकें।'

लेकिन इस तरह लोगों के मन में आशा-आशंकाओं का तुमुल युद्ध जब चल

रहा था, महादजी बीमार पड़ गए और पुणे के पास वानवड़ी के अपने शिविर में शा.सं. १७१५ माघ शुक्ल १३ (१२ फरवरी, १७९३) को उनका देहांत हो गया। पूरा महाराष्ट्र शोकसागर में डूब गया। मराठों के सबसे शक्तिशाली सेनापति और नेता की मृत्यु होते ही उनके राज्य के विरुद्ध उनके शत्रुओं की गतिविधियाँ पुन: आरंभ हो गईं। इस भयानक दुर्घटना से मराठों की कमर ही टूट गई है, ऐसी खुशफहमी उन्होंने पाल ली और मराठों के सँभलने से पहले ही उनपर आक्रमण करने के लिए वे उतावले हो गए। हिंदूसत्ता ने हैदराबाद के अपने जिस दुश्मन (निजाम) पर अरसे से अपना नियंत्रण रखा और उसे मात्र अपना मनसबदार बनाकर रख दिया था, उसने भी मराठों से प्रतिशोध लेने की बड़ी तैयारी शुरू कर दी। पहले जहाँ उसके पास दो प्रशिक्षित सेनापथक थे, वहाँ अब फ्रांसीसी योद्धाओं के नेतृत्ववाले प्रशिक्षित तेईस सेनापथक हो गए। निजाम का प्रधान मशीर-उल-मुल्क बड़ा महत्त्वाकांक्षी था। महादजी के नेतृत्व में मराठों द्वारा प्राप्त की हुई प्रभुसत्ता उसे फूटी आँखों नहीं भा रही थी। हैदराबाद की मुसलमान प्रजा निजाम की प्रतिशोध की तैयारी से जोश में आ गई और सार्वजनिक स्थानों पर चर्चा होने लगी कि काफिरशाही का जल्दी ही अंत होनेवाला है और जल्दी ही पुणे पर मुसलमानों की पताका फहराएगी। उनपर युद्ध का भूत सवार हो गया। निजाम का प्रधान मशीर उद्दंडता की हद पार कर चुका था। मराठों के वहाँ के प्रतिनिधि ने उससे चौथ चुकाने की माँग की, तो उसने शर्त रखी कि यह माँग खुद नाना को हैदराबाद आकर करनी चाहिए। इतना ही नहीं, 'जो अगर खुद नाना नहीं आया तो मैं जल्दी ही उसे पकड़कर यहाँ लाऊँगा।' ऐसी शेखी बघारने से भी वह बाज नहीं आया। मामला लड़ाई तक पहुँचने के लिए ऐसे उद्दंड उपालंभ भी कम पड़ेंगे, मानो यही सोचकर निजाम ने राजसभा में एक प्रहसन आयोजित किया और उसमें जान-बूझकर दूसरे राज्यों के प्रतिनिधियों को भी आमंत्रित किया। समारोह में अपने सेवकों-दस्तकों के जरिए उसने नाना तथा सवाई माधवराव के स्वाँग पेश किए और उनका मजाक उड़ाया गया।

ये स्वाँग देखकर मुगल राजसभा में हँसी के फव्वारे छूटने लगे। अपने आदरणीय नेताओं का यह उपहास मराठों के प्रतिनिधि गोविंदराव पिंगले तथा गोविंदराव काले को सहन नहीं हुआ। उन्होंने इस उद्दाम प्रदर्शन का तीव्र निषेध किया। आखिर गोविंदराव काले उठे और उन्होंने मशीर को धमकाया। वह बोले, ''मशीर-उल-मुल्क, याद रख, कई बार हमारे नेता नाना को राजसभा में खींचकर लाने की डींगें तुमने हाँकी हैं और आज राजसभा में उनका स्वाँग पेश करने की जुर्रत भी की है! अब मेरी प्रतिज्ञा भी ध्यान से सुन ले। अगर हमने तुझे जिंदा पकड़कर हिंदू-साम्राज्य की राजधानी पुणे में घुमाकर तेरी दुर्दशा नहीं की, तो मेरा नाम गोविंदराव काले नहीं।''

ऐसे भविष्योद्गारों से प्रतिज्ञा कर मराठा प्रतिनिधियों ने उस समारोह का बहिष्कार

किया। पुणे लौटकर उन्होंने पेशवा से निजाम के साथ युद्ध करने की विनती की। अंग्रेज मध्यस्थता से दोनों पक्षों को शांत करने की बातें कर इसमें अपनी नाक घुसड़ेने लगे, लेकिन उन्हें ऐसी मुँह की खानी पड़ी कि मराठों के मामले में हाथ डालने की कल्पना तक उन्हें छोड़ देनी पड़ी। निजाम ने उनकी बहुत मिन्नतें कीं, लेकिन मराठों के खिलाफ अँगुली उठाने का साहस अंग्रेजों को नहीं हुआ। तब निजाम युद्ध की जबरदस्त तैयारी में जुट गया। मुसलिम प्रजा की धर्मभावनाएँ भड़काकर उन्हें युद्ध के लिए उकसाया गया। दूर-दूर के मुसलमानों की भी सहानुभूति प्राप्त की गई। प्रत्येक मुसलमान युद्ध की जिहाद की बातें करने लगा। पुणे नगर को अग्नि-शिखाओं से दग्ध करके राख के ढेर में तब्दील कर देने का संकल्प किया गया। आम जनता के ये मनसूबे उनके प्रधान मशीर-उल-मुल्क की शेखियों के सामने फीके थे। वह गुमान भरे स्वर में बोला, ''मैंने इन दुष्ट मराठों के शिकंजे से मुगलों की हमेशा के लिए मुक्ति करने की प्रतिज्ञा की है। जब तक उनके जवान ब्राह्मण पेशवा को लँगोटी पहनाकर, हाथ में कटोरा लेकर काशी की गलियों में भीख माँगने के लिए मजबूर न करूँ, तब तक मुझे चैन नहीं मिलेगा।''

इस तरह हैदराबाद का प्रधान शेखियाँ बघार रहा था और वहीं हिंदू साम्राज्य का मंत्री शांतचित्त होकर अपनी सेना की रचना एवं युद्ध की तैयारी करने में जुटा हुआ था। मराठों के सबसे ताकतवर सेनापति महादजी परलोक सिधार गए थे। तब भी मराठों ने हिम्मत नहीं हारी और आनेवाले संकट का मुकाबला करने के लिए वे तैयार हो गए। इस मौके पर नाना की अद्वितीय बुद्धिमत्ता अपूर्व उज्ज्वलता से प्रदर्शित हुई। अपने लोगों पर उनका अधिकार भी अपूर्व प्रखरता से दृष्टिगत हुआ। चारों ओर फैले हुए विस्तृत मराठी साम्राज्य की राजधानियों से सेनापथक उनके एक बुलावे से एकत्र होने लगे। नाना की चतुराई के कारण मराठा-मंडल के घटक आपसी अनबन भुलाकर इकट्ठे हो गए। मराठों का जग-प्रसिद्ध जरीपटका और भगवा ध्वज पुणे में खड़ा किया गया और हिंदू-पदपादशाही के सम्मान के प्रतीक केसरिया ध्वज की मूर्तिमान आशा के इर्दगिर्द देश के सुदूर अंचलों से मराठी राज्य की सेनाएँ इकट्ठा होने लगीं। आगरा के रक्षक जीवबादादा बक्षी तथा उत्तर में पठानों, रुहेलों और तुर्कों को सबक सिखानेवाले महादजी के उत्तराधिकारी दौलतराव शिंदे को भी वहाँ ससैन्य आमंत्रित किया गया। तुकोजी होलकर अपने सरदारों के साथ पहले ही पहुँच चुके थे। अपने सशक्त अश्वदल के साथ रघुजी भोंसले भी नागपुर से निकल पड़े। इस राष्ट्रीय संघर्ष में अपना योगदान देने के लिए बड़ौदा से अपने पथकों के साथ गायकवाड भी हाजिर हुए। नाना के बुलावे पर पटवर्धन और रास्ते, राजबहादुर और विंचूरकर, घाडगे और चौहान, डफले और पवार, थोरात और पाटणकर—मराठों के समर्थ अधिकारीगण तथा सेनानायक वहाँ तुरंत ही उपस्थित हो गए।

इस विशाल सेना-समूह के अगुआ बनकर खुद पेशवा निकल पड़े। युवा पेशवा का इस तरह नेतृत्व करने का यह पहला ही अवसर था। इस बार अपना प्रिय पेशवा अपने साथ है—यह जानकर मराठी सैनिकों में विलक्षण उत्साह संचारित हो गया। यह उस सेना में सबकी उत्सुकता और अभिमान का केंद्र हो गया। निजाम पहली बार रणक्षेत्र में उतरा। निजाम की सेना भी विशाल थी। आधुनिक तकनीकों से सुसज्जित तोपखाना उसके पास था। अश्वदल और पैदल सिपाही को मिलाकर उसकी सेना की संख्या एक लाख दस हजार के ऊपर थी। उसका सैन्य-सामर्थ्य और उसके साथ मुसलमानों का धर्म की खातिर मर-मिटने का जोश दोनों का ऐसा प्रभाव मुसलिम सेना पर पड़ा कि वे अपनी जीत निश्चित मानने लगे। यद्यपि सीमा-प्रांतों की सुरक्षा हेतु मराठी सेना की कई टुकड़ियाँ रख छोड़नी पड़ती थीं, फिर भी मराठों की वह सेना एक लाख तीस हजार के आस-पास जा पहुँची थी। महाराष्ट्र की सीमा पर परांदा नामक स्थान पर ये दोनों सेनाएँ आमने-सामने आईं। नाना खुद कुशल रणनीतिज्ञ थे। फिर भी अपने अनुभवी सेनापतियों से उन्होंने सेना की रचना के विषय में उनकी लिखित राय माँगी और उसमें से जो उन्हें श्रेष्ठतम लगी, वैसी रचना उन्होंने की। परशुराम पटवर्धन को संयुक्त सेना का उसी के अनुसार सेनापति नियुक्त किया। दोनों सेनाओं के दस्ते एक-दूसरे की बंदूकों की मार की सीमा में आते ही युद्ध आंरभ हो गया।

शुरुआत के एक-दो हमलों में पठानों ने मराठी सेना की इक्का-दुक्का टुकड़ियों को पीछे हटा दिया। इन पीछे टुकड़ियों में से एक में परशुराम भाऊ थे, जो उस समय सेना का निरीक्षण करने निकले थे। इस मामूली बात को मुसलिम सेना में प्रचंड विजय का महत्त्व दिया गया, लेकिन प्रमुख मराठी सेना का सामना होते ही निजाम को अपने समाज की भूल का एहसास हुआ। चुनिंदा पचास हजार सैनिकों के साथ मोहम्मद अली खान ने जबरदस्त आवेश में मराठों पर हमला किया। भोंसले के नेतृत्व की सेना ने गोलियों की भारी बौछार से उनका स्वागत किया। इतने में शिंदे की तोपें बाजू से उनपर आग बरसाने लगीं। दोनों पक्ष बड़ी दृढ़ता से लड़े, लेकिन मराठों के दोतरफा हमले में मुसलमान सेना इस कदर जकड़ी गई कि 'अल्ला हो अकबर' के जयघोष से सेना को प्रोत्साहित करने की कोशिशों के बावजूद अपनी जगह टिके रहना मुश्किल हो गया। उनका अश्वदल तो पूरी तरह से नष्ट हो गया। मराठों ने जैसे ही आगे बढ़कर उन्हें घेरा, वैसे ही मुसलमानी सेना में भगदड़ मच गई। निजाम तो दहशत के मारे रण छोड़कर भागने लगा। तभी उसकी किस्मत से रात घिर आई और उसके अँधेरे में वह छिप सका।

संघर्ष पूरी रात चलता रहा। परिणामतः मुसलिम सेना में इस कदर हाय-तौबा मच गई कि बड़े-बड़े मौलवियों द्वारा—यह धर्मयुद्ध है—ऐसा आश्वासन दिए जाने के बावजूद इन धर्मनिष्ठों की सेना अपनी ही छावनियाँ लूटकर जल्दी-से-जल्दी वहाँ से

भागने की कोशिश में लग गई। परंतु मराठों से पीछा छुड़ाना आसान नहीं था। मराठों ने जल्दी ही लूट का उनका बोझ हलका कर दिया। सुबह का उजाला फैलते ही नजर आया कि निजाम ने खरडा गाँव के किले की दीवारों के पीछे आश्रय ले रखा है और बची हुई करीब दस हजार सैनिकों की सेना उसे घेरकर युद्ध के लिए तैयार खड़ी है। अब मराठों ने अपने तोपखाने का इस्तेमाल करने का निर्णय लिया और आस-पास की पहाड़ियों से तोपगोलों की बौछार शुरू कर दी। मुसलमानों ने जैसे-तैसे दो दिन मुकाबला किया। तोपगोलों से निजाम की न सिर्फ दाढ़ी, बल्कि उसका मनोधैर्य भी झुलसने लगा। आखिरकार तीसरे दिन तृषा पीड़ित, अग्निगोलों के धुएँ से दम घुटे और आग से झुलस गए मुसलमान सैनिकों ने मराठों से युद्ध समाप्त करने की विनती की।

मराठे उन्हें ऐसे ही छोड़नेवाले नहीं थे। उनकी विनती के एवज में मराठों ने शर्त रखी, ''पहले मशीर-उल-मुल्क को उनके हवाले किया जाए। बाद में ही कुछ बातचीत हो सकेगी। उसने बड़ी उद्दंडता से मराठों के प्रतिनिधि का ही नहीं, अपितु प्रत्यक्ष महाराष्ट्र साम्राज्य के अधिपति का जो उपहास उड़ाया और अपमान किया है, उसकी उसे भरपाई नाक रगड़कर करनी होगी।'' तब मजबूर होकर निजाम ने अपने विश्वासपात्र मंत्री मशीर-उल-मुल्क को मराठों को सौंप दिया और मराठों के करारनामे पर हस्ताक्षर करने की सहमति दे दी। उसे परांडा से लेकर उत्तर में तापी नदी तक का सारा प्रांत मराठों के अधीन करना पड़ा और भोंसले को अलग से उनतीस लाख रुपए देने के अलावा युद्धक्षति के मुआवजे और चौथ के रूप में तीन करोड़ रुपए अपनी गाँठ से ढीले करने पड़े। पुणे को लूटकर जलाने तथा पेशवा को काशी भेजकर घर-घर भीख माँगने के लिए मजबूर कर देने को निकले उस 'वीर' को मराठों ने संधि के इस करार पर हस्ताक्षर करवा लेने के बाद ही उसकी राजधानी में लौटने दिया!

मशीर-उल-मुल्क को विजयी 'काफिरों' की पंक्तियों के बीच से सेनानिवास की ओर ले जाया गया। बंदी अवस्था में जब उसे सेनानिवास से ले जाया जा रहा था, तो मराठों की 'हर-हर महादेव' की विजय-घोषणा से आसमान गूँज उठा। अपने मंत्री नाना को कैद करने की डींग हाँकने वाले को उन्होंने बंदी बना लिया था। अपने प्रतिनिधियों की प्रतिज्ञा उन्होंने पूरी की थी, लेकिन उदारमना पेशवा और उनके मंत्रियों ने जीते हुए शत्रु के साथ सम्मानजनक व्यवहार किया। अगर उन्होंने ठान लिया तो वे पुणे में उसे दर-दर घुमाकर उसका जुलूस निकाल सकते हैं—यह सिद्ध कर देने के बाद उन्होंने उसका और अधिक अपमान नहीं किया। नाना ने उसे क्षमा कर दिया। अपराधियों को दंड देने की सामर्थ्य अपनी भुजाओं में है—इसका एहसास करा देने के बाद मराठे बहुधा ऐसा ही व्यवहार करते हैं।

इसके पश्चात् अपने अधिकारियों के साथ पेशवा के राजधानी प्रवेश को समारोह

का स्वरूप प्राप्त हुआ। अपने लाड़ले पेशवा एवं योद्धाओं का स्वागत करने के लिए सुदूर प्रांतों से लोगों के जत्थे-के-जत्थे पुणे की तरफ आने लगे। पुणे नगर की सजावट देखते बनती थी। पेशवा का ससैन्य प्रवेश होते ही पुणे नगरी ने अपने विजयी पुत्र का भव्य स्वागत हार्दिकता से किया। हिंदुस्थान की इस सर्वाधिक धनी राजधानी के राजमहलों की छतों और झरोखों से नारियों ने पेशवा, सेनानायक तथा शूरवीरों पर मंगल पुष्पों की वर्षा की। मंगल आरतियों के सजे थाल लेकर युवतियों ने अपने पेशवा की आरती बड़ी श्रद्धा से उतारी। इस तरह प्रजा के द्वारा किए गए भव्य स्वागत और उनकी बधाइयों को स्वीकार करते हुए पेशवा शनिवारवाड़े की तरफ बढ़े। हिंदू-साम्राज्य की इस राजधानी के चारों ओर अत्यंत पराक्रमी सेनानायकों एवं गण्यमान्य देशी नरेशों में से प्रमुख लोगों को अपनी विजयी सैन्य टुकड़ियों के लिए विस्तीर्ण स्थान दिया गया था। उनकी छावनियों का दृश्य अतीत के हिंदू-साम्राज्य के उन भाग्यशाली दिनों की याद दिलाता था, जब प्रतापी नाना साहब पेशवा शासन करते थे और वीर पुरुष भाऊसाहब अपनी विशाल सेना की व्यवस्था करते थे।

कुछ समय के लिए हम उन्हें यहीं विश्राम करने देते हैं और पेशवा को भी अपनी स्वामीनिष्ठ प्रजा की आवभगत का उपभोग करने हेतु यहीं छोड़ देते हैं। महान्, शक्तिसंपन्न, यशस्वी मंत्री नाना फणनवीस को भी शत्रु से जीते हुए विशाल भूखंड तथा संपत्ति का बँटवारा मराठा-मंडल के विभिन्न घटकों में करने, किसी की बहस सुनने, किसी की व्यवस्था करने, किसी की माँग का फैसला करने, राजनीतिक समस्याओं को सुलझाने एवं प्रांताधिकारियों, प्रतिनिधियों तथा सेनानायकों के साथ वैभवशाली हिंदू-साम्राज्य की वृद्धि, रक्षा के संदर्भ में भावी कार्य-योजनाओं पर विचार-विमर्श करने यहीं छोड़ देते हैं। महाराष्ट्रवासियों को भी बड़े धैर्य से अर्जित की हुई विजय का आनंद मनाने में व्यस्त रहने देते हैं। भाटों और राजकवियों को उनके पूर्वजों एवं उनकी संततियों के बेजोड़ शौर्य की गाथा सुनाने हेतु यहीं रहने देते हैं। उनके रचित पोवाड़े (वीर-गान) तथा पराक्रम गीत इतने मर्मस्पर्शी होते हैं कि उन्हें सुनकर आज भी मराठी व्यक्ति पुलकित हो उठते हैं, उनकी आँखें नम हो जाती हैं और उनकी नसों में वीर-भावना का संचार होने लगता है। खरड़ा की विजय का वर्णन करनेवाला कोई भाट नया रचा पोवाड़ा यदि किसी चौराहे पर श्रवणोत्सुक जनसमुदाय के सामने गाने लगता और उसमें वर्णित वह प्रसंग देखा हुआ कोई वृद्ध मराठा अपना नामोल्लेख या अपनी टुकड़ी की पराक्रम-गाथा गाए जाते ही उस आश्चर्यचकित जनसमूह में फुरती से खड़ा होता और अपनी मूँछों पर ताव देने लगता। महाराष्ट्र का किसान भी नाना के शासन पर भरोसा रखकर निश्चिंत हो गया है। जब तक नाना हैं, तब तक मेरे परिश्रम का फल मुझे ही मिलेगा, उसे कोई नहीं छीनेगा अथवा कोई भी संकट नहीं आएगा—यह उसका दृढ़

विश्वास है। ऐसे संतुष्ट किसान को भी हम निश्चिंतता से अपना हल चलाते यहीं छोड़ते हैं। उन देवमंदिरों को भी निर्भयता से अपने शिखर और उन्नत करने के लिए यहीं छोड़ते हैं। जहाँ पूजा-सामग्री लेकर लाखों भक्तों के मेले लगे हुए हैं। संतों, तीर्थयात्रियों और संन्यासियों को हरिद्वार से लेकर रामेश्वरम् तक सर्वश्रेष्ठ हिंदूधर्म के नीति तत्त्वों का प्रचार करते हुए, भजन करते हुए यात्रा करने दें अथवा समाधिस्थ होने दें। जिन दानशूरों ने पुराने शास्त्रों को तथा विद्याभ्यास को प्रोत्साहन देने के लिए धनराशि प्रदान की है और उसके कारण जिनके योगक्षेम की व्यवस्था हुई है, ऐसे प्रकांड पंडितों तथा छात्रों को उन मठों में अथवा महाविद्यालयों में अध्ययनरत रहने दें। प्रत्येक नौसैनिक या भूसैनिक को अपनी युवा पत्नी अथवा वृद्ध माता को जल में या थल पर किए अपने पराक्रम की कहानियाँ सुनाकर और उसके पुरस्कारस्वरूप शत्रु की रणनौका से या सेना की छावनी से जीतकर लाई गई संपत्ति में से अपना हिस्सा सोने या मोती का हार उन्हें दिखाकर गर्व से अपनी छाती फुलाते रहने दें। राजधानी, नगर, ग्राम—समूचे राष्ट्र को उनके पूर्वजों की पीढ़ी-दर-पीढ़ी के परिश्रम से तथा अपनी पात्रता सिद्ध कर प्राप्त किए गए राष्ट्रीय ऐश्वर्य और स्वातंत्र्य का सुखोपभोग करने दें। यद्यपि यह ज्ञात है कि यह परिस्थिति थोड़े ही काल तक रहने वाली है—और हालाँकि इस भव्य हिंदू-साम्राज्य के भाग्य में जल्दी ही आनेवाले आकस्मिक पतन का दृश्य देखने की भी उसकी तैयारी है—तब भी वैभव के सर्वोच्च शिखर पर जा पहुँची जनता की कल्पना को उस स्थान पर ही टिके रहने की इच्छा होती है। इसलिए जब तक वह समय गुजर नहीं जाता, तब तक उसे वहीं आनंद का उपभोग करते रहने दें।

इसी बीच महाराष्ट्र के आधुनिक इतिहास का जो संक्षिप्त मूल्यांकन हमने किया, उसका अखिल हिंदुस्थान के विस्तृत गौरवशाली इतिहास से क्या संबंध है, इसका सिंहावलोकन हम करेंगे। यह इतिहास वास्तव में भारतीय इतिहास का ही एक अविभाज्य तथा अनुपेक्षणीय अध्याय है।

□

ध्येय

'स्वामी हिन्दुराज्यकार्यधुरन्धरः राज्याभिवृद्धिकर्तेः तुम्हा लोकांचे अंग्रेजणीने पावले। सम्पूर्ण हिन्दुस्थान निरुपद्रव राहे ते सम्पूर्ण देशदुर्ग हस्तवश्य करुन वाराणशीस जाऊन श्रीविश्वेश्वर स्थापना करीतात।'

—रामचंद्रपंत अमात्य

(—हे हिंदू राज्य के कुशल शासन-संचालक तथा राज्य का संवर्धन करनेवाले स्वामी! आपके आशीर्वाद से हमने सबकुछ पा लिया है। समूचे हिंदुस्थान में सुव्यवस्था स्थापित होकर पूरा राष्ट्र उत्पात मुक्त हुआ है। सभी दुर्गों पर हमने अपना परचम फहराया है और वाराणसी में भगवान् विश्वेश्वर की स्थापना का कार्य भी हुआ है।)

मराठों का इतिहास अपनी एक अलग पहचान बना चुका है। वह अपने आप में चाहे कितना भी संपन्न है; लेकिन समूचे हिंदुस्थान के इतिहास का वह अहम अंग भर ही है। मराठा इतिहास का सिंहावलोकन करने के पीछे हमारा यही उद्देश्य रहा है कि अब तक जो भी गतिविधियाँ हिंदुस्थान के इतिहास में घटित हुईं, उनमें से कुछ प्रमुख घटनाओं पर प्रकाश डालकर महाराष्ट्र का अर्वाचीन इतिहास और अखिल हिंदू जातीय हित-संबंधों का विशद वर्णन करना तथा उन्हें हिंदुस्थान के इतिहास में उचित दर्जा दिलाना। इस उद्देश्य-पूर्ति के लिए मराठा आंदोलन का प्रेरणास्रोत और जिस प्रेरकशक्ति ने उन्हें शक्तिशाली हिंदू-साम्राज्य की स्थापना करने के लिए शत्रु से लोहा लेकर आत्माहुति देने के लिए प्रेरित किया, उसका इतिवृत्त संक्षिप्त रूप से वर्णन करना आवश्यक था। मराठों के इतिहास के दो भाग हैं। एक बालाजी विश्वनाथ के अवतरित होने तक का और दूसरा मराठा-मंडल की स्थापना के पश्चात् का। इस इतिहास के पूर्वभाग में घटी हुई घटनाओं की जानकारी महाराष्ट्र के बाहर के लोगों को ज्यादा थी और उत्तरभाग के इतिहास से पूर्वभाग में घटी हुई घटनाओं का उनके मन पर ज्यादा असर हुआ था। अतः वे पूर्वभाग की ज्यादा प्रशंसा करते थे। श्री रानडे आदि विद्वान् लेखकों ने शिवाजी

महाराज तथा राजाराम महाराज के कर्म-कौशल का लेखा-जोखा लोगों के सामने रखा। हमने भी उस कालखंड की प्रमुख घटनाओं की एक झलक मात्र दिखाई है। इसका कारण है जगह का अभाव। हालाँकि इस संक्षिप्त कथानक में हमने उत्तरभाग का इतिहास विस्तृत रूप में वर्णन करने का प्रयास किया है, फिर भी वह संक्षिप्त ही रहा। उत्तरार्द्ध से इस इतिहास का स्वरूप विस्तृत हो जाता है। मराठों के इतिहास का मतलब महाराष्ट्र का इतिहास—ऐसा उसका संकुचित रूप बदलकर अखिल हिंदुस्थान के इतिहास का स्वरूप उसे प्राप्त होता है।

हमने इस इतिहास का सिंहावलोकन करते समय, पीढ़ी-दर-पीढ़ी जिन सिद्धांतों के कारण वह प्रज्वलित रहा, उनके बारे में और जिन विचारखंडों एवं कार्यकर्ताओं ने इस आंदोलन का नेतृत्व किया था, उनके हेतुओं के बारे में आवश्यक जानकारी उन्हीं की भाषा में देने का प्रयास किया है। ये पराक्रमी पुरुष पुश्त-दर-पुश्त कुछ ठोस कार्य करने में इस कदर व्यस्त हो गए थे कि राष्ट्र भवितव्य-निर्माण के कार्य को उन्होंने अपना जीवन इस कदर समर्पित किया था कि अपने कार्य का बखान करने के लिए शब्दों का सहारा लेने की बजाय वे अपने कार्य द्वारा ही उसे व्यक्त करना पसंद करते थे। मितभाषी होते हुए भी उनके उद्गार जीवट एवं प्रभावशाली हैं। अब हम उस महान् उद्देश्य के बारे में बताने जा रहे हैं, जो खुद-बखुद उनके कृत्यों द्वारा सिद्ध हो चुका है, वह था—हिंदूजाति की अहिंदुओं व परकीय दासता से तथा धार्मिक उत्पीड़न से मुक्ति करके सुदृढ़ हिंदू साम्राज्य की स्थापना करना। इस महान् लक्ष्य की पूर्ति हेतु न केवल शिवाजी महाराज और समर्थ स्वामी रामदास, बल्कि उनकी उत्तराधिकारी पीढ़ियाँ अपना जीवन अर्पित कर चुकी थीं। अपने सामर्थ्य से हिंदू संस्कृति और हिंदूधर्म की रक्षा करने में वे सतत प्रयासरत रहे। शहाजी महाराज ने स्वधर्मराज स्थापना का जो स्वप्न देखा, तब से ही इस महान् उद्देश्य-पूर्ति के लिए आंदोलन प्रारंभ हो चुका था। शिवाजी महाराज भी बचपन से ही इस ध्येय के प्रति निष्ठावान् थे—यह उनके द्वारा साथियों के साथ ली गई हिंदू साम्राज्य स्थापना की कसम से स्पष्ट होता है। इस आंदोलन का प्रवाह बाजीराव का हिंदू-पदपादशाही की स्थापना का संकल्प और उसके बाद पेशवा के मेधावी प्रतिनिधि गोविंदरावजी काले ने शा.सं. १७१७ (ई.स. १७९५) में जिस राष्ट्र का 'यह हिंदुस्थान है, तुर्कस्तान नहीं' ऐसा वर्णन किया, तब तक अविरत बहता हुआ हम देख सकते हैं। इस तरह पीढ़ी-दर-पीढ़ी हिंदू साम्राज्य की स्थापना की धुन सवार हो चुकी थी। स्वतंत्रता का भौतिक सिद्धांत रूपी गरुड स्वधर्म और स्वराज्य रूपी दो पंख फैलाकर एक शताब्दी तक इस देश में मँडराता रहा और उसके इच्छानुरूप एक सामर्थ्यशाली राष्ट्र की स्थापना हुई।

इस आंदोलन ने राष्ट्रीय महाकाव्य का स्वरूप धारण किया। यह एक-दो व्यक्ति या एक-दो राज्यों तक सीमित नहीं रहा। यह तथ्य अन्य भाषाभाषी पाठकों तक पहुँचाना

ही इस सिंहावलोकन का मुख्य उद्देश्य है। स्वतंत्रता का यह युद्ध शिवाजी महाराज और समर्थ रामदास स्वामीजी की पीढ़ी तक सीमित नहीं था। उनके पश्चात् की पीढ़ियों ने यह महान् कार्य जारी रखा। उन्होंने उसे और मजबूत किया। सदियों तक लगातार विस्तृत होनेवाली रंगभूमि पर हिंदू राज्य की गैरिक ध्वजा तले इस महान् नाट्याविष्कार में शामिल होनेवाले नर-नारी, पराक्रमी पुरुष, कुशल मंत्री, कलमवीर और खड्गवीर, राज्यकर्ते एकत्र होते हैं और जैसे-जैसे इस नाट्य का कथानक रंग लाता है, वैसे-वैसे यह राष्ट्रीय महाकाव्य वीरत्व से अधिकाधिक सराबोर होने लगता है!

'मराठा-मंडल' नामक राष्ट्रीय संगठन, जो मराठों की अंत:स्फूर्ति से बना हुआ था, पर नजर डालते हुए हमें निस्संदेह यकीन होता है कि यह आंदोलन मराठों तक ही सीमित नहीं था, बल्कि जल्द ही वह अखिल राष्ट्रीय स्वरूप प्राप्त कर चुका था। इतना ही नहीं, उस आंदोलन के कारण हिंदुस्थान की राजनैतिक सोच तथा व्यवहार-दृष्टि और भी सुदृढ़ हो गई थी। हिंदुस्थान के आधुनिक इतिहास में विभिन्न घटकों से बना हुआ ऐसा एक राष्ट्रमंडल विरला ही होगा। यह ऐसा अनूठा राष्ट्रमंडल था जिसमें विभिन्न घटकों के कार्यकर्ता राजकीय हितसंबंधों की रक्षा आपसी मेल से तथा अपना उत्तरदायित्व समझते हुए करते थे। यह राष्ट्र-मंडल जनतंत्रात्मक शासन-पद्धति का आदर्श नमूना था। इसके कार्यकर्ताओं में एकता की भावना कूट-कूटकर भरी हुई थी। यह एकता अबाधित रखने के लिए आचार-संहिता बनाई गई थी। सभी घटकों के कुछ कर्तव्य थे, जिम्मेदारियाँ थीं, उन्हें कुछ अधिकार भी थे। यह तो निर्विवाद तथ्य है कि जो जनता विभिन्न घटकों से बने हुए संगठन के तहत शिक्षित होती है, वह व्यक्तिगत राजसत्ता के तहत प्रशिक्षित जनता की अपेक्षा अधिक कुशलता और सहजता से जनतंत्रात्मक शासन प्रणाली में अपने आपको ढाल सकती है। अर्वाचीन इतिहास में ऐसी राजसत्ता का अत्युत्कृष्ट उदाहरण है सिखों का! मराठी राजसत्ता और सिखों की राजसत्ता—दोनों पर तुलनात्मक नजर डालने के बाद यह पता चलेगा कि महाराष्ट्र-मंडल जितना सिख मंडल प्रणालीबद्ध नहीं था। अत: वह दीर्घकाल तक अपना अस्तित्व नहीं टिका पाया। फिर भी यहाँ उसका उल्लेख आवश्यक है, क्योंकि वह भी महाराष्ट्र-मंडल जितना ही देशभक्ति की उदात्त भावनाओं से प्रेरित था।

मराठा-मंडल का राष्ट्रीय तथा अखिल हिंदू स्वरूप इस संक्षिप्त कथानक में प्रमुखता से वर्णन करते हुए हमें महाराष्ट्र में चल रहे अंतर्कलहों का पूरी तरह से अहसास है। इस आंदोलन ने व्यापक स्वरूप धारण कर लिया था। फिर भी इसके सभी कार्यकर्ता हर वक्त सार्वजनिक हित अथवा अखिल हिंदूजाति के कल्याण को ही महत्त्व देते थे—ऐसा नहीं था। कभी-कभी इस आंदोलन पर आपसी कलहों का असर पड़ता था। असलियत यह थी कि मराठे हिंदू पहले थे, मराठा बाद में। अत: विभिन्न जातियों

में पाए जानेवाले गुण-दोष, सामर्थ्य अथवा दुर्बलताएँ कुछ मात्रा में उनमें भी मौजूद थीं। उनकी विभिन्नता को अभिन्न बनाने वाले कारण थे उनकी मातृभूमि पर मुसलमानों का प्रवेश, अन्य परकीय धर्म का उनके धर्म पर होनेवाला अतिक्रमण और अपने धर्म की रक्षा-हेतु प्रबल हुई एकता की भावना तथा पराक्रम करने का अदम्य उत्साह—ये गुण हिंदूजाति में बहुत ही कम मात्रा में उपलब्ध थे। यहाँ महाराजा पृथ्वीराज और मुहम्मद गोरी के समय में दोनों पक्षों के गुणों अथवा अवगुणों की तथा सबलता और दुर्बलता की तुलना करना उचित नहीं। फिर भी हिंदू और मुसलिम—दोनों प्रतिद्वंद्वियों की, राजनैतिक और धार्मिक विस्तार के संदर्भ में, कैसी विचारधारा थी, इसका जिक्र करना आवश्यक है। मुसलमान धर्म प्रसार करने के लिए हिंदुस्थान आए थे और यह समाज इस कदर धर्माडंबरी था कि छल-कपट से अपने धर्म के प्रति विश्वास जाग्रत् करना उसका मूलभूत सिद्धांत था तथा दूसरे धर्मों को हीन समझकर उन्हें नरक-प्रवेश का द्वार बताने में वह जरा भी नहीं हिचकिचाता था। पूरी दुनिया पर अकेले अपने अल्लाह का एकच्छत्र राज है—ऐसी उसकी धारणा थी। हिंदू समाज की धार्मिक मान्यताएँ इसके एकदम विपरीत थीं। हिंदूधर्म के अनुसार, अपना धर्ममत दूसरों पर लादने की कल्पना भी निंदनीय थी। धर्म-प्रसारार्थ दूसरों पर बल प्रयोग करना तो दूर, जिनका जबरदस्ती धर्मांतरण किया गया, उन्हें अपने धर्म में फिर से शामिल करना जिन्हें गँवारा नहीं, सार्वजनिक उपासना-पद्धति की बजाय व्यक्तिगत रूप से अपने घर में ही इष्ट देवता की उपासना करना जिन्हें पसंद है, जिस समाज में अपने धर्म को असाधारण मानकर अपने ही धर्ममतों का आदर व संरक्षण करनेवाला संगठन निर्माण नहीं हो सकता—ऐसा हिंदू समाज एक सुदृढ़ साम्राज्य स्थापित करने में अक्षम था। संगठन के अभाव में सामाजिक दृष्टि से भी वह दुर्बल था। मुसलमानों जैसे धार्मिक दुराग्रह, सामाजिक संगठन तथा वीरतापूर्ण उत्साह हिंदुओं में इन गुणओं की कमी थी। दो परस्पर विरोधी समाज आमने-सामने खड़े थे। इस तरह दोनों समाजों की कमियों पर नजर डालते हुए यह स्पष्ट होता है कि धार्मिक और राजकीय प्रसार के मद्देनजर पहला यानी मुसलिम समाज अपने प्रतिस्पर्धी हिंदू समाज से लोहा लेकर उसे पराभूत करने के लिए और उसपर शासन चलाने के लिए अधिक पात्र लगता है। अपने अल्लाह का ही एकच्छत्र राज पूरी दुनिया पर चलता है—इस दंभ के साथ मुसलमानों ने हिंदुस्थान की धरती पर कदम रखा था। उनकी यह दृढ़ भावना थी कि सारी दुनिया अपने अल्लाह के नियंत्रण में है और इसलिए सबको अपने अल्लाह का आज्ञांकित प्रजाजन बनाना हमारा परम कर्तव्य है।

हिंदुओं की स्थिति इसके एकदम विपरीत थी। उनमें व्यक्ति-स्वातंत्र्य की भावना अधिक बलवती थी। उनकी रगों में निरीह तत्त्वज्ञान रचा-बसा था। जो चाहिए, उसे बलपूर्वक छीनना उनके स्वभाव में ही नहीं था; लेकिन इससे हिंदू समाज में दुर्बलता

और फूट की वृद्धि हुई। दूसरों पर आक्रमण करना अधर्म मानने के कारण हमेशा उन्हें आत्मरक्षा की चिंता सताती थी। हिंदुओं की संस्थाओं में देशभक्ति की अपेक्षा व्यक्तिपूजा को मुख्य माना जाता था। इसलिए हिंदुस्थान छोटे-छोटे राज्यों में बँट गया था। इन अलग-अलग राज्यों को बाँधकर रखनेवाला एक ही सूत्र था और वह था समान संस्कृति! लेकिन समान संस्कृति के बावजूद एक राष्ट्रीयता की द्योतक जो कल्पनाएँ थीं उनकी अपेक्षा अलग-अलग धर्मों तथा पंथों के कारण विभिन्नता की भावना उनके मन में प्रबल हुई थी। इसलिए जब-जब हिंदू ध्वज की छाया में सभी राज्यों को एकत्र करने के प्रयास किए गए, तब-तब हठधर्मिता और पराक्रम के लालच ने उन प्रयासों को निष्फल बनाया। तुलनात्मक दृष्टि से हिंदू मुसलमानों जैसा ही शूर और धर्मनिष्ठ था, लेकिन अखिल हिंदूजाति अथवा हिंदू समाज और मुसलमान समाज—दोनों की तुलना में दूसरा समाज धर्मभक्ति की भावना से इस कदर जाग्रत् था कि एकमेव अल्लाह के नेतृत्व में विश्वास रखकर भूखे भेड़िए के झुंड के समान संघटित था। 'मरो या मारो' की महत्त्वाकांक्षा के कारण वे अपना अभीष्ट प्राप्त कर लेते थे। अपना साम्राज्य विस्तृत करने के लिए विधर्मियों के साथ छेड़ी गई जंग को हमेशा जिहाद का स्वरूप प्राप्त होता था। सालों बाद किंबहुना सदियों बाद हिंदू भी उनका अनुकरण करने लगे। हम सभी एक ही भारत माता के पुत्र हैं और अपने हिंदूधर्म की रक्षा करना हमारा आद्य कर्तव्य है और उसे निभाने के लिए आपसी भेद भुलाकर एकत्र होना चाहिए। यह बुद्धि उन्हें कई विपदाओं को झेलने के बाद आई। आपसी कलहों में उलझने की बजाय हम पहले हिंदू हैं और हमारे धर्म पर होने वाले आक्रमण का एकजुट होकर सामना करना परमावश्यक है—यह अहसास उन्हें होने लगा।

इस तरह एक विशाल हिंदू साम्राज्य की नींव डाली गई। इस महान् कार्य के लिए महाराष्ट्र में अनुकूल परिस्थितियाँ थीं। इस कार्य के प्रवर्तक समर्थ रामदास स्वामी ने अखिल हिंदुस्थान में भ्रमण करने के बाद और उस समय की राजकीय सामाजिक स्थिति का अध्ययन करने के बाद यही निष्कर्ष निकाला कि "मुसलमानों के बंधन से इस भारतभूमि को मुक्त कराने की आकुलता और सामर्थ्य किसी भी हिंदू में नजर नहीं आती। केवल महाराष्ट्र से ही थोड़ी-बहुत आशा रख सकते हैं।" इस तरह इस कार्य को अंजाम देने के लिए स्वामीजी तथा उनके शिष्यों ने विभिन्न प्रदेशों में बिखरी हुई हिंदू शक्ति को एकत्र करने का बीड़ा उठाया। इस तरह मराठी साम्राज्य के निर्माण से अखिल हिंदू साम्राज्य निर्माण का श्रीगणेश हुआ। उनकी योजना थी—हिंदुओं के तीर्थस्थान और हिंदुओं का सिंहासन परकीय दासता से मुक्त कराने हेतु अटक पार मराठी सेना ले जाई जाए। हिंदू समाज से पतनशील प्रवृत्तियों का सफाया करना मुश्किल काम था। ऐसी प्रवृत्तियों के कारण जनमानस में सिर्फ आत्मसम्मान और व्यक्तिगत स्वार्थ की वृद्धि हो

रही थी और हिंदू जातीय हितसंबंधों की उपेक्षा हो रही थी। केवल महाराष्ट्रवासी हिंदुओं के मन में पैदा होनेवाली ऐसी प्रवृत्तियाँ कमजोर करके उनके मन में देशभक्ति की ज्वाला प्रज्वलित रखने में समर्थ रामदास स्वामीजी और उनके शिष्य समुदाय को कामयाबी मिली। परिणामतः मराठों के इतिहास में यदा-कदा अंतर्कलह नजर आती है। फिर भी राष्ट्रहित को सर्वोपरि मानकर संकट की घड़ी में वहाँ की जनता द्वारा डटकर किया गया मुकाबला नजरअंदाज नहीं किया जा सकता। पतनशील प्रवृत्तियों का उच्चाटन वहाँ भी पूरी तरह से नहीं हुआ था; लेकिन वहाँ की जनता ने उनपर आंशिक नियंत्रण पा लिया था। तुलनात्मक दृष्टि से यहाँ की जनता दासता के बंधन तोड़ देने के विषय में महाराष्ट्रेतर जनता से ज्यादा छटपटा रही थी। वह अखिल हिंदूजाति के कल्याणार्थ लालायित थी। दूसरे प्रांतों में स्थित हिंदुओं से यहाँ के हिंदू इस कार्य के लिए योग्य ठहरे—इसके पीछे व्यक्तिगत स्वार्थों को तिलांजलि देने की उनकी तैयारी और उत्स्फूर्त देशभक्ति की भावना ही थी। इसमें कोई संशय नहीं कि उन्होंने मुसलमानों से अपना श्रेष्ठत्व साबित कर दिखाया। उपरिनिर्दिष्ट सभी कारणों से हिंदुओं का साम्राज्य मराठी साम्राज्य बनना अवश्वंभावी था।

हिंदू-पदपादशाही के निर्माण कार्य में सभी हिंदुओं की एकता अत्यावश्यक थी। पूरी दुनिया में एक सामर्थ्यशाली राजसत्ता का दर्जा प्राप्त करने के लिए और परकीय आक्रमणों से अपनी रक्षा करने के लिए हिंदू मात्र को सुसंगठित होकर हिंदू-पदपादशाही की स्थापना करना परमावश्यक था। परकीय दासता की शृंखलाओं में जकड़ी समग्र हिंदूजाति को मुक्ति दिलाने का दैवी कार्य मराठों के अलावा और कोई नहीं कर सकता था। मुसलमानों से कई गुना ज्यादा देशभक्ति की तमन्ना उनमें थी और अन्य धर्मबांधवों की अपेक्षा वे अधिक संघटित एवं स्वतंत्रता-युद्ध करने में समर्थ थे। फिर भी अंग्रेजों की तुलना में वे कमजोर साबित हुए और उनके गुलाम बन गए।

इन सभी तथ्यों के बावजूद शेष प्रांतों की अपेक्षा इस महान् कार्य का सूत्र-संचालन करने का दायित्व मराठों ने अपने ऊपर लेना और हिंदू-पदपादशाही के राजचिह्न एवं सत्ता पर अपना हक जताना आवश्यक समझा था। आंदोलन की नींव रखने का साहस उन्होंने ही दिखाया था। स्वार्थ को दरकिनार करके उन्होंने जो यश प्राप्त किया, उसके और तत्कालीन सामाजिक एवं राजकीय परिस्थिति के मद्देनजर केसरिया ध्वज के तले अखिल भरतखंड को सुसंगठित रखने का उनका प्रयास स्तुत्य था। हिंदुओं का बिखरा हुआ सामर्थ्य जुटाकर उसपर समर्थ राजदंड का अंकुश रखना उचित था। शत्रुपक्ष को परास्त कर देने की अपनी क्षमता का परिचय वे दे चुके थे। मराठों की बजाय दूसरे प्रांतों के हिंदू अगर इस आंदोलन की अगुवाई करते और अपनी कामयाबी की शेखी बघारते हुए मराठों को अपने साथ मिला लेते, तब उनका ऐसा करना अखिल हिंदूजाति

के हित में ही होता और वे भी प्रशंसा के पात्र बन जाते। हिंदू साम्राज्य राजपूतों, सिखों, तमिलों अथवा बंगालियों आदि किन जाति विशेषों का है यह बात मुख्य है। यह पादशाही स्थापित करने का काम कोई भी जाति अथवा समाज करता और उसे अपने नियंत्रण में रखता तो उसमें आक्षेप वाली कोई बात नहीं रहती और वह समाज मराठों जितना ही आदर तथा सम्मान प्राप्त करता।

□

तत्सामयिक स्थिति में सर्वश्रेष्ठ कार्य नीति

'उपाधी चे काम ऐसे, काही साधे काही नासे।'

—रामदास स्वामी

(—कठिन कार्यों में कुछ तो संपन्न हो जाते हैं और कुछ नहीं हो पाते।)

'काही दिवस भयरहित सदोदित स्वराज्य चालविले।
दरिद्र अटकेपार जनांचे ज्यांनी घालविले॥
जलचर, हैदर, नबाब, इंग्रज रण करता थकले।
ज्यांनि पुण्याकडे विजोकिले ते संपत्तिला मुकले॥'

—प्रभाकर

(—कुछ दिनों तक निर्भयता सहित नियमित रूप से स्वराज्य का कार्य-संचालन किया गया। प्रजा की निर्धनता को अटक की सीमा लाँघकर भगा दिया गया। जलचर के समान हैदर, नवाब तथा बड़े-बड़े फिरंगियों को भी नाकों चने चबवाए गए। जिन्होंने भी पूना की तरफ वक्रदृष्टि से देखा, वे संपत्ति विहीन हो गए।)

जिस राष्ट्रमंडल में अपने महान् उद्देश्य की पूर्ति के लिए मराठे, बंगाली, पंजाबी, ब्राह्मण एवं महार हिंदूजाति के रूप में संगठित हुए। वहाँ यदि मराठे उन्हें उनकी इच्छा के खिलाफ इस कार्य में सहभागी होने के लिए विवश करने की बजाय उनका मन परिवर्तन कराके, जाति विशेष भुलाकर संगठित होने के लिए प्रेरित करते और इस तरह हिंदू साम्राज्य की स्थापना का श्रेयस्कर मार्ग चुनते, तो मराठों का यह कार्य अधिक प्रेरक और देशभक्तिपरक कहलाता। अगर वे ऐसा कर पाते तो उनकी देशभक्ति अधिक गौरवशाली बन जाती। राजकीय एकता की दृष्टि से हिंदुओं को संगठित करने का काम आनन-फानन में होनेवाला नहीं था। ऐसा होता तो सिंधु नदी को पार करके हिंदुस्थान में प्रवेश करना मुसलमानों के लिए असंभव होता। तत्कालीन वस्तुस्थिति के अनुसार तत्कालीन

कार्य हुए—यह हमें ध्यान में रखना चाहिए। उस काल के वायुमंडल तथा परिस्थितियों के आधार पर ही हमें उनके कार्यों को उचित या अनुचित ठहराना चाहिए। किसी भी राष्ट्र का अस्तित्व एक व्यक्ति के अस्तित्व के समान उस समय के वातावरण से प्रभावित होता है। परिस्थिति की उपेक्षा करके उससे ऊपर उठकर कुछ कर दिखाना दोनों के लिए नामुमकिन है। मराठे आखिर मनुष्य ही थे। उनमें कोई दैवी शक्ति नहीं थी जिससे उनका कार्य त्रुटि रहित रहता। उनके नेतृत्व में आरंभ किया गया हिंदू आंदोलन सर्वथा दोषमुक्त और परिपूर्ण था—ऐसा अगर कोई कहेगा तो उससे सत्य का गला घुट जाएगा। इसलिए हमने स्वीकार किया है कि सभी हिंदुओं में जो दोष विद्यमान थे, वे मराठों में भी थे और अपने उद्देश्य की पूर्ति के लिए उन्हें अधिक देशभक्ति का रास्ता नहीं सूझा। मराठेतर दूसरे किसी हिंदू समुदाय को मराठों से भी अधिक अच्छे ढंग से यह कार्य करने में सफलता नहीं मिली। अलग-अलग समुदायों के बीच अच्छे काम के लिए सबका मन-परिवर्तन कराना एक अकेले समुदाय के बस का नहीं होता। यह काम दुतरफा होता है। इसमें मन-परिवर्तन करानेवाले व्यक्ति के चातुर्य की तथा जिसका मन-परिवर्तन कराना है, उस व्यक्ति के नैतिक मूल्यों और ईमानदारी की कसौटी होती है। हो सकता है कि मराठे अन्य हिंदुओं का मन-परिवर्तन कराने का संकल्प कर लेते; लेकिन क्या अन्य हिंदू, जिसकी नींव समान अधिकार और समान कर्तव्य है, ऐसी हिंदू-पदपादशाही की खातिर अपनी अलग-अलग पहचान का त्याग करके अपने अस्तित्व को खो देना पसंद कर सकते थे? आपसी अंतर्कलह के कारण जिनकी राजगद्दी अपने ही लोगों के खून से सनी थी, अपने गृहयुद्ध शांत करने के लिए बेहिचक मुसलमानों और अंग्रेजों को जो न्योता देते थे, अपने बांधवों के साथ मिल-जुलकर रहने की बजाय जो अपने देवताओं का अपमान करनेवाले और अपनी सांस्कृतिक धरोहर को पैरों तले रौंदनेवाले मुसलमानों के आगे झुकने के लिए तैयार हो जाते—ऐसे हिंदुओं के अंत:करण में देशभक्ति की चिनगारी कहाँ से सुलगती? राष्ट्रीय ईमानदारी और राजकीय उत्कर्ष को कौड़ी मोल समझनेवालों से उच्च आचार-विचार, उच्चकोटि की भावनाएँ—इन सबकी अपेक्षा करना बेकार है। हिंदू-पदपादशाही की स्थापना हो सकती है, यह मराठों के अलावा और किसी समुदाय ने सपने में भी नहीं सोचा था और एक समुदाय अगर यह सपना पूरा करने में जुट गया था तो हिंदू होने के नाते सहायता करने की जिम्मेदारी शेष हिंदुओं पर अपने-आप आ जाती थी। अत: यह कार्य करनेवाली एक ही जाति को उस कार्य में होनेवाली त्रुटियों के लिए दोष देना अन्यायपूर्ण होगा। सभी हिंदू समान रूप से दोषी ठहराए जाने चाहिए। बल्कि यह कहना न्यायसंगत होगा कि इस महान् कार्य को अंजाम देने में और परकीय दासता की जंजीरें तोड़ने में जिन्होंने मराठों जितना भी सहयोग नहीं दिया, वे त्रुटियों के सबसे अधिक जिम्मेदार हैं।

इस तरह प्रतिकूल परिस्थिति में भी हिंदू सत्ता के निर्माण कार्य में सहयोग देने के लिए अन्य हिंदुओं का मन-परिवर्तन किया गया। इस संक्षिप्त कथानक में हमने उदाहरण सहित राजपूत, जाट, बुंदेले आदि हिंदुस्थानियों का एवं दक्षिण हिंदुस्थानियों का उल्लेख कई स्थानों पर किया है। इनमें से कुछ लोगों ने तत्परता से अपनी सम्मति जताई। हमें यकीन है कि राजकीय विचार तथा शिक्षा के संदर्भ में हिंदू प्रजा अगर सजग होती अथवा इस दिशा में उन्नति करने का उसे सही मौका मिलता तो मराठा-मंडल अखिल हिंदू जातीय सत्ता अथवा हिंदू राष्ट्रमंडल के रूप में अपनी पहचान बना लेता। कम-से-कम ऐसी संभावना की आशा कर सकते हैं। परिस्थिति के अनुरूप मराठा-मंडल में लचीलापन आ गया था, इसलिए मराठेतर हिंदू रियासतों को उसने अपने में शामिल कर लिया था। राष्ट्रमंडल में उनका स्थान निश्चित करके उन्हें समान अधिकार तथा समान दायित्व सौंप दिए थे। शा.सं. १७२२ (सन् १८००) में जब नाना फणनवीस का देहांत हुआ, उससे पहले ही हिंदुओं ने अधिकतर हिंदुस्थान अपने अधीन कर लिया था। हिंदू राजाओं ने नेपाल से लेकर त्रावणकोर तक का विशाल प्रदेश अपने अधीन कर लिया था और उन सबपर मराठा-मंडल का अंकुश था; लेकिन हिंदुस्थान के दुर्भाग्य से देशभक्ति, राष्ट्रीय परिपक्वता और चालाकी में मराठों से अधिक चतुर अंग्रेज जाति का हिंदुस्थान में प्रवेश हुआ, अन्यथा दूसरों को महान् कार्य के लिए प्रेरित करके उन्हें अपने में शामिल करने के गुण से मराठा-मंडल अखिल हिंदू जातीय सत्ता के रूप में उभर आता। केवल मराठों और सिखों ने मुसलमानों द्वारा दी गई पराजय से सबक लेकर उन्हें पराभूत करने की हिम्मत दिखाई और अपने लोगों का उन्नयन तथा राष्ट्र का नवनिर्माण करने में सफलता अर्जित की। वे अपनी त्रुटियों से अनभिज्ञ नहीं थे। अगर उन्हें मौका तथा समय मिलता तो अपने यूरोपीय प्रतिस्पर्धी से जरूर कुछ सीखकर जापान जैसे प्रगत राष्ट्र का निर्माण करते। अनुशासन और आधुनिक युद्धकला यूरोपियनों का सहायक पक्ष था और इसलिए मराठों ने महादजी सिंधिया इत्यादि नेताओं को प्रशिक्षित कर नए-नए शस्त्रों का न सिर्फ प्रयोग, बल्कि निर्माण भी करने की अपनी क्षमता को साबित किया। मराठों ने जिस तरह मुसलमानों की दुर्गति की, उसी तरह यूरोपियनों की भी कर सकते थे। जर्मनी में छोटी-छोटी रियासतों की एकजुटता से जैसे संयुक्त जर्मन साम्राज्य बना, वैसा हिंदुस्थान में भी हो सकता था।

जो हुआ नहीं, उसके लिए अगर-मगर ऐसे अनुमान लगाते रहना व्यर्थ है। जो बीत गया, उसका मूल्यांकन इतिहास को साक्षी मानकर करना और जो दृष्टिगोचर है, उसका मूल्यांकन तत्सामयिक परिस्थिति के अनुरूप करना उचित होगा। इस तरह का मापदंड लागू करने पर यह तथ्य सामने आता है कि उस कालखंड के हिंदुओं की किसी भी उपजाति को, विशेषकर मराठों को आनन-फानन में हिंदू प्रजासत्तात्मक राज्य की

स्थापना करने में विफल रहने पर दोषी ठहराना अनुचित है। मराठों को दोषी ठहराना—मतलब जैसे शिवाजी महाराज का दोष था कि वे मोटरकार पर सवारी नहीं करते थे और राजा जयसिंह को इसलिए दोष देना कि उन्होंने हिंदू आंदोलन के प्रचारार्थ देश भर में मुद्रणालय नहीं खोले। इस तरह के तर्क-कुतर्कों के आधार पर दोष देना ही है तो सभी हिंदुओं को देना चाहिए। उस समय के हिंदुओं में हिंदू जातीय भावना इतनी कूट-कूटकर भरी हुई नहीं थी कि उसकी खातिर वे अपने व्यक्तिगत, सांप्रदायिक अथवा प्रांतिक अस्तित्व को अखिल हिंदू जातीय अस्तित्व में विलीन कर देते। अलग-अलग प्रांतों के हिंदुओं के गुण-दोषों को सापेक्षता के दृष्टिकोण से देखते हुए हम ऐसा निष्कर्ष निकाल सकते हैं।

तुलनात्मक दृष्टि से मराठा जाति अधिक सुसंगठित, सार्वज़निक और राष्ट्रीय हितों से आप्लावित थी, साथ ही राष्ट्रीय परतंत्रता के दुष्चक्र से हिंदुस्थान को मुक्त करने के लिए निष्ठापूर्वक समर्पित थी। फिर भी अपनी मंजिल से काफी दूर थी, केवल उस मंजिल की ओर दृढ़ निश्चय से धीरे-धीरे बढ़ रही थी, यही उसके लिए सुखद है। सभी पहलुओं पर सर्वांगीण विचार करने के पश्चात् नजर आता है कि हिंदुओं को पुनर्जीवित करने की ताकत जिसमें है और उसके लिए बिखरी हुई हिंदू शक्ति जहाँ इकट्ठी हो सकती है—ऐसा केंद्रबिंदु केवल महाराष्ट्र ही हो सकता था। अखिल हिंदू जातीय दृष्टिकोण से भी श्री समर्थ रामदास और शिवाजी महाराजकालीन मराठों की नीतियों तथा कोशिशों का समर्थन करना आवश्यक हो जाता है। मराठों की नीति यह थी कि इस व्यापक कार्य का श्रीगणेश महाराष्ट्र में करके उसे अटक पार तक फैलाया जाए। यह महान् कार्य क्रमश: ही होनेवाला था। हिंदूधर्म की ध्वजा तले प्रथम महाराष्ट्र के हिंदू एकत्र करना, जिसकी मजबूत नींव पर हिंदू-पदपादशाही का पावन मंदिर बड़ी शान से खड़ा हो सके, ऐसे स्वयंशासित, सुदृढ़ मराठी राज्य की स्थापना करना, उसे अखिल हिंदूजाति के उद्धार का प्रतीक बनाना और धीरे-धीरे उत्तर दिशा में नर्मदा से अटक पार तक तथा दक्षिण दिशा में तुंगभद्रा से सागर तक अपना कार्यक्षेत्र विस्तृत करना मराठों के इस आंदोलन का उद्देश्य था। उस समय के मराठों की यह धारणा थी कि इस तरह बिखरी हुई हिंदू शक्ति को महाराष्ट्र में केंद्रित करके मराठी साम्राज्य को ही हिंदवी साम्राज्य में तब्दील किया जाए। यही हिंदूजाति को मुक्ति दिलानेवाला सबसे असरदार और अभीष्ट तरीका है। इसलिए उस दिशा में उन्होंने प्रयत्न किए।

तत्कालीन परिस्थिति में यश-प्राप्ति के लिए यही एक नीति कारगर साबित हो सकती थी। बाद की अवधि में जो घटनाक्रम हुए और उनसे जो उपलब्ध हुआ उससे उस नीति की युक्तता का समर्थन होता है। इस नीति से कार्यारंभ करने के बाद कुछ देशी नरेशों का उसका विरोध करना अपरिवर्जनीय था। कुछ नरेश निर्लज्जता की चरम सीमा

तक पहुँचे हुए थे और बड़े गर्व से दासता की बेड़ियों को गले लगाकर बैठे हुए थे! गुलामी में ही उन्हें सुख की अनुभूति हो रही थी। मुसलमान, नवाब अथवा निजाम या दिल्ली के बादशाह का गुलाम कहलवाने में उन्हें जरा सी भी लज्जा नहीं आ रही थी; लेकिन उनके अहं या स्वाभिमान को जाग्रत् करने के लिए मराठे अगर उनसे इस कार्य के प्रति निष्ठाभाव अथवा चौथ-वसूली की अपेक्षा रखते थे तो उन्हें यह नहीं सुहाता था। इस असहयोग के लिए मराठा घुड़सवारों से उन्हें जो दंड मिलता था, उसके लिए वे ही दोषी थे। उनके ऐसे व्यवहार के कारण मराठा उन्हें मुसलमानों के पक्षधर मानने लगे थे। इसलिए जब तक वे मराठों के साम्राज्य को स्वीकृति नहीं देते अथवा वे जिसे अपना सर्वेसर्वा मानते थे, वह मुसलमान राजा जब तक मराठों के सामने नतमस्तक नहीं होता तब तक मराठे उसका पीछा नहीं छोड़ते थे। मराठों के अधिकांश विरोधी गुलामी मानसिकता के आगे विवश थे। फिर भी उनमें कुछ ऐसे थे जिनके अंत:करण में अभी भी अखिल हिंदू जातीय भावना के प्रति आस्था शेष थी और इतना ही नहीं, परकीय शत्रु का अपनी भूमि से उच्चाटन करने की मराठों जितनी ही छटपटाहट उनके मन में थी। फिर भी इस स्वतंत्रता युद्ध की बागडोर अकेले मराठा जाति द्वारा अपने हाथ में थामे रखना और शेष सभी हिंदुओं ने मराठी साम्राज्य के आगे नतमस्तक रहना चाहिए—ऐसा आग्रह रखना उन्हें पसंद नहीं था। परकीय सत्ता के आगे झुकना उन्हें पसंद था। हिंदू कार्य संपन्न करने की छटपटाहट के साथ-साथ कुछ हिंदुओं के मन में ईर्ष्याभाव था। वे सोचते थे कि हमारे पूर्वजों ने इस महान् कार्य में अपना योगदान दिया था और अब मुगल साम्राज्य को विपन्नावस्था प्राप्त हो रही है। ऐसी स्थिति में प्रत्येक प्रांत को शक्ति-अनुरूप हिंदू राज्य की स्थापना करने का सुअवसर प्राप्त हुआ है। फिर मराठों के पदचिह्नों पर चलते हुए हम भी अपने साम्राज्य की स्थापना करने का प्रयत्न क्यों न करें? मराठे और मराठेतर हिंदू—दोनों पक्षों का ऐसा मानना सही था। सबका मूल उद्‌देश्य तो हिंदुओं के साम्राज्य का स्थापन करके मुसलमानों का खात्मा करना था। अगर अखिल हिंदुओं को एक अखंड साम्राज्य-स्थापन करने में बाधा आ रही हो तो जितने भी छोटे-बड़े हिंदू साम्राज्य स्थापित हो सके, उतने करने का उनका न केवल अधिकार, बल्कि कर्तव्य भी था। सभी घटक राज्यों का एक अखंड साम्राज्य-निर्माण करने में दिक्कत यह आ रही थी कि उस समय की राजकीय परिस्थिति संदेहों से भरी हुई थी। यह महान् कार्य संपन्न करने के सामर्थ्य के बारे में और हेतुओं के बारे में सब एक-दूसरे को संदेहास्पद नजरिए से आँकते थे। ईर्ष्या भावना व संदेहास्पद नजरिए से परस्पर विरोधी माहौल बन गया था। मुसलमान, पुर्तगाली, अंग्रेज, फ्रांसीसी आदि दुश्मनों से लोहा लेकर मराठों ने जो उज्ज्वल यश अर्जित किया था, उसके कारण साम्राज्य का नेतृत्व करने की क्षमता अपने पास है ऐसा मराठों का सोचना गलत भी नहीं था; लेकिन मराठों ने दूसरे हिंदू राजाओं से चौथ कर वसूली करना और उनकी निजी

स्वतंत्रता पर हमला करना अन्य विवेकी हिंदू राजाओं के गले नहीं उतर रहा था। अपने शत्रुओं को परास्त करने के बाद हिंदूजाति के हित में और भी कुछ कर दिखाने की उत्कंठा मराठों के मन में पैदा होना भी साहसिक था। सत्ता संघटित करने के लिए उसमें समाविष्ट सभी घटकों पर नियंत्रण रखना और उन्हें इच्छा अथवा अनिच्छा से स्वार्थ त्याग करने के लिए मजबूर करना आवश्यक था। हिंदू सत्ता मराठी साम्राज्य में समाहित रहना अखिल हिंदूजाति के हित में है—ऐसा मराठे सोचते थे, क्योंकि अपनी कार्यकुशलता व नेतृत्व पर उन्हें पूरा भरोसा था। अपने अतुलनीय पराक्रम और बलिदान से नेतृत्व और स्वामित्व—दोनों के अधिकार उन्होंने अपने पास रखे थे। मराठों ने जो करने की ठानी, उसे उन्होंने कर दिखाया। अपने पौरुष और रणकुशलता का परिचय उन्होंने कई बार दिया था। यह भी स्पष्ट हो चुका था कि अन्य हिंदुओं की तुलना में मराठे सर्वाधिक बलशाली, चतुर एवं व्यवहारकुशल थे। मराठों की अपेक्षा अन्य हिंदू राजा शक्तिहीन होने पर भी खुद हिंदू साम्राज्य का अधिपति बनने के लिए लालायित थे, यह बात उनके स्वार्थ की ही परिचायक है। राष्ट्रीय एकता का लक्ष्य सामने रखनेवाले सभी आंदोलनों में कितना भी बड़ा वैयक्तिक स्वार्थत्याग करना पड़े तो कम ही है। सभी को राष्ट्रहित सर्वोपरि मानना चाहिए।

सर्वप्रथम हम इस संदर्भ में महाराष्ट्र की परिस्थिति का ही अवलोकन करेंगे। यहाँ के कतिपय हिंदू सरदार, राजकुमार तथा भूमिधर मुसलमानों के सहायक रहकर अपनी व्यक्तिगत स्वतंत्रता अक्षुण्ण रखने में ही समाधान मानते थे, तो कुछ भोंसले राजाओं की तरह दासता की जंजीरें उखाड़ फेंकने के लिए बेचैन थे। वे भी स्वतंत्र हिंदू राजा के रूप में अपनी पहचान बनाने की महत्त्वाकांक्षा रखते थे। कुछ किंकर्तव्यविमूढ़ राजा दासता में उपलब्ध ऐशो-आराम में ही संतोष मानते थे और उनका स्वाभिमान तथा देशाभिमान सुप्तावस्था में था। ऐसे क्षुद्र लोग और जो दासता के बंधन से निजात पाने का काम सिर्फ अपने तक ही सीमित रखते थे—ऐसे लोग शिवाजी महाराज एवं उनके अनुयायियों के खिलाफ हो गए। महाराष्ट्र को संयुक्त और समर्थ साम्राज्य बनाने के कार्य का और मराठों का आपसी एका करने के प्रयत्नों का ऐसे लोगों ने विरोध किया। हिंदुओं को संगठित करने की दृष्टि से समर्थ रामदास स्वामीजी और शिवाजी महाराज मराठी जनता को बार-बार एकजुट होने के लिए सचेत करते थे। इन द्वेषी लोगों का तर्क था कि स्वतंत्रता के नाम पर अपना महत्त्व बढ़ाने के लिए यह सब ढोंग रचाया जा रहा है। शिवाजी महाराज के कर्तव्य पर उन्हें यकीन नहीं था। उनके कार्य को वे भोंसले घराने की महत्त्वाकांक्षा मानते थे। कुछ लोग तो व्यंग्यात्मक टिप्पणी करते थे कि "हमें भोंसले घराने के सम्मुख नतमस्तक होना चाहिए—ऐसी अपेक्षा वे क्यों रखते हैं? शिवाजी महाराज अगर तहेदिल से हिंदू साम्राज्य की स्थापना चाहते हैं तब हम भी उनसे कुछ कम नहीं, हम उनसे ज्यादा प्रतिष्ठित हैं। फिर वे हमें नेतृत्व सौंपकर हमारा राज्याभिषेक क्यों नहीं करते?"

कुछ नीच लोग शिवाजी महाराज को 'मुफ्तखोर' की संज्ञा देते थे और एकजुट होने के उनके आग्रह का उत्तर देने के लिए मुसलमानों से मिलीभगत करने से भी बाज नहीं आए। कुछ लोग ऐसे भी थे जो इसी उधेड़बुन में लगे हुए थे कि इस महान् आंदोलन का नेतृत्व शिवाजी महाराज को सौंप दें या खुद नेतृत्व की बागडोर अपने हाथों में थाम लें। अपनी और शिवाजी महाराज—दोनों की नेतृत्व-क्षमता के बारे में वे शंकित थे। अच्छा केवल इतना ही था कि मुसलमानों से साँठगाँठ करने की नीच मानसिकता उनकी नहीं थी। अतः उन्होंने मराठी साम्राज्य की स्थापना का विरोध अपने स्तर तक ही किया। विवश होकर शिवाजी महाराज को ऐसे हिंदुओं के खिलाफ तलवार उठानी पड़ी। इसलिए उन्हें दोष भी दिया जाता है, लेकिन उनके बारे में हिंदू मानव वंश का सर्वश्रेष्ठ हिमायती, हिंदू धर्म का संरक्षक, मराठी साम्राज्य का संस्थापक होने की जो गवाही इतिहासकार देते हैं, उससे यह लांछन धुल जाता है। राष्ट्रीय हित साधने के लिए छोटे-बड़े देसी नरेशों को अपने साथ मिलाकर उनकी एक संघटित सत्ता का निर्माण करना तत्सामयिक स्थिति में अत्यावश्यक था। अन्य हिंदू राजा इस कार्य के लिए अगर दृढ़ रहते या शिवाजी महाराज जितना साहस उनमें रहता तो वे भी साम्राज्य-निर्माण कर सकते थे। शिवाजी महाराज का विरोध करने का भी साहस उनमें नहीं था। राष्ट्र-संस्थापक बनने के उनके मार्ग में किसी ने बाधा नहीं डाली थी। इतिहासकार तो शिवाजी महाराज और उनके साथियों जैसा उनका भी समर्थन करते। उन्हें भी श्रेय दिया जाता; लेकिन जिस तरह दूसरा कोई भी देसी नरेश शिवाजी महाराज जितना समर्थ नहीं था और इस कार्य की पूर्ति का सारा दायित्व उन्होंने शिवाजी महाराज को सौंप दिया था, उस तरह नेतृत्व का एवं राज्याभिषेक करवाने का अधिकार भी सौंपना चाहिए था।

अभी हमने देखा कि जिस कारण से प्रसंगानुरूप अपने ही मराठा बांधवों के खिलाफ शिवाजी महाराज को तलवार उठाने को मजबूर होना पड़ा और बाकी गुणों के कारण उन्हें इतिहासकारों ने दोषमुक्त करार दिया अथवा अलग-अलग सिख संप्रदायों को बलपूर्वक अपने वश में करने के लिए रणजीत सिंह का वर्णन समर्थनीय माना गया, उस वजह से मराठा-मंडल को भी बगावत करनेवाले हिंदू राजाओं को सबक सिखाकर अपने साम्राज्य में समाहित करने के संदर्भ में दोषमुक्त करना उचित होगा। हम पुनः स्पष्ट रूप से इस तथ्य की पुष्टि करते हैं कि मराठी साम्राज्य का विरोध करने के बारे में सभी हिंदू राजाओं को दोषी नहीं ठहरा सकते। किसी को दोषी ठहराते वक्त इन सभी पहलुओं पर ध्यान देना जरूरी है कि तब हिंदू जातीय भावनाएँ कितनी प्रखर थीं, राष्ट्रीय परिवेश कितना अनुकूल था और स्वतंत्र राज्य स्थापित करने की महत्त्वाकांक्षा कितनी थी? सभी हिंदू राजाओं का व्यक्तिगत स्वतंत्रता के बारे में चौकन्ने रहना अनुचित नहीं था। उस समय हिंदूजाति, हिंदू सभ्यता, संस्कृति एवं धर्म दाँव पर लगे हुए थे। अतः

हिंदू साम्राज्य की स्थापना अनिवार्य थी। फिर यह महत्त्वपूर्ण नहीं था कि इस साम्राज्य में एकतंत्र प्रणाली लागू होती या हिंदुओं की बंगाली, राजपूत, तमिल, तेलुगु आदि जातियाँ इस साम्राज्य का सूत्र-संचालन करतीं। जरूरी केवल यह था कि यह साम्राज्य हिंदू जातीय, संघटित और समर्थ होना चाहिए। सभी निकषों पर मराठे खरे उतरते थे। इसलिए कभी-कभी प्रसंगवश उन्हें स्वबांधवों के खिलाफ शस्त्र उठाना पड़े तो ऐसे मामले में अनदेखी करनी चाहिए। दोष देना ही हो तो जैसा हमने पहले कहा, सभी हिंदुओं को देना चाहिए। हिंदू साम्राज्य-स्थापन करने की उनकी पात्रता को देखते हुए सभी हिंदुओं को व्यक्तिगत स्वार्थ को भुलाकर उनकी प्रभुसत्ता माननी चाहिए और अगर वे नहीं मान रहे थे तो उन्हें मानने के लिए बाध्य करने का अधिकार मराठों ने अपने कर्तृत्व से प्राप्त किया था।

□

प्राचीन और अर्वाचीन इतिहास को प्रमाण मानकर एक विश्लेषण

'ज्या प्रकारे वानरांकरवी लंका धेवविली त्याप्रकारे हे गोष्ट झाली। सर्व कृत्ये ईश्वरावतारासारखी आहेत। जे सेवक हे पराक्रम पहात आहेत त्यांचे जन्म धन्य आहेत। जे कामास आले त्यानी तो हा लोक आणि परलोक साधिला! हे तर्तुद, हे मर्दुमकी, या समयात हे हिम्मत! ही गोष्ट मनीही कल्पवत नाही!'

—ब्रह्मेंद्र स्वामी का पत्र-व्यवहार

(—जिस प्रकार वानर सेना की सहायता से लंका पर अधिकार किया, उसी प्रकार यह कार्य संपन्न हो गया। सभी कार्य ईश्वरावतार सदृश हैं। जो सेवक इस महान् पराक्रम को देख रहे हैं, उनका जन्म भी धन्य है। इस कार्य की खातिर जिन्होंने अपनी प्राणाहुति दी, उनके इहलोक और परलोक—दोनों ही सुधर गए हैं। आधुनिक काल में प्राचीन काल के महान् योद्धाओं की वीरता और रण-कुशलता की कल्पना भी हम नहीं कर सकते।)

हमारे पूर्वजों ने इसी कारण चक्रवर्तित्व धारण करने की पद्धति को, अन्य सभी राजाओं को अपने पौरुष से हराकर अपने अधीन करने के तथा समर्थ हाथों से सत्ता का सूत्र-संचालन करने के अधिकार को न्यायसंगत माना। चक्रवर्तित्व प्रणाली त्रुटियों से भरी होने के कारण उसका आपदाओं से घिरे रहना स्वाभाविक था। इसके बावजूद उस समय के माहौल में राजकीय और सार्वजनिक जीवन को एकसूत्र में बाँधकर रखने के लिए तथा अखिल हिंदूजाति की एक मजबूत राष्ट्रीय संस्था निर्माण करने के लिए अपने पूर्वजों द्वारा प्रयोग में लाई गई यह चक्रवर्तित्व प्रणाली कारगर साबित हुई। इस प्रणाली द्वारा पूर्वजों ने हिंदू राष्ट्र की बागडोर थामने के लिए समर्थ ऐसे राष्ट्रपुरुष को, संगठित सत्ता को हमेशा श्रेष्ठ दर्जा दिया। साधारण क्षमता वाले लोगों को, राष्ट्रीय हितों को नुकसान पहुँचानेवाले सामाजिक तत्त्वों को और अपनी क्षमता से ज्यादा ऊँची उड़ान

भरनेवाली उनकी महत्त्वाकांक्षाओं को सीमित रखने के लिए उन्होंने बाध्य किया। इस प्रणाली ने, राष्ट्र में जो लोग राष्ट्र का सूत्र-संचालन करने के लिए केवल अपनी उच्च कुलोत्पन्नता और ईर्ष्या के कारण हम ही यह अधिकार पाने के पात्र हैं—ऐसी शेखी बघारते थे और वास्तविकता में मराठों जैसे इस कार्य के लिए योग्य नहीं थे, उन्हें राष्ट्रीय कर्तव्य के आगे नतमस्तक करवाने का मौलिक कार्य इस प्रणाली ने किया। इसने सबसे काबिल व्यक्ति को राष्ट्र की नैतिक शक्ति का समर्थन दिलवाने का भी काम किया। परिणामत: हिंदुओं के राजकीय सामर्थ्य का केंद्रबिंदु इस प्रांत से उस प्रांत में बदलता रहा। हस्तिनापुर से पाटलिपुत्र, पाटलिपुत्र से उज्जयिनी, उज्जयिनी से प्रतिष्ठान, प्रतिष्ठान से कन्नौज, वहाँ से फिर और कहीं; ऐसे जहाँ-जहाँ हिंदू साम्राज्य की रक्षा करनेवाली संगठन-शक्ति और पात्रता होती थी, वहाँ-वहाँ यह सामर्थ्य-शक्ति केंद्रित होती थी। राष्ट्र में ऐसी समर्थ प्रभुसत्ता स्थापित होना जब आवश्यक हो जाता था, तब पारस्परिक वैमनस्य को भुलाकर संकट की ऐसी स्थिति का सामना करने के लिए सभी हिंदू राजा चक्रवर्तित्व का भार सँभाले हुए सम्राट् के ध्वज तले एकत्र हो जाते थे। उस सम्राट् को अपनी ताकत को ललकारने वाले अपने ही प्रतिस्पर्धियों से लड़ना पड़ता था। अपने प्रतिस्पर्धियों का पराभव करने के लिए उसे दोषी नहीं ठहराया जाता था, बल्कि उस परिस्थिति में हमारी मातृभूमि की रक्षा करनेवाले और पूरे समाज तथा अपने परिवार की रक्षा करने का दायित्व जिस पर सौंपकर हम निश्चिंत हो सकें ऐसे व्यक्ति को परखने की यही एकमात्र कसौटी थी।

प्रतिस्पर्धियों के साथ ऐसे व्यक्ति के व्यवहार का और उसके बदले उसके प्रतिस्पर्धी से रणभूमि पर उसे दी गई चुनौती का—दोनों का समर्थन किया जाता था। इस विधान की पुष्टि के लिए हम उत्तर में हर्ष का और दक्षिण में पुलकेशी का उदाहरण प्रस्तुत कर रहे हैं। इन दोनों के प्रतिस्पर्धी हिंदू ही थे। इतना ही नहीं, इनकी बिरादरी के अथवा कभी-कभी रिश्तेदार ही विरोधी रहते थे। फिर भी इन दोनों ने उन्हें अपने अधीन रखने के लिए जो युद्ध किए, उन्हें आपत्तिजनक नहीं समझा गया। उनका व्यवहार मानवी स्वभाव के अनुरूप ही था। इसके साथ ही जिन प्रतिद्वंद्वी शासकों ने स्वेच्छा से पराधीनता का वरण नहीं किया, वे भी प्रशंसा के कम पात्र नहीं हैं, क्योंकि स्वतंत्रता की आकांक्षा रखना भी मानवीय प्रकृति है।

यहाँ हम इस बात का जिक्र करना उचित समझते हैं कि हर्ष और पुलकेशी—दोनों ने दो समर्थ हिंदू साम्राज्यों की स्थापना की और हिंदू जनता को राजकीय विचारों तथा जीवन के मूल्यों को समझाकर बहुमूल्य राष्ट्रसेवा की। हमें उनका कृतज्ञ रहना चाहिए। ऐसे हिंदू साम्राज्य की स्थापना करने के बाद पारस्परिक शक्ति-परीक्षण हेतु जब दोनों आमने-सामने खड़े हो गए तब हमें दोनों के रणकौशल का मूल्य-मापन उसी

निष्पक्ष ढंग से करना होगा, जैसे कोई पिता अपने दोनों पुत्रों को शिक्षित करके अथवा कोई अखाड़े का गुरु अपने शिष्यों को अखाड़े में तालीम देने के पश्चात् उनकी परीक्षा लेता है कि इनमें से कौन अपने प्रतिस्पर्धी को मात दे सकता है? दोनों शिष्यों को आपस में भिड़ाने का उसका हेतु यह देखना होता है वे अपनी तालीम में कितने दक्ष हो गए हैं, इस तरह उनका आपस में भिड़ना समर्थनीय हो जाता है। चक्रवर्तित्व प्रणाली ने जो विस्तीर्ण साम्राज्यों का निर्माण एवं पोषण किया, उसकी बदौलत ही हिंदूजाति में आपसी वैमनस्य को तुच्छ समझकर संकट की घड़ी में एकता की भावना दिखाने की और अपनी समाज-संस्था, अपने आचार-विचार, अपना तत्त्व ज्ञान अभिन्न है—ऐसी अखिल राष्ट्रीय भावना का उदय हुआ।

इन विस्तीर्ण साम्राज्यों का केंद्रबिंदु एक प्रांत से दूसरे प्रांत में स्थानांतरित होता गया—यह हमने पहले देखा ही है। प्रांतीय जीवन के भिन्न-भिन्न प्रवाहों का एक प्रबल राष्ट्रीय प्रवाह बन गया। अलग-अलग विचारधाराओं को एकत्र करके एक अखंड राष्ट्रीय भावना जाग्रत् करने के कार्य से इतिहास में इन साम्राज्यों को महत्त्व प्राप्त हो गया। इन साम्राज्यों के निर्माण से हिंदुस्थान की सभ्यता में भी एकरूपता आ गई। जिन्होंने अपने प्रचंड शौर्य का प्रदर्शन करके जीत हासिल की और जो स्वतंत्रता की रक्षा करते-करते अपनी वीरता का परिचय देकर ही पराभूत हुए, दोनों के लिए हमारे मन में एक जैसा आदरभाव है। हर्ष और पुलकेशी—दोनों इस आदर के पात्र बने। मगध, आंध्र, आंध्रभृत्य, राष्ट्रकूट, भोज और पांड्य—इन राज्यों की स्थापना इन्हें कुछ हिंदू राज्यों को अपने साथ लिये बगैर नहीं हो सकी। फिर भी वे हमारे आदर के पात्र हैं। इनमें से प्रत्येक को अपना चक्रवर्तित्व सिद्ध करने के लिए हिंदुओं से ही संघर्ष करना पड़ा। इन राज्यों ने अलग-अलग प्रांतों को जीतकर उनके भरोसे अपना साम्राज्य वैभवशाली बनाया। फिर भी हम—उन्होंने राजकीय एकता का अपना उद्देश्य सफल बनाने हेतु इससे और अधिक देशभक्ति वाला प्रशस्त मार्ग क्यों नहीं अपनाया?—इस तरह की टिप्पणी करके उनके कार्य को विवादास्पद बनाना नहीं चाहते। मराठों ने इन प्राचीन साम्राज्यों में सबसे अधिक बलिष्ठ साम्राज्य का निर्माण किया। अत: सभी हिंदुओं को जाति-पंथ का भेदभाव भुलाकर उस साम्राज्य का सम्मान करनी चाहिए, उसकी सराहना करनी चाहिए।

मराठों के इस महान् कार्य की जितनी भी सराहना की जाए, कम है। अगर हम हर्ष और पुलकेशी द्वारा प्राप्त विजय का सम्मान करते हैं, उनका समर्थन करते हैं, तब जिस आपात स्थिति में मराठों ने जो मराठी साम्राज्य-स्थापना का प्रयास किया, उसका तो और भी उदात्त भावना से समर्थन करना चाहिए। सिर्फ दूसरे राजाओं को जीतने की हवस अथवा सिर्फ युद्ध करने के उत्साह के कारण मराठों ने शस्त्र नहीं उठाया। चक्रवर्ती पद के ऐश्वर्य का उपयोग सिर्फ अकेले ही करने के लिए उन्होंने दूसरों को जीतकर

अपने अधीन नहीं किया था।

तत्सामयिक स्थिति में यह सबसे अहम बात थी कि अखिल हिंदूजाति को एकराष्ट्र, एकधर्म के नाते किस तरह टिके रहना चाहिए। भूषण कवि ने—'काशीजी की कला जाती, मथुरा मशीद होती, शिवाजी न होते तो सुन्नत होती सबकी।'—इन शब्दों में शिवाजी महाराज और मराठों की प्रशंसा की है। कोई घटना अगर प्राचीन काल में घटी तो उसके पुरातन होने के कारण उसे अधिक पवित्र मानना मनुष्य का स्वभाव है और हाल ही में घटी घटना का उतना महत्त्व उसकी दृष्टि में नहीं रहता। ऐसा अगर नहीं होता तो शालिवाहन अथवा चंद्रगुप्त मौर्य के जमाने में हिंदू वीरों ने की हुई राष्ट्र की सेवा को ध्यान में रखकर लोग उनका आदर करते हैं और अर्वाचीन काल में मराठा-मंडल ने हिंदू हितों के लिए प्राण न्योछावर करके जो सेवा की, वह ज्यादा महत्त्वपूर्ण होते हुए भी लोग उसकी उतनी इज्जत नहीं करते। वास्तव में चंद्रगुप्त के राज्यकाल में हिंदू वीरों ने जो राष्ट्रसेवा की, तब परिस्थिति उनके अनुकूल थी। वह कालखंड वैभवशाली और समृद्ध रहा। इतिहास में वर्णित है कि पांडवों के राज्यकाल के पश्चात् सबसे समृद्ध राज्यकाल राजा चंद्रगुप्त का था। वह काल मराठों के काल जितना आपदाओं से घिरा हुआ नहीं था। संकटों का निराकरण करने वाले साधन ज्यादा कार्यक्षम थे। पाश्चात्य इतिहासकार सिकंदर द्वारा प्राप्त विजय का वर्णन बढ़ा-चढ़ाकर करते हैं, लेकिन वे यह भूल जाते हैं कि उसकी विजय भारत के सिर्फ एक कोने पर यानी पंजाब पर हुई थी! हिंदू सत्ता का जो केंद्रबिंदु पाटलिपुत्र में था, उसे स्पर्श तक करने की उसकी हिम्मत नहीं हुई। उस समय म्लेच्छों को हिंदुस्थान से भगाने का साहस साम्राज्याधिपति नंद नहीं कर सका। आचार्य चाणक्य ने अपनी बुद्धिमत्ता और राजनीतिपटुता के बलबूते एवं सम्राट् चंद्रगुप्त ने अपने बाहुबल से नंद राजाओं से साम्राज्य छीन लिया और सभी अधिकार अपने हाथ में लेकर अपने पराक्रम से ग्रीकों को यह भूमि छोड़ने के लिए मजबूर किया। सम्राट् चंद्रगुप्त पराक्रमी जरूर था, लेकिन परिस्थिति भी अनुकूल थी। अगर हम मराठों के कार्य की तुलना इससे करें तो पता चलता है कि उनपर आई आपत्ति ज्यादा गंभीर थी और इसके साथ-साथ उसका मुकाबला करने के लिए उनके पास मामूली साधन ही थे। हिंदुस्थान सदियों से मुसलमान, पुर्तगाली आदि शत्रुओं के आक्रमणों से त्रस्त था। उनका पौरुष, उनकी आशाएँ निस्तेज, कमजोर होती जा रही थीं। निरंतर मिलनेवाले अपयश से उनके मन में हीनता की ग्रंथि बढ़ती जा रही थी। राष्ट्रोन्नति करने का उत्साह नष्ट होकर गुलामी हमारे भाग्य में लिखी है और उसी में समाधान मानना चाहिए—ऐसी धारणा बनती जा रही थी। हिंदुओं की तलवार की धार भोथरी हो गई थी। इस तरह की प्रतिकूल परिस्थितियों में मराठों ने आंदोलन करने का, शत्रु को ललकारकर नाकों चने चबवाने का साहस किया! यह बात सही है कि हूण और शक राजाओं की हिंदुस्थान में

जितनी ज्यादा भीतरी घुसपैठ हुई थी, उतनी ग्रीकों की नहीं हुई और हिंदुस्थानी उन्हें अपना उतना प्रबल शत्रु नहीं मानते थे। इसका कारण यह था कि समूचा हिंदुस्थान उन्होंने पदाक्रांत नहीं किया था। मराठों के कालखंड में जितना प्रचंड आक्रमण मुसलमानों और पुर्तगालियों ने अपनी फिरकापरस्ती से किया था उतना तोरमाण और रुद्रदमन के कालखंड में नहीं हुआ था। मराठों के समय भारतीय जीवन एवं संस्कृति दलदल में फँस गए थे। परकीय आक्रमण के चंगुल से उसे मुक्त कराना जरूरी था। जटिल परिस्थिति में अपने शौर्य से हूण तथा शकों के आक्रमण से जिन वीरों ने हिंदू जीवन-पद्धति, हिंदू सभ्यता, हिंदूधर्म की रक्षा की, वे भी आदर के पात्र हैं। जिन योद्धाओं ने, कुशल राजनीतिज्ञों ने अपनी मातृभूमि को दुश्मन के चंगुल से छुड़ाया और साथ-साथ मगध, मालवा आदि समृद्ध साम्राज्यों का निर्माण किया; चंद्रगुप्त, विक्रमादित्य, शालिवाहन आदि सम्राटों ने सभी हिंदुओं को एकत्र करके राष्ट्रीय सामर्थ्य को वृद्धिंगत किया, उनको हम कृतज्ञता ज्ञापित करते हैं। यद्यपि इन सम्राटों ने हमारे प्रांतों को अपने अधीन करवाकर साम्राज्य निर्माण किया और हमारे पूर्वजों को भी आत्माहुति देनी पड़ी। फिर भी हर हिंदू को उनका ऋणी रहना चाहिए। उनके महान् कार्यों का स्मरण करते हुए उनके लिए श्रद्धाभाव रखना चाहिए। इस कार्य के लिए प्रत्येक हिंदू को जो खोना पड़ा, उसे अपरिहार्य आपत्ति समझना चाहिए। कुछ पाने के लिए कुछ खोना भी पड़ता है। चंद्रगुप्त, पुष्यमित्र, समुद्रगुप्त, गौतमी के महान् पौत्र अथवा यशोवर्मन ने ही इस भूमि को हूण, शक आदि आक्रमणकारियों से मुक्त किया था। फिर भी समुचित साधनों के अभाव में छत्रपति शिवाजी महाराज, बाजीराव, भाऊ, समर्थ रामदास स्वामी, जनकोजी, नाना आदि मराठों जैसे योगदान का उदाहरण भारतीय इतिहास में विरला ही होगा। मराठों के समय संकट की तीव्रता और विशालता अधिक थी। हिंदुस्थान का अस्तित्व खतरे में था। दुनिया के नक्शे से उसका नामोनिशान मिटने की आशंका थी। अत: ऐसी स्थिति में देश की डूबती नैया पार लगाने के उनके कार्य के आगे प्रत्येक हिंदू को अपना शीश नहीं नवाना चाहिए क्या? बड़े गर्व से, प्रेमभाव से और शुद्ध अंत:करण से उस साम्राज्य को याद नहीं रखना चाहिए क्या?

वाष्प और विद्युत् के इस युग में मैजिनी और गैरीबॉल्डी जैसे नेताओं को केवल नैतिक प्रचार के बल पर संपूर्ण इटली को संगठित करने में कामयाबी नहीं मिली। उनकी महत्त्वाकांक्षा सभी प्रांतिक भेदभाव नष्ट करके अपने लोगों को संगठित करके इटली को एक अखंड राज्य बनाने की थी और उसकी पूर्ति के लिए उन्हें भी अवैध तरीके अपनाने पड़े। नेपल्स तथा रोम की प्रजा को संयुक्त इटली राज्य निर्माण का प्रयास ज्यादा महत्त्वपूर्ण नहीं लगता था और उसके लिए अपनी व्यक्तिगत स्वतंत्रता को तिलांजलि देने की बात उनके पल्ले नहीं पड़ रही थी। व्यक्तिगत स्वतंत्रता को अहम माननेवाले और जिनकी

संकल्प-विकल्प बुद्धि केवल अपने प्रांत तक ही सीमित है, ऐसे लोगों को पीडमॉट का राजा और उसी प्रांत के गैरीबॉल्डी, क्रोस्पो, कॅव्हूर आदि आंदोलनकर्ताओं के कार्य के बारे में, और उनके आश्वासनों के बारे में संदेह उत्पन्न होना साहसिक था। ऑस्ट्रिया और फ्रांस की गुलामी करने में उन्हें बुरा नहीं लग रहा था। यह उनके स्वभाव में घुल-मिल गई थी। गुलामी मानसिकता के अनुरूप अपनी जैसी ही स्थिति में रहनेवाले किसी को अपना स्वामी बनाकर उसकी आज्ञा का पालन करना तथा उसे अपने से श्रेष्ठ समझना उनके गले नहीं उतर रहा था। इटली के आंदोलनकर्ताओं के कार्य की तुलना हम मराठा आंदोलनकर्ताओं के कार्य से करेंगे तो पता चलेगा कि उन्हें भी न सिर्फ परकीयों से लड़ना पड़ा, बल्कि अपने बांधवों से भी दुश्मनी मोल लेनी पड़ी; लेकिन इतिहास उन्हें बंधु-विरोध के लांछन से मुक्त करता है। इन आंदोलनकर्ताओं ने जिन निओपॉलिटन और रोमन लोगों को युद्ध में पराजित किया, उनके वंशज भी आज इनका आदर करते हैं और उनके कार्य के आगे नतमस्तक होते हैं।

इटली में जैसे पीडमॉट के राजा को ही बाद में अखिल इटली राज्य का शासक माना गया, वैसे ही अनुकूल परिस्थिति प्राप्त होते ही, उस मराठा राजा का हिंदुस्थान के सम्राट् के नाते राज्याभिषेक किया जाना चाहिए था। मराठों के मित्र तथा शत्रु—दोनों यह तथ्य स्वीकार करते हैं कि सदाशिवराव भाऊ ने अखिल हिंदुस्थान के सम्राट् के नाते विश्वासराव के नाम का ऐलान भी किया था। मराठों के कालखंड में हिंदुस्थान में जो राजकीय गतिविधियाँ घटीं उनकी आधुनिक जर्मन की स्वतंत्रता और संगठन विषयक गतिविधियों से काफी समानता है—यह इतिहास से ज्ञात होता है। जर्मन साम्राज्य जैसे ही जिसका अभिषिक्त सम्राट् मराठों का छत्रपति है, ऐसा हिंदुओं का साम्राज्य लगभग स्थापित हो चुका था। जिस प्रकार पोडमॉट के इटली के राज्य में और पर्सिया के जर्मन साम्राज्य में राष्ट्रीयता की भावना कूट-कूटकर भरी थी, उसी प्रकार महाराष्ट्र का हिंदू राज्य अखिल हिंदूहित और देशभक्ति की भावना से ओतप्रोत था। अतः इस साम्राज्य के निर्माण में जिन्होंने आत्माहुति दी, उनकी स्मृति को चिरंजीवी रखना हमारा परम कर्तव्य है।

□

मराठों की युद्धशैली

'आपणास राखून गनीम घयावा। स्थलांस गनिमाचा वेटा पडला तो रोज झुंजून स्थल जतन करावे। निदान येऊन पडले तरी परिच्छिन्नवार होऊन लोकी मरावे। पण सल्ला देऊन जीव वाचविला असे सर्वथा न घडावे।'

—राजाज्ञा

(—अगर शत्रु ने हम पर धावा बोल दिया तो उसका मुकाबला करते वक्त अपनी सुरक्षा की खबरदारी लेनी चाहिए। संकट अगर नितांत नजदीक आया हो तो उसी स्थान पर अडिग रहकर अपना शरीर शतश: खंडित होने की परवाह किए बगैर मृत्यु का वरण करना चाहिए। मातृभूमि का बलिदान देकर अपनी जान बचाई—ऐसी दुनिया में अपकीर्ति नहीं होनी चाहिए।)

'ऐसे अपघेची उठता। परदलाची काय ती चिंता।
हिरणे पलति उठति चित्ता। चहुंकडे॥'

—समर्थ गुरु रामदास

(—इसी तरह अगर संपूर्ण विश्व भी हमारे खिलाफ हो जाए, तब भी कोई चिंता नहीं। फिर सिर्फ एकपरकीय आक्रमणकारी से क्या डरना! शत्रुसेना को यत्र-तत्र भागनेवाले हिरनों के समूह जैसा समझो।)

संक्षिप्त वृत्तांत के प्रारंभ में ही हमने इस बात का जिक्र किया है कि हिंदूजाति के अर्वाचीन इतिहास से और शिवाजी महाराज के जन्म से जिस वैभवशाली युग का उदय हुआ, उसका श्रेय जितना शिवाजी महाराज और उनके गुरु समर्थ रामदास स्वामीजी द्वारा प्रस्तुत महान् राष्ट्रीय तथा आध्यात्मिक ध्येय को जाता है, उतना ही मराठों ने युद्धभूमि पर जो छापामार युद्धपद्धति अपनाई, उसे भी देना चाहिए। इस युद्धपद्धति को वृकयुद्धपद्धति कहना उचित होगा, क्योंकि इसमें धूर्तता की अहमियत होती है। यह

दाँवपेंचों से भरपूर होती है। हम निश्चित रूप से कह सकते हैं कि हिंदूजाति के निस्तेज होते जा रहे जीवन में चैतन्य जगानेवाली शक्ति जैसे महाराष्ट्र का धर्म थी, उसी प्रकार मराठों की यह युद्धशैली उस समय हिंदूजाति में प्रचलित युद्धशास्त्र को सही मार्गदर्शन देनेवाली थी। हमने इस संक्षिप्त वृत्तांत में जिन ऐतिहासिक वाक्यों का उल्लेख किया, उससे हमारे उपरिनिर्दिष्ट विधान की पुष्टि होती है। शिवाजी महाराज के राज्यकाल में वह अत्यंत उपयुक्त थी, उपयुक्तता के कारण ही वह प्रचलित हुई। इसे न सिर्फ शिवाजी महाराज ने अपनाया, बल्कि उनके अनुयायी भी इसका अवलंब करने लगे। शिवाजी महाराज के समय तो शुरू-शुरू में क्रांतिकारियों के विशाल दल नहीं थे; लेकिन उनकी उत्तराधिकारियों की पीढ़ी में दल भार बढ़ता गया, तब उन्हें यह युद्धशैली काफी सुविधाजनक लगी। कार्यक्षमता की दृष्टि से यह शैली अद्वितीय थी। इसलिए दुश्मन का सामना करते समय मराठी वीरों ने इसका बखूबी प्रयोग किया। मराठी सेनानायकों ने विशाल सेनासमूह में इसका इतना असरदार प्रयोग किया कि मराठी सेना का आमना-सामना होते ही दुश्मन जीने की आशा छोड़ देते थे—यह बात हमने इस विवेचन में कई बार लिखी है।

बलशाली शत्रु से मुकाबला करते समय मराठों के घुड़सवार चारों ओर पास की ही पहाड़ियों में छिप जाते थे अथवा झाड़ियों की ओट में बैठ जाते थे और वहाँ से शत्रु की गतिविधियों पर निगरानी रखते थे। दुश्मन इस गलतफहमी में बेफिक्र रहते थे कि मराठों को हमारा सामना करने की हिम्मत नहीं हुई, इसलिए वे भाग गए हैं। दुश्मन विजयोन्माद से जैसे ही आगे बढ़ने लगता था, मराठे उसे दबोच लेते थे। कभी-कभी तो मराठे जिस सँकरी जगह पर दुश्मन के आने का इंतजार करते रहते थे, ठीक उसी जगह पर दुश्मन के पहुँचते ही वे जिस द्रुतगति से दुश्मन की आँखों से ओझल हो गए थे, उसी गति से दुश्मन को शिकंजे में फँसा लेते थे। अनायास हाथ लगे शिकार पर वे संगठित होकर टूट पड़ते थे। यह सब यकायक क्या हो रहा है, यह सोचने का अवसर ही दुश्मन को नहीं मिलता था। लड़ाई के वक्त मराठे इतनी प्रचंडता से लड़ते थे कि दुश्मन हमेशा के लिए हिम्मत हार जाते थे। बदायूँ की घाटी में हुआ संग्राम और हंबीरराव से किया हुआ युद्ध इस बात के प्रमाण हैं। मराठों की इस युद्ध विशेषता का परिचय कई रण-प्रसंगों से मिलता है। शौर्य का प्रदर्शन करने का उनका अभ्यास इतना जबरदस्त था कि उनकी लड़ने की इच्छा जिस समय नहीं रहती थी, उस समय उन्हें ललकारना दुश्मन के लिए 'आ बैल मुझे मार' जैसा होता था।

मराठों की युद्धशैली और आत्माहुति का प्रमाण था समर्थ रामदास स्वामीजी का यह वचन—'शक्ति ने मिलती राज्ये, युक्ति ने यत्न होत से' अर्थात् राज्य शक्ति द्वारा जीते जाते हैं और युक्ति के द्वारा कार्य सफल होते हैं। वे धर्मयुद्ध के हिमायती थे और

ऐसा पवित्र युद्ध किए बिना स्वतंत्रता अथवा साम्राज्य की उपलब्धि असंभव थी। आत्माहुति और असीम शौर्य—इन दोनों गुणों के कारण मराठे अखिल हिंदुस्थान के स्वामी बन सके। इन्हीं गुणों के कारण वीर तानाजी सिंहगढ़ पर भगवा ध्वज फहरा सके। मराठा वीर पराक्रम से ज्यादा चातुर्य को प्राथमिकता देते थे। पराक्रम तो पशु भी करता है, लेकिन चतुरता से, विवेक-बुद्धि से मनुष्य ही पराक्रम कर सकता है। यश-प्राप्ति के लिए विवेक-बुद्धि से किया गया आत्मबलिदान ही जरूरी होता है। बलिदान निरर्थक नहीं होना चाहिए। मराठों की युद्धनीति में जिस बलिदान से लक्ष्यपूर्ति नहीं होती, उसे कोई स्थान नहीं था। 'कातर्य केवल नीति, शौर्यं श्वापदचेष्टितम्' इस श्लोकार्ध में निहित मार्मिक उपदेश समर्थ रामदास स्वामीजी ने 'शक्ति युक्ति जये ठायी तेथे श्रीमंत नांदती!' इस पद्य में किया है। इसका मतलब है, जहाँ ताकत के साथ-साथ जुगत भी होती है वहाँ लक्ष्मी का वास होता है। मराठे प्रसंगावधानी थे। प्रसंग की गंभीरता का अनुमान लेकर वे अपनी कम-से-कम और शत्रु की ज्यादा-से-ज्यादा हानि करनेवाले तरीके अपनाते थे तथा फूँक-फूँककर कदम रखते थे। इतनी सावधानी बरतने के बावजूद अगर संकट अटल हो जाए तो अपने साहस का परिचय देते थे। जब तक संभव हो, वे युद्ध को टालने के पक्ष में रहते थे; लेकिन अगर युद्ध करना ही पड़े तो उसे निर्णायक स्थिति में ले जाते थे।

मराठे शत्रु के मोरचे के सैनिक अपने दल से अलग-थलग पड़ते ही उनका कत्ल करने के हेतु से अथवा शत्रु पक्ष के छोटे-छोटे दलों पर हमला करने के हेतु से झाड़ियों में छिपकर टोह लेते रहते थे। शत्रु अगर उनका पीछा करता तो वे किस दिशा में गायब हो गए, शत्रु को इसका पता ही नहीं चलता था और आखिर तंग आकर शत्रु जब पीछा करना छोड़ देते थे, तब अचानक कहीं से आकर मराठे शत्रु को दबोच लेते थे। मराठों की विशाल सेनावाहिनियों ने भी इन्हीं दाँवपेंचों का प्रयोग किया। शुरू-शुरू में शत्रु पक्ष के इक्के-दुक्के सैनिक को ही पकड़कर उसका काम तमाम कर देते थे, लेकिन बाद में उनकी पूरी सेनावाहिनी को अपनी गिरफ्त में लेकर कत्लेआम करते थे। हम इतिहास में देख सकते हैं कि होलकरजी और पटवर्धनजी ने अंग्रेजों के साथ हुए पहले युद्ध में छत्रपति शिवाजी महाराज द्वारा अपनाई गई युद्धनीति का ही प्रयोग किया और उसी का अनुसरण नाना फणनवीस एवं महादजी सिंधिया के समय तक मराठों द्वारा किया गया। शिवाजी महाराज के उत्तराधिकारियों ने न सिर्फ अनुसरण किया, बल्कि उस नीति में परिस्थिति के अनुरूप सुधार भी किया।

उनकी इस युद्धनीति की दूसरी प्रमुख विशेषता यह थी कि शत्रु पर उसकी असावधानता की स्थिति में हमला करके उसे बचावात्मक पैंतरा अपनाने पर मजबूर होना पड़ता था। वे खुद जाकर शत्रु के प्रांत पर आक्रमण करते थे और अपनी गैर-

हाजिरी में अपना प्रांत सुरक्षित रखते थे। युद्ध शत्रु के प्रांत में होने के कारण उसकी ही हानि होती थी। लगातार हमले करना, शत्रु पक्ष की रसद नष्ट करना, हमेशा आपत्कालीन स्थिति बनाए रखना—इस तरह वहाँ की प्रजा को भी वे परेशान करते रहते थे। कभी भी सुकून न मिलने के कारण शत्रु सेना का मनोधैर्य और हौसला—दोनों पर असर पड़ता था। युद्ध की स्थिति बनी रहने के कारण चीजों की दुर्लभता, फिर उससे महँगाई, अकाल और भ्रष्टाचार—ये सभी समस्याएँ उत्पन्न होती थीं। इधर खाई उधर कुआँ—शत्रु पक्ष की ऐसी हालत करने के बाद और युद्ध-व्यय पूरा करने के लिए उसपर चौथ कर लागू कर देते थे। मतलब, शत्रुपक्ष को अपनी सेना के साथ-साथ मराठों की सेना को भी पोसना पड़ता था। शत्रु के लिए इस स्थिति को न उगलते बनता था, न निगलते। मराठों के शत्रु निराशा से कहते थे कि मराठों के साथ लड़ाई करने का मतलब हवा के साथ लड़ना है, पानी को दो भागों में विभक्त करना है। इस युद्धनीति को अपनाने से वीर राघोजी भोंसले को बंगाल में बहुत सफलता मिली। लगातार आक्रमण करके वहाँ के नवाब को इतना त्रस्त किया कि अंततः उसे उड़ीसा मराठों को सौंप देने के लिए विवश होना पड़ा। उसे एक हिंदू राजा को कर देकर उसकी शरण होना पड़ा। इसका विवेचन हम पहले ही कर चुके हैं।

मराठों की इस युद्धशैली का विरोध करने वाले कुछ लोगों का कहना है कि शत्रु के प्रांत में युद्ध करके वहाँ अकाल की स्थिति निर्मित करना, वहाँ चौथ वसूल करके आम जनता को परेशान करना आदि शिवाजी महाराज के जमाने में तो उचित था, लेकिन बाद में उस उत्पन्न स्थिति से मराठों को विशाल सेना रखने की हैसियत प्राप्त हो गई। तब, अर्थात् पेशवा के जमाने में वैसा करना विशुद्ध लूटपाट थी। हमारे अनुसार विरोधियों का यह कहना उचित नहीं, क्योंकि उस अवधि में न केवल मराठे बल्कि सभी राष्ट्र इस नीति का अवलंबन करते थे। वह रणनीति का अहम हिस्सा था। हिंदू, मुसलमान ऐसा भेद न करके दोनों इसका प्रयोग करते थे। यूरोपीय और एशियाई राष्ट्र भी इसके लिए अपवाद नहीं थे। पुर्तगाली, अंग्रेज सभी शत्रु के प्रांतों पर कब्जा करने के बाद उनपर युद्ध-कर लगाना आवश्यक मानते थे। शिवाजी महाराज के उत्तराधिकारियों द्वारा इस नीति को अपनाने का दूसरा कारण यह था कि उस समय मराठों का कार्यक्षेत्र सुदूर तक फैला हुआ था। उन्हें अलग-अलग स्थानों पर अलग-अलग दुश्मनों का सामना करना पड़ता था। उनके सभी दुश्मन प्रजा पर जुल्म ढानेवाले, दूसरों का राज्य हथियानेवाले होते थे। ऐसे दुश्मनों का सामना करने के लिए मराठों को विशाल सेना रखनी पड़ती थी। उनकी राजधानी, जो उनके कार्यक्षेत्र का प्रमुख बिंदु थी, उस पूना नगरी से कभी पंजाब, तो कभी अर्काट तक उन्हें युद्ध के लिए जाना पड़ता था। इतनी दूर तक हर जगह अपने खर्चें से सेना को लंबे समय तक रखना मराठों के लिए मुश्किल हो जाता था। अगर सेना

को अपने खर्चे से पोसना उन्हें शक्य भी हो जाता, तब भी उनका इस युद्धनीति का प्रयोग करना गलत नहीं था, क्योंकि शत्रु सामर्थ्य को क्षति पहुँचाकर शत्रु को अविलंब अपनी शरण में लाने के लिए यह नीति बड़ी कारगर साबित हो रही थी।

मराठों के दुश्मन उनकी इस युद्धशैली को लूटपाट या डाकाजनी कहते हैं। बोअरों और जर्मनों के युद्ध में लॉर्ड डलहौजी के अन्य राज्यों को अंग्रेजी राज्य में विलीन करते समय सन् १८५७ के नील के युद्ध में इस नीति का सहारा लिया गया था; लेकिन तब किसी ने भी इसे अक्षम्य समझकर उन्हें दोषी करार नहीं दिया था। वास्तव में नील में लड़ा गया युद्ध सामरिक नीति के खिलाफ था, क्योंकि उसका उद्देश्य वैमनस्य भाव से दूसरे राज्यों को अपने राज्यों में विलीन कर लेना था। इसके विपरीत हिंदुओं का स्वतंत्रता के लिए लड़ना न्यायसंगत था। वैसे तो युद्ध में कुछ भी जायज होता है। मराठों का सामना औरंगजेब, टीपू, गुलाम कादर आदि शत्रुओं से हुआ था। अपने देश की रक्षा के लिए इस तरह की नीति अपनाना न्यायसंगत समझना चाहिए। अपने शत्रुओं को इस संबंध में छत्रपति शिवाजी महाराज ने करारा जवाब दिया है, उसका उल्लेख हम यहाँ करते हैं। जो इस तरह है—"आपके बादशाह ने मेरे देश की रक्षा के लिए मुझे यह सेनादल खड़ा करने के लिए बाध्य किया है। अतः उसके खर्चे का बोझ उसकी प्रजा द्वारा उठाना तर्कसंगत है!" छत्रपति शिवाजी महाराज जब सवारी पर निकलते थे, तब यह इकरारनामा करते थे कि हमारी राह पर जो लोग हमारा अधिकार मानेंगे और हमारी अवज्ञा नहीं करेंगे, उन्हें मुझसे तथा मेरे सैनिकों से कोई भी परेशानी नहीं होगी। तत्कालीन अंग्रेज लेखकों ने भी यह बात स्वीकार की है। अपना वचन निभाने में शिवाजी महाराज दृढ़ रहते थे। उनके अनुयायी भी वचन पालन करने में दृढ़ थे। इस तथ्य की पुष्टि के लिए हम सन् १७५७ में खर्डा में हुई लड़ाई का प्रमाण देते हैं। इसमें मराठों को उज्ज्वल यश प्राप्त हुआ और युद्ध-समाप्ति तक उन्होंने अपने वचनों का पालन किया।

अब इसमें कोई संदेह नहीं कि लगातार होती रही लड़ाइयों के कारण दुश्मन की प्रजा को बिलावजह परेशानी झेलनी पड़ती थी; किंतु युद्ध में सबकुछ जायज होता है—इस नियम से किस पक्ष का लाभ हो रहा है और किस पक्ष की हानि—ऐसा सूक्ष्म विश्लेषण करना हमें अनावश्यक लगता है, क्योंकि जिस भाँति मराठों को मुसलमान तथा उनके अन्य शत्रुओं द्वारा क्षतिपूर्ति चुकानी पड़ी, उसी भाँति हिंदू भी उसका शिकार बने। इस महान् कार्य में वस्तुतः हर प्रांत के हिंदुओं को मराठों का साथ देना चाहिए था, लेकिन वे केवल तटस्थ ही नहीं रहे बल्कि उन्होंने मराठों से शत्रुता मोल ली। राष्ट्रीय हित के लिए स्वार्थ-त्याग करने की जिनकी जरा भी तैयारी नहीं रहती थी और जो मौकापरस्त रहते थे, ऐसे हिंदुओं को युद्ध में होने वाले खर्चे का भार उठाने पर विवश करना पड़ता था। हिंदुओं की वंश-परंपरा, संस्कृति और उनके पूजास्थल—इन सबकी

रक्षा हिंदू सेना के शौर्य के कारण ही होती थी। अतः ऐसी सेना को पोसने के लिए यह एक प्रकार का अप्रत्यक्ष युद्ध-कर ही सभी हिंदुओं पर लागू किया गया था।

यह युद्ध-कर वसूलते समय हो सकता है, मराठी सैनिकों द्वारा कभी-कभार ज्यादती हुई होगी। हम उनकी बरजोरी का समर्थन नहीं करते, लेकिन इस बात का भी ध्यान रखना चाहिए कि मराठों को मुसलमान, पुर्तगाली आदि शत्रुओं का मुकाबला करते वक्त जैसे बर्बर जुल्मों को सहना पड़ा, उससे उनके द्वारा किए हुए जुल्म तो कुछ भी नहीं थे। जिन मौलवियों ने धर्मप्रचार करने की धुन में कई हिंदुओं का जबर्दस्ती धर्मांतरण किया, उन्हें भी मराठों ने उनकी ताकत बढ़ने के बावजूद हिंदूधर्म स्वीकारने पर विवश नहीं किया। अपने ईश्वर का वर्चस्व साबित करने के लिए उन्होंने एक भी मसजिद नहीं गिराई अथवा गिरजों को ध्वस्त नहीं किया। वे अगर चाहते तो ऐसे कृत्य कर सकते थे। उन्होंने किया नहीं—इसका मतलब यह नहीं कि उनमें सामर्थ्य नहीं थी। अपने अल्लाह का अथवा आसमान में रहनेवाले प्रभु का वर्चस्व साबित करने के लिए परधर्मियों को इस तरह की ओछी हरकतों का सहारा लेना पड़ता था, नैतिक अत्याचार अथवा गुंडागर्दी जैसे नीच कृत्यों के संदर्भ में मराठों के कट्टर दुश्मन भी उन्हें बदनाम नहीं कर सके। मराठों का आचरण इतना निष्कलंक था कि अपने धर्म की खातिर कभी उन्होंने जघन्य हत्याकांड किए हैं अथवा स्त्रीजाति का चरित्र-हनन किया है अथवा दूसरे धर्मों के पवित्र ग्रंथ जलाए हैं—इस तरह के जघन्य कृत्य करने का एक भी उदाहरण नहीं मिलेगा। उनके खिलाफ उनके शत्रु केवल यही आरोप लगा सकते हैं कि जिसे लूट ऐसी संज्ञा दी जाती है, मतलब युद्ध-कर वसूलना और शत्रु की रसद खंडित करके उसके प्रांत को ध्वस्त करना मराठों का काम था। मराठे दूसरे प्रांतों पर हमले करते रहते थे; लेकिन जब कभी शत्रु उनके प्रांत पर हमला करता था, तब भी मराठे अपने प्रांत में यही तरीका अपनाते थे। इससे इस बात को समर्थन मिलता है कि तत्सामयिक स्थिति में इसी युद्धशैली का सहारा लेना अत्यावश्यक हो जाता था। मराठों के इतिहास में दो ऐसे भी उदाहरण हैं। जैसे राजाराम महाराज के नेतृत्व में जब औरंगजेब ने पूना आक्रमण किया और अंग्रेजों ने भी हमला किया, तब मराठों ने अपने प्रांत को ध्वस्त कराकर निर्जन कर दिया था। उन्होंने अपने हाथों अपने प्रदेश को वीरान बनाकर शत्रु को मात दी। अंग्रेजों की सवारी के समय तो उनके हाथों पावन नगरी पूना बरबाद होते हुए देखने की बजाय खुद ही उसे जलाकर उजाड़ने का संकल्प मराठों ने किया था। मतलब उन्होंने अपने प्रांत में शत्रुओं का उत्पात मचने नहीं दिया। दूसरे प्रांतों में युद्ध-कर वसूलना, अव्यवस्था का माहौल पैदा करना आदि तरीके मराठे सिर्फ युद्ध-समाप्ति तक ही अपनाते थे। अपने बांधवों को जो इस महान् कार्य में साथ नहीं दे रहे थे, उन्हें सताना उनका प्रमुख उद्देश्य नहीं रहता था। जैसे ही कोई प्रदेश विधिवत् हिंदू साम्राज्य का अंग

बन जाता था, तो मराठे वहाँ उत्पात मचाना बंद कर देते थे। अगर अपने ही बांधवों के लिए उनके मन में अनास्था रहती तो परकीय आक्रमणों से खुद को बचाने के लिए दूसरे प्रांतों के हिंदू बड़ी आशा से मराठों को अपनी सहायता के लिए पुकारने पर वहाँ मराठे दौड़कर नहीं जाते। इस महान् कार्य की संपन्नता के लिए अपने बांधवों पर नैतिक दबाव बनाए रखना ही मराठों का उद्देश्य था। परकीय आक्रमणों से अपने बांधवों की रक्षा करते वक्त मराठे उनके प्रति सौहार्द भावना रखते थे।

यदा-कदा मराठों द्वारा अपने बांधवों पर जो जुल्म किए गए, वे उपेक्षणीय हैं, लेकिन हमें यह भूलना नहीं चाहिए कि जब रोम से गैरीबॉडी वापस लौटा, तब भी ऐसे जुल्म हुए थे। राज्य क्रांति के वक्त थोड़े-बहुत जुल्म होना साधारण बात है। फ्रांस से लेकर जर्मनी तक सभी राज्य क्रांतियों में यही हुआ। जिस तरह ऐसी घटनाओं से यूरोप की राज्य क्रांति कलंकित नहीं हुई, उसी तरह अत्याचार की छिटपुट घटनाओं से मराठों की उज्ज्वल क्रांति की प्रतिष्ठा पर आँच नहीं आती। विदेशियों ने हिंदुओं पर जो अत्याचार किए थे उनकी तुलना में मराठों द्वारा किए गए अत्याचार ऊँट के मुँह में जीरा जैसे क्षुद्र हैं। जिस महान् आंदोलन के कारण सदियों से दासता के बंधन में जकड़े रहने से धूल-धूसरित हुआ हिंदू ध्वज फिर से सम्मान के साथ उठ खडा हुआ; जिस आंदोलन के फलस्वरूप मराठों ने राजाओं, महाराजाओं, नवाबों और सम्राटों का प्रतिशोध करके इस ध्वज को अटक तक फहराया और शत्रु को अपने सामने शीश झुकाने पर मजबूर किया—ऐसे महान् आंदोलन के प्रति प्रत्येक हिंदू के हृदय में गौरव तथा श्रद्धाभाव का होना आवश्यक है।

□

साम्राज्य द्वारा हिंदू जीवन का सर्वांगीण नवजागरण

'शस्त्रेण रक्षिते राष्ट्रे शास्त्रचिन्ता प्रवर्तते!'

(—शस्त्रों द्वारा ही राष्ट्र की रक्षा संभव है और उसके उपरांत ही शास्त्रों की चिंता की जा सकती है।)

मराठी साम्राज्य की स्थापना से हिंदू राष्ट्र का मानो कायाकल्प हो गया। हिंदुओं के पुनर्जागरण के कार्य का श्रीगणेश तो हो गया, लेकिन अखिल हिंदूजाति के विशाल साम्राज्य की स्थापना का उद्‌देश्य अभी शेष था। हिंदू राष्ट्र का सर्वंकष उद्धार मराठी साम्राज्य की छत्रच्छाया में ही होता रहा। इस साम्राज्य द्वारा हिंदूजाति में विद्यमान त्रुटियों का उन्मूलन करने के लिए उसमें अपेक्षित सुधार भी किए गए। अनेकआंदोलनों को बढ़ावा दिया। शत्रुओं के गुणों को भी बड़ी उदारता से ग्रहण किया। परकीय आक्रमणों के भय से हिंदू जीवन को मुक्त करने के लिए प्रयास किए। उस समय फारसी और अरबी भाषाओं ने भी हिंदुस्थानी भाषाओं को अपनी गिरफ्त में लेकर अपना वर्चस्व कायम किया था। राज्य शासन का कारोबार ज्यादातर फारसी भाषा में ही होता था, लेकिन हिंदू राज्य का सूत्र-संचालन अपने हाथों में लेते ही मराठों ने फारसी भाषा के व्यवहार पर पाबंदी लगा दी। उन्होंने सर्वप्रथम भाषा शुद्धि के कार्य को वरीयता दी। उनका ऐसा करना अत्यावश्यक था, वरना उनकी भाषा का अस्तित्व ही खतरे में पड़ सकता था; पंजाब तथा सिंध प्रांतों की तरह वहाँ भी अरबी और उर्दू भाषा का ही वर्चस्व हो जाता। भाषा शुद्धीकरण के कार्य से मराठी भाषा का दर्जा अव्वल रहा। 'राज्य व्यवहार कोश' की रचना के कार्य पर एक विद्वान् की नियुक्ति की गई। इस कोश में राष्ट्र भाषा पर, राजनैतिक विचारों पर और रचनाओं पर जिन मुसलिम शब्दों का प्रभाव पड़ा था उनके पर्यायवाची शब्दों को क्रमवार लिखा गया। परकीय भाषा के प्रयोग पर पाबंदी लगाई गई। अपनी राष्ट्रभाषा का प्रयोग

करने के लिए लोगों को प्रेरित किया गया। परकीय शब्दों के इस तरह के निषेध का मराठी भाषा पर आश्चर्यजनक असर हुआ। राजकीय पत्र-लेखन और राजनयिकों के लेखन की भाषा में काफी सुधार हुआ और उसमें परकीय शब्दों का प्रयोग वर्जित किया गया। मराठी कविराज मोरोपंत द्वारा रचित 'महाभारत' ग्रंथ इस बात का सर्वोत्कृष्ट प्रमाण है। ऐतिहासिक एवं राजनैतिक वाङ्मय, पद्य अथवा गद्य वाङ्मय संस्कारित होता गया। 'बखर' मतलब ऐतिहासिक घटनाओं पर प्रकाश डालनेवाले ग्रंथ भी अपने-आप में श्रेष्ठ हैं। इस तरह के वाङ्मय प्रकारों की भाषा इतनी सजीव और जोश भरी है कि पढ़नेवाले की चेतना जाग्रत् हो उठे। तत्सामयिक गतिविधियों ने इतिहास को भी तरोताजा रखने का काम किया था। उस समय के लोगों का जीवन शौर्यपूर्ण कृत्यों से इतना व्यस्त रहता था कि निरर्थक बातें करने की उन्हें फुरसत ही नहीं मिलती थी। अत: सहज ही उनकी वाणी संयमित और ओजस्वी होती थी। इसका उत्तम उदाहरण है 'पँवाड़ा' नामक काव्य प्रकार। आधुनिक काल में भाषा में ऐसी ओजस्विता ढूँढ़ने से भी नहीं मिलती, क्योंकि इस युग में वीरतापूर्ण कार्यों के अनुभव के बगैर ही कलमशूर इतिहास लिख डालते हैं। मराठों के समय जिन्होंने युद्ध-प्रसंगों का खुद अनुभव किया, वे अपनी जोशपूर्ण वाणी में उनका बयान करते थे।

उस कालखंड में केवल मराठी भाषा के प्रचार अथवा प्रयोग को बढ़ावा मिला, ऐसी बात नहीं है। पवित्र भाषा संस्कृत को भी प्रोत्साहन मिला। पुराण, वेद, उपनिषद्, ज्योतिषशास्त्र, काव्य, आयुर्वेद तथा हिंदू साहित्य के सभी अंगों का पुनर्जागरण हुआ। सर्वांगीण विकास की दृष्टि से लोगों को सभी प्रकार की शिक्षा प्रदान करनेवाले केंद्र स्थापित किए गए। भारत के विभिन्न स्थानों में स्थित हिंदू राजधानियाँ शिक्षा का आदान-प्रदान करनेवाले केंद्र बन गईं। नैतिक शिक्षा को वरीयता दी गई। धार्मिक शिक्षा के लिए मठों की स्थापना की गई। रामेश्वरम् से लेकर हरिद्वार तक और द्वारका से लेकर जगन्नाथपुरी तक हिंदू तत्त्वज्ञान, नीतिशास्त्र और संस्कृति का प्रचार करनेवाले लोगों को मराठों ने सुरक्षा उपलब्ध कराई। इन धर्म-प्रचारकों से विचार विमर्श करने के लिए, उनकी सहायता करने के लिए, उनकी हर सुख-सुविधा का खयाल रखने के लिए प्रांताधिकारी एवं सेनाधिकारियों की आपस में होड़ लगने लगी। ऐसे लोगों के लिए मठों की स्थापना की शुरुआत श्री समर्थ रामदास स्वामीजी ने ही की। धीरे-धीरे हिंदुस्थान भर में इनकी संख्या में वृद्धि होती गई और धर्म-प्रचार के साथ-साथ वहाँ राजकीय प्रचार भी होने लगा। खुद पेशवा की अध्यक्षता में पूना में हर साल सावन के महीने में भारत भर के पंडितों का सम्मेलन आयोजित होता था। सभी शास्त्रों की नियमित परीक्षाएँ ली जाती थीं और पुरस्कार वितरित किए जाते थे। उपाधि और पुरस्कारों पर लाखों रुपए खर्च किए जाते थे। विकीर्ण हिंदू विचारधारा को ऐसे सम्मेलनों द्वारा एक निश्चित दिशा मिलती थी। दुश्मन का मुकाबला करने के लिए अलग-अलग जाति एवं पंथों के हिंदुओं को एकत्र करने का कार्य संपन्न

होता था। बड़े अभिमान के साथ लहरानेवाले हिंदू ध्वज के तले सम्मिलित हुए हिंदुओं के मन में 'हम सब एक हैं' की भावना उदित होती थी।

पेशवा और उनके मंत्रीगण सार्वजनिक कार्यों का भी विशेष ध्यान रखते थे। इन कार्यों के लिए जरूरी धन-स्रोत सभी दिशाओं से बहता हुआ मराठों की राजधानी पूना में संकलित होता था। कर-वसूली के रूप में इकट्ठे हुए इस धन का विनिमय सही तरीके से होता था। न तो कृपणता से उसका संचय होता था और न ही ऐशो-आराम में उसका अपव्यय किया जाता था। हिंदुस्थान में ऐसी एक भी पवित्र नदी नहीं जिसके किनारे घाट न बना हो, ऐसा एक भी घाट नहीं, जिस पर कोई धर्मशाला या मंदिर नहीं, ऐसा एक भी मंदिर नहीं, जिसकी देखरेख के लिए कोई व्यवस्था नहीं की गई। संकलित धन का विनिमय इन्हीं कार्यों के लिए किया जाता था। यहाँ के प्रसिद्ध मंदिर महाराष्ट्र स्थित हिंदू साम्राज्य की उदारता के प्रत्यक्ष उदाहरण हैं। मराठों के कालखंड में युद्ध-विषयक गतिविधियाँ सतत चलती रहती थीं। इसके बावजूद जिंजी और तंजावूर से लेकर ग्वालियर और द्वारका तक के विस्तृत प्रदेश में रहनेवाले लोगों को हिंदुस्थान के दूसरे प्रांतों की प्रजा से बहुत ही मामूली कर का भुगतान करना पड़ता था। शासन-व्यवस्था इतनी सुचारु थी कि जनता शांति और सुख-चैन की जिंदगी जी रही थी। उस कालखंड में इतर राज्यों की तुलना में मराठी साम्राज्य में रास्ते, डाक वितरण व्यवस्था, अस्पताल, कारागार और सार्वजनिक विभाग ज्यादा सुचारु ढंग से चलाए जाते थे। इस बात की पुष्टि के लिए उस समय के पत्र-व्यवहार, कविताएँ, पँवाडे, बखर एवं तत्कालीन वाङ्मय साक्षी हैं।

उस समय विचारों को सही दिशा दिखानेवाले और दूरगामी परिणाम देनेवाले आंदोलनों का अभाव नहीं था। सामाजिक उन्नति के बाधक ऐसे रीति-रिवाज एवं अंधविश्वासों का जड़ से निर्मूलन हुआ। धीरे-धीरे हिंदू समाज सुधार के मार्ग पर चलने लगा। उनके कट्टरपंथी विचारों में शिथिलता आने लगा। समाज सुधार के नाम पर अटक पार अथवा सात समुंदर पार गए हुए लोगों को फिर से अपनी बिरादरी में शामिल करवाना, भिन्न-भिन्न उपशाखाओं की जातियों में विवाह-संबंध स्थापित करना, पुरानी विधि त्यागकर नूतन विधियों से पूजा-अर्चना करना, ख्रिस्तों ने अथवा मुसलमानों ने जिन्हें धर्मांतरण करने पर मजबूर किया, उन्हें फिर से हिंदूधर्म में शामिल कर लेना, समुद्र यात्रा को प्रोत्साहन देना आदि कार्य किए गए। हिंदू पंडित बलपूर्वक धर्मांतरण करवाए गए व्यक्तियों से चुपचाप स्नानादि प्रायश्चित्त करवाकर उन्हें फिर से हिंदूधर्म में शामिल कर लेते थे। पुर्तगाली लेख इस बात के प्रमाण हैं। पुर्तगाली लोग ऐसे शुद्धीकरण समारोहों में बाधा डालते थे। ऐसे ही एक प्रसंग में इकट्ठी हुई भीड़ पर पुर्तगालियों ने चुपके से हमला किया और निहत्थे लोगों पर शस्त्र चलाए। उस समय एक फकीर बड़े धैर्य से खड़ा रहा और बोला—"मेरे शरीर के टुकड़े-टुकड़े हुए बगैर मैं यहाँ से नहीं हटूँगा।" उसकी ढिठाई देखकर दुश्मन

भी हैरान रह गया। बीजापुर के बादशाह ने निंबालकरजी को बलपूर्वक मुसलमान बनाकर उससे खुद अपनी बेटी का विवाह करवाया; फिर भी निंबालकरजी सब कुछ छोड़-छाड़कर भाग आया और मराठी सेना में शामिल हो गया। उसका शुद्धीकरण करवाने का जिम्मा खुद माता जीजाबाई ने उठाया। इसके पश्चात् कर्मकांड पर निष्ठा रखनेवालों के मन में शंका की कोई गुंजाइश न रहे, इसलिए शिवाजी महाराज ने उसके बड़े बेटे के साथ अपनी बेटी का ब्याह रचाकर उसे अपना समधी बना लिया।

इस तरह का और एक उदाहरण है नेताजी पालकर का। यह मराठों के घुड़सवारों का सेनापति था। शूरता के मामले में यह लगभग शिवाजी महाराज जैसा ही वीर था, लेकिन दुर्भाग्यवश वह मुगलों के हाथ लग गया और उसे उत्तरी सीमाप्रांत भेज दिया गया। उसका भी बलपूर्वक धर्मांतरण करवाया गया और वहाँ के क्रूर, जंगली लोगों के बीच उसकी नियुक्ति की गई। लेकिन मौका पाकर वह वहाँ से भाग निकला और महाराष्ट्र में आ पहुँचा। उसने अपने को फिर से हिंदूधर्म में प्रवेश देने का शास्त्री-पंडितों से अनुनय किया। शिवाजी महाराज की अनुमति से उसे हिंदूधर्म में शामिल किया गया। अपने लोगों को फिर से अपने धर्म में प्रवेश देने का यह उपक्रम बाद में भी पेशवा से लेकर नाना फणनवीस तक चलता रहा। पेशवा के आज्ञापत्र इस बात के साक्षी हैं कि मुसलमान अथवा ईसाइयों द्वारा धर्मांतरित किए गए लोगों को फिर से अपने धर्म में अपनाया जाए एवं खानपान-विवाहादि कृत्य उनके साथ पूर्ववत् किए जाएँ। इस तरह के उदाहरणों की कोई कमी नहीं है। सूरत प्रांत में जो मराठी सेना नियुक्त की गई थी उसमें पुताजी नाम के सैनिक को मुसलमानों के हाथ लगने के बाद जबरदस्ती मुसलमान बनाया गया; लेकिन बालाजी बाजीराव जब दिल्ली से लौट रहे थे, तब पुताजी मुसलमानों के चंगुल से बच निकला और पेशवा की सेना में शामिल हो गया। उसे भी पेशवा की सम्मति से हिंदूधर्म में पुनर्प्रवेश दिलाया गया। तुलाजीभट जोशी का उदाहरण थोड़ा अलग है, क्योंकि वे दुश्मन की जबरदस्ती का शिकार नहीं बने, बल्कि लालच की खातिर स्वेच्छा से मुसलमान बन गए; लेकिन बाद में उन्हें भी पछतावा हुआ और पैठण आकर वहाँ के शास्त्री-पंडितों के सम्मुख फिर से हिंदूधर्म में शामिल करने के लिए क्षमा-याचना के साथ विनती करने लगे। पैठण का ब्राह्मण-समाज कट्टरपंथी माना जाता था। फिर भी उसके पछतावे को पर्याप्त कारण मानकर उन्होंने उसे माफ करके उसका शुद्धीकरण किया। सबने उसके साथ भोजन किया। उसके बाद राजदरबार के अधिकारी की ओर से आज्ञापत्र निकालकर अपनी जाति के सभी अधिकार उसे मुहैया कराए गए। छत्रपति संभाजी महाराज की उथल-पुथल भरे कार्यकाल में भी यह उपक्रम अविरत चलता रहा। उनके समय के आज्ञापत्र में जबरन मुसलमान बनाए गए गंगाधर कुलकर्णी नामक व्यक्ति का उल्लेख है। उसमें न सिर्फ उसके शुद्धीकरण विधि का बयान है, बल्कि अंत में 'मनुस्मृति' के वचन का हवाला

देकर ऐसा स्पष्ट निर्देश दिया है कि जो व्यक्ति उसके साथ सामाजिक व्यवहार नहीं रखेगा, वह पाप का भागीदार बनेगा। इसमें जोधपुर की राजकन्या इंद्रकुमारी का उदाहरण दिया है। मुगल बादशाह के साथ उसकी शादी बलपूर्वक कराई गई थी। उसके कई सालों के उपरांत जब वह दिल्ली से वापस लौटी, तब राजपूतों ने उसे दुबारा अपनी जाति में स्वीकार कर लिया।

इसमें कोई अस्वाभाविक बात नहीं कि परकीय घावों से चोटिल अपनी मातृभूमि की रक्षा जिन्होंने जान हथेली पर लेकर की, वे ही उसके धार्मिक और सामाजिक घावों पर मरहम लगाने आगे आएँगे। धार्मिक और सामाजिक घाव राजकीय घावों से अधिक घातक होते हैं। हिंदुस्थान की स्वतंत्रता और हिंदू संस्कृति का पुनर्जागरण—इस उद्देश्य से जिन स्वयंस्फूर्त आंदोलनों ने राजकीय तथा सामाजिक क्षेत्र में उथल-पुथल मचाई थी और शताब्दियों तक दुश्मनों को परास्त किया था ऐसे आंदोलन अपनी संस्कृति, नीति एवं धर्म का अस्तित्व खतरे में पड़ा हुआ देखकर तटस्थ नहीं रह सकते थे। एक शताब्दी से भी कम अवधि में मुसलमानी साम्राज्य ने दक्षिण हिंदुस्थान में अपने धर्म का धुआँधार प्रचार किया था और जबरदस्ती मुसलमान बनाने में वह कामयाब हुआ था। अपनी तलवार पर उन्हें गर्व होने लगा था। फिर जिस सत्ता ने मुसलमानी तख्त और राजमुकुट अपने पैरों तले रौंदकर तहस-नहस कर डाला था, उसके शासनकाल में उसे एकाध सैकड़ा मुसलमानों को जबरदस्ती हिंदू बनाना अशक्य हुआ, यह अफसोसजनक है। उनके लिए मुसलमानों को बलपूर्वक हिंदू बनाना ताकत की दृष्टि से कोई मुश्किल काम नहीं था। वे अगर ठान लेते तो ऐसा कर सकते थे, लेकिन उनकी नीतिमत्ता आड़े आती थी। इसकी एक वजह और भी है कि राजकीय दासता के बंधन तोड़ना आसान है, लेकिन सांस्कृतिक और अंधश्रद्धा के बंधन तोड़ना ज्यादा मुश्किल होता है। अखिल भारतीय हिंदू साम्राज्य की स्वतंत्रता अबाधित रखने के कार्य में ही महाराष्ट्रीयन लोगों की कर्तव्यशक्ति का व्यय हुआ। हिंदुओं का राजकीय वर्चस्व समाप्त करने का बीड़ा जिन्होंने उठाया था, ऐसे दुश्मनों का मुकाबला करके उन्हें यह साम्राज्य स्थापित करना पड़ा था। इस सारी वस्तुस्थिति का आकलन करने पर यह बात स्पष्ट होती है कि सामाजिक सुधार जैसे खुद को लाभ पहुँचाने वाले आंदोलनों को मराठों ने ज्यादा प्रोत्साहन क्यों नहीं दिया। हिंदुओं की शुद्धि के लिए उन्होंने कोई विशेष क्रांति नहीं की। फिर भी अपने धर्मबाह्य बंधुओं को, उनके पश्चात्ताप करने पर, फिर से अपने धर्म तथा समाज में प्रतिष्ठापूर्वक अपनाया; उन्हें अपनी जाति एवं पंथ के अधिकार दिलवाए और पुरानी अंधश्रद्धाओं का उन्मूलन किया। यह सबसे बड़ी उपलब्धि मानी जानी चाहिए।

□

स्नेह और कृतज्ञता का ऋण

'सौख्य स्मरुनि राज्याचे मीनापरि अखण्ड तलमलती!'

—*प्रभाकर*

(—राज्य वैभव पर दृष्टिपात कर शत्रु दल मछली जैसा छटपटाता था।)

अब अपने वंश के प्राचीन और अंतिम इतिहास को ध्यान में रखते हुए हम देख रहे हैं कि हिंदू साम्राज्यों में श्रेष्ठतम ऐसे साम्राज्य का सूर्यास्त होने जा रहा है। सबसे खेदजनक बात यह है कि वह इतना शीघ्र और अचानक हो रहा है!

हमारे वैभव का क्षय तो उसी दिन हो गया था, जिस दिन सिंधु सरिता के तट पर हमारे महान् पराक्रमी पूर्वज सिंधुपति दाहिर पराजित हुए थे। काबुल के हिंदू अधिपति त्रिलोचनपाल, पंजाब के राजा जयपाल तथा अनंगपाल, दिल्लीपति सम्राट् पृथ्वीराज और कन्नौज नरेश जयचंद, चित्तौड़ के शासक महाराणा सांगा, बंगाल के महाराज लक्ष्मण सेन, रामदेव राय एवं देवगिरि के राजा हरपाल, विजयनगर के सभी महाराज तथा महारानियाँ—इन सबके राजसिंहासन एवं राजमुकुट सिंधु नदी से लेकर दक्षिण समुंदर तक धीरे-धीरे धूल-धूसरित होते गए। हिंदू जमात की काँपती हुई छाती पर साहसी, धूर्त एवं पराक्रमी शत्रुदल अपने घुटने रखकर खड़े हो गए। न सिर्फ चित्तौड़ बल्कि हिंदुस्थान भर की सारी राजधानियाँ जलकर राख हो गईं। यदा-कदा इन्हीं राख की ढेरियों से कुछ चिनगारियाँ प्रज्वलित भी हुईं, किंतु पल भर चमककर फिर तिरोहित हो गईं। हिंदूजाति की सभी आशा-किरणों को निस्तेज कर सम्राट् औरंगजेब अपने तख्ते ताउस पर निश्चिंत बैठा था। उसकी क्रोधपूर्ण नजर के एक इशारे पर मृत्यु का तांडव करने को तत्पर रहनेवाली लाखों तलवारें उसके मयूरासन की रक्षा करती थीं।

'या सकल भूमंडलांचि ये ठायीं, हिंदू ऐसा उरला नाहि' (जबकि एक भी ऐसा हिंदू अवशिष्ट न था जो पददलित न हुआ हो) इस तरह के संक्रांति काल में हिंदू युवकों का एक मंडल गुप्त गोष्ठी के लिए एकत्र हुआ और उसने अपनी निस्तेज हुई आशा-

किरणों को प्रज्वलित करने की एवं अपने राष्ट्र तथा धर्म पर हुए अन्यायों का परिमार्जन करने की, नष्ट हुई अपनी प्रतिष्ठा को फिर से प्राप्त करने की कसमें खाईं। जब हिंदू नवयुवकों की यह ध्येय प्रेरित टोली रणक्षेत्र की ओर चल पड़ी तो उसके मस्तक पर था कुंकुम तिलक और हाथों में थी जंग लगी तलवारें! सभी ने उनका उपहास किया। उनके इस कदम को 'मूर्खतापूर्ण कदम' कहा। बुद्धिमानों ने इसे 'आत्मघात का पथ' कहा और औरंगजेब ने 'तुम हो ही क्या!' ऐसे तुच्छतापूर्ण उद्‌गार निकाले। इस तरह के उपहास के पीछे उन लोगों का अनुभव था। शिवाजी महाराज से पहले भी कई युवकों ने विद्रोह का रास्ता चुना था और विफलता भरी इस डगर पर अपने प्राण गँवाए थे; किंतु अब की बार इन दीवानों ने शीश हथेली पर रखकर प्रतिशोध लेने की ठानी थी। मातृभूमि के उत्थान की लहलहाती फसल का सपना देखते हुए उसके बीज बोना वे अपना परम कर्तव्य समझते थे। उन्हें दृढ़ विश्वास था कि हम अपने रक्त से इस बीज को सिंचित करेंगे तो हमारी भावी पीढ़ियाँ उस फसल को प्राप्त करेंगी।

और बीस साल बाद इन्हीं नवयुवकों का सपना साकार होने लगा। उनका उपहास करनेवाले औरंगजेब के चेहरे का रंग उड़ गया। उसकी दर्पोक्ति भरी वाणी मद्धिम हो गई। एक बार तो वह जोर से चीखा—"मैं काफिरों की इस टोली को पहाड़ियों में ही नेस्तनाबूद कर दूँगा।" मराठों की राजसत्ता को वह कमजोर समझता था। वह तुरंत सहस्रों तलवारों की सुरक्षा में शिवाजी के राज्य पर टूट पड़ा। विद्रोहियों को जन्म देनेवाली उस भूमि पर उसने क्रोधावेग से ऐसा जबरदस्त आघात किया कि उसके अपने पैरों तले की जमीन खिसक गई और उसका सिंहासन ही डगमगाने लगा। न तो वह अपने-आप को स्थिर कर सका और न ही विद्रोह के विस्फोट से पड़ी हुई धरती की दरार में धँसने से खुद को बचा सका। वह जैसे-जैसे मराठों के बारे में अंगार उगलता गया और तैश में आकर उठा-पटक करता गया, वैसे-वैसे वह अधिकाधिक गर्त में धँसता चला गया। उसकी रक्षा करनेवाली तलवारों की धार भी कुंठित हो गई। मराठों ने औरंगजेब के शाही मजार के समीप ही विशाल हिंदू साम्राज्य का द्वार खड़ा कर दिया।

शीघ्र ही मराठों ने हिंदू स्वतंत्रता का युद्ध पूरे हिंदुस्थान में फैलाने की दृष्टि से हिंदुत्व का द्योतक केसरिया हाथ में लेकर गुजरात प्रांत में प्रवेश किया। उसके बाद मालवा प्रांत, गोदावरी, चंबल, कृष्णा, तुंगभद्रा आदि नदियाँ पार करते हुए तंजावूर में अपना डेरा जमाया। परकीय दासता के बंधन तोड़ते हुए शक्तिशाली हिंदू साम्राज्य का निर्माण करने के लिए उन्होंने यमुना से लेकर तुंगभद्रा तक और द्वारका से लेकर जगन्नाथपुरी तक सारा प्रदेश मुसलमानी आधिपत्य से मुक्त किया। पहले जिंजी, फिर नागपुर, उसके बाद ओरिसा प्रांत इस तरह एक डगर को पदाक्रांत करते हुए उन्होंने सुनियोजित ढंग से हिंदू साम्राज्य की इमारत की रचना की। तदुपरांत उन्होंने यमुना, गंगा और गंडकी को

पार करते हुए गुप्तों की राजधानी पटना पर अपनी विजय-पताका फहरा दी। कलकत्ता में उन्होंने काली-पूजन और बनारस में विश्वेश्वर-पूजन किया। जिनके पूर्वजों ने जंग खाई हुई तलवारें हाथ में थामकर इस महान् कार्य को संपन्न करने का संकल्प चोरी-छिपे लिया था और जिनकी संख्या नाममात्र की थी, उनके ही ये वंशज सहस्रों की संख्या में डंके की चोट पर अपनी ध्वजा लहराते हुए पूरे हिंदुस्थान भर में भ्रमण कर रहे थे। वे निडरता से मुसलमानी साम्राज्य की राजधानी पर दस्तक देने लगे। वहाँ मौलवी और मौलाना पुराणों के अनुयायियों पर कुराणों के अनुयायी किस तरह हावी रहे, इस विषय में काल्पनिक कथाएँ सुनाने में और कुराणों की महत्ता साबित करने में व्यस्त थे। उसी समय अनेक जाति और अनेक पंथ वाले, मूर्तिपूजक और दाढ़ीविहीन ऐसे युवा हिंदुओं ने दिल्ली द्वार पर साहसपूर्वक दस्तक दे दी और बेधड़क अंदर प्रवेश पाकर वहाँ अपनी ध्वजा फहरा दी। इस तरह का अप्रत्याशित प्रसंग देखकर मुसलमानों की आँखें फटी-की-फटी रह गईं। उनकी मान्यता थी कि इसलाम पर अगर कोई संकट आता है तो जिब्राइल दौड़कर संकट का निवारण करने आता है; लेकिन इस बार पुराणपंथियों से कुराणपंथियों को छुड़ाने कोई जिब्राइल नहीं आया। उस समय यह विचारधारा प्रभावी थी कि आधा चाँद जिसके अजेयत्व की गवाही दे रहा है, वह इसलाम धर्म ही सत्य है और जिसके देवालय जीर्ण-शीर्ण हो गए हैं एवं मूर्तियाँ भग्न हो गई हैं, वह हिंदूधर्म मिथ्या है; लेकिन मराठों ने जो साहसी कदम उठाए, उससे यह विचारधारा केवल भ्रम फैलानेवाली है, यह साबित हो गया। भ्रम भरी यह विचारधारा हिंदुओं के धैर्य को भ्रष्ट करनेवाली एवं जातीय विप्लव को भड़कानेवाली थी। मुसलमानों ने हिंदुओं का बलपूर्वक धर्मांतरण तो किया ही, लेकिन धर्मांतरण करवाने में यह विचारधारा काफी हद तक कारगर रही। दिल्ली की देहरी पर दस्तक देने से वह मिथ्या साबित हुई। अब स्थिति पलट गई। मसजिदों की मीनारों से मंदिरों के शिखर ऊँचे प्रतीत होने लगे। मुसलिमों का आधा चाँद निस्तेज हो गया और अंतिम साँसें गिनने लगा। हिंदुओं के मंदिरों के शिखर सूरज की किरणों से अधिकाधिक निखरने लगे। हिंदुओं के सूर्य ने मुसलमानों के चाँद को तेजहीन कर डाला। विश्वासराव भाऊ ने जो भविष्यवाणी की थी, वह सच निकली। पृथ्वीराज चौहान के वंशजों ने फिर से एक बार दिल्ली पर विजय प्राप्त करके उसपर राज किया। मराठों के लिए 'चूहे' शब्द का प्रयोग करके औरंगजेब ने उनकी खिल्ली उड़ाई थी, लेकिन इन चूहों ने उस सिंह की गुफा में बेधड़क घुसकर उसकी अयाल खींचकर उसके नखदंत एक-एक करके उखाड़ डाले। सिखों के गुरु गोविंदसिंह के कहे गए भविष्य कथन के अनुसार चिड़ियों ने बाज को मार डाला।

योद्धाओं की परिपाटी का अनुसरण करते हुए मराठी सेना ने कुरुक्षेत्र में लहू स्नान किया और आगे लाहौर तक अपना विजय अभियान जारी रखा। इस अभियान में

बाधा डालने वाले अफगानों को अटक पार खदेड़ दिया और तब मराठों ने सीमा पर तनिक विश्राम किया। उसी दरमियान उनके सेनानायक और नेतागण सिंधु नदी पार करके हिंदूकुश और काबुल तक अपनी सेना को ले जाने की योजना बनाने में व्यस्त हो गए। फारस, इंग्लैंड, पुर्तगाल, फ्रांस, हालैंड तथा ऑस्ट्रिया के राजदूत मराठों की राजधानी पूना पहुँचे और उन्हें वहाँ रहने देने का अनुनय करने लगे। बंगाल का नवाब, लखनऊ का नवाब, हैदराबाद का निजाम, मैसूर का सुलतान और इनके बाद अर्काट से लेकर रुहेलखंड तक सभी छोटे-बड़े मुसलमान अधिकारी इतने बेबस हो गए कि मराठे उन्हें सिर्फ जीवनदान दें—इस इच्छा से 'चौथ', 'सरदेशमुखी' एवं अन्य कर देना उन्होंने शुरू कर लिया। अब निजाम नाममात्र का ही निजाम रह गया। उसे अपने अधीनस्थ प्रांत में कर-वसूली से प्राप्त हुआ धन किसी भी तरह मराठों के राजकोष में ही जमा करना पड़ता था। इस तरह निजाम मराठों का केवल कर-वसूली करनेवाला नौकर बन गया! मराठों के मुसलमानों के अलावा और भी कई शत्रु थे।

मराठों का उत्कर्ष ईरान का शाह, काबुल का अमीर, तुर्क और मुगल, रुहेले और पठान, पुर्तगाली और फ्रांसीसी, अंग्रेज और अबीसीनियन—इन सबको फूटी आँखों नहीं भाता था। उन्होंने मराठों को ललकारा; लेकिन भूस्थलीय तथा सागरीय युद्धों में मराठों से उन्हें मुँह की खानी पड़ी। हिंदू सेना ने हिंदू-स्वतंत्रता तथा हिंदू-हित संबंधों को बाधक बने सभी शत्रुओं को नाकों चने चबवाए। रंगणा, विशालगढ़ और चाकण, राजापुर, वेनगुरला तथा वार्सीनोर, पुरंधर, सिंहगढ़, सालहेर, अंबरनी, सबनूर, संगमनेर, फोंदा, वाई, फलटन, जिंजी, सातारा, डिंडोरी, पालकेड, पेतलाड, चिपलूण, विजयगढ़, श्रीगाँव, ठाणा, तारापुर, वार्सी, सारंगपुर, विराल, जैतपुर, दिल्ली, दुराई, सराय, भोपाल, अर्काट, त्रिचिनापल्ली, कादरगंज, फर्रुखाबाद, उद्गीर, कंजपुरा, पानीपत, रक्षा भुवन, अनाबाड़ी, मोती तालाब, धारवाड़, शुक्रताल, नसीबगढ़, बड़गाँव, बोरघाट, वादाई, आगरा, खारदा आदि मराठों द्वारा प्राप्त की गई भूस्थलीय एवं सागरीय विजयों के उदाहरण हैं। इस विजयमालिका में प्रत्येक विजय अनूठी एवं इतनी महत्त्वपूर्ण थी कि अन्य देशों में ऐसे विजयों की स्मृति में कीर्ति-स्तंभों का निर्माण किया जाता। शिवाजी महाराज से लेकर नाना फणनवीस पर्यंत विजयश्री लगातार मराठों के कदम चूम रही थी। उनके साम्राज्य का विस्तार होता गया और वे इतनी विशाल जागीरों का निर्माण करते गए कि जितने क्षेत्र में दूसरे देशों के कई राज्य अंतर्भूत हो सकते थे। इस विस्तार की कल्पना हम इस उदाहरण से कर सकते हैं कि अगर आपकी जेब द्रव्य से इतनी अधिक भर जाए कि आप उसमें से फुटकर सिक्कों को गिराते हुए चलते हैं, उस प्रकार वे अपनी जागीरों का वितरण करते गए। सातारा, नागपुर, तंजौर, कोल्हापुर, सांगली, मिरज, गुंती, बड़ौदा, धार, इंदौर, झाँसी, ग्वालियर आदि मराठों की राजधानियाँ तो यूरोप के कई साम्राज्यों की अपेक्षा अधिक विशाल थीं। हिंदूधर्म को

निकृष्ट समझनेवाले और उसकी अवहेलना करनेवालों के कब्जे से उन्होंने हरिद्वार, कुरुक्षेत्र, मथुरा, डाकोर, आबू, अवंतिका, परशुराम, प्रभास, गोकुल, गोकर्ण आदि तीर्थस्थानों को मुक्त कराया। काशी, प्रयाग तथा रामेश्वरम् के मंदिरों ने अपनी खोई हुई प्रतिष्ठा फिर से प्राप्त की। उनके शिखर फिर से चमकने लगे।

हिंदू प्रभुसत्ता के अंतर्गत दुश्मन से प्रतिशोध लेने के लिए अभी भी मौखरी, चालुक्य, पल्लव, पांड्य, चोल, केरल, राष्ट्रकूट, आंध्र, केसरी, भोज, मालव, हर्ष, पुलकेशिन आदि प्राचीन राजसत्ताओं को सही-सलामत रखने के लिए हरिभक्तों ने परमेश्वर को धन्यवाद दिया। इस साम्राज्य के शासक और प्रशासक तथा सेनापति, जैसे महादजी सिंधिया इतने विशाल भूखंड का प्रशासन चलाते थे कि प्राचीनकाल में उतने भूखंड का प्रयोग राजे अश्वमेध यज्ञों के लिए करते थे। पौराणिक इतिहास में भी इस तरह के राज्य-विस्तार का उदाहरण नहीं मिल सकेगा। प्रथम और संभवतः दूसरे चंद्रगुप्त के साम्राज्य का अपवाद नजरअंदाज करते हुए इस साम्राज्य की बराबरी का दूसरा उदाहरण इतिहास में शायद ही मिलेगा। राष्ट्रभक्ति और आत्मबलिदान की दृष्टि से अगर हम विचार करें तो मराठों को अतुलनीय मानना पड़ेगा। कँटीली राह पर चलते हुए उन्होंने जो उज्ज्वल यश अर्जित किया, वैसा अन्य किसी ने नहीं। मुश्किलों का सामना करते हुए उनका पौरुष अधिकाधिक निखरता गया।

प्राचीन भारतीय इतिहास में जो अन्य हिंदू नरेशों को पराजित करता था, उसे 'चक्रवर्ती' उपाधि प्राप्त होती थी और जो विदेशियों से लोहा लेकर अपने देश तथा धर्म की रक्षा करने में समर्थ हो जाता था, उसे 'विक्रमादित्य' उपाधि से सम्मानित किया जाता था। विक्रमादित्य प्रथम ने सीथियनों को भारतवर्ष से निष्कासित किया, द्वितीय विक्रमादित्य ने हमारी मातृभूमि को शकों से मुक्त किया तथा तृतीय विक्रमादित्य ने हूणों को पलायन करने पर मजबूर किया। अगर विक्रमादित्य और विश्व विजेता उपाधि प्राप्त करने की अर्हता उसी राजा की होती है जिसने स्वदेश और स्वधर्म की रक्षा के लिए अपना जीवन न्योछावर किया, द्रव्यतृष्णा और धर्मांधता से अत्याचार करनेवाले शत्रु को सबक सिखाकर नैतिक दायित्व निभाया और अपने समाज तथा जाति की रक्षा की, तो जिन्होंने हिंदू साम्राज्य निर्माण करने के लिए अपनी आहुतियाँ दीं, ऐसे हिंदुओं का इतिहास में ससम्मान उल्लेख किया जाना चाहिए, जैसा प्राचीन इतिहास में राजाओं का किया गया था। प्राचीन इतिहास के राजाओं के प्रति जो आदर और कृतज्ञता व्यक्त की जाती है, वैसी इन हिंदू राजाओं के प्रति भी व्यक्त की जानी चाहिए। राजपूत राजाओं के हाथों शिथिल एवं निस्तेज पड़ती हुई हिंदू ध्वजा को उन्होंने फिर से गर्व के साथ उन्नत करने का महान् कार्य किया। हिंदूहित-संबंधों की रक्षा के कार्य में जो अड़ंगा डाल रहे थे और हिंदूधर्म को जो घृणा करते थे, उन सबके खिलाफ मराठों ने धर्मयुद्ध का ऐलान

किया। इसके अलावा उन्होंने दाहिर और अनंगपाल, जयपाल और पृथ्वीपाल, हरपाल, प्रताप एवं प्रतापादित्य आदि की शहादत का प्रतिशोध लिया। माधवाचार्य और सायणाचार्य ने अपनी बुद्धि से तथा हरिहर बुक्का ने अपने बाहुबल से चित्तौड़ और विजयनगर जैसी राजधानियों की पराजय के कलंक को धो डाला। उन्होंने इन राजधानियों को पावन मंदिरों का स्वरूप दिया।

लगभग पूरी छह शताब्दियों तक जारी रहे महायुद्ध को उन्होंने विजयश्री दिलाई। इस विजयश्री से यह साबित हुआ कि पूरी तरह से सुसंघटित न होते हुए अगर हिंदूजाति इतनी विजय प्राप्त कर सकती है तो पूरी तरह से संघटित और प्रबुद्ध होने पर एवं सामाजिक दृष्टि से परिपक्व होने पर वह क्या गुल खिलाएगी।

अंत में हम सभी हिंदुओं का यह कर्तव्य है कि उन योद्धाओं के प्रति स्नेह एवं श्रद्धासुमन अर्पित करें जो विशाल हिंदू साम्राज्य के रचयिता थे। पराक्रमपूर्वक निर्माण किए गए इस वैभवशाली हिंदू साम्राज्य को अब हम अपनी आँखों में समाकर अंतिम दर्शन करें, क्योंकि शीघ्र ही इस विशाल हिंदू साम्राज्य पर परदा गिरनेवाला है। यह साम्राज्य हमारी आँखों से ओझल होनेवाला है। वर्तमान हालात रूपी जल से भीगी आँखों के समक्ष हमारा उज्ज्वल अतीत लुप्त होनेवाला है।

□

यवनिका का पतन

'हिम्मत सोडू नए सर्व पुनः येईल उदयाला'

—प्रभाकर

(—इस आशा से कि सुदिनों का कभी-न-कभी उदय होगा, हिम्मत नहीं हारनी चाहिए।)

सन् १७६५ में हुए खारदा के युद्ध तक के कालखंड का हमने सिंहावलोकन किया है। इसके पूर्व के प्रकरणों में जो उल्लेख हमने किए हैं, वे इसी कालखंड से संबद्ध हैं। हमारा यह प्रमुख उद्देश्य कभी नहीं रहा कि मराठा आंदोलन का विस्तृत विवरण प्रस्तुत हो, हमने केवल वही उल्लेख प्रस्तुत किए जिनके द्वारा मराठों के प्रमुख आदर्श और सिद्धांत, जो इस महान् आंदोलन के प्रमुख प्रेरणास्रोत थे, जनसाधारण को अवगत कराए गए। क्योंकि ऐसा करने से ही हिंदू राष्ट्र के इतिहास में मराठों का योगदान तथा उनका सही स्थान निर्धारित हो सकता था। यह कार्य अब पूरा हो चुका है; लेकिन उस शा.सं. १७१७ से लेकर १७३९ तक के दुर्दैवी कालखंड का भी सिंहावलोकन करना आवश्यक है जिसमें मराठी साम्राज्य का सूरज अस्तगत हुआ। यह कालखंड इतना व्याकुल करनेवाला है कि इसका वर्णन सजल नेत्रों और आह भरे बिना करना मुश्किल है।

हम देख चुके हैं कि सदियों से होते रहे हिंदू-स्वतंत्रता के संग्राम को सफलता का ताज पहनाकर मराठों ने अपने परंपरागत मुसलिम शत्रुओं को पूरी तरह से परास्त करके अपने कर्तव्य की इतिश्री कर डाली। दीर्घ काल तक अविरत चलते रहे संग्रामों से थके-माँदे मराठे दुश्मन से पीछा छूटने के समाधान से विश्राम की तैयारी में जुटे थे। हालाँकि विश्राम के समय भी उन्होंने अपनी तलवारें सिरहाने रखी थीं। बिलकुल उसी क्षण एक नया शक्तिशाली दुश्मन, जो पहले दो बार मुँहकी खा चुका था, अपनी पूरी ताकत केंद्रित करके उनपर टूट पड़ा।

विश्राम की इस तरह की असावधान अवस्था में भी वे जीत सकते थे अथवा

कम-से-कम दुश्मन को पलायन करने पर मजबूर कर सकते थे; लेकिन मराठों का दुर्दैव आड़े आया। नाना फणनवीस का देहांत हो गया और उसका स्थान बाजीराव द्वितीय ने ले लिया था। बाजीराव द्वितीय मराठों का सर्वमान्य नेता तो था, लेकिन उससे अधिक वह मराठों के शत्रुओं का प्रतिकारशून्य दास था, यह मराठों के भाग्य के साथ सबसे बड़ी विडंबना थी। मराठा आंदोलन के समग्र कालखंड में—राष्ट्र के लिए हानिकारक, आत्मसम्मान और नीच स्वार्थलोलुपता यह पहली, और सार्वजनिक जीवन में स्वार्थरहित एवं देश की खातिर आत्मबलिदान करनेवाली दूसरी—ऐसी दोनों विरोधी प्रवृत्तियाँ हावी हो रही थीं। बाजीराव द्वितीय तथा नाना—दोनों इन दो प्रवृत्तियों का प्रतिनिधित्व कर रहे थे। स्वार्थ से भरपूर ऐसी नीच प्रवृत्ति का जड़ से निर्मूलन करना यद्यपि संभव नहीं हो सका। फिर भी नाना और उनकी पीढ़ी में उसे दबाकर रखा गया और उसी के फलस्वरूप हिंदू-पदपादशाही की स्थापना हुई। लेकिन अब बाजीराव द्वितीय की पीढ़ी में इस नीच प्रवृत्ति में उफान आया। अब हिंदूजाति को इस स्थिति से उबारनेवाली शक्ति नाना के निधन से नष्ट हो गई थी। अतः मराठी साम्राज्य का क्षय होना अवश्यंभावी था, क्योंकि संकट की ऐसी घड़ी में मराठी साम्राज्य किसी हिंदू राजसत्ता ने नहीं अपितु इंग्लैंड ने आघात किया था। मराठों का इंग्लैंड के इस तरह के आक्रमण के आगे टिक पाना मुश्किल था। मुकाबले का परिणाम निश्चित था।

इंग्लैंड की विजय इसलिए निश्चित थी, क्योंकि मराठों की अपेक्षा अंग्रेज सेना अत्याधुनिक शस्त्रास्त्रों से सुसज्जित थी। इंग्लैंड भी गृहयुद्ध, गुलाबों का युद्ध, धार्मिक प्रताड़ना और न्यायालयीन क्रूरताओं को झेल चुका था; लेकिन इन संकटों से उबरकर भी दीर्घकाल बीत जाने से वह अब सँभल गया था। सार्वजनिक गतिविधियों के लिए जो सद्‌गुण आवश्यक होते हैं, जैसे कि आदेश किस तरह दिया जाए एवं आदेश-पालन किस तरह किया जाए, अधिकार चलाना और अधिकार मानना, देश के प्रति निष्ठाभाव, ध्येय तथा महत्त्वाकांक्षाओं के बारे में आपसी सामंजस्य, जातीय संश्लिष्टता आदि में अंग्रेज चिरकाल से ही प्रवीण हो गए थे। मराठों में इन गुणों का बिलकुल ही अभाव था—ऐसा नहीं था। हिंदुस्थान की बाकी राजसत्ताओं की तुलना में मराठी राजसत्ता योग्यतम थी, लेकिन अंग्रेजों की तुलना में वे इस विषय में बौने साबित हो रहे थे।

मराठे अंग्रेजों से पूर्व आए हुए आक्रमणकारियों के साथ संग्राम करके बुरी तरह से थक चुके थे। फिर भी वे अंग्रेजों से सामना करने के लिए रणक्षेत्र में कूद पड़े। अंत में जब वे जान गए कि यह युद्ध अपने अस्तित्व की रक्षा के लिए हो रहा है, तब उन्होंने अपना रणकौशल प्रदर्शित करने में कोई कसर बाकी नहीं छोड़ी। प्रत्यक्ष मृत्यु को सामने देखते हुए भी और जीतने की आशा नष्ट होने के बावजूद बापू, गोखले जैसे देशभक्त दृढ़ निश्चय से लड़ते रहे। संभवतः उन्होंने अंग्रेज अधिकारी से कहा होगा, 'हो सकता

है कि अब हमारी अरथी उठनेवाली है। फिर भी हम अपने हाथ में तलवार लेकर लड़ने की मुद्रा में ही जा रहे हैं।' इस लड़ाई का निर्णय अंग्रेजों के पक्ष में होनेवाला है—यह निश्चित हो चुका था। मराठों की हार के कई कारण थे। अंत तक मराठे लड़ते रहे, लेकिन बाजीराव द्वितीय जैसा अयोग्य नेतृत्व, पूर्व में निरंतर लड़ाइयाँ लड़ने में अत्यधिक परिश्रम के कारण मराठी सेना का थका होना; नाना, तुकोजी, राघोजी, फड़के आदि योद्धाओं का अचानक निधन—इन कारणों से उनकी हार निश्चित हो चुकी थी। मराठों की इस हार के कारण अंतिम हिंदू साम्राज्य का सूर्य अस्त हो गया। इस हार के पश्चात् सिखों ने पंजाब में हिंदू-स्वतंत्रता की ज्योति प्रज्वलित रखने का भरसक प्रयास किया। फिर भी हिंदू-स्वतंत्रता का अंधकारमय भविष्य टलनेवाला नहीं था।

युद्ध और खेल प्रतियोगिता में हार-जीत के फैसले का अनुमान लगाना मुश्किल होता है; और जो भी फैसला हो, उसको खेल-भावना से स्वीकार करना आवश्यक होता है। इसलिए हम अंग्रेजों से ईर्ष्या नहीं कर रहे हैं; लेकिन यह भी नहीं छुपा रहे हैं कि इस महान् साम्राज्य की समाधि पर यह मृत्युलेख लिखते हुए हमें व्यथा नहीं हो रही है। जिस तरह सर्वोत्तम खिलाड़ी उत्कृष्ट प्रदर्शन करता है तो वह सबकी प्रशंसा का पात्र होता है, उसी तरह सात समुंदर पार करके इंग्लैंड ने जो विजय प्राप्त की तथा हमारा साम्राज्य छीनकर उसकी बुनियाद पर, जिसकी बराबरी करनेवाला साम्राज्य इतिहास में शायद ही निर्माण किया गया हो, ऐसे विशाल जगत् साम्राज्य का निर्माण किया, उसके लिए उसके सामर्थ्य एवं कुशलता की हम प्रशंसा करते हैं।

इस तरह शालिवाहन संवत् १७३९(सन् १८१८) में अपना वैभवशाली हिंदू साम्राज्य समाधिस्थ हो गया। उस साम्राज्य की यादें मन में ताजा रखते हुए और यीशू, मदर मेरी की तरह आशा जाग्रत् रखते हुए प्रार्थना करनी चाहिए कि 'कोई नहीं जानता कि इसके पुनरुत्थान का क्षण फिर से आ सकता है!'

□□□